EL JARDÍN DE LOS MALDITOS

EL JARDÍN DE LOS MALDITOS

KATY ROSE POOL

Traducción de Marta de Bru de Sala

Argentina – Chile – Colombia – España
Estados Unidos – México – Perú – Uruguay

Título original: *Garden of the Cursed*
Editor original: Henry Holt and Company
Traductora: Marta de Bru de Sala

1.ª edición: mayo 2024

ISBN: 978-84-19252-70-8
E-ISBN: 978-84-10-15903-7
Depósito legal: M-5.582-2024

Fotocomposición: Urano World Spain, S.A.U.

Impreso por: Rodesa, S.A. – Polígono Industrial San Miguel
Parcelas E7-E8 – 31132 Villatuerta (Navarra)

Impreso en España – *Printed in Spain*

Para Brian:
la auténtica magia es la confianza
que tienes en mí como escritora.

UNO

Dicen que las tormentas de verano traen más que solo lluvia en Caraza. Cuando los relámpagos crepitan en el cielo y el aire se vuelve tan sofocante que se podría mascar significa que se avecinan problemas.

Marlow no era muy supersticiosa, pero cuando al poner un pie en el muelle de Rompecuellos empezó a diluviar incluso ella tuvo que admitir que aquello era una señal aciaga.

En el fangoso istmo que se extendía bajo el muelle reposaban cascos de barco de acero oxidado varados que parecían esqueletos de ballena, algunos casi intactos y otros ya desmantelados. Los trabajadores destripaban las estructuras como si fueran bestias carroñeras royendo los huesos de un animal colosal y el estruendo de los escombros que caían era indistinguible de los truenos que retumbaban en el cielo.

Por lo general, Marlow siempre evitaba poner un pie en Rompecuellos, y no solo por el ruido y el denso olor a metal chamuscado y salmuera que emanaba de aquel cementerio de barcos. Casi todos los rincones de Las Ciénagas eran ruidosos y apestosos, pero Rompecuellos encerraba una amenaza todavía mayor: formaba parte del territorio de los Cabezacobre. Era un lugar peligroso para cualquier habitante de Las Ciénagas, pero para Marlow suponía un riesgo todavía mayor.

Sin embargo, no le había quedado más remedio que venir. Llevaba dos semanas con aquel caso y se le estaba agotando el tiempo. Aquella noche era el gran estreno de *La balada de la ladrona Luna* y la única esperanza que le quedaba a la primera bailarina para poder actuar era que Marlow se enfrentase al peligro.

Cubriéndose la cabeza con la capucha de la chaqueta, avanzó chapoteando por la pasarela torcida que se hundía en el istmo en dirección a los restos oxidados de un acorazado imperial. La nave estaba boca abajo y medio enterrada en el barro, pero a diferencia de las demás que había por los alrededores nadie la estaba desmantelando.

Marlow bajó con cuidado por la escalera de acero que se alzaba desde las entrañas cavernosas del acorazado y cuando solo le quedaban un par de peldaños saltó y aterrizó en lo que antaño había sido el mamparo de uno de los compartimentos. Una escotilla hermética conducía a la cubierta principal. Marlow se dirigió directamente hacia ella mientras se apartaba un mechón de pelo mojado de la cara.

—Belladona. —Tras susurrar la contraseña, la manilla giró y la escotilla se abrió hacia dentro.

Con el estómago retorciéndose como si lo tuviera lleno de cangrejos de río, Marlow entró en el Tigre Ciego.

Unas lámparas bioluminiscentes brillaban en las paredes rugosas del acorazado, sumiendo todo el bar en un siniestro tono violeta oscuro. Las voces se elevaban unas por encima de otras, interrumpidas de vez en cuando por las notas agudas de las copas entrechocando al brindar. Todavía era muy temprano, por lo que el bar no estaba muy abarrotado, y no había ningún tipo de entretenimiento salvo por el tipo que acariciaba las cuerdas de una cítara en un rincón.

Marlow recorrió lentamente el tugurio memorizando el rostro de todos los presentes: el de la adivina que leía la fortuna a una joven de ojos resplandecientes cargada de brazaletes que tintineaban cuando agitaba su cuenco de piedras rúnicas; el del hombre que bebía solo y que no paraba de recorrer la estancia con la mirada como si estuviera preocupado de que alguien lo reconociera, seguramente porque debía ser un policía fuera de servicio o un marido infiel, supuso Marlow; los de un grupo de jugadores que estaban reunidos alrededor de una de las mesas discutiendo por una tirada de dados.

Pero ninguna de aquellas personas coincidía con la descripción de Montgomery Flint. La traficante de maldiciones que le había dado el soplo le había proporcionado una descripción bastante detallada de su aspecto: tenía el pelo largo y oscuro, un lunar debajo del labio y un pequeño pendiente de jade en una oreja.

Marlow llegó ante la barra larga y curva del bar que ocupaba la popa de la cubierta hueca sin haber visto todavía ni rastro de Flint. Se dejó caer sobre uno de los taburetes plateados, hizo una seña al camarero para que se le acercara y pidió una Oración de Doncella. Echó la espalda hacia atrás como si solo estuviera echando un vistazo al local en vez de estar pendiente de la llegada de Flint.

Posó la mirada en una mujer alta que estaba sentada unos cuantos taburetes más lejos vestida de manera simple, pero refinada, con un elegante traje negro. El pelo corto y oscuro, ligeramente ondulado, le caía delante de un ojo y en su oreja resplandecían una hilera de pendientes de plata. Sostenía un vaso de borde grueso con una de sus esbeltas manos y cuando se dio cuenta de que Marlow la miraba lo alzó a modo de saludo antes de tomar un sorbo.

A Marlow se le aceleró el pulso y tardó un momento en darse cuenta de por qué. No era la primera vez que veía a aquella mujer; de hecho, acababa de verla. Había embarcado en el mismo taxi acuático que la había traído hasta Rompecuellos.

Marlow volvió a fijar la mirada en su copa y al llevársela a los labios notó que el corazón le latía con fuerza. Cuando se tragó el cóctel, la garganta le ardió.

Aquello no tenía por qué significar nada. Muchas personas tomaban taxis acuáticos. Y muchas personas se metían en tugurios, incluso aunque fueran propiedad de los Cabezacobre. Pero aquel razonamiento no consiguió apaciguar mucho la sensación de inquietud que le recorría la columna vertebral.

Y es que durante aquellas últimas semanas había tenido la sensación cada vez mayor de que alguien la estaba siguiendo. No paraba de detectar una coincidencia tras otra: había visto pasar al mismo hombre por delante de la tienda de hechizos donde trabajaba de vez en cuando y en un puesto de cangrejos en el Mercado del Pantano. Y aquella misma semana también había visto al mismo chico de los recados no solo dos veces en un mismo día, sino tres.

Aquello era un patrón. Y en su profesión los patrones no se podían ignorar.

«Estás aquí por un caso, Briggs —se recordó—. No te distraigas».

De repente, un movimiento al fondo del bar captó su atención. Divisó a un hombre de pelo largo y oscuro adentrándose en un pasillo sombrío que partía de la cubierta principal. El pendiente de jade que llevaba en el lóbulo de la oreja centelleó bajo el resplandor de la luz violeta.

«Ahí estás». Marlow apuró su copa y se alejó de la barra del bar para seguir a aquel hombre, olvidándose por ahora de la mujer elegante.

El pasillo por el que había desaparecido Flint estaba vacío y débilmente iluminado por unas lámparas bioluminiscentes que emitían una pálida luz verde. En la pared de la derecha había tres baños con una luz encima del picaporte que indicaba si estaban ocupados o no. La única que estaba encendida era la de la puerta que le quedaba más cerca.

Marlow apoyó los hombros contra la pared opuesta y esperó. Jugueteó con el mechero, encendiéndolo y apagándolo mientras canturreaba por lo bajo siguiendo las notas distantes de la cítara e intentando recordar el título de la canción. Cuando la melodía llegó a un *crescendo* la puerta del baño se abrió de par en par.

—Hola —dijo Marlow en cuanto su objetivo salió al pasillo. El hombre la miró sorprendido, pero no asustado. Por lo menos no todavía.

—¿Puedo ayudarte en algo, cariño? —preguntó arrastrando las palabras debido al alcohol.

¿Cómo que «cariño»? Era como si le estuviera pidiendo a gritos que lo embrujara.

—¡Ya lo creo! —contestó Marlow alegremente alejándose de la pared—. ¿Por qué no empiezas por explicarme por qué has lanzado una maldición a la primera bailarina del Ballet Monarca?

—No sé de qué me estás hablando —replicó, y se quedó inmóvil.

—Escucha, voy a contarte cómo irá la cosa —dijo Marlow metiendo las manos en los bolsillos de la chaqueta—. Voy a pedirte muy amablemente que me des la carta de maldición. Pero, si tengo que pedírtela una segunda vez, bueno, digamos que ya no lo haré tan amablemente.

Flint la miró y sopesó sus opciones. Entonces, sin previo aviso, empujó a Marlow y echó a correr pasillo abajo. Marlow trastabilló, perdió el equilibrio y se estrelló contra la pared. Pero ya tenía una carta de embrujo preparada.

—*Congelia* —murmuró. Unos glifos rojos brillantes salieron disparados en espiral de la carta hacia su objetivo como si fueran anguilas deslizándose por aguas oscuras. El hechizo alcanzó al hombre entre los omoplatos, que se desplomó como si estuviera hecho de papel mojado.

Marlow se puso en pie y se acercó sigilosamente hacia él.

—Te he mentido —dijo golpeándole el brazo con la punta de la bota mientras el hombre gemía de dolor—. No te lo voy a pedir una segunda vez.

Le dio la vuelta hasta dejarlo bocarriba y le cacheó la chaqueta con vigor mientras el hombre respiraba entrecortadamente y gimoteaba de dolor. Marlow se contuvo para no poner los ojos en blanco. Solo era un embrujo de inmovilización. No hacía falta que se comportara como un crío.

De repente notó algo arrugándose en uno de los bolsillos interiores. Miró por encima del hombro para asegurarse de que seguían estando a solas en el pasillo y al sacarlo vio que se trataba de un folleto.

No, no era un folleto. Era un programa con la misma imagen promocional en blanco y dorado que Marlow llevaba viendo durante toda la semana por toda la ciudad. Se mostraba la corte dorada del rey Sol y el rostro de la primera bailarina, Corinne Gaspar, alzando la mirada de manera que su piel oscura y luminosa contrastaba con la luna plateada. *La balada de la ladrona Luna,* ponía en el programa con letras oscuras y en negrita.

Marlow lo hojeó. Entre sus páginas encontró una entrada para el *ballet* y una carta de maldición negra bordeada por una franja de diamantes dorados entrelazados. Giró la carta y observó la intrincada ilustración de una chica bailando con notas de música flotando encima de su cabeza. Entonces la ilustración cambió y mostró a la chica desplomándose al suelo y cubriéndose la cara con dramatismo. En los bordes de la tarjeta había glifos dorados y blancos. Marlow supo que la carta ya estaba usada porque los glifos habían dejado de brillar: se les había agotado la magia.

—¿Qué tenemos aquí? —dijo Marlow agitando la carta ante el rostro aterrado de Flint mientras se guardaba la entrada en el bolsillo—. Una maldición que inflige un vértigo debilitante a su víctima cada vez que oye una pieza de música en concreto. Qué coincidencia más curiosa, porque sé de buena tinta que Corinne Gaspar tiene justamente este problema. ¿Qué crees que puede haber ocurrido?

Flint intentó balbucear una respuesta con una expresión atónita en la cara. Marlow lo agarró por la camisa dorada de seda y lo incorporó para que no se ahogara con su propia saliva.

—¿Por qué no me cuentas qué motivo podría tener un capataz desguazador de poca monta para gastarse doscientas perlas en lanzar una maldición a la primera bailarina del Ballet Monarca?

Marlow le había estado dando vueltas a un montón de teorías sobre quién podría estar detrás de la maldición que aquejaba a Corinne y sus posibles motivaciones. La bailarina sospechaba que se trataba de un exnovio que quería sabotearla, una respuesta sencilla pero obvia. Sin embargo, lo del novio había resultado ser un callejón sin salida, así que Marlow había decidido centrar su atención en el principal competidor del Ballet Monarca, el Teatro Belvedere. Al fin y al cabo, ¿qué mejor manera de asegurarse de que el Monarca sufriera perdidas que saboteando su mayor atracción? Pero no había conseguido vincularlo con Flint. Lo único que sabía de aquel hombre era su nombre y que había comprado aquella carta de maldición a una traficante que, por suerte, le debía un favor.

—¿De verdad quieres saberlo? —masculló Flint—. Pues te lo diré.

Y entonces le escupió de lleno en la cara. Aquel pegote húmedo de saliva le aterrizó en la mejilla y por un momento Marlow se quedó sin palabras de lo atónita que estaba. Acto seguido se limpió la cara de manera lenta pero deliberada y volvió a hablar con voz tensa y rebosante de furia:

—Te juro que te vas a arrepentir.

Pero antes de que pudiera cumplir su amenaza oyó una voz escalofriantemente familiar proveniente de la otra punta del pasillo.

—¿Acaso me engañan mis ojos? ¿Esta chica que merodea por este establecimiento tan respetable no es Marlow Briggs?

Marlow se levantó con piernas temblorosas y giró sobre sus talones hasta quedar cara a cara con Thaddeus Bane, el segundo al mando de los Cabezacobre y la segunda persona que menos ganas tenía de encontrarse en cualquier parte, pero especialmente en aquel tugurio. Ocupaba casi toda la anchura del pasillo y llevaba el pecho rollizo embutido en un ostentoso chaleco púrpura engalanado con brillantes cadenas de eslabones dorados. Lo flanqueaban un par de lacayos de la banda vestidos con ropajes más sutiles, pero con el mismo tatuaje de una serpiente de bronce rodeándoles la garganta.

—¿Sabes? Cuando el portero me ha dicho que te había visto entrar, he pensado que se habría equivocado —prosiguió en un tono desganado—. Me parecía imposible que la brillante Marlow Briggs fuera lo bastante estúpida como para poner un pie dentro de un local de los Cabezacobre.

Pronunció su nombre con un bramido, como si estuviera presentando un combate de lucha libre, y los ojos le brillaron con un aire demencial bajo aquella luz verde. Marlow sintió una oleada de miedo recorriéndole la columna vertebral. A Thaddeus Bane no le faltaban motivos para vengarse de ella después de lo mucho que los había humillado a él y a su jefe nueve meses atrás, y todo parecía indicar que por fin se le había presentado la oportunidad de hacerlo. Estaba tan contento que incluso resplandecía de la emoción.

—Bueno, supongo que no eres tan lista como te crees —se burló.

—Pero aun así sigo siendo más lista que tú, Thad —replicó Marlow con voz afable.

Bane soltó una carcajada y sacudió la cabeza mientras se acercaba hacia ella como si fuera un depredador indolente convencido de tener a su presa acorralada.

—Y además has venido sola. ¿Dónde está tu amiguito Swift? Hace tiempo que no lo vemos, lo echamos mucho de menos.

Los dos compinches de Bane avanzaron por el pasillo y flanquearon a Marlow, pero ella se mantuvo firme y los examinó. Reconoció vagamente al que tenía la barba pelirroja y el otro, un joven enjuto cuya nariz parecía el pico de un calamar, no parecía mucho mayor que ella. Debía de ser un nuevo recluta. Tal vez el substituto de Swift.

Marlow sonrió y deslizó una mano hacia el interior de uno de los bolsillos de su impermeable.

—Ahora que mencionas a Swift, me ha pedido que te dé un mensaje de su parte.

—¿Ah, sí?

—Dice que se siente muy halagado, pero que esta obsesión que tu jefe tiene por él empieza a ser embarazosa.

Bane esbozó una sonrisa falsa y se acercó hacia ella.

—Hablando del jefe, ojalá estuviera aquí. Pero no te preocupes, me encargaré personalmente de describirle tus gritos con todo detalle.

Por un momento los confines de la mente de Marlow quedaron nublados por el miedo. Pero se lo tragó y se obligó a mirar los ojos grises y crueles de Bane con una sonrisa.

—Llevo tanto tiempo ocupando tu cerebro vacío que deberías plantearte empezar a cobrarme alquiler —dijo mientras palpaba el pequeño montón de cartas de hechizo que tenía en el bolsillo con la esperanza de adivinar por el tacto cuál era la que necesitaba.

—Te crees que eres mejor que nosotros porque antes te codeabas con la *noblesse nouveau* —gruñó Bane—. Pero la zorra de tu madre volvió a arrastrarte a Las Ciénagas, ¿verdad?

Marlow cerró la mandíbula con fuerza y notó la ira recorriéndole las venas como si fuera ácido hirviendo.

—Supongo que por fin comprendió lo que los demás ya sabíamos: las ratas de pantano siempre vuelven al pantano.

Sus compinches rompieron a reír a carcajadas. Marlow cerró los dedos alrededor de lo que esperaba encarecidamente que fuera un embrujo cegador temporal.

Pero, cuando abrió la boca para lanzarlo, el tipo de barba pelirroja sacó una navaja automática y se la acercó al cuello.

—Las manos, donde podamos verlas —ordenó con voz grave.

Marlow reprimió un suspiro que más bien era un sollozo y alzó las manos con las palmas abiertas. El chico del pico de calamar se acercó a ella, le agarró las muñecas con brusquedad y se las sujetó detrás de la espalda.

No vendrían refuerzos. Swift y Hyrum no tenían ni idea de dónde se encontraba. Y no tenía pinta de que pudiera librarse de esta situación hablando, pensando ni embrujando.

Notó la hoja de la navaja contra la piel y contuvo un quejido patético cuando Bane se inclinó hacia ella y le echó en la mejilla su aliento cálido y húmedo como una tormenta de verano.

—¿Sabes qué? —dijo en tono cómplice—. Voy a dejarte elegir qué prefieres que te quitemos, ¿qué te parece? ¿Tal vez unas cuantas onzas de sangre? Aunque también podría cortarte la nariz, así dejarías de meterla por todas partes. O quizá prefieras que te quite algunos recuerdos, ¿qué tal los que tienes de tu mami?

Marlow emitió un gruñido grave desde las profundidades de su garganta.

—¿Qué prefieres, Briggs? —preguntó Bane—. Decídete rápido antes de que se me agote la paciencia y opte por sacártelo todo. Seguro que nuestros hechiceros estarían encantados de tener más ingredientes.

No tenía ninguna duda de que a Bane le encantaría descuartizarla por piezas y utilizarla para crear más maldiciones ilegales. Los ojos se le llenaron de lágrimas, pero los cerró con fuerza. Fuera cual fuera el horror que Bane tuviera planeado infligirle, Marlow no pensaba darle la satisfacción de verla llorar.

—Baja el cuchillo —dijo una voz clara y autoritaria.

Marlow abrió los ojos y vio a una mujer apoyada contra la pared con actitud relajada al final del pasillo. El corazón le dio un vuelco al reconocer a la mujer elegante del bar. La que había embarcado en el mismo taxi acuático que ella.

Así que definitivamente aquello no había sido una coincidencia.

—Escucha, bombón, puede que no entiendas cómo funcionan las cosas por aquí —dijo Bane acercándose a ella—. O puede que no sepas con quién estás hablando.

La mujer alzó las comisuras de los labios en una pequeña sonrisa.

—Sé exactamente quién eres, Thaddeus Bane. La cuestión es si sabes quién soy yo.

Bane se la quedó mirando un momento y entonces estalló a carcajadas. Siguiendo el ejemplo de su cabecilla, los otros dos también se echaron a reír.

La mujer se levantó una de las mangas de la chaqueta y le mostró sutilmente un tatuaje negro. Lo hizo demasiado deprisa como para que Marlow pudiera distinguir la silueta del dibujo, pero aquel gesto tuvo el efecto que la mujer deseaba: Bane dejó de reír enseguida, abrió la mandíbula y se le salieron los ojos de las cuencas.

—Oh, veo que sí que sabes quién soy —dijo la mujer ladeando la cabeza—. Ahora pide a tus amigos que suelten a la chica.

—Pero ¿quién es esa para darnos órdenes? —exigió saber Barba Roja—. Estamos en nuestro territorio.

—Me temo que no tienes suficiente rango como para saberlo —replicó la mujer volviendo a dirigir la mirada hacia Bane.

—Soltadla. —Bane enderezó la espalda en un intento por no parecer nervioso ante sus hombres. Pero el daño ya estaba hecho—. De todas formas no vale la pena que gastemos nuestro tiempo con ella.

Los dos hombres se apartaron vacilantes de Marlow visiblemente confundidos por el repentino cambio de opinión de su jefe, pero no se atrevieron a cuestionarlo. En cuanto le quitaron las manos de encima, Marlow se apartó de ellos con brusquedad, se apoyó contra la pared y paseó la mirada entre Bane y la mujer.

—Venga, vamos. —La mujer lanzó una última mirada crítica a Bane, giró sobre sus talones y avanzó sin esfuerzo por el tugurio convencida de que Marlow la seguiría.

Marlow titubeó y sopesó sus opciones. Pero finalmente acabó imponiéndose su hambre voraz de respuestas, como siempre.

Tras lanzar una última mirada pesarosa a Flint, que seguía inmovilizado, siguió los pasos de la mujer por el bar, atravesaron la escotilla y subieron por la escalera hasta salir al crepúsculo húmedo y bochornoso. La tormenta había amainado, pero el aire todavía estaba cargado por la electricidad de los relámpagos.

—Espera un momento —dijo Marlow con voz autoritaria parándose al borde de la pasarela—. Detente ahora mismo y dime quién eres y por qué me estás siguiendo.

Blandió el embrujo cegador con una mano.

La mujer se giró en redondo para mirarla y el pelo corto y oscuro le tapó la cara.

—No estaría mal que me dieras las gracias. ¿Qué crees que te habría hecho Thaddeus Bane si no hubiera intervenido?

—No necesitaba tu ayuda —mintió Marlow—. Ya he lidiado con él más de una vez.

—Lo sé —replicó la mujer—. De hecho, me pregunto qué habrá hecho una chica de diecisiete años para cabrear a una de las bandas callejeras más despiadadas de toda Caraza.

—Suelo causar ese efecto en los demás —respondió Marlow sonriendo despreocupadamente.

—Puedes guardarte la carta de hechizo. No voy a hacerte daño —le aseguró la mujer alzando las comisuras de los labios y levantando las manos.

Al hacer aquel gesto, se le subió la manga de la chaqueta y dejó al descubierto el tatuaje que Marlow solo había podido entrever en el bar. Del antebrazo le brotaba una flor de color negro medianoche con unos pétalos afilados y cortantes como colmillos. Marlow intuyó que la mujer no se lo había mostrado por accidente.

—Es la primera vez que veo el símbolo de esta banda —confesó Marlow con cautela.

—Esto es porque no se trata del símbolo de ninguna banda.

Marlow volvió a fijar la vista en los ojos de aquella mujer y ella le devolvió la mirada con un brillo de anticipación en sus ojos ambarinos.

A Marlow se le erizó la piel, se le pusieron los pelos de punta. Conocía bien aquella sensación. Era la que sentía cuando algo no encajaba, cuando percibía algo que los demás pasaban por alto. Cuando aquella parte extraña e inescrutable de sí misma a la que llamaba «instinto» conseguía encajar una pista y conectar dos verdades que a primera vista parecían inocuas.

Pero su mente no estaba pensando en el caso de Corinne, ni siquiera en los Cabezacobre.

Estaba divagando sobre su madre y recordando la noche en que había desaparecido.

Últimamente Marlow no evocaba aquel recuerdo muy a menudo, pero siempre que lo hacía se sentía transportada de inmediato a sus lujosos aposentos de la torre Vale. Como si todavía pudiera oler la vela consumiéndose con aquel ligero aroma de perfume de vetiver y bergamota de fondo y ver a su madre sentada en su escritorio sosteniendo una carta de hechizo junto a la llama.

—¿Qué estás haciendo? —preguntó Marlow de pie junto a la puerta.

Su madre se sorprendió y tiró el frasco de perfume con el codo, que se derramó encima del montón de papeles que tenía encima de la mesa.

—¡Minnow! No te he oído entrar.

La carta de hechizo prendió fuego y las llamas la devoraron rápidamente, dejando solamente un montón de cenizas. Pero, antes de que se destruyera, Marlow alcanzó a ver el símbolo que había en la parte de atrás: una flor negra con pétalos afilados como una garra.

Marlow volvió a encerrar aquel recuerdo en las profundidades de su memoria antes de que siguiera. Alzó de nuevo sus ojos negros hacia la mujer y vio un ligero destello de satisfacción cuando comprendió que Marlow había reconocido el símbolo.

El estruendo de un trueno retumbó en el aire. Muy a su pesar, Marlow se sobresaltó y levantó la mirada hacia el cielo instintivamente. Pero las nubes de tormenta se habían disipado y la noche se había aclarado y Marlow se dio cuenta demasiado tarde de que aquel ruido provenía del cementerio de barcos. Por supuesto.

Cuando volvió a dirigir la mirada hacia la mujer del tatuaje, se dio cuenta de que había desaparecido.

DOS

abía pasado más de un año desde la última vez que Marlow había entrado en Jardinperenne. A través de la ventana del teleférico contempló el contorno resplandeciente del centro de la ciudad. Los últimos rayos de sol teñían de bermellón los cinco canales que salían radialmente del centro de Jardinperenne, que no tenían nada que ver con las vías navegables fangosas y serpenteantes de Las Ciénagas.

El teleférico fue avanzando por encima de los límites de Las Ciénagas, pero Marlow seguía sin librarse de aquel escalofrío que le recorría la columna vertebral tras el encuentro con Bane y la mujer del tatuaje de la flor negra. Una parte de ella deseaba irse a casa, acurrucarse en el sofá con Rana y jugar a los lanzahechizos con Swift, pero todavía no había terminado con el caso.

Apoyó los pies contra la pared lateral del teleférico y hojeó el programa que le había quitado a Flint preocupada por los interrogantes que todavía no había resuelto y que la incordiaban como si se tratara de una costra que no pudiera dejar de rascarse. Sí, disponía de todo lo necesario para romper la maldición, pero no había averiguado quién era Flint ni por qué le había lanzado una maldición a Corinne.

Y si había algo que Marlow no podía soportar eran las preguntas sin respuesta.

El teleférico se detuvo en la estación de la calle Perla y Marlow volvió a meterse el programa en el bolsillo de la chaqueta antes de bajar al andén.

El aire en aquella parte de la ciudad era mucho más agradable que el hedor sulfuroso que impregnaba todos los rincones de Las Ciénagas, en parte porque estaba situada a barlovento, pero sobre todo porque todas las superficies imaginables estaban cubiertas de buganvilias y jazmines. Aquel aroma enseguida transportó a Marlow al pasado, a un año atrás, a la época en la que todavía consideraba aquella parte de la ciudad como su hogar.

Pero aquello era agua pasada. Ahora era una Marlow distinta.

Jardinperenne vibraba por la magia. Las amplias avenidas estaban encantadas para que estuvieran siempre prístinas y resplandecientes por muchos pies que les pasaran por encima y en los canales flotaban macetas llenas de flores que repelían los mosquitos. Marlow echó a andar por la calle Perla, que formaba parte del principal distrito comercial del Jardín Exterior. Las perfumerías y los salones de belleza que vendían elixires mágicos que prometían una piel perfecta y la juventud eterna emanaban fragancias relajantes. En los escaparates de las tiendas de ropa se exponían las últimas modas, desde telas hechas con llamas encantadas a vestidos que cambiaban de color según el estado de ánimo de quien se los pusiera. Una pastelería encantadora ofrecía muestras gratuitas de caramelos para levantar el ánimo y coloridos dulces de merengue que provocaban un amplio abanico de efectos según el sabor. En los grandes almacenes de hechizos, mucho mayores que cualquier tiendecita lóbrega de hechizos de Las Ciénagas, vendían una selección casi infinita de cartas de hechizo y objetos encantados.

Había más magia en una sola cuadra del distrito del Jardín Exterior que en todo el barrio de Las Ciénagas, aunque por supuesto ninguno de esos encantamientos y hechizos ostentosos existiría sin los ingredientes que se extraían de los habitantes de Las Ciénagas.

Mientras Marlow cruzaba el puente Azalea en dirección a la calle Estornino, las farolas empezaron a encenderse, tiñendo los adoquines de escarlata y dorado. La fachada con forma de corona del Teatro Monarca presidía la plaza que se encontraba al final de la calle. «¡Gran estreno de *La balada de la ladrona Luna*!», anunciaba la marquesina carmesí y dorada.

Marlow se detuvo junto a uno de los parterres de terracota que había en la plaza y arrancó un puñado de flores de amarilis de color coral antes de subir por las escaleras que conducían a las puertas doradas resplandecientes del Teatro Monarca.

Un portero vestido con un elegante esmoquin carmesí ribeteado con intricados bordados dorados echó un vistazo a Marlow mientras se acercaba con una mueca de desaprobación en el rostro.

—No abrimos puertas hasta dentro de treinta minutos —dijo.

Marlow le dedicó su sonrisa más cautivadora, se llevó las flores al pecho y le lanzó una mirada coqueta.

—Solo quería desear buena suerte a mi amiga para la función de esta noche. Lleva toda la semana muy nerviosa, así que estoy segura de que agradecerá tener un poco de apoyo extra antes de salir al escenario.

No podía contarle al portero el verdadero motivo por el que estaba allí, sobre todo porque Corinne le había rogado que mantuviera lo de la maldición en secreto, y sin duda Marlow sabía ser discreta. De todas formas, seguro que aquel portero no la habría creído.

—Su amiga. Ya, claro —replicó el portero lanzando una mirada despectiva a su atuendo: una fina camiseta negra y unos pantalones andrajosos con un enorme impermeable de color verde oliva por encima. Era un conjunto la mar de práctico para ir de un lado a otro con aquella humedad veraniega, pero no era muy adecuado para el teatro—. Como ya le he dicho, abrimos puertas dentro de treinta minutos.

—Tengo una entrada —dijo Marlow alargándole el billete que le había quitado a Flint.

—Me da igual si tiene una entrada; no abrimos puertas hasta dentro de… —Bajó la mirada hacia la entrada y de repente enmudeció—. Le ruego que me disculpe —dijo tartamudeando—. ¡No había entendido que era amiga de la señorita Sable!

Marlow parpadeó y tras una pausa demasiado larga retomó la palabra.

—De la señorita Sable. Claro. Me refería a ella. ¿Cómo… lo ha sabido?

—Por la entrada —respondió agitándola delante de Marlow—. Es para una de las butacas que la señorita Sable tiene reservadas en calidad de asientos de cortesía. A ambos bailarines principales se les cede su propio palco privado la noche del estreno.

—¿Bailarines principales? —repitió Marlow.

—¿La señorita Sable no se lo ha dicho? —preguntó el portero—. Esta noche interpretará el papel de ladrona Luna. Seguro que ha sido una decisión devastadora para la señorita Gaspar teniendo en cuenta que es la noche del estreno, pero sé que la señorita Sable interpretará el papel de ladrona Luna de maravilla. Seguro que debe estar extática de debutar como primera bailarina después de tantos años intentándolo sin éxito. ¿De verdad que no le ha dicho nada?

—Estoy segura de que quería que fuera una sorpresa —replicó Marlow con voz baja mientras el cerebro le chirriaba intentando procesar aquella información nueva.

El portero volvió a entrecerrar los ojos.

—¿De qué ha dicho que conoce a la señorita Sable?

—Somos amigas de la infancia —mintió Marlow con fluidez—. ¿Va a dejarme entrar para que pueda felicitarla o tendré que quedarme aquí fuera dándole explicaciones mientas Viv sufre un ataque de nervios por su debut?

El portero la dejó entrar antes de que Marlow tuviera que recurrir a lanzarle el embrujo cegador. Cruzó el umbral de la puerta principal con rapidez y avanzó por el suelo dorado en dirección al atrio, pasando por delante de la enorme escalinata.

Marlow había aprendido hace tiempo que la gente pocas veces intenta detenerte si finges saber a dónde vas y avanzas con determinación, por lo que ya se encontraba a medio pasillo en dirección a los camerinos antes de que una chica vestida de negro de la cabeza a los pies, con el pelo oscuro recogido hacia atrás en una pulcra coleta, la detuviera.

—Disculpe, no puede entrar ahí —le dijo.

—Solo será un segundo —le aseguró Marlow esquivándola para llegar hasta la puerta abierta del camerino donde los bailarines y los técnicos se preparaban para la función de aquella noche maquillándose con purpurina y vistiéndose con elaborados disfraces.

—No puedo dejarla…

—Marlow, ¿eres tú? —preguntó la voz musical de Corinne por encima de aquel estruendo. Marlow vio que avanzaba grácilmente con la cara sin maquillar y una simple bata de tela que flotaba detrás de ella como si fuera una capa. Parecía completamente exhausta, igual que Marlow, pero aun así cruzó la habitación bailando como la primera bailarina que era—. Déjala pasar, Teak.

La chica vestida de negro enseguida se apartó del umbral de la puerta y Marlow se dirigió directamente hacia Corinne esquivando a dos tramoyistas que llevaban un enorme trono dorado.

Corinne buscó la mano de Marlow en cuanto la tuvo cerca.

—Estoy tan contenta de que estés aquí. Hace unas horas me han dicho que no podré… —Respiró profundamente y se aguantó las lágrimas—. Que esta noche no actuaré. Me han dicho que con eso de la... —bajó el tono de voz— de la maldición era demasiado peligroso. Por favor, dime que has encontrado alguna pista.

—Oh, he encontrado algo incluso mejor —le prometió Marlow—. Sígueme.

Entrelazó su brazo con el de Corinne y la arrastró hacia la hilera de espejos iluminados donde algunas bailarinas se estaban peinando y maquillando.

—Marlow, ¿qué estás...?

Marlow la ignoró y se dirigió hacia la bailarina con el pelo oscuro recogido en lo alto de la cabeza y la piel pálida cubierta de purpurina plateada brillante que se estaba acicalando en el último espejo. Tenía el mismo aspecto que la imagen del programa.

—¿Vivian Sable? —preguntó Marlow deteniéndose junto a su codo.

—¿S-sí? —respondió Vivian, parpadeando al ver el reflejo de Marlow en el espejo.

—Solo quería felicitarte por haber conseguido el papel protagonista de ladrona Luna —dijo Marlow—. De hecho, me preguntaba si podrías firmarme un autógrafo.

Se sacó del bolsillo la carta de maldición que le había arrebatado a Flint y la dejó con un golpe seco encima del tocador justo delante de Vivian.

—No... no entiendo nada —balbuceó mientras palidecía.

—No te hagas la ingenua —replicó Marlow—. Convenciste a tu novio o quien sea para que consiguiera una maldición en el mercado negro y así asegurarte de que Corinne no pudiera actuar en la obra, dejándote vía libre para que tú, su suplente, interpretaras el papel protagonista.

Marlow vio en el reflejo del espejo la cara de Corinne con la mandíbula desencajada por el asombro y los ojos oscuros nublados por el dolor.

—Eso... eso no es verdad —balbuceó Vivian con voz dócil mientras los ojos verdes se le llenaban de lágrimas—. Corinne, te juro que yo nunca...

—Deja el drama para el escenario —le aconsejó Marlow—. O supongo que no, ya que en cuanto rompa la maldición y expliques a los productores lo que has hecho te aseguro que esta noche no vas a actuar.

—Te juro que yo no... —empezó Vivian.

—Ah, y si no se lo cuentas te lanzaré una maldición que te pudrirá los pies —añadió Marlow.

En realidad no tenía ninguna maldición para pudrirle los pies, pero era una amenaza más convincente que un hechizo cegador.

Vivian rompió a llorar escandalosamente.

—Lo siento —dijo sollozando con la cabeza entre las manos—. Corinne, lo siento mucho, nunca quise hacerte daño. Es solo que... llevo bailando un montón de años en esta compañía y cada vez que creo que por fin conseguiré ser la bailarina principal acabo perdiendo el puesto ante la nueva estrella de turno. ¡No podía soportarlo más!

—Y sabías que no conseguirías ganar el puesto por tus propios méritos porque Corinne es mucho mejor bailarina de lo que tú llegarás a serlo jamás —añadió Marlow.

Corinne se quedó mirando a Vivian atónita.

—Nunca me hubiera imaginado que pudieras ser capaz de hacer algo así. Pensaba que eras mi amiga.

Marlow reconoció la desolación en su voz. Corinne estaba aprendiendo la lección que Marlow ya conocía demasiado bien: la gente que te importa siempre acaba decepcionándote tarde o temprano.

Vivian la miró con sus ojos verdes llorosos y parpadeó, pero Marlow sabía que no se sentía mal por lo que había hecho, solo porque la hubieran descubierto.

Marlow hizo un gesto a la regidora de escena de la coleta para que se acercara.

—Acompañe a la señorita Sable a hablar con los productores enseguida. Tiene que contarles una cosa muy urgente.

Después de echar un vistazo rápido a Corinne para que le confirmara la orden, la regidora de escena se llevó a Vivian lloriqueando. El espectáculo que estaba montando ya había empezado a llamar la atención de los demás bailarines y de los técnicos, pero Marlow centró toda su atención en Corinne mientras avanzaba poco a poco hacia la carta de maldición que se había quedado encima del tocador y la tocaba con manos temblorosas.

Marlow rebuscó en el otro bolsillo de su chaqueta y le tendió un mechero.

—¿Te gustaría hacer los honores?

Corinne tragó saliva y tomó el mechero.

—¿Solo tengo que quemarla? ¿Y entonces se romperá la maldición, así de fácil?

—Así de fácil.

Corinne tomó aire para reponer fuerzas y encendió el mechero. Tuvo que hacer varios intentos para que prendiera, pero finalmente la llama se mantuvo y pudo acercarla a la carta. Sin embargo, en vez de arder empezó a emitir un brillo de un tono liliáceo oscuro y Corinne también: la rodeó una especie de aura sombría que fue deshilachándose en unas vetas negras que la carta de maldición absorbió como si se tratase de agua con una pajita. Cuando hubo absorbido toda la magia, su brillo se desvaneció y emitió unos últimos destellos liliáceos antes de volverse de un color grafito apagado.

Sorprendida, Corinne se quedó inmóvil sosteniendo la carta de maldición y el mechero.

—¿Y bien? —dijo Marlow.

Corinne le entregó la carta y el mechero, giró sobre sus talones y se dirigió apresuradamente hacia un chico de pelo oscuro que tenía un violín apoyado en el hombro.

—¡Xander! Toca la canción de «Una ladrona en la corte del rey Sol».

El chico enseguida la obedeció y pronto los primeros acordes de la canción flotaron por la habitación como si fueran humo. Corinne se puso en posición y movió el cuerpo con gestos precisos y controlados, ejecutando el número de baile que un minuto antes habría sido incapaz de escuchar sin desmayarse. Incluso vestida con aquella simple bata en vez de con el intricado disfraz de ladrona Luna, estaba cautivadora.

La sala se llenó de aplausos cuando los demás bailarines y músicos vieron a Corinne saltar y bailar, contentos y aliviados por haber recuperado a su primera bailarina. Seguro que aquella noche estaría increíble. Nadie podría quitarle los ojos de encima.

Marlow sonrió mientras se guardaba la carta de maldición chamuscada en el bolsillo. Se había quedado sin gota de magia, por lo que nunca más volvería a hacer daño a nadie. Pero para Marlow sería un recordatorio de que mientras siguiera habiendo maldiciones ella seguiría rompiéndolas.

—No sé exactamente cómo lo ha conseguido, pero gracias.

Marlow se giró y vio a la regidora de escena de la coleta impoluta, Teak, a su lado observando a Corinne moverse al compás del *crescendo* del violín.

—Solo he hecho mi trabajo —replicó Marlow sin más.

—En cualquier caso, ha salvado el *ballet* —afirmó Teak—. Los críticos siempre vienen la noche del estreno y si hubiéramos tenido que seguir adelante con Vivian interpretando el papel de ladrona Luna mañana hubiéramos tenido que leer unas críticas muy duras en los periódicos. Por no mencionar que me han soplado que los vástagos de las cinco familias atenderán la representación de esta noche. No puedo ni imaginarme lo bochornoso que hubiera sido…

—¿Qué? —exclamó Marlow de golpe, y los oídos empezaron a zumbarle—. ¿Los vástagos de las cinco familias vendrán al Monarca? ¿Esta noche?

Teak le dirigió una mirada extraña.

—Sí, pero sin ánimo de ofender, dudo que logre orquestar un encuentro casual fingido con Adrius Falcrest, si es lo que está pensando.

Marlow soltó una risa aguda e histérica.

—Le prometo que no estaba pensando en eso.

—De acuerdo —dijo Teak entrecerrando los ojos—. Solo lo digo por experiencia. No es que yo lo haya intentado, pero...

—Sí, claro, ya lo entiendo—contestó Marlow—. Dígale a Corinne cuando termine de bailar que la espero en su camerino. Será mejor que me vaya antes de que empiece a llegar toda la marabunta.

—¿No se quedará para ver la obra?

—Tal vez otro día —respondió Marlow con una sonrisa tímida—. Estoy segura de que Corinne lo hará de maravilla. Pero he tenido un día muy largo, necesito irme a casa.

«Lo más deprisa posible».

Por lo visto el portero ya había empezado a dejar que la gente entrara al teatro. Cuando Marlow volvió al vestíbulo con unas cuantas ristras de perlas de más en los bolsillos de la chaqueta, lo encontró repleto de gente. Todo el mundo llevaba sus ropajes más elegantes, trajes y vestidos del color de gemas preciosas con patrones extravagantes y florituras mágicas para conseguir el dudoso honor de destacar entre la muchedumbre con la esperanza de merecer una mención en las columnas de moda de los periódicos del día siguiente.

Marlow llamaba bastante la atención, pero justamente por los motivos opuestos, aunque supuso que su chaqueta todavía húmeda, sus botas embarradas y la maraña de pelo rubio y sucio que le llegaba hasta los hombros le ganarían una mención en la sección de desastres de moda.

Razón de más para marcharse disimuladamente.

Pero su plan se vino abajo en cuanto descendió al atrio y vio algo que la hizo detenerse en seco, igual que al resto de los presentes. Todas las miradas se posaron sobre Gemma Starling y Amara Falcrest mientras entraban por la puerta principal. Los murmullos empezaron a aflorar por la habitación como si fueran burbujas de un vino espumoso.

Amara y Gemma no prestaron ninguna atención a los mirones, pues estaban acostumbradas a ser el centro de atención. Gemma resplandecía bajo la luz del candelabro con su atrevido vestido fucsia con una cola tan voluminosa que parecía el plumaje de un pájaro exótico. En los brazos llevaba unos brazaletes dorados flotantes adornados con gemas que orbitaban a su alrededor como si fueran pequeños planetas. Llevaba los rizos rosados recogidos con elegancia y los párpados maquillados en un tono dorado con un degradado que se iba oscureciendo hasta convertirse en un bronce intenso justo debajo de las cejas.

Amara llevaba un espectacular vestido escultural de un tono amatista oscuro y su melena negra como la noche, completamente lisa enroscada alrededor de la cabeza como si fuera una corona adornada con perlas. Además, también llevaba perlas más pequeñas para adornarse los ojos y los pómulos. Marlow posó la mirada sobre el collar enjoyado de plata con delicadas filigranas que le rodeaba el cuello, un accesorio que normalmente solo lucían las mujeres que estaban prometidas en matrimonio.

Marlow se quedó paralizada en los escalones mientras se acercaban y alcanzó a oír unos retazos de su conversación.

—… si Adrius quisiera que lo esperásemos, no debería haber perdido el tiempo coqueteando con la chica del salón de té.

De verdad, a esas alturas ya debe haberse acostado con todas las candidatas adecuadas de Jardinperenne.

—Y también con un montón de candidatas inadecuadas —añadió Amara, tajante.

Gemma profirió una carcajada musical y Marlow soltó un suspiro de alivio en cuanto pasaron a su lado sin verla.

Sin embargo, estaba claro que aquel no era su día de suerte, ya que al cabo de un momento volvió a oír la voz de Amara.

—Gemma, espera, ¿esa no es Marlow Briggs?

Mierda. La habían reconocido. Agachó la cabeza y se escabulló en dirección a la salida.

Gemma rio con ganas.

—Sí, claro, seguro que Marlow Briggs frecuenta el… Por Dios, sí que es ella. ¡Hola, Marlow!

Marlow miró con desesperación hacia las puertas abiertas y se preguntó si podría salir corriendo de allí antes de que Amara y Gemma la alcanzaran.

En cambio, respiró profundamente y se giró para mirarlas de frente.

—Hola, Gemma. Amara —las saludó tan amablemente como pudo.

—Vaya, Marlow Briggs —dijo Gemma tras soltar un leve silbido—. Hacía siglos que no nos veíamos.

Un año y cinco semanas para ser exactos, pero ¿quién recordaba el día exacto en que la madre de Marlow había desaparecido y su vida había cambiado por completo?

—Pensábamos que habías desaparecido igual que tu madre —prosiguió Gemma sin mostrar ninguna consideración por si aquel tema le resultaba delicado—. ¿Qué estás haciendo en el Monarca? ¿Trabajas aquí?

Parecía dubitativa, pero Marlow no sabía si era por el concepto de tener que trabajar o por la idea de que Marlow pudiera trabajar en un lugar tan glamuroso como el Monarca. Marlow no podía culparla por lo segundo y no le cabía ninguna duda de que el resto de la muchedumbre que seguía alborotada por su llegada debía estar preguntándose por qué unas de las damas más buscadas de la alta sociedad de Caraza estaban hablando con ella.

—Solo he venido a ayudar a una amiga —contestó Marlow. En aquel momento se hizo un silencio incómodo y le pareció una oportunidad tan buena como cualquier otra para marcharse—. Me alegro de haberos visto, pero tengo que…

—¿Marlow? —Una voz grave e intensa se unió a la conversación en cuanto se acercó Darian Vale—. Vaya, hacía…

—Siglos que no nos veíamos, sí —dijo Marlow terminando la frase por él—. O eso me han dicho.

Darian se detuvo junto a Amara y le rodeó la cintura con el brazo. Marlow siguió con la mirada la delicada mano de Amara mientras alisaba el chaleco azul cobalto de Darian y le recolocaba el pañuelo de cuello espigado. Marlow volvió a echar un vistazo a su collar enjoyado de plata y entonces ató cabos. Amara y Darian estaban comprometidos.

De repente Marlow se sintió completamente alejada de la chica que había sido un año atrás, cuando se sentía como pez en el agua en el universo social de esa gente y estaba al día de todos los encuentros amorosos y todas las separaciones dramáticas. Por aquel entonces era como el aire que respiraba, una parte ineludible de la vida de la *noblesse nouveau*.

Pisándole los talones a Darian apareció su hermano Silvan, inconfundible por su pelo largo rubio platino, la expresión altiva de su cara angulosa y la serpiente mascota, que se había enroscado perezosamente en su brazo, aportando así un toque de color azul intenso que contrastaba con la manga plateada perlada de su traje. Su indiferencia se convirtió en desprecio burlón al examinar el aspecto de Marlow y luego desvió la mirada hacia la multitud, mostrando su rechazo.

Marlow empezó a oír los latidos de su corazón dentro de su cabeza, pero no porque le importara qué Silvan la detestara, cosa que era cierta, aunque en realidad Silvan detestaba a todo el mundo, sino porque si él estaba ahí eso significaba sin lugar a dudas que su mejor amigo andaba por ahí cerca.

—Vaya, ¿cómo te va la vida? —preguntó Darian educadamente. A diferencia de su hermano, siempre hacía alarde de sus buenos modales. Aunque Marlow suponía que era porque no había mucha sustancia tras su mandíbula firme y su pelo color miel.

Gemma, por otro lado, no se ceñía a las normas de cortesía.

—En serio, ¿dónde has estado durante todo este tiempo?

Marlow sabía que su curiosidad no derivaba de ningún sentimiento de amistad.

Su interés por Marlow era el mismo que podría sentir un niño por su flamante juguete nuevo. Nunca habían sido amigas de verdad, ni siquiera cuando Marlow formaba parte de la sociedad de Jardinperenne. Las chicas como Amara y Gemma no tenían amigos; tenían aduladores y víctimas. E incluso por aquel entonces Marlow tenía la piel demasiado gruesa como para ser una víctima satisfactoria y era demasiado cautelosa como para ser una aduladora sumisa. Por eso había sido más bien invisible para ellas, cosa que le había parecido bien.

Marlow no era hija de un lord menor, sino de una *chevalier* que trabajaba para Vale; no llegaba a ser una plebeya, pero sin duda tampoco formaba parte de la *noblesse nouveau* a pesar de que le hubieran permitido estudiar en la misma escuela que ellos. Era una concesión muy inusual para alguien de su estatus e incluso ahora seguía agradecida por ello.

Era precisamente gracias a aquella educación que había aprendido lo bastante sobre hechicería como para convertirse en una rompemaldiciones de éxito.

Pero ninguno de aquellos vástagos que formaban parte del eslabón más alto de la sociedad habían sido amigos de Marlow. Ninguno excepto...

A Marlow se le atragantó la respuesta que iba a darle a Gemma en cuanto divisó una cabeza familiar con rizos castaños cuidadosamente despeinados. La muchedumbre se abrió ante él como el telón de un escenario y entonces apareció Adrius Falcrest arrastrando un abrigo dorado brillante con un pañuelo en el cuello a juego sobresaliendo de un chaleco rubí. Resplandeciendo con un tono dorado bajo la luz del candelabro, cruzó el vestíbulo con la gracia de un león, propia de alguien perfectamente consciente de estar atrayendo todas las miradas de la habitación e inmensamente satisfecho de que así fuera.

Marlow vio que todavía no se había dado cuenta de con quién estaban hablando sus amigos en medio del vestíbulo del Monarca. Y cuando la reconoció, notó un sentimiento de vindicación hirviéndole en el pecho. A Adrius se le borró su encanto afable del rostro y los pies le titubearon durante una fracción de segundo antes de recomponerse y volver a esbozar la sonrisa despreocupada de siempre.

Marlow sabía que ni siquiera los demás vástagos eran inmunes al brillo inexorable de la presencia de Adrius. Vio que se apartaban para dejarle sitio y acercarse a él, como si fueran flores buscando sol.

—Vaya, sin duda la noche acaba de volverse mucho más interesante —dijo Adrius clavando sus ojos dorados como el *whiskey* en Marlow y alzando una de sus elegantes cejas—. No hacía falta que me siguieras hasta el *ballet* si tantas ganas tenías de verme, Minnow.

Marlow se puso hecha una furia; aquella humillación encendió su ira. Nadie la llamaba así desde hacía más de un año. Las dos únicas personas que lo hacían eran su madre y Adrius, que había leído el apelativo en una de las notas que su madre le había escrito en su primer día de clase en Jardinperenne. Desde aquel momento Adrius se había negado a llamarla de otra manera. Por aquel entonces no le había molestado o, mejor dicho, sí que le había molestado, pero por un motivo totalmente diferente. Y eso antes de darse cuenta de que Adrius era un pedazo de imbécil.

—Ha sido una desafortunada coincidencia —replicó Marlow con voz cortante. Por un breve instante consideró lanzarle el último embrujo que le quedaba solo por diversión—. En realidad ya me estaba yendo.

—¿Tan pronto? —preguntó Adrius juntando las cejas en una expresión de preocupación fingida—. Si es porque no puedes permitirte pagar por una butaca, estoy seguro de que podemos hacerte un hueco en nuestro palco; solo tienes que pedirlo. Al fin y al cabo somos viejos amigos, ¿no?

Gemma reprimió una risita aguda y Amara le dio un fuerte codazo. Silvan alzó la mirada hacia el techo como si le estuviera rogando al dios Ibis que descendiera de las alturas y pusiera fin a aquel encuentro tan incómodo, y por primera vez en su vida Marlow estuvo de acuerdo con él de todo corazón, aunque llegados a este punto también le hubiera parecido bien que la diosa Cocodrilo se alzara desde las profundidades del pantano. O, mejor aún, que agarrara a Adrius entre sus fauces.

—Hablando de nuestro palco privado, ¿no deberíamos ir tirando? —se quejó Silvan lanzando una mirada con el ceño fruncido a Adrius—. Creo que ya va siendo hora de que nos refugiemos de… la muchedumbre. —Enfatizó sus palabras lanzando una mirada poco disimulada a Marlow.

Sin embargo, Adrius actuó como si no lo hubiera oído y mantuvo la mirada fijada en Marlow mientras esperaba su respuesta con una sonrisa burlona.

Marlow estuvo encantada de decepcionarlo.

—Gracias por la oferta, pero me temo que tendré que rechazarla. —No pudo evitar esbozar una sonrisa sarcástica—. Disfrutad del espectáculo.

Se dio la vuelta, pero su huida quedó inmediatamente frustrada por Teak, la regidora de escena que había conocido poco antes en el vestuario.

—¡Señorita Briggs! —exclamó Teak—. Menos mal que he conseguido alcanzarla antes de que se fuera.

—Corinne ya me ha pagado —dijo Marlow, esquivándola para dirigirse hacia la puerta principal.

—Sí, lo sé —dijo Teak apresurándose para seguirla—. Pero los productores querían expresarle su agradecimiento tanto por su ayuda como por su discreción. Por favor, acepte esa muestra de su gratitud.

Le tendió un par de entradas y Marlow, consciente de que Adrius y los demás la estaban observando, las aceptó sin rechistar.

—Son válidas para cualquier noche que le apetezca venir. El portero la dejará entrar en cuanto la vea —le aseguró Teak—. Si alguna vez necesita la ayuda del Teatro Monarca, estaremos encantados de prestársela.

—Lo tendré en cuenta. —A Marlow no se le ocurrió ninguna situación en la que pudiera necesitar la ayuda de una compañía de *ballet*, pero había aprendido que nunca estaba de más que alguien estuviera en deuda contigo. En Caraza los favores eran una divisa mucho más poderosa que las perlas. Sobre todo para una rompemaldiciones.

Cuando Teak se alejó con la coleta balanceándose de un lado a otro, Marlow por fin tuvo la oportunidad de marcharse del teatro. Notó la mirada de Adrius posada en su espalda mientras huía por la puerta principal. La ira y la humillación le ardían en las entrañas, pero se consoló pensando que en menos de una hora volvería a estar en Las Ciénagas, el lugar donde pertenecía, y que no tendría que volver a ver a Adrius Falcrest nunca más.

TRES

Marlow se sentó en el mostrador de la tienda de hechizos de la Alcobita con una galleta rellena de chocolate en la mano mientras encantaba una taza de té con una carta de hechizo para calentar que había tomado prestada. A su lado, Swift no dejaba de parlotear sobre el último objeto que había adquirido en la casa de empeños que había al lado, una especie de máquina aristana que, por lo que respectaba a Marlow, había sido inventada para emitir un montón de ruidos chasqueantes desagradables.

En aquel momento la tienda estaba vacía, pero había sido una mañana especialmente ajetreada. A Marlow no le importaba tener que lidiar con los clientes, pero prefería los momentos como aquel, en los que reinaba la tranquilidad en la tienda y podía dedicarse a molestar a Swift, a hurgar entre los nuevos hechizos y a catalogar ingredientes.

Encajada sin contemplaciones entre la oficina de una adivina y una casa de empeños, la Alcobita era una de las tiendas de hechizos más antiguas de Las Ciénagas. Aquel espacio estrecho estaba completamente abarrotado de todo tipo de cartas de hechizo: simples hechizos de limpieza, encantamientos de levitación, hechizos para reducir las pesadillas o conceder buena suerte, embrujos que hinchaban la lengua a los mentirosos y encantamientos para volverse más valiente o atractivo.

—Menudo desperdicio de magia —refunfuñó Swift mientras se secaba el sudor de la frente y observaba a Marlow poner su galleta encima de su ahora humeante taza de té—. Aquí dentro hace un calor sofocante. ¿Por qué ibas a querer un té caliente?

—Para que el chocolate del relleno de la galleta se deshaga y quede una masa viscosa y deliciosa —explicó.

Swift contempló su máquina con ojos entrecerrados y arrugó el hermoso rostro en una expresión de consternación.

—Estás fatal de la cabeza.

—Tú tienes tus lujos y yo los míos —replicó Marlow con serenidad señalando la máquina, que se había puesto a emitir un chirrido después de que Swift le diera un manotazo. Mientras masticaba un bocado perfecto de chocolate deshecho, sugirió—: Prueba a darle más fuerte.

—Si no tienes intención de ayudarme… —empezó Swift, fulminándola con la mirada.

—Pero ¿por qué has comprado este trasto?

—Es una radio y la he comprado porque me gustaría estar al día de lo que ocurre en el mundo más allá de Las Ciénagas.

La radio se encendió tras un chasquido y una canción estridente inundó la tienda, pero poco a poco fue atenuándose para dejar paso a una voz.

—¡*La balada de la ladrona Luna* se estrenó mundialmente anoche y fue todo un éxito! Las entradas ya están a la venta, ¡corran a comprar las suyas antes de que se agoten!

Sin duda, escuchar la voz incorpórea de un desconocido intentando venderte entradas para ir al teatro resultaba un poco perturbador, pero Swift parecía muy entusiasmado.

—Ah, es verdad, ¿cómo te fue con el caso? —preguntó, ahogando la voz de la radio, que siguió parloteando—. Supongo que si anoche pudieron estrenar la obra significa que conseguiste romper la maldición.

—O que esa radio tuya te está mintiendo.

—Dudo mucho que estuvieras aquí sentada dándome la lata si no hubieras resuelto el caso —replicó Swift—. ¿Cómo acabó la cosa? ¿Quién le lanzó la maldición?

—Su suplente.

—¿En serio? —exclamó Swift—. ¿Eso es todo? ¿No vas a darme ningún otro detalle? Venga ya, ¡este caso era de los gordos! ¡Échale un poco de intriga, un poco de tu chispa!

Normalmente a Marlow le gustaba entretenerlo con historias sórdidas de amantes despechados y rivales acérrimos y sin duda el caso de la ladrona Luna había estado repleto de emoción. Pero en aquella ocasión prefería guardarse las partes más emocionantes.

Swift le dio un golpecito en el hombro.

—Ni siquiera me has contado si la pista de Orsella te sirvió de algo.

Lo que no quería contarle era justamente a dónde la había conducido aquella pista.

—¿Qué quieres que te explique? Encontré al tipo, rompí la maldición y salvé a la chica, como siempre. ¿Por qué no hablamos mejor de ti? ¿Has conocido a algún otro cuentacuentos encantador últimamente?

—Marlow —dijo Swift con un deje de sospecha en la voz—. ¿Qué me estás ocultando?

Era demasiado listo por su propio bien.

—Odio cuando haces eso —se quejó la chica.

—Genial, así sabrás cómo nos sentimos los demás —replicó Swift—. Ni siquiera puedo desayunar algo diferente sin que te empeñes en sacar a la luz mis secretos más oscuros. Así que desembucha.

—Antes de que te lo explique —respondió Marlow con evasivas—, me gustaría señalar que estoy aquí sana y salva y que apenas…

—Marlow, te juro por la diosa Cocodrilo que…

—Fui al Tigre Ciego —soltó Marlow—. Orsella me dijo que en ese tugurio encontraría al tipo que le había comprado la maldición que habían lanzado a Corinne.

Swift se quedó un buen rato en silencio, y aquello fue mucho peor que si se hubiera puesto a gritar.

—¿Y lo encontraste? —preguntó por fin.

—Sí —contestó Marlow—. Lo embrujé, le quité la maldición y me fui.

—¿Y qué más? —insistió Swift. Al ver que Marlow se quedaba en silencio, continuó—: Deja que lo adivine: te encontraste con algunos cabezacobre. Porque ese bar es territorio de los Cabezacobre. ¿Cómo pudiste ser tan imprudente?

—No fui imprudente, Swift; solo estaba haciendo mi trabajo —replicó Marlow acaloradamente—. Y a veces eso implica algunos riesgos. Soy una rompemaldiciones, no una...

—¿Una qué? ¿Una dependienta en una tienda de hechizos?

—Bueno, técnicamente también lo soy —concedió Marlow—. Mira, no lo he dicho en ese sentido. Estoy encantada de que Hyrum te contratase. Estoy encantada de que ahora estés a salvo. Si alguien se lo merece, sin duda eres tú.

—Que protegiéramos mi piso para que resultara imposible de encontrar no significa que esté a salvo —le espetó Swift. Se recolocó la manga izquierda, que llevaba sujeta justo por debajo del codo porque le faltaba parte del brazo—. Bane podría aparecer por la tienda para hacerte una visita.

—Ni siquiera Bane es lo bastante estúpido como para armar jaleo en el territorio de los Segadores —contestó Marlow con desdén. Los Segadores y los Cabezacobre eran dos de las mayores bandas callejeras de Las Ciénagas y se habían convertido en rivales acérrimos y violentos. Por mucho que los Cabezacobre se la tuvieran jurada a Marlow y a Swift, no les tocarían ni un pelo mientras se quedaran en el territorio de los Segadores.

—Estoy en deuda contigo, Marlow —dijo Swift tras sacudir la cabeza—, y sabes que no podría quererte más ni que fueras de mi propia sangre, pero a veces es como si no vieras nada salvo el misterio que estás intentando resolver.

Marlow sintió una punzada de dolor en el pecho. Cosa que significaba, por supuesto, que Swift había dado en el clavo. No es que Marlow no fuera consciente de todo lo que acababa de decirle, pero oírlo en boca de Swift lo volvió más real. Y no solo porque tuviera razón, sino porque vio el miedo en sus ojos oscuros y se arrepintió de haberlo causado.

Aquello la transportó de nuevo a aquellas primeras semanas tras la desaparición de su madre, al momento en que por fin había vuelto a encontrar a Swift. Sin embargo, no se parecía en nada al chico atolondrado y lleno de vitalidad que había conocido de pequeña, al niño al que había mangoneado y con quien había jugado al monstruo del pantano. El Swift con quien se reencontró era una criatura vacía y atormentada, menos entero de lo que estaba ahora. Puede que la maldición que le habían lanzado los Cabezacobre se hubiera cobrado su brazo, pero había sido un precio muy pequeño que pagar por su libertad.

La maldición de Swift fue la primera que Marlow rompió y el motivo por el cual se metió en el negocio de romper maldiciones. La cara que puso Swift en el momento en que se libró de la maldición y los Cabezacobre dejaron por fin de tener control sobre él se le había quedado grabada en el cerebro. Le servía como recordatorio de todo el bien que podía hacer cambiando ni que fuera una sola vida.

Y era precisamente por aquel recuerdo que le dolía tanto haber decepcionado a Swift. Le entraron ganas de llorar.

—Prométeme que no volverás a Rompecuellos —pidió Swift con voz seria. Pero Marlow no quería mentirle.

—Tengo que ir adonde me lleven los casos, Swift. No me metí en ese tugurio buscando problemas.

—No, Marlow, nunca vas buscando problemas, pero aun así parece que siempre te encuentran, ¿no? —dijo con expresión amarga y resignada.

La radio siguió parloteando a pesar del silencio; en aquel momento estaban dando el parte meteorológico.

De repente se abrió la puerta de la tienda y ambos dieron un salto asustados, pero al girarse vieron a Hyrum entrando con paso seguro y sacudiéndose las gotas de lluvia de la melena oscura.

—¿Acaso os pago para que estéis todo el día de cháchara? —preguntó paseando la mirada entre Swift y Marlow—. Poneos a organizar las estanterías de los hechizos protectores o algo.

Swift lanzó una última mirada a Marlow y se dirigió alterado hacia el fondo de la tienda.

Marlow bajó de un salto del contador y se acercó a Hyrum como si fuera un pelícano que hubiera encontrado su cena.

—¿Qué quieres? —gruñó Hyrum mientras apartaba la cortina que conducía a la trastienda.

—Tú sabes un montón de cosas sobre Las Ciénagas —arrancó.

—He vivido aquí toda mi vida, así que diría que sé unas cuantas cosas, sí —replicó Hyrum.

Habló con la vista fijada a la pared donde almacenaban los ingredientes para hacer hechizos: botes llenos de dientes de leche, sangre, buena suerte que emitía un brillo dorado y recuerdos espectrales suspendidos en humo. Tarros que parecían vacíos, pero que en realidad contenían la voz de alguien o su último aliento. Todos aquellos ingredientes habían sido comprados a personas que estaban lo bastante desesperadas como para vender partes de sí mismas por unas cuantas perlas.

No se podía sacar mucho beneficio vendiendo encantamientos a los habitantes de Las Ciénagas, ya que muchas veces apenas les llegaba para alimentar a sus familias, por lo que no les sobraba mucho para gastarse en hechizos protectores y amuletos para levantar los ánimos. Así que, al igual que la mayoría de las tiendas de hechizos de Las Ciénagas, la Alcobita también compraba ingredientes y los vendía a las cinco familias por una pequeña comisión. Y si en alguna ocasión Hyrum desviaba parte de los ingredientes para venderlos al mercado negro era por el bien del negocio.

Marlow apartó una caja que estaba tirada por el suelo con el pie.

—¿Alguna vez has oído hablar de una banda callejera que tenga como símbolo una flor negra?

Hyrum dejó la caja que tenía en las manos y se giró para mirarla a la cara.

—¿Esta pregunta tiene relación con alguno de tus casos? —Lo dijo con un tono de voz de indiferencia forzada, pero no consiguió ocultar su reacción inicial a la pregunta.

—Más o menos —respondió Marlow con evasivas.

—Porque, si se trata de un caso, mi consejo profesional sería que no te ocuparas de él.

—Conque sí que sabes algo de ese símbolo. —Marlow decidió arriesgarse y seguir presionándolo—: ¿Alguna vez mi madre te habló de este símbolo?

Por un momento, el rostro curtido de Hyrum adoptó una expresión extraña, pero la borró antes de que Marlow consiguiera descifrarla.

—No, Cassandra nunca me dijo nada de ningún símbolo, y si eres tan lista como sospecho que eres no deberías hablar de la Orquídea Negra ni conmigo ni con nadie que…

—¿La Orquídea Negra?

Hyrum se encogió de hombros y hundió la cara en la enorme palma de su mano.

—Olvídate de ese nombre. Y mantén la boca cerrada respecto a este tema, te lo digo en serio. Déjalo, Marlow.

Hyrum nunca la llamaba por su nombre de pila. Siempre decía «Ponte a trabajar, Briggs» o «Deja de molestarme, niña».

Por eso en cuanto la llamó por su nombre supo que iba muy en serio. Hyrum tenía muchos defectos: era taciturno, estaba dichosamente anclado a sus costumbres y, a veces, podía llegar a ser un cabrón exasperante. Pero no era una persona irracional. Si quería que Marlow no se metiera en eso, seguramente era por un buen motivo.

Pero a Marlow no se le daba muy bien eso de dejar las cosas. Y además aquello estaba relacionado con su madre, el mayor misterio sin resolver de su vida. El interrogante que tenía clavado como una espinita, que la importunaba siempre que intentaba tranquilizarse. Era como si fuera un lago en su mente. En la superficie estaban las preguntas más obvias que rompían contra la orilla.

¿Dónde estaba su madre?

¿Por qué se había ido? ¿Había desaparecido por voluntad propia o a la fuerza?

¿Seguiría estando viva?

Pero esas preguntas eran mucho más que tan solo preguntas: eran las pistas de un misterio que había arrastrado a Marlow hasta lo más hondo. El misterio sobre quién era realmente su madre.

Hyrum debió reconocer la expresión de su rostro y lo que significaba, ya que soltó un suspiro.

—Tu madre mantenía ciertas cosas en secreto para protegerte.

—Los secretos no pueden protegerme —replicó Marlow—. Solo puede hacerlo la verdad.

Marlow estaba en deuda con Hyrum. Lo conocía desde que era una niña; era uno de los mejores amigos de Las Ciénagas de Cassandra. Fue él quien había ayudado a Marlow a recomponerse y le había ofrecido un hogar después de que lo perdiera todo.

Pero, si no estaba dispuesto a hablar sobre este tema, Marlow simplemente tendría que encontrar las respuestas que quería sin su ayuda y sin que se enterara. Seguro que Hyrum no se lo reprocharía. Conocía a Marlow perfectamente y sabía que no iba a dejarlo. No era su estilo.

Dado que había cabreado tanto a Swift como a Hyrum, Marlow pasó una tarde horrorosa catalogando ingredientes en la trastienda sofocante de la Alcobita. Nunca se había sentido tan aliviada como cuando Hyrum le dijo que no hacía falta que se quedase a cerrar la tienda.

La calle estaba empapada de barro debido a una breve tormenta de tarde torrencial, pero el estómago le rugía de hambre, así que Marlow se arrastró hacia el muelle en busca de los barcos amarrados que vendían pescado frito y sopa de tortuga.

La ciudad de Caraza estaba construida sobre un humedal que se extendía desde la bahía Turmalina hasta el río Perla. Los arquitectos de la ciudad habían cubierto la zona cercana a la bahía y habían diseñado una red de canales eficiente y organizada. Aquella parte de la ciudad se había convertido en Jardinperenne y el distrito del Jardín Exterior.

Pero aquel proceso hizo que la zona que quedaba al oeste se hundiera todavía más, y eso que ya era propensa a inundaciones debido al río. A los habitantes de Las Ciénagas, que es como acabó llamándose aquella parte de la ciudad, no les quedó más remedio que adaptarse a aquel nuevo entorno. Irguieron sus casas sobre soportes elevados, construyeron puentes y carreteras de madera provisionales y recolectaron todo tipo de materiales, convirtiendo barcos de pesca en casas y escaparates.

—¿Tienes tiempo para echar una partidita, Marlow?

Marlow dirigió la mirada hacia Fiero y Basil, que estaban sentados en su lugar habitual en un extremo del muelle con un tablero de pento.

—Solo he venido a buscar algo para cenar —contestó Marlow señalando los barcos con la cabeza—. ¿Os apetece algo?

Fiero hizo girar una pieza de pento entre sus dedos y observó a Basil mientras signaba a toda velocidad en lengua de signos. Dos décadas atrás había vendido su voz a una tienda de hechizos para poder liquidar todas sus deudas.

—Baz dice que no te atreves a jugar porque la última vez te dio una buena paliza.

—¡Tuve muy mala suerte! —exclamó Marlow por encima del hombro mientras se dirigía hacia los barcos.

Compró tres raciones de pescado frito con cebolla encurtida y salsa picante bien calientes envueltas en papel de periódico. Dio una a Fiero, otra a Basil y se llevó la suya al pequeño piso de encima de la Alcobita donde vivía.

Olía de maravilla y tenía tanta hambre que acabó desenvolviendo el pescado para hincarle el diente mientras subía por la quejumbrosa escalera hasta el tercer rellano, masticando mientras reflexionaba sobre dónde podría empezar a buscar información sobre la Orquídea Negra.

Todavía iba sumida en sus pensamientos cuando abrió la puerta principal de su casa con una mano mientras con la otra sujetaba la cena.

Estaba tan ensimismada que tardó unos cuantos segundos en darse cuenta de que había una persona sentada en su silla con las piernas apoyadas encima de su escritorio, acariciando cariñosamente a Rana entre las orejas con un brazo mientras el otro reposaba encima de su cabeza.

A Marlow se le cayó el pescado frito de la mano, que aterrizó sobre el suelo con un golpe seco. Por el rabillo del ojo vio la cola gris peluda de Rana acercándose para investigar, pero mantuvo la mirada fijada en el chico que estaba sentado en su silla.

—Así que aquí es donde has estado escondiéndote durante tanto tiempo —dijo Adrius.

CUATRO

O yendo el latido incesante de su corazón dentro de su cabeza, Marlow se preguntó a qué dios del Panteón del Manglar Siempre Sumergido había cabreado aquella vez. Porque era evidente que alguien estaba empeñado en arruinarle la vida.

—¿Qué, no piensas ni saludarme? —preguntó Adrius bajando las piernas del escritorio. La chaqueta carmín intenso y la camisa abierta de color crema que llevaba aquel día era mucho más informal que el modelito que llevaba puesto la noche anterior en el teatro, pero aun así seguía teniendo un aire refinado—. ¿O es que en Las Ciénagas no se estila la hospitalidad?

Marlow tuvo que respirar profundamente unas cuantas veces para volver a encontrar la voz.

—¿Cómo has entrado en mi casa?

—Con un simple hechizo para forzar cerraduras —respondió Adrius mientras tamborileaba los dedos encima del escritorio—. Deberías recargar tus hechizos protectores.

—Lo habría hecho si hubiera sabido que corría el peligro. de recibir una de tus visitas sorpresa —replicó Marlow con ganas de echarse a reír.

Aunque tampoco habría servido de mucho. Al ser un vástago de las cinco familias, Adrius tenía acceso a una serie de hechizos que ella ni siquiera podía imaginar. No había ningún hechizo protector lo bastante fuerte como para mantenerlo a raya.

—Hasta ahora nunca te habías quejado de mis visitas sorpresa —señaló Adrius alzando las comisuras de los labios.

Cuando Marlow vivía en Jardinperenne, no era inusual que se encontrara a Adrius por sorpresa holgazaneando en el apartamento que compartía con su madre. Normalmente aparecía siempre que había algún acto en la torre Vale; siempre terminaba escabulléndose y presentándose en la sala de estar de Marlow quejándose de que la fiesta era muy aburrida o de que aquel día Silvan estaba especialmente molesto. Y luego le decía a Marlow que tenía que entretenerlo. A veces Marlow lo complacía y le enseñaba a jugar a los lanzahechizos o lo invitaba a participar en una de sus bromas absurdas. Otras veces en cambio insistía en que tenía deberes o tareas pendientes, pero Adrius siempre acababa convenciéndola para que dejara sus obligaciones a un lado.

Desde el principio su amistad siempre había estado regida por los términos de Adrius.

Marlow enderezó la columna vertebral.

—¿Vas a decirme qué diantres haces en mi casa?

—¿Esto es tu casa? —preguntó paseando la mirada por la cocina estrecha, encajonada en un rincón, la mesa inclinada que se sostenía encima de un montón de cajas viejas de la Alcobita y la sábana hecha jirones que colgaba de la pared del fondo—. No sabía que hicieran pisos tan pequeños. Es… acogedor.

Estaba abarrotado y desordenado y ahora que Adrius estaba dentro parecía incluso más pequeño. Como si su presencia se propagara por todos los rincones del piso como una luz incandescente.

Marlow necesitaba que se fuera.

—No has respondido a mi pregunta. —Marlow echó un vistazo a Rana, que estaba lamiendo alegremente el pescado frito que había tirado al suelo.

—¿Sobre qué hago aquí? —Adrius rodeó el escritorio y se apoyó encima, realzando todo lo posible la forma esbelta y elegante de su cuerpo. Marlow se preguntó si se estaría dando cuenta de lo que estaba haciendo o si para él posar era algo tan natural como respirar—. Estaba pensando en contratar a un buen rompemaldiciones. ¿Conoces alguno?

Adrius la miró con su característica expresión traviesa, con aquellos ojos dorados como la miel enmarcados por sus pestañas gruesas y oscuras y esbozando una sonrisa con los labios carnosos, como si todo aquello fuera un chiste que todavía no había decidido si explicarle o no.

—¿Por qué iba un vástago de los Falcrest a necesitar una rompemaldiciones?

—Supongo que por el mismo motivo por el que cualquiera necesita una rompemaldiciones.

—A ver si lo estoy entendiendo bien. —Sin duda aquello tenía que ser una broma—. ¿Alguien ha lanzado una maldición al hijo del hombre que está al mando de la producción de la mitad de los hechizos de la ciudad y quieres mi ayuda para romperla?

—No, quiero que me ayudes a planear el baile de máscaras de medianoche de los Falcrest —replicó Adrius.

Marlow lo conocía lo bastante bien como para esperar una respuesta frívola por su parte, pero detrás de aquella fachada despreocupada y carismática propia de los Falcrest detectó que se escondía un problema. Lo vio por la manera en la que Adrius se agarraba con los largos dedos al borde de la mesa con demasiada fuerza. Fuera lo que fuera que le hubiera ocurrido, estaba lo bastante preocupado no solo como para cruzar toda la ciudad hasta Las Ciénagas, una zona en la que seguramente no había puesto un pie hasta ahora en toda su esplendorosa vida, sino como para haber acudido a ella. Para pedir ayuda.

Seguro que estaba furioso por tener que admitir que necesitaba algo de una persona tan insignificante como ella.

—Ayer en el *ballet* escuché tu conversación con aquella mujer —explicó—. Y luego me contó que te las habías arreglado para salvar a la estrella del Ballet Monarca por tu cuenta y que habías salvado el teatro de la ruina económica.

Por supuesto. Teak, la regidora de escena, que por lo visto se dejaba deslumbrar fácilmente por el encanto de la *noblesse nouveau*. Menos mal que valoraba la discreción.

—La historia que me contó me pareció muy interesante —continuó Adrius—. Así que pensé que si realmente se te da tan bien romper maldiciones tal vez podrías ayudarme con mi... problemilla.

Marlow cruzó los brazos delante del pecho.

—¿Qué te hace pensar que estaría dispuesta a ayudarte?

—Me partes el corazón, Minnow —dijo Adrius llevándose una mano al pecho con dramatismo—. ¿Hace más de un año que no nos vemos y así es como me tratas? Venga, dime la verdad. Sé que me has echado de menos.

Marlow levantó las manos en señal de rendición.

—Me has descubierto. Cada mañana miro por la ventana de mi habitación suspirando y rezando con la esperanza de que por fin Adrius Falcrest aparezca en mi sala de estar.

Sus ojos dorados intensificaron la mirada por un momento tan breve que Marlow se preguntó si se lo habría imaginado.

—¿Ves? No ha sido tan difícil.

Cansada de lamer el pescado frito del suelo, Rana se acercó son sigilo a Adrius, se enroscó en su tobillos y maulló de manera lastimera. Levantó la mirada hacia Marlow y las pupilas se le dilataron y brillaron como un par de piedras lunares iridiscentes.

—Dios mío —dijo Marlow desviando la mirada de las pupilas brillantes de Rana hacia Adrius—. Así que lo decías en serio.

Adrius se apartó de Rana.

—¿Tu gata acaba de...?

—Rana detecta maldiciones —dijo Marlow—. No me preguntes cómo ni por qué. Cuando la encontré ya era así. Pero nunca se equivoca, así que eso significa que realmente te han echado una maldición.

—¿Por qué estaría aquí si no?

—¿Para arruinarme la noche? —sugirió Marlow.

Adrius la miró con arrogancia.

—Estás considerando ayudarme, ¿a que sí?

Marlow no lo negó. Su curiosidad había ido aumentando hasta casi sobrepasar la parte de ella que quería mantenerse alejada de Adrius Falcrest a cualquier precio.

Además, tenía otro motivo para aceptar aquella oferta, uno que le hacía latir el pecho como un tambor. Ayudar a Adrius significaría regresar a Jardinperenne, el lugar que custodiaba los fantasmas de su pasado y, probablemente, la clave para que por fin pudiera librarse de ellos. Si en alguna parte había alguna pista sobre el misterio de la desaparición de su madre, sin duda estaba en Jardinperenne.

—En esta ciudad hay cientos de rompemaldiciones —dijo Marlow, postergando su decisión—. Estoy segura de que con todas las perlas que tienes no te resultaría muy difícil encontrar alguno.

—No conozco a ninguno de los demás rompemaldiciones —contestó Adrius con sencillez—. Pero a ti sí.

«No, no me conoces», quiso contestar Marlow. Conocía a la chica que era un año atrás y sin embargo Adrius suponía que no había cambiado nada a pesar de todo lo que había vivido durante todo este período de tiempo. Que seguía siendo aquella chica ingenua, fácil de encandilar e incuso más fácil de manipular.

—Venga —insistió él—. ¿Por los viejos tiempos?

Marlow esbozó una sonrisa tensa. Había evitado acercarse a Adrius desde que se lo había encontrado en su piso por miedo a acabar absorbida en su órbita como si fuera una luna errática. Pero en aquel momento su ira se antepuso a su instinto de supervivencia y salvó la distancia que los separaba sin pensárselo dos veces.

—Es hora de que te vayas —dijo agarrándolo por la chaqueta y arrastrándolo hacia la puerta, como habría hecho con cualquier otra persona.

—Espera un momento —protestó Adrius—. Solo quería decir que… ¿no sientes ni una pizca de curiosidad por saber de qué tipo de maldición se trata? ¿No quieres…?

Por supuesto que sentía curiosidad. Había una parte de ella que se moría de ganas por saberlo, aunque fuera porque la mera idea de un misterio sin resolver le resultaba insoportable. Y no estaba en una fase de negación tan profunda como para no admitir que la idea de conocer uno de los secretos de Adrius Falcrest seguía pareciéndole innegablemente atractiva.

—Vete de mi casa —siseó Marlow.

Adrius debió intuir la gravedad de su error y lo cabreada que estaba Marlow, porque cedió con una facilidad sorprendente. Marlow apenas tuvo que seguir arrastrándolo hacia la salida. Ya en el descansillo, Adrius giró sobre sus talones y vio a Marlow agarrando la puerta, más que dispuesta a cerrársela en la cara.

Pero en cuanto Marlow vio la expresión de su cara se detuvo en seco.

Era una expresión muy poco común en él, incluso un año atrás, cuando no conocía su verdadero carácter. Cejas tensas, labios distendidos, mirada preocupada. Parecía un niño. Parecía vulnerable. Parecía… perdido.

Marlow titubeó, porque tiempo atrás habían sido amigos y tal vez porque todavía recordaba lo que se sentía al gozar de la plena atención de Adrius, al imaginar que era capaz de ignorar la luz cegadora de su carisma y ver al chico que había detrás de aquella fachada.

Pero nada de aquello importaba. Porque no era real. Adrius no era real, no lo había sido ni hace un año ni tampoco ahora, y tal vez si Marlow se lo repetía suficientes veces por fin empezaría a creérselo.

Pero aun así Marlow no cerró la puerta. Ni siquiera cuando Adrius desvió la mirada, giró en redondo y empezó a descender por las escaleras de madera chirriantes.

Todavía era tan condenadamente blanda. Respiró profundamente para calmarse, se dirigió apresuradamente a su escritorio, pasando junto a Rana y asustándola, y abrió el cajón superior para sacar una tarjeta antes de bajar corriendo las escaleras detrás de él.

—Adrius.

Lo alcanzó justo pasado el segundo rellano. El chico se giró enseguida con una chispa en los ojos. Estaba un escalón por debajo de ella y a Marlow se le hizo extraño mirarlo desde aquel ángulo, como si estuviera contemplando un retrato con algún pequeño defecto que no lograba localizar.

Le alargó la tarjeta.

—Toma. Es la dirección de otra rompemaldiciones en la que confío plenamente. He trabajado con ella y te prometo que sabe lo que se hace. Y valora muchísimo la discreción.

—Oh. —Adrius bajó la mirada hacia su mano y tomó la tarjeta con cuidado, agarrándola entre los dedos sin ni siquiera rozar el pulgar de Marlow. Luego volvió a mirarla a los ojos y esbozó una sonrisa con los labios—. Algo me dice que seguramente no volveremos a encontrarnos en el *ballet*, ¿verdad?

—No es muy de mi estilo —contestó resoplando.

—Hace un tiempo lo era.

—No, en realidad nunca lo fue. —Se aclaró la garganta—. Buena suerte, Adrius.

Marlow giró sobre sus talones y volvió a subir por las escaleras antes de sentirse tentada a decir algo más.

Marlow se despertó al oír un golpeteo familiar en la puerta de su piso a la mañana siguiente. Soltó un gruñido, se pasó una mano por la cara somnolienta y salió de la cama arrastrando los pies junto a Rana, que golpeaba abatida su cuenco de comida vacío con la pata.

—Más te vale estar en peligro físico ahora mismo, Swift —dijo Marlow abriendo el cerrojo de la puerta.

—Pero si es casi mediodía —dijo Swift con una mirada crítica—. ¿De verdad estabas durmiendo todavía?

—Es mi día libre y además me acosté tarde —replicó mientras se apartaba para dejarlo pasar.

Swift se dirigió directamente hacia Rana, como siempre, y se agachó para que la gata pudiera frotar su cabeza alegremente contra su cara.

Anoche a Marlow le había costado calmarse tras la visita de Adrius; no había conseguido quemar aquella energía frenética que le ardía bajo la piel ni siquiera después de limpiar con energía la cena que había tirado al suelo y, ya que estaba, el piso entero. Cuantas más veces repetía la conversación en su cabeza, más se enfadaba, hasta que llegó un punto en que fue incapaz de discernir con quién estaba enfadada.

—¿Has venido a seguir gritándome? —le preguntó a Swift mientras se disponía a prepararle el desayuno a Rana y a hervir un poco de agua en el fogón para hacer un poco de té.

Flint se rascó la nuca.

—En realidad he venido a disculparme.

—No dijiste nada que no fuera verdad.

—Pero fui injusto. En realidad es culpa mía que estés en el radar de los Cabezacobre. —A Marlow no le gustó ver aquel deje de vergüenza en sus ojos oscuros—. Ceo que... no lo sé.

Me siento tan culpable de que puedan hacerte daño por mi culpa. Y me siento estúpido porque yo estoy aterrorizado y en cambio tú… tú no pareces tenerle miedo a nada.

—Eso no es verdad —replicó Marlow resoplando—. Le tengo miedo a un montón de cosas.

—Bueno, pero nunca lo demuestras.

Aquello era mitad cumplido, mitad reproche. Un recordatorio de que a pesar de que confiaba en Swift y contaba con él seguía guardándose ciertas cosas para sí misma.

La tetera silbó y Swift se dirigió apresuradamente hacia la cocina para preparar el té.

—Por cierto —dijo por encima del hombro—, tienes un paquete junto a la puerta. Lo habría metido, pero me habría costado bastante con una sola mano.

Agradecida por el cambio de tema, Marlow sacó la cabeza por la puerta principal. Vio una caja grande y rectangular en el descansillo envuelta con papel blanco y un lazo plateado. Inquieta, Marlow la alzó y la llevó hasta su escritorio.

No había ningún tipo de nota ni dirección. O bien alguien había venido a dejarle la caja expresamente o bien se la habían mandado con magia. Marlow tuvo un mal presentimiento, pero aun así desató el lazo y alzó la tapa de la caja.

—¿Eso es un vestido? —preguntó Swift, atónito y encantado a la vez.

Y al parecer uno muy caro, con una falda larga y vaporosa del color de la bahía Turmalina y un corpiño con volantes bordado con gemas turquesas brillantes que recordaban el reflejo de los rayos del sol en el agua. Junto al vestido, entre el papel de seda arrugado, reposaba un sobre blanco.

Marlow se llevó la taza de té a los labios.

—Pero ¿quién diantres te ha mandado un vestido? —preguntó Swift—. ¿Acaso tienes un admirador secreto rico del que no me has hablado? No será para un caso, ¿no?

—No tiene nada que ver ni con ningún admirador secreto rico ni con ningún caso —contestó fulminándolo con la mirada—. Deja de reírte.

Swift dejó de reírse, pero solo para rodearla y agarrar el sobre que venía dentro de la caja.

—¿Es una carta de amor? Este día cada vez va a mejor. —El sobre se abrió de repente en su mano y soltó una cascada de chispas brillantes al son de una melodía rítmica. Swift alzó la hoja de papel que había dentro y se aclaró la garganta—. «A nuestros queridos invitados. Con esta carta quedan formalmente invitados a la regata tradicional del solsticio de verano». Por Dios, Marlow, ¿qué es esto? «Posteriormente, se ofrecerán refrigerios en…» bla, bla, bla. Oh, al final de todo hay una frase escrita a mano. «Si al final decides reconsiderar mi oferta, ven mañana». No está firmada.

Por supuesto que no estaba firmada. Pero ¿qué otra persona en aquella ciudad llena de barro la invitaría a asistir a una regata excepto Adrius Falcrest? Y, además, le enviaría un vestido junto a la invitación, por todos los dioses.

Marlow arrancó la invitación de las manos a Swift, la arrugó y la tiró en una pequeña papelera que había junto a su escritorio.

—Así que sabes quién te la ha enviado —dijo Swift recuperando el aliento después de tanto reírse.

—Sí.

—¿Y bien?

—Ha sido Adrius Falcrest —respondió Marlow poniendo los ojos en blanco—. ¿A qué hora terminas de trabajar esta noche?

Cuando Marlow volvió a mirar a Swift, vio que tenía una expresión extraña en su cara, como si acabara de decirle: «No, gracias, no quiero otra galleta de chocolate».

—¿Adrius Falcrest te ha invitado a una regata y… no vamos a hablar de ello?

—No es lo que piensas —replicó—. Quiere contratarme para que rompa una maldición.

—¿Y no vas a aceptar el caso? ¿En serio? —la reprendió—. Pensaba que lo tuyo era ayudar a los demás. Incluso a las personas que odias.

—No es que lo odie —soltó Marlow—. En realidad no me despierta ningún sentimiento. Y venga ya, es un vástago de los Falcrest; seguro que se las apañará.

—Sí, es un vástago de los Falcrest. Lo que significa que tiene mucho dinero. Dinero con el que podría pagarte. —Alzó las cejas—. Dinero que podrías utilizar para comprar un bonito regalo a tu mejor amigo Swift.

—No quiero su dinero —respondió Marlow—. Preferiría bañarme desnuda en el lago Aguascalizas antes que trabajar para Adrius Falcrest.

Swift la observó durante un buen rato y finalmente soltó un suspiro y negó con la cabeza.

—En este caso, ¿puedo quedarme con el vestido? Podría llevarlo a la casa de empeños que hay junto a la tienda. Les acaba de llegar una cámara nueva que…

—Sí, vale, quédatelo —dijo Marlow haciendo un gesto con la mano.

Metió el vestido dentro de una bolsa para que Swift pudiera transportarlo más cómodamente y lo echó de casa. En cuanto la puerta se cerró detrás de su amigo, Marlow se dejó caer encima de la silla. Rana se le subió al regazo y le clavó sus afiladas garras en el muslo.

¿Qué se creía que estaba haciendo Adrius mandándole una invitación para la regata? ¿Acaso no le había dejado bien claro que no estaba interesada en aceptar su caso?

«Por los viejos tiempos». A Marlow le entraron ganas de ponerse a romper cosas solo con recordar la insensibilidad con la que le había echado en cara su antigua amistad o lo que fuera.

Pero la cuestión es que en realidad sí que habían sido amigos. O por lo menos Marlow había sido lo bastante ingenua y se había sentido lo bastante sola como para pensar que lo eran. Y Adrius había sido... Adrius. Encantador, cautivador y amable cuando nadie más le prestaba atención.

Hasta que dejó de serlo. Hasta que un día Marlow lo miró y Adrius pasó de largo como si ella ni siquiera existiera. Y la peor parte era que había tardado semanas en aceptar lo que había ocurrido. Semanas en las que intentó volver a captar su atención, como si estuviera intentando capturar una luciérnaga en un tarro de cristal. Semanas en las que se había levantado cada mañana con la esperanza de que aquel fuera el día en que Adrius apareciera en su apartamento para burlarse de ella y llamarla «Minnow» y todo volviera a ser como antes. Semanas en las que se había preguntado si había hecho algo mal, o si simplemente Adrius se había cansado de ella, o si para él todo había sido un juego desde el principio.

Todo aquello seguía volviéndola loca incluso ahora, era como un picor que no conseguía rascarse a pesar de que se repitiera una y otra vez que no tenía ninguna importancia y que además le daba igual.

«Supéralo ya, Briggs. Tienes que pasar página».

Aquella noche, Marlow se sentó en su escritorio para comerse un cuenco de guiso de arroz con huevos mientras terminaba de escribir sus notas sobre el caso de la ladrona Luna.

Rana había volcado la papelera y estaba entretenida esparciendo su contenido por toda la habitación en una cacería caótica. Tenía un trozo de papel acorralado contra los pies de Marlow y se lanzó a por él, atacando a su presa y mordiéndola ruidosamente.

«No deberías dejar que tu gata comiera basura», la reprendió una voz en su cabeza muy parecida a la de Swift.

Con un suspiro, Marlow levantó a Rana y rescató la hoja de papel arrugada. La alisó con una sola mano y se dio cuenta de que era la invitación para asistir a la regata. Se levantó para poner en pie el cubo de la basura y volvió a tirar la hoja dentro.

Se dirigió de nuevo hacia el escritorio, pero no pudo volver a concentrarse en sus notas. Toda su atención se había desviado hacia la invitación, como si ella fuera un pez y la carta un anzuelo.

«Solo es un estúpido trozo de papel», se reprendió a sí misma. Pero tenía la sensación de que aquella invitación se estaba riendo de ella.

En un arrebato de ira volvió a sacarla del cubo de la basura y agarró el mechero. Alisó la invitación, prendió la llama y la acercó a la esquina inferior. Sus ojos examinaron la delicada caligrafía en cursiva como acto reflejo.

«A nuestros queridos invitados. Con esta carta quedan formalmente invitados a la regata tradicional del solsticio de verano. Posteriormente, se ofrecerán refrigerios en un banquete de almuerzo a bordo del Contessa».

—¡Mierda! —exclamó Marlow al vacío de su apartamento. Apartó el mechero—. ¡Mierda!

Marlow dio tres zancadas para cruzar el apartamento hasta llegar a la sábana hecha jirones que cubría la pared junto a su cama. Tiró decididamente y la sábana cayó al suelo, dejando al descubierto las notas de Marlow sobre un caso mucho más antiguo y exasperante: el de su madre desaparecida.

La pared estaba cubierta de pistas, de conjeturas y, por supuesto, de preguntas. Había preguntas por todas partes.

No tocaba aquella pared desde hacía más de seis meses, porque por aquel entonces ya había agotado todas las pistas que tenía y todas sus energías, por lo que Swift y Hyrum habían decidido hacerle una intervención. Marlow había cubierto la pared, había guardado con cuidado todas sus preguntas y había dejado que el caso se enfriara, ya que en el fondo sabía que si algún día encontraba las respuestas que necesitaba desde luego no estarían en Las Ciénagas.

Marlow dejó que sus ojos examinaran aquel montón de hojas de papel y esbozos que recordaba a medias y empezaron a pitarle los oídos. Finalmente posó la mirada sobre la tarjeta que había clavado en la esquina inferior izquierda de la pared, debajo de una lista de cosas que Marlow sospechaba que habían desaparecido de su apartamento de la torre Vale la noche en que vio a su madre por última vez.

En un papel escrito con su propia letra apretada se podía leer: «La noche anterior vi que escribía un mensaje a alguien donde ponía "Tráelo esta noche al Contessa". Puso cara de miedo en cuanto se dio cuenta de que lo había leído. ¿Quién es el Contessa y qué sabe sobre mi madre?».

Con manos temblorosas, Marlow clavó la invitación junto al papel y luego se abrazó con fuerza.

«Contessa» no era el nombre de una persona. Era el nombre de un barco.

Y mañana por la tarde Marlow subiría a bordo de ese barco.

CINCO

L o primero que Marlow pensó al llegar a la regata fue que preferiría mil veces entrar en el Tigre Ciego y enfrentarse a cien cabezacobre que estar ahí.

La cubierta exterior del Contessa estaba repleta de miembros de la *noblesse nouveau* ataviados con ropa blanca de lino resplandeciente y vestidos vaporosos ligeros que se parecían a los distintos dulces que circulaban por cubierta en bandejas encantadas. Al otro lado de las ventanas, que iban del techo al suelo, la bahía Turmalina resplandecía bajo la luz de la última hora de la tarde. Por ahí cerca flotaban docenas de veleros que ocupaban su puesto en la línea de salida.

Pero esos veleros no eran unos barcos cualesquiera, sino que habían sido creados por arte de magia a partir de un amplio abanico de materiales imposibles. Marlow vio un velero hecho enteramente de cristales de colores que reflejaban la luz en un prisma de colores brillantes. Otro estaba completamente hecho de nácar iridiscente, con velas de seda tornasoladas holgadas. Y así uno detrás de otro: barcos deslumbrantes de oro sólido, veleros creados con miles de flores de colores vibrantes e incluso un barco fabricado con las mismas nubes vaporosas que surcaban el cielo azul celeste.

Casi cualquier persona consideraría que aquello era un despliegue de magia impresionante. Pero para las que estaban viendo la carrera desde la cubierta del Contessa no era más que otro evento del calendario social.

Nadie le prestó atención mientras se mezclaba entre el gentío. Había acudido la mayoría de la *noblesse nouveau* y Marlow reconoció la cara de la mayoría de los presentes aunque solo fuera vagamente, así como un buen número de oficiales de alto rango de la ciudad y unos cuantos jóvenes que estaban muy atentos a todo lo que ocurría a su alrededor y que Marlow supuso que eran periodistas.

Fue bastante fácil localizar a Adrius en medio de la muchedumbre, ya que estaba en medio de la cubierta rodeado por una docena de admiradores que escuchaban sus palabras boquiabiertos. Llevaba un traje de lino de un color coral intenso, con el cuello ligeramente abierto, que le daba un aspecto desenfadado, pero arreglado. Marlow se abrió paso hacia él y lo alcanzó justo cuando estaba contando el final de lo que sin duda era una historia fascinante, a juzgar por la atención con la que lo estaba escuchando el resto de los miembros de la *noblesse nouveau*.

—… y esa fue la última vez que dejé que Silvan me convenciera para bañarnos en pelotas en el canal de la Medialuna —concluyó Adrius.

La chica que estaba junto a él y cuyo nombre Marlow no conseguía recordar soltó un risita aguda y posó una mano sobre su brazo.

—Oh, Adrius, eres una pasada.

En aquel momento Adrius levantó la mirada y se encontró con la de Marlow. Sin decir ni una palabra a su séquito de aduladores, salió del círculo que habían creado a su alrededor y se dirigió hacia ella. La chica que se había reído al final de la historia parecía ofendida por aquella omisión, pero cuando vio por qué, o más bien por quién, la había abandonado Adrius se puso hecha una furia.

Los mirones empezaron a susurrar confundidos, pero Marlow centró la mirada en Adrius y en la expresión indescifrable de su rostro.

—¿Qué, no piensas ni saludarme? —preguntó esbozando una sonrisa.

Adrius la miró inquisitivamente.

—¿Y el vestido que te mandé?

Marlow agarró una copa alta de vino espumoso de una de las bandejas flotantes.

—Lo he empeñado. —Tomó un sorbo y la bebida burbujeante enseguida se le subió a la cabeza—. En realidad ha sido mi amigo Swift quien lo ha empeñado. Me ha pedido que te dé las gracias por su nueva cámara. Por cierto, ¿por qué me mandaste un vestido? ¿Pensabas que no tendría ropa lo bastante bonita como para poder asistir a una regata?

Había tenido que desenterrar un vestido del fondo del armario. Era de un color lila oscuro con un corpiño ajustado y una falda que le llegaba hasta las rodillas y que bajaba desde la cintura en unas ondas delicadas. No era ni de lejos la chica que iba más a la moda de todo el barco, pero a su parecer tampoco estaba tan mal.

Adrius alzó las cejas y habló con voz reposada.

—Cuando te vi en el *ballet*, tuve mis dudas.

—Estaba trabajando.

—¿Y ahora no?

—Todavía no lo he decidido. —Marlow echó un vistazo a su alrededor. Estaban atrayendo varias miradas, incluyendo las de las personas que estaban rodeando a Adrius antes de que este les diera plantón, la de una mujer pelirroja que Marlow supuso que era periodista y la de un hombre alto de pelo oscuro que no reconoció. Su penetrante mirada azul hizo que le entrara un escalofrío—. ¿Podríamos hablar en algún lugar más privado?

Adrius sonrió con suficiencia y Marlow enseguida supo que detestaría cualquier cosa que dijera a continuación.

—¿Sabes? La mayoría de las chicas de este barco quieren quedarse a solas conmigo. Y probablemente la mitad de los chicos también.

—Y sin embargo fuiste tú quien apareció hace un par de días en mi sala de estar para pedirme ayuda.

Adrius ensanchó la sonrisa.

—Ahórrate lo que vayas a decir —lo cortó Marlow antes de que pudiera abrir la boca.

Para sorpresa suya, le hizo caso y cerró los labios con fuerza. Marlow entrecerró los ojos. Desde que lo conocía, Adrius siempre había sido una fuente inagotable de comentarios sarcásticos. Era incapaz de recordar ninguna ocasión en la que Adrius hubiera mantenido la boca cerrada a pesar de las posibles consecuencias.

El ruido atronador del cuerno que marcaba la salida cortó el aire. La gente de su alrededor empezó a moverse en dirección a las ventanas para ver los barcos.

Adrius le agarró la muñeca.

—Venga, vamos —dijo señalando las puertas dobles con la cabeza—. Aprovechemos ahora que todos están distraídos.

Avanzó con destreza entre la muchedumbre, arrastrándola detrás de él. A Marlow no le gustaba ni un pelo que la hubiera agarrado por la muñeca de manera tan posesiva, pero no dijo nada ni intentó zafarse de su agarre, y en cuanto salieron de ahí Adrius la soltó. La condujo hacia unas escaleras, pero Marlow se fue fijando en los pasillos que iban pasando de largo con la idea de inspeccionarlos en cuanto terminara con Adrius.

En lo alto de las escaleras, Adrius giró a la derecha hacia otro pasillo dorado y abrió una puerta corredera que conducía a una estancia bañada por los rayos del sol en la que había un par de sofás alrededor de una mesa baja. Las ventanas en el lado opuesto de la habitación iban del techo hasta el suelo y daban a la bahía centelleante.

—Esta es la sala a la que Silvan suele escabullirse en este tipo de eventos —explicó Adrius. Le hizo un gesto a Marlow para que entrara.

—Tú primero —le dijo mirándolo detenidamente.

Adrius se encogió de hombros y entró en la sala, dejándose caer sobre uno de los sofás con fingida indiferencia.

A continuación entró Marlow, cerró la puerta corredera detrás de ella y rodeó la mesita para apoyarse sobre el reposabrazos del sofá que quedaba frente a Adrius.

—Venga, pregúntamelo —dijo Adrius.

—¿Qué te pregunte el qué? —inquirió Marlow, cruzando los brazos delante del pecho.

—No te hagas la remilgada —dijo—. Seguro que te mueres de ganas por saberlo. Me apuesto lo que quieras a que no has dejado de dar vueltas al asunto desde que nos vimos la otra noche, que no has parado de preguntarte qué tipo de maldición podría...

—Levántate.

Adrius se la quedó mirando. Se le tensaron los músculos de la mandíbula y exhaló de manera audible a través de la nariz. Por un momento se quedó petrificado, se le borró la expresión de despreocupación indolente del rostro y se puso en pie con el cuerpo tenso.

—Mierda —exclamó Marlow en voz baja, y se hundió en el sofá. Acababa de confirmar sus sospechas. Recordó lo fácil que le había resultado echar a Adrius de su piso la otra noche cuando se lo había ordenado y lo callado que se había quedado unos minutos antes en la cubierta exterior—. Es una maldición de coacción.

—Así que ya la has visto antes —dijo débilmente.

—No —respondió Marlow—. Nadie ha visto antes este tipo de maldición. Al menos no desde hace unos cuantos siglos.

—¿Qué?

Marlow suspiró.

—La única receta conocida para crear una maldición de coacción real que obligue a la persona maldita a seguir cualquier orden directa que reciba fue inventada por Ilario el Terrible hace quinientos años. La utilizó para hacer un montón de cosas horribles, ya que era un hechicero malvado y era lo que le iba. Pero su libro de hechizos, *El grimorio de Ilario*, fue destruido junto a los demás libros de hechizos que las cinco familias consideraron peligrosos cuando instauraron las academias de hechicería hace dos siglos. O por lo menos se suponía que había sido destruido.

Adrius se quedó mirándola.

—¿Cómo sabes todas esas cosas?

—Bueno, en primer lugar, en esto consiste mi trabajo —dijo Marlow—. Y, además, a diferencia de ti, yo sí que presté atención durante las clases de Historia de la Hechicería.

—¿Todo eso nos lo contó aquel hombre tan aburrido? Supongo que estaría prestando atención a cosas más importantes —dijo con una sonrisa burlona.

—Sí, seguro que estabas demasiado ocupado contemplando con adoración tu propio reflejo en la ventana.

—Y componiendo poemas dentro de mi cabeza para la persona tan empollona que se sentaba a mi lado.

—Seguro que Silvan se sintió muy halagado —replicó Marlow sin pestañear.

Adrius alzó las comisuras de los labios y Marlow enseguida se reprendió por haberse dejado arrastrar a su juego de provocaciones. Soltó un largo suspiro.

—Así que no solo te las has arreglado para que te maldigan, sino que además lo han hecho con un hechizo que se supone que ni siquiera debería existir por lo horrible que es.

—Supongo que ahora entiendes por qué no quería hablar de este caso con cualquiera —dijo Adrius, pronunciando aquellas palabras con su característica despreocupación.

Sí que lo entendía. El potencial de aquella maldición para aprovecharse no solo de Adrius, sino de toda la familia Falcrest, era ilimitado. Cualquiera que supiera que Adrius estaba maldito podría controlarlo por completo.

Nerviosa, Marlow empezó a dar vueltas por la estancia.

—Hablo en serio. Son muy malas noticias, Adrius. Las maldiciones de coacción... podría aparecer cualquiera y ordenarte que hicieras daño a tu familia. A tus amigos. A ti mismo. Podría...

—Lo sé. —Le lanzó una mirada cortante y amenazadora—. Por eso nadie puede saberlo. Nadie.

—Así que no se lo has dicho a nadie.

—Es que... no puedo.

Marlow tardó un momento en procesar lo que le estaba diciendo.

—Es decir, que alguien te ha ordenado que no se lo dijeras a nadie.

—Supongo —replicó Adrius—. No lo sé. Es que no recuerdo que nadie me ordenara que no se lo dijera a nadie, pero cada vez que lo intento... no me salen las palabras.

—¿Y nadie se ha dado cuenta? —preguntó Marlow—. Si yo apenas he tardado cinco minutos en averiguarlo.

Adrius se rio.

—Bueno, esa es la diferencia entre tú y la mayoría de la gente a bordo de este barco, Minnow. Nadie más se atrevería a darle una orden directa a un vástago de los Falcrest.

—¿Y qué hay de tu padre?

—Eso requeriría que me prestara atención durante más de cinco minutos —contestó Adrius con una sonrisa débil.

Marlow nunca había entendido la relación de Adrius con su padre. Aurelius Falcrest era conocido por ser un hombre desagradable, desdeñoso incluso con sus aliados más próximos y despectivo con cualquiera que no cumpliera con sus expectativas, una categoría que parecía incluir prácticamente a todo el mundo, pero sobre todo a su hijo. Marlow siempre había tenido la sensación de que Adrius había dejado de intentar que su padre estuviera orgulloso de él hace mucho tiempo y en cambio había optado por dedicarse al arte de decepcionarlo.

—Eres la única persona que lo sabe —dijo Adrius.

Marlow paró en seco de dar vueltas y posó la mirada en su rostro afligido. En aquel momento comprendió que Adrius no solamente le estaba pidiendo ayuda, sino que no tenía nadie más a quien recurrir. Le estaba confiando su vida.

Adrius la necesitaba y Marlow se dio cuenta de lo mucho que odiaba estar en aquella situación.

—Salvo que no lo soy —señaló con voz queda—. Hay otra persona que también lo sabe… quienquiera que te haya lanzado esta maldición.

A Adrius se le tensó la mandíbula.

—¿No tienes ni idea de quién ha sido? ¿No tienes ni siquiera alguna sospecha? ¿Tal vez alguien a quien hayas cabreado últimamente? Seguro que la lista es larga.

—¿Qué quieres decir? Pero si todo el mundo me adora.

—Por supuesto. ¿Quién iba a confundir tu encanto con una arrogancia odiosa? —Marlow se aclaró la garganta—. ¿Cuándo te percataste exactamente de que estabas maldito?

—Hará unas tres semanas —contestó Adrius—. ¿Eso quiere decir que aceptas mi caso?

—Aún no hemos hablado del precio —señaló—. Serán mil perlas. La mitad por adelantado y la mitad cuando rompa la maldición. Más gastos.

Era el doble de su tarifa habitual, pero Adrius no tenía por qué saberlo.

—¿Y si no consigues romper la maldición? —preguntó arqueando una ceja.

—Bueno, hasta ahora no se ha dado el caso —respondió Marlow—. Pero supongo que todo es posible.

Adrius la miró entre sus pestañas oscuras y alzó las comisuras de los labios en una sonrisa.

—¿Y ahora quién está siendo arrogante?

Antes de que Marlow pudiera rebatirle que si algo era cierto no era arrogancia, de repente se abrió la puerta y entraron tres adolescentes.

—Adrius, ¿cómo te atreves a dejarnos colgados ahí abajo con todos estos pasmados? Espero que no estés... —Gemma se detuvo en seco al posar la mirada sobre Marlow—. Oh.

Marlow se había caído al sofá del susto en cuanto habían abierto la puerta, por lo que la escena parecía mucho más comprometedora de lo que era en realidad, ya que Adrius estaba recostado en el sofá a pocos centímetros de ella. Gemma paseó la mirada entre ellos con una expresión muy similar a la que ponía Rana cuando veía un pájaro. Si tuviera cola, seguro que la estaría moviendo.

Detrás de ella, Silvan los miró con su expresión aburrida habitual, mientras que su hermano les dedicó una sonrisa educada.

—¡Lo sabía! —exclamó Gemma. Marlow se dio cuenta de que llevaba el pelo teñido de un color distinto al que llevaba la otra noche en el Monarca, un tono nectarina pastel que conjuntaba perfectamente con su voluminoso vestido de ensueño rosa—. ¿Desde cuándo estáis juntos?

—No estamos juntos —afirmó Adrius con cara de haber pegado un mordisco a una fruta de estrella verde.

—Venga ya, ¿por qué si no te habrías escabullido antes del inicio de la carrera? Todos conocemos tus estrategias. Admítelo.

Marlow tuvo la sensación de estar viendo un desastre a cámara lenta al darse cuenta de que Adrius había empezado a abrir la boca, incapaz de desafiar la orden que Gemma acababa de darle sin querer.

—Estamos aquí porque le he pedido a Marlow...

Más tarde Marlow se convencería de que lo había interrumpido presa del pánico y que por eso había dicho la que seguramente fuera la frase más estúpida que había dicho en toda su vida.

—...¡que salga con él! —Marlow le dirigió una mirada coqueta y entrelazó el brazo con el suyo—. Sé que no querías decírselo a nadie, pero parece que no nos queda otra opción.

—No me digas que por eso llegaste tarde al *ballet* la otra noche —se burló Silvan—. Típico de ti. Debería habérmelo imaginado cuando nos la encontramos dos minutos antes de que aparecieras.

—Veo que no hemos sido tan discretos como pensábamos —dijo Marlow fingiendo una risita.

—Adrius, ¿te estás sonrojando? —preguntó Gemma.

Darian le rodeó la cintura con el brazo para sacar de la habitación tanto a ella como a su hermano.

—Creo que será mejor que os dejemos a solas.

—No, no, no os preocupéis —dijo Marlow, viendo la oportunidad perfecta para escabullirse—. Llevo todo el día monopolizando a Adrius. Se suponía que solo me iba a pasar un momento para ver la carrera, pero ya sabéis, una cosa ha llevado a la otra... De todas formas debería irme.

Marlow empezó a levantarse, pero entonces Adrius la agarró del brazo con más fuerza.

—¿Seguro que quieres dejarme aquí solo... cariño? —le preguntó furioso sin apenas disimular su rabia, aunque con un poco de suerte los demás la confundirían por pasión desenfrenada.

—Quédate con tus amigos, ya nos veremos mañana —prometió Marlow—. En mi casa, ¿no? ¿Cuando suene la decimotercera campanada? No llegues tarde.

Sin darse la oportunidad de poder pensárselo dos veces, Marlow se agachó y presionó los labios contra la mejilla de Adrius. Cuando se apartó le ardía la cara, pero se levantó y se dirigió hacia la puerta.

Silvan le lanzó una mirada casi desafiante con la mandíbula alzada cuando pasó a su lado. No se apartó ni un centímetro, obligándola a rodearlo para salir de la habitación. Marlow sintió cuatro pares de ojos clavados en la espalda cuando giró sobre sus talones y se alejó apresuradamente por el pasillo.

Mientras Marlow deambulaba por los pasillos del Contessa, intentó no pensar en lo que acababa de ocurrir y en la decisión que había tenido que tomar en una fracción de segundo para mantener el secreto de Adrius oculto. Tenía una misión y no podía permitirse ninguna distracción.

Probablemente aquel barco era el último sitio donde había estado su madre antes de desaparecer. Y, si estaba en lo cierto, tendría que haber alguna pista por aquí sobre lo que le había ocurrido aquella noche.

Sin duda, lo primero que tenía que hacer era consultar los registros del barco. Gracias a un caso anterior relacionado con un barco maldito, Marlow sabía que los registros normalmente se encontraban en el puente de mando, así que se dirigió para allá.

Le pareció espeluznante estar caminando por los mismos pasillos que probablemente había recorrido su madre aquella fatídica noche. Marlow había repasado los detalles de la tarde de su desaparición una infinidad de veces, pero aun así volvió a hacer memoria.

Olía a bergamota y vetiver. Su madre estaba sentada en su escritorio quemando una carta de hechizo y sin querer derramó su frasco de perfume sobre un montón de papeles.

—¡Minnow! No te he oído entrar. —Miró a Marlow a los ojos a través del espejo que colgaba encima de su escritorio.

—¿Qué es eso? —preguntó Marlow con los ojos fijados en la carta de hechizo que ya casi se había convertido en un montón de cenizas.

—Solo estaba haciendo un poco de limpieza —contestó Cassandra. Aquella respuesta le resultó muy sospechosa, porque a su madre no le iba mucho eso de hacer limpieza. Era Marlow quien se encargaba de limpiar casi todo el apartamento—. ¿Qué tal las clases de hoy?

Marlow se dejó caer medio tumbada sobre el sofá afelpado que había en el centro de la sala de estar y soltó un gemido.

—¿Tan mal? —preguntó Cassandra alzando una ceja.

—Las clases han ido bien —respondió Marlow pasándose la mano por la cara—. El problema son los demás estudiantes.

Cassandra se levantó del escritorio y se inclinó sobre el borde del sofá junto a la cabeza de Marlow para acariciarle el pelo con delicadeza.

—¿Tiene que ver otra vez con ese chico de la familia Falcrest?

—No —murmuró Marlow agarrando un cojín y llevándoselo al pecho—. No quiero hablar del tema.

—No te habrá hecho nada, ¿verdad? —preguntó Cassandra con un tono de voz sorprendentemente cortante—. ¿Te ha dicho algo?

—No —suspiró Marlow—. Y ese es el problema.

—Bueno —dijo Cassandra desenredándole los nudos del pelo con los dedos—, puede que sea lo mejor. Enamorarse de este tipo de chicos nunca acaba bien, créeme.

Marlow estiró el cuello para mirar a su madre.

—No me he enamorado de él. Solo somos amigos. O por lo menos pensaba que lo éramos.

—Solo te pido que tengas cuidado, Minnow —balbuceó Cassandra evasivamente.

En aquel momento Marlow se fijó en el aspecto de su madre y se dio cuenta de que no llevaba la ropa cómoda que solía llevar por el apartamento, sino algo más parecido a la indumentaria que se ponía para montar a caballo, aunque sin los adornos habituales. El anillo con el sello plateado de Vale brillaba en su dedo.

Marlow se incorporó en el sofá.

—¿A dónde vas?

—Vale me ha encargado un recado —respondió Cassandra. No era inusual que Vale requiriera a Cassandra a cualquier hora del día.

—¿No te quedarás a cenar? —preguntó Marlow, intentando ocultar su decepción.

—En realidad debería ir tirando —replicó Cassandra echando un vistazo al reloj que colgaba sobre la repisa de la chimenea.

—¿Quieres que te deje algo de cena preparada para cuando vuelvas?

Cassandra negó con la cabeza mientras se ponía las botas.

—Seguramente llegaré tarde, así que no me esperes despierta.

Marlow le dijo adiós con la mano; a aquellas alturas ya se había acostumbrado a todo eso.

—Marlow —dijo Cassandra deteniéndose en el umbral de la puerta del apartamento.

En aquel momento, tanto el hecho de que la llamara por su nombre de pila como la tensión que destilaba su voz le parecieron extraños, y esos pequeños detalles serían los que más tarde la mantendrían en vela durante las noches venideras.

—¿Recuerdas lo que te dije hace unas semanas?

—¿«Deja de gastar bromas al aparcacoches»? —intentó adivinar.

—Sobre lo que deberías hacer en caso... en caso de que me ocurriera algo. —Clavó sus ojos, del color del cielo estival antes de una tormenta, en Marlow.

—Me dijiste que me fuera de Jardinperenne —contestó Marlow arrugando el ceño—. Mamá, ¿ocurre algo…?

—No. Todo va bien —dijo Cassandra, relajando el rostro con una sonrisa—. Solo quería asegurarme de que lo recordabas. Pórtate bien, pequeña Minnow.

Antes de que Marlow pudiera añadir algo más, salió por la puerta.

Y aquella fue la última vez que la vio.

Durante las semanas siguientes, aquel recuerdo se le clavó como un puñal. No debería haber dejado que se fuera. Debería haber salido corriendo detrás de ella. Al fin y al cabo, había tenido la intuición de que algo no iba bien.

Pero no había hecho nada.

Ahora había llegado el momento de enmendar ese error.

El puente de mando no estaba muy concurrido, pero había un tripulante con cara de aburrido junto al panel de control que seguramente no dejaría que Marlow entrara y se pusiera a hojear los registros del barco.

Marlow se sacó el mazo de cartas de hechizo que llevaba en el bolsillo y fue pasándolas hasta que encontró la que estaba buscando casi al final de todo. Valía la pena lanzar un hechizo de distracción urgente a un marinero incauto a cambio de tener la oportunidad de descubrir otra pista sobre la desaparición de su madre.

Marlow pegó la espalda contra la pared y murmuró el conjuro, dirigiendo los glifos ámbar de la carta en dirección al marinero. Al cabo de un segundo, el marinero se levantó de un salto con una expresión de pánico en la cara. El hechizo le había hecho creer que había olvidado hacer algo urgente en la otra punta del barco, por lo que salió disparado por la puerta del puente de mando. Marlow se agachó para que no la viera y lo observó correr pasillo abajo hasta desaparecer por una esquina.

Marlow se apresuró a entrar al puente de mando, ya que sabía que disponía de un tiempo limitado antes de que el hechizo dejara de hacer efecto y el marinero se diera cuenta de que en realidad no tenía nada urgente que hacer.

El puente de mando no era muy grande. El timón y el panel de control ocupaban casi toda la pared del fondo por debajo de unos amplios ventanales que daban a la proa del barco. Detrás del panel de control había un par de sillas y otros artilugios de navegación adicionales. En las paredes laterales había una hilera de armarios de madera.

Marlow abrió el primero y encontró varias pilas de cartas náuticas perfectamente ordenadas. El segundo albergaba una gran variedad de herramientas e instrumentos. Pero el tercero, para alivio suyo, estaba repleto de cuadernos con cubiertas de cuero. En el lomo de cada cuaderno, impresas con letras claras, se leían las fechas de los registros que contenía cada volumen. Marlow las examinó rápidamente hasta que encontró el cuaderno con las fechas del año pasado que le interesaban. Lo sacó de la estantería con el corazón latiéndole con fuerza mientras lo hojeaba hasta que encontró la entrada con la fecha del día de la desaparición de su madre. El quinto día de la luna de ceniza.

Se saltó toda la parte relativa a las mediciones y las lecturas de temperatura hasta que por fin llegó a una columna titulada «Rumbo trazado». Pero solo había una frase: «Anclado en el puerto deportivo Coral». Y al día siguiente lo mismo.

Así que aquella noche el Contessa no había zarpado en ninguna dirección. Marlow se quedó mirando aquella entrada mientras la invadía una amarga decepción. Se había hecho demasiadas ilusiones de que el Contessa le proporcionaría alguna pista sólida. Pero, si el barco ni siquiera había salido del puerto, ¿qué hacía Cassandra a bordo?

Oyó unas pisadas fuera del puente de mando y Marlow se apresuró a cerrar el libro de registro y a devolverlo a su sitio antes de cerrar el armario con sigilo. Se agachó para salir del puente de mando hacia el pasillo.

—¿Se ha perdido, señorita Briggs?

Marlow dio un salto con el corazón en la garganta y al girar sobre sus talones vio a una mujer apoyada contra la pared con unos ojos verdes brillantes expectantes clavados en Marlow.

Alleganza Caito era la *chevalier* personal de Aurelius Falcrest y una de las últimas personas con las que Marlow querría haberse encontrado en aquel preciso instante.

Llevaba el pelo oscuro como la noche recogido en un moño elegante y un burdo flequillo. Se había teñido un mechón de un color verde ponzoñoso que a Marlow le recordaba a las ranas punta de flecha que poblaban las selvas tropicales del sur de Corteo.

Llevaba unos aguijones rojos pintados en la cara, dos enmarcándole los pómulos y otro pegado al labio inferior, como si fuera un colmillo. Eran las señas propias de los Zanne Rosse, un grupo de élite del ejército de Vescovi especializado en reconocimiento e interrogación. Aurelius Falcrest había reclutado a Caito de entre sus filas cuando todavía era una adolescente, aunque según los rumores por aquel entonces ya había demostrado ser una de las agentes más efectivas.

Marlow no recordaba haber mantenido nunca una conversación directa con la *chevalier* de los Falcrest, pero el trabajo de un *chevalier* consistía en saberlo todo de todo el mundo, así que no le sorprendió que supiera quién era.

—En efecto, me he perdido —dijo Marlow—. Estaba intentando encontrar mejores vistas y me he desorientado.

—¿Ah, sí? —replicó Caito. Tenía una voz grave y ronca, pero si no tuviera un aspecto tan inquietante podría rivalizar con un buen número de miembros de la *noblesse nouveau* en cuanto a belleza se refiere.

—Creo que volveré a bajar a la cubierta exterior —dijo Marlow con una sonrisa tensa.

—No me parece buena idea, porque estoy convencida de que nadie te ha invitado al evento —la acusó Caito sin rodeos.

—Ha sido una invitación de última hora —sonrió Marlow.

—No tenía constancia de que hubieras mantenido el contacto con ninguno de los habitantes de Jardinperenne después de lo que le ocurrió a tu madre.

No es que hubiera muy buena relación entre Cassandra y su homóloga de la familia Falcrest. Marlow siempre había sospechado que Caito despreciaba a su madre. Mientras que ella había pasado por un entrenamiento de agente de élite, Cassandra se había ganado su puesto como *chevalier* debido en gran parte a las conexiones que tenía en los bajos fondos de Caraza. Antes de que la familia Vale la contratara, Cassandra se dedicaba al negocio de las estafas: timaba a personas moderadamente ricas y se apoderaba de su dinero. Es probable que Caito asumiera que Cassandra había conseguido aquella posición gracias a sus artimañas.

—Me ha invitado Adrius —dijo Marlow, apartándose el pelo de los hombros y enderezando la espalda—. Pregúntale si todavía seguimos en contacto si no me crees.

Caito arqueó una de sus cejas oscuras y finas.

—¿Y crees que Adrius sabe que su invitada está merodeando por la zona del barco destinada a la tripulación o mejor también se lo pregunto directamente?

Marlow le sostuvo la mirada, ladeó un poco la cabeza e intentó proyectar un aura de inocencia.

—Como ya te he dicho, me he perdido.

Caito la taladró con la mirada.

—¿Y si bajo y echo un vistazo al registro de seguridad del barco qué crees que veré?

—¿El barco tiene un registro de seguridad? —preguntó Marlow mientras se gestaba una idea en su mente.

—Por supuesto —replicó Caito—. Todos los presentes de este barco han sido registrados en cuanto han puesto un pie a bordo y además todos sus movimientos han quedado grabados.

«Pues claro». Marlow reprimió una sonrisa.

—¿Crees que debería ir a echar un vistazo? —preguntó Catio con un tono amenazador.

—Marlow Briggs, ¿de verdad eres tú? —exclamó una voz estruendosa detrás de Marlow.

Marlow se percató de la expresión de ira que Caito puso durante un momento antes de girarse y ver a Cormorant Vale dirigiéndose apresuradamente hacia ella desde el otro lado del pasillo con la cara de niño iluminada debajo de su tupida barba rubia.

—¡Me han llegado rumores de que estabas por aquí!

Cormorant Vale siempre había sido una de las personas más amables de toda la *noblesse nouveau* y había tratado a Marlow, la hija de su *chevalier*, con mucha amabilidad. Había sido gracias a la aprobación de Vale que Marlow había podido estudiar junto a los vástagos de las cinco familias y sus cortesanos. Fue un arreglo poco ortodoxo, pero así era Vale en muchos aspectos.

—Adrius ha tenido el detalle de invitarme —contestó Marlow haciéndole una pequeña reverencia por costumbre—. Nos encontramos en el *ballet* hace un par de noches.

—¡Maravilloso, maravilloso! —exclamó Vale sonriendo. Entonces desvió la mirada hacia Caito—. Ah, Alleganza. Me parece que Aurelius te estaba buscando.

Caito esbozó una expresión apacible en su rostro, pero Marlow percibió la irritación que hervía en su interior.

—Por supuesto. —Miró a Marlow con una frialdad gélida—. Tenga cuidado, señorita Briggs.

Y después de decir aquellas palabras giró sobre sus talones y se alejó.

—Me alegro muchísimo de volver a verte, Marlow —dijo Vale con voz cálida—. He estado preocupado por ti desde que Cassandra…

—No hace falta que se preocupe por mí —respondió Marlow con rapidez—. Estoy bien.

—Quería ofrecerte mi ayuda después de que… después de lo ocurrido —dijo con un tono de voz más sosegado—. Tu madre era una magnífica *chevalier*. Espero que sepas que era muy importante para la familia Vale. Y, por extensión, tú también lo eres. Seguro que a tu madre le hubiera gustado saber que alguien cuidaría de ti.

Marlow alzó la mirada hacia su cara y se fijó en que tenía el ceño arrugado de la preocupación. E incluso tal vez un deje de pena.

—No se preocupe, puedo cuidar de mí misma —le aseguró Marlow.

—Si alguna vez yo o la familia Vale podemos hacer algo por ayudarte, sea lo que sea, házmelo saber, ¿de acuerdo?

Marlow se mordió el labio con preocupación. Se le acababa de presentar la oportunidad perfecta para obtener más información sobre lo que estaba haciendo su madre aquella noche fatídica. Pero no quería mostrar todas sus cartas. Tanto si Vale sabía algo sobre la desaparición de Cassandra como si no, Marlow sabía cómo reaccionaría si se enteraba de que estaba investigando lo ocurrido: igual de mal que Hyrum.

—Me gustaría preguntarle una cosa —dijo con un tono de voz casual—. La noche en que mi madre… desapareció me dijo que tenía que hacer un encargo para usted. Parecía importante. Por casualidad no recordará de qué se trataba, ¿verdad?

Vale frunció el ceño.

—No le pedí a Cassandra ningún encargo aquella noche. ¿Estás segura de que te dijo eso?

Marlow estudió la cara de Vale, su ceño fruncido y la confusión en sus ojos gris claros, y concluyó que le creía. Fuera lo que fuera lo que Cassandra estuviera haciendo en el Contessa, aquella noche no había sido por petición de Vale.

—Seguro que me estoy confundiendo —dijo Marlow—. ¿Y no la vio en toda la noche?

Vale negó con la cabeza.

—Me parece que aquella noche estuve en la gala anual de filántropos de la ciudad. Otorgaron una distinción honorífica a la familia Vale por todos los hechizos sanadores que donamos a los hospitales públicos de la ciudad.

—Oh —dijo Marlow—. Claro.

Vale la miró con expresión compungida.

—Lo siento mucho. Ojalá… ojalá supiera algo más de lo que le ocurrió a Cassandra. Me duele saber que tienes tantas preguntas sin respuesta. —Esbozó una pequeña sonrisa triste—. Si necesitas algo más, no dudes en hacérmelo saber.

—Por supuesto.

En aquel momento sonó un cuerno en la cubierta superior anunciando el comienzo de la siguiente carrera.

—Bueno, ¿qué te parece si regresamos con los demás? Esta carrera promete ser muy emocionante.

Marlow titubeó. Tenía que ir al piso de abajo a examinar los registros de seguridad.

—Emm… ¿le parece bien si lo alcanzo dentro de un rato?

Vale la miró interrogativamente.

—Es solo que, ya sabe, es un poco abrumador volver a estar rodeada de toda esa gente. —Tampoco estaba diciendo ninguna mentira.

Vale enseguida puso una expresión comprensiva.

—Por supuesto. Tranquila, lo entiendo. —Vale esbozó otra sonrisa y, a continuación, se dio la vuelta para regresar a la fiesta silbando por lo bajo.

Marlow recorrió el pasillo y bajó por las escaleras que conducían a la sala de control. La puerta estaba cerrada. Tiró de la cadena que llevaba escondida debajo del vestido y sacó su lupa encantada. Se la acercó a la cara y echó un vistazo a la puerta de la sala de control. Unos hilos de magia espectrales cubrían la manilla de la puerta como una telaraña brillante. Era un hechizo protector para impedir que entraran personas indeseadas, como Marlow.

Parecía un hechizo protector bastante común: si alguien abría la puerta, saltaría una alarma. Seguramente solo unos pocos miembros de la tripulación del barco tenían la llave para abrir la puerta sin activar los hechizos protectores, pero Marlow no quería perder el tiempo averiguando cuáles.

Si tuviera un hechizo incorpóreo, sortear aquellas medidas de seguridad sería pan comido. Pero por desgracia Marlow no estaba hecha de dinero.

Inspeccionó la puerta con más detalle. Estaba cerrada herméticamente, cosa que descartaba la posibilidad de encantar algún objeto que pudiera pasar por debajo de la puerta para abrirla desde dentro. Sin embargo, había un pequeño ojo de buey a través del cual podía echar un vistazo al interior de la sala de control. El cristal era grueso y doble, así que no se rompería tan fácilmente como le hubiera gustado.

Marlow pasó una carta de hechizo tras otra hasta que encontró un hechizo de calor mucho más potente que el que había usado para calentarse el té en la Alcobita y lo lanzó contra la ventana. Aquel repentino cambio de temperatura provocó que el cristal se agrietara. Y a continuación utilizó la empuñadura del cuchillo que llevaba atado con la liga para romperlo.

Echó un vistazo por el estrecho pasillo. Un par de puertas más abajo vio lo que parecía una sala de almacenaje. Consiguió entrar valiéndose de la fuerza bruta y encontró varios rollos de cuerda. Cortó dos trozos con el cuchillo y regresó a la sala de control.

Los ató de manera que cada uno formara un círculo lo bastante grande como para que le cupieran los hombros y luego los puso en el suelo, uno dentro del otro. Entonces sacó su carta de hechizo de túnel mágico y la alzó por encima de los trozos de cuerda.

—¡*Scavare*!

De la carta de hechizo salieron unos glifos que llenaron los círculos que formaban las cuerdas con una luz morada resplandeciente. Acto seguido, Marlow agarró una de las cuerdas y la dobló para poder lanzarla a través del agujero que había abierto en el ojo de buey. Cayó en el suelo de la sala de control y se quedó allí, formando un círculo imperfecto.

Marlow tomó aire y se arrodilló junto al círculo de cuerda del pasillo. Hundió las manos en el túnel morado resplandeciente y contorneó el resto del cuerpo para poder pasar por el círculo mientras tiraba de sí misma desde la sala de control y se desplomaba pesadamente sobre el suelo.

Justo al lado de donde había aparecido había varios armarios. Abrió las puertas y encontró un montón de volúmenes con los registros de seguridad. Leyó los lomos hasta que encontró el cuaderno que cubría la primera mitad del año pasado y lo sacó.

Estuvo hojeándolo hasta que por fin encontró la fecha que buscaba. El quinto día de la luna de ceniza.

Justo debajo de la fecha ponía: «Cassandra Briggs».

Marlow contuvo la respiración. Ahí estaba la prueba que demostraba que aquella noche Cassandra había estado a bordo del Contessa, escrita con una sencilla tinta negra. Incluso figuraba la hora de embarque: las veinte campanadas y media.

Según el registro, solo había embarcado otra persona a bordo del Contessa a las veintiuna campanadas. Armant Montagne.

A Marlow se le revolvió el estómago. No reconoció el nombre, pero fuera quien fuese aquel Montagne podría haber sido la última persona en ver a su madre antes de que desapareciera.

Lo único que tenía que hacer ahora era encontrarlo.

SEIS

Adrius apareció a las trece campanadas en punto con un traje amarillo dorado, un chaleco granate y una sonrisa tan afilada que sin duda cortaría el cristal.

—Vaya, sí que eres puntual —lo saludó Marlow mientras guardaba las notas sobre el caso de su madre. Se había pasado toda la mañana releyéndolas por si encontraba alguna mención sobre ese tal Armant Montagne, pero por ahora no había encontrado absolutamente nada.

—No me dejaste opción —replicó Adrius con voz entrecortada.

Marlow tardó medio segundo en entender a lo que se refería. «No llegues tarde», le había ordenado a Adrius antes de irse a explorar el Contessa. Y, por culpa de la maldición, Adrius no había tenido más remedio que obedecerla.

Un sentimiento de culpa le recorrió todo el cuerpo; de ahora en adelante tendría que ser más cuidadosa a la hora de hablar.

—¿Has traído el pago?

Adrius se acercó a Marlow, sacó varias ristras de perlas y las dejó de malas maneras encima del escritorio. Apoyó las manos sobre la superficie y se inclinó hasta ocupar por completo el espacio de Marlow.

Marlow apoyó la barbilla sobre la mano y aguantó la mirada fulminante de Adrius con expectación.

—Si tantas ganas tenías de salir conmigo, Minnow, solo tenías que pedírmelo. —Aquel era precisamente el tipo de comentario que esperaba de Adrius, aunque el tono amargo de su voz la sorprendió.

—Tengo la ligera sensación de que tal vez no estés muy conforme con mi plan —dijo, y apretó los labios con fuerza.

—Vaya, no me extraña que se te dé tan bien romper maldiciones. No se te escapa ni una, ¿eh? —Sonrió como un león, enseñando todos sus dientes.

Marlow guardó las perlas en un cajón abierto y lo cerró con decisión.

—Mira, tanto si te gusta como si no, esta es la única manera de que pueda ayudarte sin que nadie se entere de lo de tu maldición. Es la tapadera perfecta para poder investigar en Jardinperenne y una buena excusa para justificar que esté cerca de ti por si alguien te da una orden que haya que contrarrestar.

Marlow sabía que todo sonaba muy lógico y sensato explicado de aquella manera. Pero aun así Adrius seguía mostrándose resentido y Marlow tuvo que tragarse lo mortificada que estaba de que le disgustara tanto la idea de fingir que estaban juntos.

—Bueno, todo sea para ayudar con la investigación —respondió Adrius con tono mordaz mientras se alejaba de la mesa—. ¿Cómo podría negarme?

—A mí tampoco me entusiasma la idea —aclaró Marlow. Lo que pasaba es que su reacción le había herido el orgullo, nada más—. Pero, si la mera idea de salir conmigo te resulta tan ofensiva en cuanto rompa la maldición puedes contarle a todo el mundo que te lancé un hechizo de amor. No me importa en absoluto.

—Pues debería importarte —dijo Adrius curvando los labios—. Sobre todo si supieras lo que está en juego.

Marlow puso los pies encima del escritorio.

—¿Qué, tu reputación? Pensaba que te daba igual.

O al menos eso era lo que las revistas del corazón y los demás miembros de la *noblesse noveau* decían de él. Adrius Falcrest, el vástago rebelde que hace lo que le da la gana, que ignora las reglas del decoro sin temor a las consecuencias.

Pero Marlow sabía de sobra que aquello era mentira, igual que la mayoría de los rumores que circulaban sobre él. A Adrius le preocupaba lo que los demás decían de él tanto como a cualquier otra persona de Jardinperenne.

—Y me da igual, créeme. Sin embargo, soy un vástago de la familia Falcrest y eso significa que todo lo que hago, absolutamente todo, es observado, diseccionado y examinado por los habitantes de Jardinperenne. Según dices, esta estratagema te proporcionará una buena tapadera, pero en mi opinión lo único que conseguirá es atraer todavía más cotilleos y especulaciones indeseadas. Cuando me vean contigo se montará un escándalo y, por favor, ahórrame tu indignación moralista, porque sabes que lo será. Y siempre que hay un escándalo de repente aparecen muchos más ojos y oídos justamente donde no queremos que estén. No todo el mundo se dejará engañar tan fácilmente.

—Pues te sugiero que interpretes bien tu papel —dijo Marlow con voz aterciopelada.

—Pero si eres tú quien me preocupa.

—Qué considerado.

—A los miembros de la *noblesse nouveau* no le sentará muy bien que de repente aparezca una chica de Las Ciénagas y se quede con uno de los solteros de oro de Jardinperenne. Lo considerarán una falta de respeto y a ti te verán como una intrusa. Buscarán cualquier excusa para acabar con nuestro supuesto romance.

Marlow odiaba que aquello la molestara, pero no porque le importara mucho lo que los habitantes de Jardinperenne pensaran de ella, sino porque demostraba lo poco que pertenecía a aquel lugar en el que en realidad nunca había encajado.

—Bueno, pues si mi plan es tan terrible me encantaría oír el tuyo.

Adrius le lanzó una mirada de desdén, pero no dijo nada.

Marlow bajó los pies del escritorio y se acercó a Adrius con una sonrisa engreída.

—Tal y como me imaginaba.

Adrius la acorraló contra la mesa con unos movimientos tan fluidos que Marlow apenas tuvo tiempo de reaccionar. No la tocó, pero aun así se sintió atrapada en cuanto Adrius apoyó las manos sobre el escritorio a cada uno de sus lados y la miró fijamente a los ojos.

Marlow enderezó la espalda, alzó la barbilla y ocultó lo mucho que le estaba subiendo la temperatura del cuerpo debido a su cercanía repentina.

—Solo espero que sepas dónde te estás metiendo —dijo Adrius en un susurro.

Marlow le había dicho a Swift que no odiaba Adrius, pero aquello era mentira. En aquel momento lo detestaba todo de él, desde los rizos marrones intensos que le caían por la frente hasta el arco oscuro de sus cejas y la línea recta de su mandíbula.

Marlow puso la palma de la mano contra su pecho y lo apartó de un empujón.

Adrius sonrió como si acabara de ganar algo y Marlow lo odió todavía más por ello.

—¿Significa eso que aceptas? —preguntó.

—No me queda más remedio —replicó Adrius—. Además, lo más probable es que Gemma ya haya filtrado la noticia de nuestro pequeño encuentro en la regata a la mitad de las columnas de cotilleos de la ciudad. Si ahora lo negáramos solo levantaríamos más sospechas.

—Me alegro de que hayamos podido resolver este asunto. —Y también se alegraba de que Adrius se hubiera tomado la molestia de decirle lo repugnante que le parecía aquella estratagema.

Marlow volvió a dejarse caer sobre la silla de escritorio y sacó una libreta en blanco—. ¿Y ahora podríamos hablar del caso?

Adrius se dejó caer sobre el sofá. Rana se levantó del borde de la cama donde tocaba el sol y fue a restregar la cabeza contra su mano. Adrius esbozó una sonrisa real y sincera y Rana subió de un salto a su regazo y entrecerró los ojos, satisfecha.

«Traidora».

Adrius empezó a rascarle la barbilla distraídamente.

—Por cierto, quería preguntarte cómo acabaste convirtiéndote en rompemaldiciones. No parece el tipo de profesión a la que un día alguien decida dedicarse así sin más.

—Es una historia muy larga —replicó Marlow—. Y no hemos quedado para hablar de eso.

Adrius alzó una ceja.

Marlow soltó un suspiro molesto. Conocía lo bastante a Adrius como para saber que seguramente terminarían antes si se lo contaba.

—Un amigo mío se metió en un lío con una de las bandas callejeras locales; le echaron una maldición para asegurarse su lealtad. Cuando me enteré, lo ayudé a romperla y entonces pensé: «Eh, tal vez podría ayudar a personas que se encuentren en situaciones similares».

—Por un precio —dijo Adrius.

—Sí, por un precio —replicó Marlow con brusquedad—. Esto es Caraza. Todo tiene un precio. Y precisamente tú deberías saberlo, ya que tu familia es quien decide el precio de todo.

Adrius hizo un gesto desdeñoso con la mano, como si aquel detalle careciera de importancia.

—Pero seguro que los servicios de los rompemaldiciones no están muy demandados, ¿no?

—Tal vez en Jardinperenne no, pero ¿aquí? —replicó Marlow resoplando—. ¿En Las Ciénagas, donde el territorio está repartido entre los Cabezacobre, los Segadores y otras bandas callejeras que utilizan las maldiciones como herramienta principal de control sobre los demás? Y eso sin tener en cuenta los usureros, los caseros abusivos y los examantes celosos. Créeme: el mercado negro de maldiciones está en pleno apogeo.

Adrius parecía un poco alarmado. Seguramente en sus aposentos dorados de Jardinperenne nunca se había puesto a pensar en cómo debía ser la vida de los habitantes de la parte embarrada de Caraza.

—¿Y sabes mucho sobre el mercado negro?

—Forma parte de mi trabajo.

—También formaba parte del trabajo de tu madre —señaló Adrius.

Tenía razón. La tarea principal de Cassandra como *chevalier* de la familia Vale era localizar a los hechiceros corruptos que vendían hechizos y maldiciones en el mercado negro. Las cinco familias mantenían un control férreo sobre los secretos de la hechicería, ya que al fin y al cabo era el origen de su poder y su riqueza, y castigaban de manera ejemplar a los hechiceros que traficaban con maldiciones ilegales. Cassandra poseía un amplio conocimiento sobre el mercado negro y tenía muchos contactos, y por suerte Marlow había podido aprovechar ambas cosas durante aquel año que había ejercido de rompemaldiciones.

—Hablemos ahora del caso —dijo Marlow antes de que Adrius la presionara para que siguiera hablando de su madre—. Me comentaste que sospechabas que te habían lanzado la maldición hace unas tres semanas. ¿Qué pasó justo antes?

Adrius alzó la mirada hacia el techo y tensó la mandíbula.

—No lo sé. Supongo que la noche anterior asistí a alguna fiesta.

Aquella respuesta no la sorprendió.

—¿Qué tipo de fiesta?

Adrius hizo un gesto para restarle importancia.

—Quién sabe. Da igual. Lo único que la hizo memorable fue que Darian y Amara anunciaron su compromiso.

Así que la suposición de Marlow era correcta: aquellos dos estaban comprometidos.

—¿Y qué más ocurrió en la fiesta?

—Lo de siempre. Bailamos, bebimos, el desenfreno habitual —replicó Adrius con frivolidad.

—Me refería a qué hiciste tú en concreto. ¿Con quién hablaste? ¿Viste alguna cosa que te pareciera sospechosa?

—Para serte sincero, no recuerdo mucho después del brindis —contestó Adrius—. Aquel día bebí mucho.

—¿Es habitual que bebas mucho?

Adrius se pasó el nudillo por encima de la ceja, como si Marlow le estuviera dando dolor de cabeza.

—¿Siempre sometes a todos tus clientes a estos interrogatorios?

—Solo estoy siendo meticulosa.

—Pues no entiendo qué tienen que ver mis hábitos con la bebida con todo esto.

Marlow resistió las ganas de rechinar los dientes. No era la primera vez que lidiaba con un cliente reticente, pero nadie la sacaba de sus casillas como Adrius.

—Si quieres mi ayuda, tendrás que confiar un poquito en mí.

Adrius le lanzó una mirada desafiante y luego apartó la mirada.

Marlow no podía evitar pensar en su madre, en la facilidad que tenía para ganarse la confianza de la gente. Era una de las habilidades que la habían convertido en una excelente *chevalier* y estafadora.

«La base de una buena estafa —le dijo Cassandra una vez— es establecer una relación de confianza».

Marlow dejó caer el bolígrafo sobre la libreta abierta y la empujó hasta el borde del escritorio.

—¿Qué sabes de las maldiciones?

—Mi familia produce un tercio de todos los hechizos del mercado —replicó Adrius—. Así que diría que unas cuantas cosas.

—Para romper maldiciones no basta con saber de hechicería.

—¿Ah, no?

—Para romper una maldición primero tienes que averiguar quién la ha lanzado. Descubrir sus debilidades. Sus motivaciones. Sus secretos.

Marlow no había mentido cuando le había dicho que nunca había dejado ningún caso sin resolver. Era como si los secretos salieran a la luz en su presencia.

—¿Y qué me dices de las personas que se las arreglan para romper sus maldiciones por su cuenta? —preguntó Adrius—. Sin tener que quemar la carta de maldición.

—Eso solo ocurre en los libros —dijo Marlow con desdén—. Me refiero a lo de romper una maldición con un beso de amor verdadero o con un acto de pura valentía o cualquier otra cosa que digan en los cuentos de hadas. Nada de todo eso es verdad.

Adrius la miró con los ojos entrecerrados.

—Así que si quieres romper esta maldición tendremos que encontrar la carta de maldición. Y para lograrlo tendrás que contármelo todo, incluso aunque no te parezca relevante. —Marlow soltó un suspiro. Si Adrius necesitaba que lo tomara de la mano, haría de tripas corazón y se la tomaría—. Te he preguntado por tus hábitos con la bebida porque, si realmente te lanzaron la maldición en aquella fiesta y no te acuerdas de ello, es posible que quienquiera que te maldijera te obligara a olvidar lo ocurrido.

Adrius enderezó la espalda de manera tan brusca que Rana bajó asustada de un salto de su regazo.

—¿Me estás diciendo que esa persona puede ordenarme que olvide algo así sin más?

Marlow asintió.

—El hechicero que inventó esta maldición, Ilario, se lo hacía a casi todas sus víctimas. Los historiadores no saben cuál fue exactamente el alcance de sus fechorías porque la mayoría de las personas a las que maldijo ni siquiera sabían que estaban malditas hasta que de repente se encontraban asesinando a sus familias o precipitándose hacia su muerte.

—Qué bien, qué ganas de que llegue esa parte —contestó secamente. Pero Marlow se dio cuenta de que estaba inquieto. Se le habían tensado los hombros, como si estuviera intentando protegerse de los horrores que acababa de oír. Como si estuviera imaginándose los horrores que podrían obligarle a perpetrar con tan solo murmurar unas palabras.

—¿Quién estaba en la fiesta esa noche? —insistió Marlow con delicadeza.

—Bueno, Darian y Amara, evidentemente. Silvan y sus padres. Mi padre. Los miembros habituales de la *noblesse nouveau* y cualquier parásito que consiguiera hacerse con una invitación. —Adrius se detuvo—. Espera, sí que recuerdo sorprenderme por la presencia de una persona en concreto: Emery Grantaire, que se pasó por la fiesta para hablar con mi padre. Aunque no sé de qué.

Marlow levantó la cabeza, sorprendida.

—¿Qué clase de negocios podría tener el procurador municipal con tu padre?

—No tengo ni idea. Lo vi al inicio de la noche. Felicitó a la feliz pareja y luego preguntó a mi padre si podían hablar en privado. Me parece que se marchó justo después.

Podría tratarse de cualquier cosa. No era ningún secreto que el Gobierno municipal de Caraza era completamente corrupto y los oficiales aceptaban sobornos y otros favores de la *noblesse nouveau* con regularidad para relajar ciertas regulaciones, impulsar sus proyectos favoritos o simplemente ignorar ciertos comportamientos poco éticos. Marlow no sabía mucho del procurador municipal actual salvo que era relativamente joven y nuevo. En teoría, el procurador municipal era el encargado de supervisar la investigación y persecución de todas las actividades criminales de la ciudad de Caraza. Pero en la práctica cobraba grandes sumas para fingir que esas actividades criminales no existían. Tal vez Aurelius solo quería asegurarse de que el nuevo procurador municipal supiera cuál era su sitio en la jerarquía de la ciudad.

De todas maneras, se guardó aquella información para examinarla más adelante.

—Bueno, espero que haya por lo menos otro invitado que recuerde mejor aquella noche que tú —dijo Marlow—. Deberíamos hablar con los demás asistentes. Averiguar si te vieron durante la fiesta. Si aquella noche te escabulliste a solas con alguien.

Adrius suspiró.

—De acuerdo. La fiesta de compromiso de Darian y Amara se celebrará dentro de tres días. Todas las personas que estuvieron presentes cuando anunciaron su compromiso asistirán a esta fiesta. Y de todos modos deberíamos hacer acto de presencia. Podría ser nuestro primer evento como pareja.

—Perfecto —dijo Marlow animadamente.

Adrius se quedó un momento en silencio.

—La fiesta la organiza la familia Vale. En la torre Vale.

La torre Vale, hogar de la familia Vale y todo su círculo. Y una vez, hace muchos años, hogar también de Marlow y su madre.

—Genial —dijo Marlow con poco entusiasmo—. Nos vemos allí. Y hasta entonces avísame si recuerdas algo relevante.

Adrius acarició una última vez la cabeza de Rana y se dirigió hacia la puerta. Entonces se giró hacia Marlow.

—Nunca has asistido a una fiesta en Jardinperenne, ¿verdad?

Adrius sabía perfectamente que no, pero aun así aquella pregunta le pareció una trampa. Su amistad, si es que a aquello se le podía llamar amistad, se había desarrollado básicamente dentro de los confines de las clases, del apartamento de Marlow y de la pequeña terraza que había en el exterior. Un espacio privado donde el resto de Jardinperenne desaparecía y podían ser ellos mismos, o por lo menos eso le había parecido a Marlow por aquel entonces.

En realidad aquello no la había molestado nunca mucho. Aunque ahora le costara admitirlo, por aquel entonces le había parecido bien acaparar toda la atención de Adrius.

—No —respondió—. Nunca.

—Ya me lo pensaba —dijo Adrius, y luego salió por la puerta y la cerró con decisión detrás de él. El aroma a ámbar y azahar siguió flotando en la habitación incluso después de que se fuera.

Marlow no pudo evitar preguntarse si Adrius estaría recordando lo mismo que ella: la noche en la que él y Amara cumplieron diecisiete años. Aquel año la fiesta que organizó la familia Falcrest iluminó todo el cielo de Caraza. Marlow vio las luces desde la ventana de su habitación en la torre Vale. Las estaba contemplando intentando no imaginarse qué debía estar pasando en la fiesta cuando de repente oyó tres golpes fuertes en la puerta.

Era tarde, demasiado tarde para que alguien viniera a hacerles una visita, pero Marlow abrió la puerta de todos modos y se encontró a Adrius en el descansillo con un poco de purpurina debajo del ojo.

—Hola —la saludó apoyándose contra el marco de la puerta.

—¿No deberías estar de celebración?

Adrius se encogió de hombros y entró al apartamento, igual que hacía siempre.

—Estoy aburrido.

—Y has decidido venir aquí —observó Marlow, escondiendo la pregunta que encerraba aquella frase.

Adrius se tumbó en el sofá.

—Eso parece. Bueno, ¿vas a hacer algo para entretenerme?

A decir verdad, Marlow estaba a punto de irse a dormir, pero cuando vio a Adrius sonriéndole desde el sofá con su traje ligeramente arrugado y sus rizos desparramados sobre la almohada supo que no valía la pena que intentara negarse.

Marlow pensó en todas las personas que aquella noche debía haber en la fiesta con sus mejores galas, divirtiéndose en salas deslumbrantes con alcohol y magia a raudales. Pensó en todas las chicas a las que Adrius habría podido llevarse a casa.

Pero en cambio allí estaba.

Poco a poco esbozó una sonrisa.

—Deja que me ponga los zapatos.

Se escabulleron de la torre y tomaron prestado uno de los barcos encantados de Vale, a los que solo tenías que dar la dirección y te llevaban a tu destino sin que tuvieras que hacer nada. Navegaron por el canal de la Medialuna y por el distrito del Jardín Exterior. Adrius hizo aparecer una caja de música encantada que sonaba como si hubiera un cuarteto de cuerda tocando en el barco solo para ellos. Le enseñó a Marlow los pasos de los bailes de moda y se rio cada vez que se equivocaba. Desembarcaron de un salto en la calle Magnolia y se pusieron a caminar entre tiendas vacías bajo los árboles cargados de flores blancas y rosadas. Adrius la retó a colarse en el edificio Malaquita y Marlow lo consiguió con unos simples hechizos para forzar cerraduras que había tomado del alijo de su madre. Subieron al tejado. Desde allí, Jardinperenne parecía pequeño y distante. Se sentaron y observaron el cielo, inventándose constelaciones y hablando de todo un poco hasta que empezó a salir el sol por el horizonte.

—No tengo ningún regalo para ti —murmuró Marlow medio dormida, apoyada en su hombro e inspirando su fragancia de ámbar y azahar.

—¿Eh?

—Para tu cumpleaños. —Estaba tan cansada que ni siquiera sabía muy bien lo que estaba diciendo—. Pero te regalaré algo. Lo que quieras.

Por un momento, Marlow pensó que Adrius no la había oído. Entonces sintió que este exhalaba y le rozaba ligeramente con el pulgar el hombro desnudo, que acababa de cubrirle con la chaqueta de su traje.

—¿Lo que yo quiera?

En aquellas horas del crepúsculo antes de que saliera el sol, Marlow tuvo la sensación de que algo había cambiado entre ellos dos, aunque fuera solo un poquito. Como si un delicado capullo de rosa hubiera empezado a abrirse.

Al día siguiente por la tarde, Marlow apareció en la clase de Civismo con una caja cuidadosamente envuelta y adornada con un lazo que contenía tres pastelitos de miel de distintos sabores que había hecho ella misma a conciencia desde cero. Encontró a Adrius holgazaneando fuera del aula junto con otros compañeros de clase.

—¿Qué llevas ahí, Briggs? —preguntó Silvan, que fue el primero en darse cuenta de que Marlow estaba allí de pie.

Hubiera preferido dárselos a Adrius en privado, pero tampoco es que unos pastelitos de miel fueran un regalo especialmente íntimo. Así que le tendió la caja a Adrius.

—Son para ti.

Adrius bajó la mirada hacia la caja como si contuviera tortugas mordedoras.

—¿Qué? ¿Por qué?

—Es un regalo de cumpleaños —contestó Marlow.

—¿Y por qué ibas a hacerme un regalo de cumpleaños? —preguntó Adrius, frunciendo el ceño confundido.

—Te dije que lo haría —contestó Marlow—. Ayer por la noche. ¿No te acuerdas?

—Ayer por la noche estuve celebrando mi cumpleaños con mis amigos —replicó Adrius con brusquedad—. Y no recuerdo haberte invitado a la fiesta.

Marlow estuvo a punto de echarse a reír. Seguro que Adrius le estaba gastando una broma. Pero, tras quedarse unos segundos allí de pie, mirándolo confundida con la caja de pastelillos de miel en la mano, no consiguió detectar ni una pizca de humor en su cara.

—¿Te lo imaginas? —exclamó Silvan maliciosamente—. ¿Sabes, Briggs? Solo porque mi padre te haya permitido asistir a clase con nosotros no significa que seas una de nosotros. En realidad nadie quiere que estés aquí.

No era la primera vez que Marlow oía a Silvan hablar de esa manera, pero aun así las mejillas le ardieron por la humillación.

En ocasiones anteriores Adrius siempre había intervenido cuando Silvan le había hablado de manera tan cruel.

Pero aquella vez Adrius no dijo nada; solo se quedó mirando a Marlow con indiferencia, como si no hubiera aparecido en su puerta la noche anterior, ni hubiera bailado con ella en el barco mientras navegaban por el canal bajo las estrellas, ni hubieran visto el amanecer desde las alturas de la ciudad.

El desprecio cruel de Adrius le hizo mucho más daño que las palabras hirientes de Silvan.

—Claro —respondió Marlow, cortante, mientras notaba que los ojos se le llenaban de lágrimas—. Me habré confundido.

Se metió la caja de pasteles debajo del brazo, giró sobre sus talones y se alejó deprisa. Aunque no lo bastante como para evitar oír el comentario de otro de los amigos de Adrius:

—Seguro que está coladita por ti.

Ni la respuesta de Adrius:

—No me iría con alguien del servicio ni muerto.

Marlow tiró los pastelillos de miel a una papelera. Pero enseguida cambió de opinión y los recuperó, se los llevó a casa y se los comió de una sentada a tal velocidad que empezó a dolerle la barriga, cosa que hizo que se sintiera incluso más miserable que antes.

Intentó decirse a sí misma que Adrius solo había actuado así porque estaba delante de sus amigos y no quería que supieran que tenían una relación tan estrecha ni que habían pasado toda la noche juntos, aunque no hubiera ocurrido absolutamente nada entre ellos. Se convenció de que Adrius acabaría apareciendo en su apartamento, que hablarían de lo ocurrido y que acabaría disculpándose.

Salvo que nunca vino. Al día siguiente, cuando Marlow pasó a su lado por el pasillo, Adrius ni siquiera la miró; la ignoró, como si no existiera.

Tres semanas después, Marlow se fue de Jardinperenne para siempre, o eso pensaba ella. Se juró a si misma que nunca volvería a confiar en ninguna persona de Jardinperenne y menos aún en Adrius Falcrest.

SIETE

—Hola, Marlow —la saludó Swift en cuanto entró a la Alcobita al día siguiente por la tarde—. Si tuvieras una relación romántica secreta con el vástago de una de las familias más poderosas de Caraza, me lo dirías, ¿verdad?

—Eh... —balbuceó Marlow.

Swift sonrió por encima de una copia del *Cotilleo Semanal*.

—¿Tienes la costumbre de leer revistas del corazón o se trata de una ocasión especial? —preguntó Marlow mientras se quitaba la chaqueta y se le unía detrás del mostrador.

—Ya sabes que me gusta estar al día de todo —contestó Swift, dejando la revista con fuerza encima de la mesa.

Marlow ladeó la cabeza para leer el titular dramático, escrito en negrita, que acaparaba toda la parte superior de la página: «El vástago de los Falcrest fue visto durante la regata tradicional del solsticio de verano con una nueva mujerzuela misteriosa».

¿«Mujerzuela»? Marlow tiró la revista del mostrador.

—¿De verdad la gente lee estas cosas?

—Sí, y mucha —respondió Swift, recogiendo la revista que había tirado al suelo.

Bueno, tal vez aquello podía jugar a su favor. Cuantos más rumores circularan sobre Adrius y Marlow, más creíble sería su supuesto romance.

—En cualquier caso, deja de evitar mi pregunta —la riñó Swift—. No es verdad, ¿no? Porque si lo fuera sería...

—No es verdad —dijo Marlow, interrumpiéndolo—. Pero... esperamos que la gente crea que lo es.

—Ah —replicó Swift, comprendiendo de repente que se trataba de una farsa—. Pero ¿no me habías dicho que no pensabas aceptar su caso? Si no me equivoco, tus palabras textuales fueron: «Preferiría bañarme desnuda en el lago Aguascalizas que trabajar para Adrius Falcrest».

Marlow se aclaró la garganta mientras barajaba un mazo de cartas de hechizo.

—Bueno, si alguien estuviera dispuesto a pagarme mil perlas por bañarme desnuda en el lago Aguascalizas, tal vez lo haría.

—Mil... —Swift soltó una palabrota y abrió los ojos como platos. A continuación esbozó una sonrisa con los labios y golpeó amistosamente el hombro de Marlow—. Verás, le tengo el ojo echado a un nuevo reproductor de discos...

Marlow le apartó la mano.

—Primero tengo que romper la maldición.

—Seguro que lo conseguirás —dijo Swift, convencido—. Pero, entretanto, ¿estás segura de que vais a ser capaces de convencer a todo el mundo de que estáis juntos?

—Sinceramente, no creo que sea muy difícil —contestó Marlow—. Todo el mundo dará por sentado que Adrius está siendo Adrius y que, en un arrebato de rebeldía, le ha dado por salir con una chica de Las Ciénagas para escandalizar a la sociedad de Jardinperenne. El factor escándalo es lo que nos ayudará a vender la historia.

—Bueno, tal vez tengas que esforzarte un poco más para vender la historia —replicó Swift hojeando la revista—. Parece que muchos de estos periodistas piensan que en realidad no estás interesada en Adrius y que solo lo estás usando para volver a hacerte un hueco en la sociedad de Jardinperenne.

—¿Por qué no me sorprende en absoluto? —dijo Marlow poniendo los ojos en blanco.

—Aquí hay uno que dice que eres «una paria social que ha regresado para vengarse de las personas que la menospreciaron hace un año». Vaya, sin duda lo han clavado.

Marlow le arrancó la revista de las manos y la enrolló.

—Ala, te has quedado sin *Cotilleo Semanal*.

—¡Eh! —protestó Swift—. ¿Cómo voy a enterarme ahora de los vestidos nuevos que los vástagos han llevado a cada fiesta?

—Claro, estoy segura de que se puede sacar un montón de información relevante de las páginas de... —De repente se detuvo y pestañeó antes de volver a dirigir la mirada hacia la revista enrollada—. Espera un momento. ¿Tienes números más antiguos de *Cotilleo Semanal* o de cualquier otra revista del corazón?

—Pues claro —respondió Swift—. Van muy bien para matar mosquitos.

—¿Podrías traerme todas las revistas que tengas de hace unas tres semanas a mi casa cuando termines de trabajar?

—¿Por qué? —preguntó Swift, entrecerrando los ojos.

Marlow le dio un golpecito en la nariz con la revista enrollada.

—Porque te lo estoy pidiendo.

—¡Swift! —exclamó Hyrum desde la puerta principal cargado con una caja llena de cartas de hechizo—. Necesito que vayas a la tienda de Orsella y le lleves unos cuantos ingredientes para hechizos.

Marlow giró la cabeza tan deprisa que casi se dislocó el cuello.

—Si quieres puedo ir yo.

—A ti te toca hacer inventario.

—Lo terminé ayer por la noche —puntualizó Swift con voz aguda—. Así que podría ir Marlow.

—He dicho que vayas tú, Swift —dijo Hyrum con voz tajante, y luego desapareció en la trastienda.

Swift se encogió de hombros y pasó por encima del mostrador de un salto para seguirlo.

Marlow esperó junto a la puerta. Swift apareció al cabo de un momento con una bolsa llena de ingredientes para hechizos colgada del hombro y alzó una ceja en dirección a Marlow.

—¿Qué? —preguntó Marlow—. Ha dicho que tienes que ir tú, no que no pueda acompañarte.

—¿A qué vienen tantas ganas de ir a la tienda de Orsella? —preguntó Swift pasando junto a ella—. Sobre todo teniendo en cuenta que no eres precisamente una de sus personas favoritas.

—Pero ¿qué dices? —preguntó Marlow abriendo la puerta de un empujón y mentalizándose para salir al calor húmedo de la tarde—. Si le caigo estupendamente bien. ¿O es que ya no recuerdas que me ayudó en el caso de la ladrona Luna? Lo que pasa es que es un poco cascarrabias, como Hyrum. Pero, claro, tú no lo entiendes porque por algún motivo incomprensible está obsesionada contigo.

—Eso es porque soy encantador e irresistible por naturaleza —señaló Swift con una sonrisa.

—Cuento con ello —le dijo Marlow pellizcándole la mejilla.

Marlow se apartó de un salto en cuanto vio que un embrujo naranja brillante se dirigía hacia ella.

—¡Eh! —El embrujo impactó contra la puerta, que se estremeció peligrosamente y empezó a humear y a agrietarse—. Orsella, ¡que soy yo!

—¡Ya sé que eres tú, estúpida! —contestó la anciana diminuta desde detrás del contador con una escopeta apoyada en la cadera—. ¿O acaso crees que lanzo embrujos a cualquiera que entre por la puerta de mi tienda?

—¿Y a qué se debe este trato tan especial?

—A que eres un dolor de muelas, Briggs —replicó Orsella, dejando la escopeta encima del mostrador. De repente abrió los ojos de par en par y se le iluminó el semblante al ver a Swift entrar en la tienda detrás de Marlow y dejar la cartera encima del mostrador—. ¡Swift! No te había visto.

—Buenas tardes, Orsella —la saludó—. Entrega especial para la comerciante más despampanante del mercado negro del callejón Embrujo.

—Oh, eres un encanto —dijo pestañeando con sus ojos oscuros y brillantes—. Veamos qué tenemos aquí.

Marlow le dedicó una mirada burlona a Swift mientras este ayudaba a Orsella a hurgar entre los ingredientes.

Desde fuera, la tienda de Orsella parecía una simple tienda de empeños. Pero el embarcadero que había frente a su tienda era conocido como el «callejón Embrujo» por un motivo y es que casi todos los negocios que había por allí, desde el salón de té de La Tortuga Mordedora hasta la Tienda de Cebos y Artilugios de la Suerte, eran tapaderas para el mercado negro.

En realidad Orsella era comerciante: traficaba con maldiciones y vendía ingredientes a los hechiceros que necesitaban conseguirlos sin dejar ningún tipo de rastro. Aunque la mayoría de los ingredientes de la Alcobita acababan en las bibliotecas de hechizos de las cinco familias, de vez en cuando desviaban una parte de la mercancía para vendérsela a Orsella a mejor precio.

Aunque al principio a Marlow le molestaba que la Alcobita abasteciera de ingredientes a los hechiceros que creaban las maldiciones que luego se dedicaba a romper, hacía tiempo que había dejado atrás aquellas cuestiones morales. Prácticamente ningún habitante de Las Ciénagas podía presumir de no participar en el tráfico de maldiciones y en cualquier caso Marlow sería incapaz de hacer su trabajo si no tuviera algunos contactos en el mercado negro. Y por lo que a contactos se refiere Orsella era de los mejores que se podían tener.

—Oye —dijo Marlow acercándose al mostrador—. Cuando termines con los ingredientes, necesitaría que me hicieras un favor.

—Se han acabado los favores, Briggs. Ya te lo dije la última vez, ¿te acuerdas? —resopló Orsella—. Ahora ya estamos en paz. Bueno, en realidad no estamos del todo en paz, porque darte el nombre de Flint me ha metido en un montón de mierda humeante de cocodrilo. O más bien debería decir en un montón de mierda de Cabezacobre.

—¿Se han presentado en tu tienda? —preguntó Swift con un tono de preocupación evidente en su voz.

—Por lo visto alguien montó un escándalo en el Tigre Ciego.

Swift lanzó una mirada reprobadora a Marlow.

—Acabaron deduciendo que había sido yo quien te había dicho dónde podías encontrar a Flint —prosiguió Orsella—. Y déjame decirte que no parecían muy contentos.

—¿Estás bien? —preguntó Swift—. ¿Te han hecho daño?

Orsella dio unos golpecitos a la escopeta que había dejado encima del mostrador.

—Les presenté a Josephine y se fueron por patas.

Traficar con maldiciones no era una profesión exenta de riesgos y Josephine, tal y como Orsella apodaba cariñosamente a su escopeta, era una parte importante del negocio. Marlow todavía no había conseguido averiguar de dónde había sacado Orsella aquella escopeta que disparaba balas encantadas, pero la conocía lo bastante bien como para no molestarse en preguntárselo.

Se distrajo un momento imaginándose a los lacayos que Bane debía haber enviado a la tienda enfrentándose a la diminuta Orsella iracunda disparando embrujos contra sus cabezas.

Seguro que no habían tardado en irse con el rabo entre las piernas concluyendo que aquella anciana enana y aterradora con una escopeta no merecía su tiempo y habían asegurado a su jefe que le habían dado un buen susto.

—Pero la cuestión es que no tengo tiempo para estas tonterías, Briggs —prosiguió Orsella—. Tengo un negocio que sacar adelante.

—¡Eh, pero si fuiste tú quien me mandaste al Tigre Ciego! —protestó Marlow.

—Y me parece recordar que te dije específicamente que no te metieras en problemas.

—Eso es como decirle a un mosquito que no pique a nadie —refunfuñó Swift.

Marlow lo fulminó con la mirada.

—Yo no me metí en problemas. Técnicamente fueron los problemas los que me encontraron a mí.

Orsella se echó a reír. Para ser una mujer tan pequeña soltaba unas carcajadas muy estridentes.

—Eres una chica graciosa, ¿lo sabías?

Aquello no era un cumplido.

—¿Quieres decir que ya no volverás a ayudarme nunca más? —inquirió Marlow—. Vamos, Orsella, nadie sabe tanto de esta ciudad como tú.

Orsella observó a Marlow con una mirada larga y fría que podría hacer intimidado fácilmente hasta a los criminales más curtidos de Las Ciénagas.

—Si quieres algo de mí tendrás que pagarme, como todos los demás —dijo Orsella, asintiendo ante la selección de tarros llenos de ingredientes que había encima del mostrador—. Dime qué información estás buscando y entonces discutiremos un precio.

—Vale —dijo Marlow alejándose del mostrador—. Quiero que me cuentes todo lo que sepas sobre la Orquídea Negra.

Era muy difícil sorprender a Orsella con la guardia baja, pero Marlow vislumbró una insólita expresión de sorpresa en su rostro arrugado antes de que volviera a adoptar el ceño fruncido habitual.

—¿Dónde has oído ese nombre?

Swift lanzó una mirada preocupada a Marlow al percibir la inquietud de Orsella.

—Eso da igual —dijo Marlow—. Pero es evidente que sabes algo.

—Por supuesto —replicó Orsella con indiferencia.

—¿Y cuánto me va a costar esa información? —preguntó Marlow—. ¿Un poco de suerte? Aunque te advierto que no creo que me quede mucha.

—Un recuerdo —pidió Orsella como contraoferta—. Nada que vayas a echar de menos.

—No —negó Marlow categóricamente. Se había autoimpuesto la norma de no ceder nunca ningún recuerdo como ingrediente para hacer hechizos, ni siquiera los más insignificantes. Sabía que Orsella tenía razón y que tenía un montón de recuerdos que ni siquiera echaría de menos. Los seres humanos olvidan cosas continuamente. Pero Marlow dependía de su memoria para poder desempeñar su trabajo y la mera idea de que se la manipularan le parecía perturbadora. Antes preferiría renunciar a un año de vida.

—¿Y qué me dices de unas cuantas lágrimas?

Swift soltó una sonora carcajada.

—Pagaría por verte intentar hacerla llorar, Orsella.

Marlow le clavó el codo en las costillas.

—Debería bastar con un par de onzas de sangre, ¿no, Orsella?

La sangre era un ingrediente muy común en la elaboración de hechizos y era fácil renunciar a ella sin sufrir muchos daños. Precisamente por eso no se consideraba particularmente valiosa, aunque dependía de quién fuera la sangre. Sin embargo, Marlow tampoco le estaba pidiendo nada muy complicado. Solo quería información.

Pero normalmente lo más determinante en Las Ciénagas no era lo mucho que pudiera valer un ingrediente, sino lo desesperada que estuviera la persona dispuesta a venderlo. Orsella tenía fama de ser una comerciante justa, menos propensa que otras personas en su misma posición a aprovecharse de los demás. Sin embargo, aquello no significaba que fuera indulgente.

—Estírate un poco, Briggs —replicó Orsella—. Por lo menos una pinta entera.

—Trato hecho —contestó enseguida Marlow, subiéndose la manga de la chaqueta y ofreciéndole el brazo desnudo a Orsella, que enseguida se puso a trabajar con sus aparatos para extraerle la sangre—. Bueno —empezó Marlow encogiéndose de dolor en cuanto Orsella le cortó la piel justo por debajo de la parte interior del codo—. La Orquídea Negra. ¿Qué es exactamente?

Orsella no levantó la mirada mientras colocaba un tarro vacío para recoger la sangre que formaba un pequeño torrente cálido por el brazo de Marlow.

—Un grupo de hechiceros clandestino. Se supone que sus creaciones son de lo mejorcito que hay: encantamientos y embrujos de alta calidad, magia de lo más innovadora.

—¿Traficas con sus creaciones?

—No —replicó Orsella—. Nadie lo hace.

—¿Quieres decir que se encargan de todo internamente? —preguntó Marlow, dubitativa.

Ser un hechicero clandestino era una de las profesiones más peligrosas de Caraza. Para poder convertirte en hechicero tenías que estudiar en una de las cinco academias de hechicería que dirigían las cinco familias. Era un proceso riguroso, pero bastante justo: si conseguías que te aceptaran en una de las academias y llegar a la graduación sin que te expulsaran, podías conseguir un buen sueldo creando cartas de hechizo.

Pero a cambio de aquella inversión las cinco familias exigían un secretismo muy estricto alrededor de la hechicería. En parte se debía a la competencia que había entre las distintas familias, ya que cada una de ellas tenía una enorme biblioteca de libros de hechizos que guardaban celosamente, pero sobre todo lo hacían porque así podían mantener el control sobre el comercio de hechizos entre todas las familias.

Y eso significaba que si un hechicero se salía de este sistema corría el peligro de ser perseguido por una de las entidades más poderosas de toda Caraza, y de hecho aquí era donde entraban los *chevaliers*, como la madre de Marlow.

Por eso casi ningún hechicero vendía sus hechizos directamente al mercado negro, sino que gestionaban todos sus negocios a través de personas como Orsella o de bandas callejeras como los Cabezacobre, que les ofrecían cierto secretismo y protección ante las cinco familias.

—En realidad no venden muchos de sus hechizos —aclaró Orsella, encogiéndose de hombros.

Marlow intercambió una mirada confusa con Swift.

—Según los rumores son unos fanáticos —continuó Orsella—. Quieren difundir el conocimiento de la hechicería entre la población general. Abrir las bibliotecas a todo el mundo. Desarticular el oligopolio que las cinco familias tienen sobre la magia.

—Pues les deseo mucha suerte —dijo Swift despreocupadamente.

—Parece una buena manera de conseguir que te maten —añadió Marlow. No tenía ninguna duda de que las cinco familias harían todo lo posible para detener un grupo como la Orquídea Negra.

—Por lo visto sus hechizos son verdaderamente impresionantes —añadió Orsella encogiéndose de hombros.

Marlow optó por no señalar que unos cuantos hechizos ostentosos no podían competir con toda la fuerza y el poder de las cinco familias, ya que Orsella lo sabía tan bien como ella.

Sin embargo, aquella conversación hizo que se preguntara qué tipo de hechizo encerraba la carta con el símbolo de la Orquídea Negra que su madre había quemado el día de su desaparición. Y ante todo cómo había conseguido aquella carta.

—¿Eso es todo? —preguntó Orsella. Había empezado a contener la hemorragia del brazo de Marlow y a cerrar el tarro con su pinta de sangre.

—Solo una última pregunta —dijo Marlow presionándose el vendaje que Orsella le había puesto en el brazo.

—Venga, rapidito —contestó Orsella de mal humor—. Tengo que ponerme con las entregas.

—¿Reconoces el nombre «Armant Montagne»? —preguntó Marlow.

—¿Por qué lo preguntas? —quiso saber Orsella entrecerrando los ojos.

—Por un caso —contestó Marlow sin vacilar. Técnicamente era cierto.

Orsella miró a Swift y se aclaró la garganta.

—Es un hechicero. Trabaja en la Biblioteca Falcrest. Eso es todo lo que sé.

Orsella no la miró a los ojos, por lo que Marlow adivinó que aquella no era toda la verdad. Se estaba guardando alguna información, pero a esas alturas Marlow la conocía lo bastante bien como para saber que era mejor no presionarla. Por lo menos le había dado suficiente información como para poder localizar a Montagne por su cuenta; ya se las arreglaría para averiguar el resto.

—Y ahora márchate de una vez antes de que me espantes a los clientes. —Orsella se giró hacia Swift con dulzura—. Swift, ¿podrías venir algún otro día? Al motor de mi moto le iría bien que le echaran un vistazo. Te prepararé zumo de caqui especiado.

—Pues claro —contestó Swift.

Marlow puso los ojos en blanco.

—No entiendo por qué un chico tan bueno como tú se junta con una chica como ella —resopló Orsella.

—Ya somos dos —le aseguró Swift mientras le lanzaba a Marlow una sonrisa empalagosa.

Marlow sacudió la cabeza mientras salía de la tienda de Orsella con la mente funcionando a toda máquina. Si Orsella tenía razón, y siempre la tenía, aquello significaba que Cassandra había quedado con un hechicero a bordo del Contessa la noche de su desaparición. La misma noche que Marlow la había visto quemar una carta de hechizo de la Orquídea Negra.

—¿Vas a contarme de qué va todo esto? —preguntó Swift apurando el paso para alcanzarla—. ¿La Orquídea Negra? ¿Un hechicero de la familia Falcrest?

—Como ya he dicho, es para un caso.

¿Podía ser que Montagne fuera un miembro de la Orquídea Negra? Tal vez Cassandra estaba intentando localizar a los miembros de la Orquídea Negra en nombre de la familia Vale. Tal vez había conseguido que Montagne cambiara de bando y le revelara quiénes eran los demás miembros de la organización. La cabeza le iba demasiado deprisa, apenas podía seguirle el ritmo.

—¿Para el caso de Adrius? —preguntó Swift—. No has mencionado que estuvieras trabajando en ninguno más.

Marlow no contestó porque de repente la invadió la sensación de que alguien los estaba espiando. En el reflejo del agua que transcurría junto al muelle divisó a un hombre alto de pelo oscuro con un abrigo de color gris tormenta que los seguía unos treinta pasos por detrás con andares lentos y una postura encorvada.

Marlow aceleró el paso por el callejón Embrujo hasta llegar al cruce con Serpiente, la larga calzada sinuosa que conectaba diversos enclaves de Las Ciénagas como si fuera una columna vertebral.

Marlow giró a la derecha en Serpiente en vez de hacia la izquierda.

—Eh, ¿Marlow? —dijo Swift dubitativo—. Este no es el camino de vuelta a la Alcobita.

—Da igual, vayamos por aquí —insistió Marlow. Lo agarró por la muñeca y lo arrastró hacia un bote amarrado en el que vendían periódicos.

—¿Qué ocurre? —preguntó Swift en voz baja mientras fingían echar un vistazo a los titulares.

—El hombre que tenemos a nuestra izquierda —dijo Marlow en voz baja—. El que lleva el abrigo gris. ¿Verdad que nos hemos cruzado con él de camino a la tienda de Orsella?

Swift ladeó la cabeza sutilmente para echar un vistazo al hombre en cuestión.

—No lo sé. Tal vez. ¿Crees que nos está siguiendo?

—Estoy bastante segura —replicó Marlow. Apartó a Swift del bote y se mezclaron entre la muchedumbre que circulaba a pie por la Serpiente.

—Marlow —dijo Swift con voz queda—. ¿Crees que se trata de un cabezacobre?

—No lo sé. —Si realmente fuera un cabezacobre era imposible predecir lo que les haría si conseguía arrinconarlos. Y eso era justamente lo que Swift temía que ocurriera.

—Bueno, será mejor que no lo averigüemos —dijo Swift con tono sombrío.

Marlow estaba más acostumbrada a seguir a los demás que a ser seguida, pero sabía cómo librarse de un perseguidor y su mejor opción era el Mercado del Pantano.

Rodeado de espigones y la calle de la Serpiente, el Mercado del Pantano era un lago dragado entrecruzado por cientos de embarcaderos largos y estrechos. Si la Serpiente era la columna vertebral de Las Ciénagas, el Mercado del Pantano era su corazón. Cada mañana al amanecer cientos de barcazas, góndolas de cola larga y embarcaciones estrechas atracaban en los embarcaderos para vender de todo, desde ropa hecha a mano hasta cubos llenos de cangrejos de río que se retorcían y objetos encantados de dudosa procedencia. A mediodía el mercado estaba tan lleno de barcos que resultaba casi imposible ver las aguas del lago debajo de aquella marea de cascos.

El mercado, con sus muchedumbres atestadas, sus pasarelas laberínticas y sus pocos puntos de observación, era el lugar perfecto para librarse de cualquier perseguidor.

Marlow arrastró con prisas a Swift por uno de los muelles que partían de la calzada Serpiente, zigzagueando entre los barcos de los vendedores y volviendo sobre sus pasos. Marlow se detuvo ante un barco que vendía fruta fresca de un vergel que había río arriba y miró sutilmente hacia atrás. El hombre del abrigo gris iba caminando sin prisa por el muelle a unos veinte pasos de distancia.

—¿Todavía lo ves? —preguntó Swift.

Marlow asintió con la cabeza y notó que el corazón le latía con fuerza. Acababan de despejar cualquier duda de que los estaba siguiendo. Y, además, no se trataba de ningún aficionado.

—Venga, vamos.

Marlow arrastró a Swift muelle abajo hasta una barcaza que vendía cuencos de sopa de tortuga que almacenaban en unos contenedores enormes y que tenía una hilera de taburetes y una barra para que la gente pudiera sentarse a comer. Subieron de un salto al barco, esquivaron al hombre que blandía el cucharón, se subieron a los taburetes y saltaron por la borda, aterrizando sobre la cubierta de la góndola que estaba justo al lado.

La barcaza se meció peligrosamente y el líquido hirviendo llegó hasta los límites del contenedor de la sopa, amenazando con derramarse antes de que las aguas volvieran a calmarse.

—¡Perdone! —gritó Marlow al vendedor de sopa sin apenas detenerse. Corrió hasta llegar a la otra punta de la góndola y se subió a la punta recubierta de madera.

—Pero ¿qué demonios os creéis que estáis haciendo? —bramó el gondolero cargando contra ellos mientras Marlow ayudaba a Swift a subirse a la punta—. ¡Bajad ahora mismo de mi góndola!

—Por supuesto —le aseguró Marlow alegremente—. Enseguida dejaremos de molestarlo.

La altura de la punta recubierta de madera permitió que Marlow alcanzara la escalera de cuerda que colgaba de una barcaza mucho más grande.

—¿Todavía nos sigue? —preguntó Marlow alargando la mano para ayudar a Swift a subir detrás de ella.

—No lo veo.

Una vez en lo alto de la cubierta de la barcaza, Marlow echó un vistazo en dirección al embarcadero. Y, aunque le pareció imposible, vio al hombre del abrigo gris abriéndose camino hacia ellos por un embarcadero paralelo.

—Mierda. —Señaló con la cabeza hacia la popa de la barcaza—. Por aquí.

Treparon, se arrastraron y saltaron de un barco a otro, cruzando en zigzag el Mercado del Pantano y dejando una estela de vendedores airados a su paso. Pero al parecer su ruta errática no consiguió despistar al hombre que los seguía. No paraban de encontrárselo a la vuelta de cada esquina.

Marlow empezó a cansarse.

—Esto no está funcionando.

—Todavía estás protegida a prueba de hechizos rastreadores, ¿verdad? —preguntó Swift expresando en voz alta el miedo que tenía Marlow: que aquel hombre estuviera usando magia para no perderles la pista.

—Por supuesto que sí —contestó. Había sido lo primero que había hecho después de romper la maldición de Swift. De lo contrario, nada impediría que los Cabezacobre la persiguieran en cuanto saliera del territorio de los Segadores.

Examinó la marea ondulante de barcos que tenían delante.

—Vale, cambio de plan. —Se quitó la chaqueta y la lanzó al hombro de Swift y a continuación se arrodilló para desatarse las botas.

—¿Qué estás haciendo? —preguntó Swift.

—Despistarlo corriendo de un lado a otro del mercado no está funcionando —razonó Marlow mientras se quitaba las botas y se las lanzaba a Swift—. Así que voy a cruzarlo por debajo.

Swift agarró una bota al vuelo y se la quedó mirando con incredulidad.

—¿Se te ocurre alguna idea mejor?

—No te ahogues —replicó.

Marlow sacó una carta de hechizo y se la mostró.

—De eso se encargará esta carta.

Era un hechizo de respiración infinita que había conseguido unas semanas antes después de un desafortunado incidente en el lago Aguascalizas. Se apresuró a lanzar el hechizo y los glifos brillaron con un color azul plateado y se le metieron por la garganta hasta llegarle a los pulmones.

—Nos vemos al otro lado.

Y dicho eso se zambulló en el lago salobre, pataleando con los pies para sumergirse hasta poder pasar por debajo de aquella masa de barcos. El lago no era muy profundo, por lo que Marlow enseguida llegó al fondo y se arrastró por el barro hasta el otro lado del mercado.

Emergió de las aguas fangosas en la esquina oeste del Mercado del Pantano, entre dos góndolas que vendían fruta. Se acercó nadando hasta el embarcadero, trepó por uno de los lados repletos de barro y finalmente se dejó caer encima del camino de madera. Iba calada hasta los huesos, cubierta de barro y probablemente apestaba a lodo del pantano, pero estaba bastante segura de que, por lo menos, había escapado del hombre del abrigo gris.

Se levantó y con un suspiro de alivio se escurrió el pelo y chapoteó por el rompeolas ignorando las miradas extrañas de los demás transeúntes que se apiñaban en el mercado.

La Alcobita estaba a tan solo unos canales de distancia, pero la ruta más directa era a través de un callejón estrecho y fangoso que serpenteaba entre dos hileras de chabolas frente al agua que desprendía un olor a entrañas de pescado y a algo agrio que Marlow no tenía ningún interés en averiguar de dónde provenía.

De repente se le erizaron los pelos de la nuca. Giró sobre sus talones y vio al hombre del abrigo gris acechando en la boca del callejón envuelto en la bruma vaporosa que llenaba la marisma.

Marlow optó por dejarse de sutilezas. No quería que se le acercara nadie que fuera capaz de encontrarla tan fácilmente. Echó a correr para huir, sin que le importara estar pisando el barro con los pies desnudos. Se inclinó para tomar una curva cerrada y escabullirse entre dos chozas y entonces se detuvo, respirando entrecortadamente. Algo en su interior le dijo que dejara de correr. Que si quería respuestas la única manera de obtenerlas era enfrentándose a su perseguidor.

Sacó una carta de hechizo de su bolsillo empapado y volvió a escabullirse por el espacio estrecho que separaba aquellas dos chabolas. Respiró profundamente y volvió a salir de un salto al callejón.

Enseguida detectó un movimiento a su derecha. Se giró con la carta de hechizo en la mano y atisbo un abrigo gris revoloteando.

—¡*Melma*!

Unos glifos de color cobre salieron en espiral de la carta de hechizo y rodearon los pies del hombre, anclándolos en el barro antes de que pudiera volver a esconderse entre las sombras.

Marlow se acercó a él. No parecía un cabezacobre: no llevaba una serpiente tatuada en el cuello y sus penetrantes ojos azules carecían de la crueldad maliciosa que siempre veía en los de los Cabezacobre.

Fue entonces cuando se dio cuenta que aquella no era la primera vez que veía a ese hombre. También lo había visto a bordo del Contessa, entre la multitud que la había observado boquiabierta mientras hablaba con Adrius. En cuanto ató cabos, un escalofrío fatídico le recorrió toda la columna vertebral. Porque eso significaba que aquel hombre tenía acceso a ella no solo en Las Ciénagas, sino también en Jardiperenne.

Razón de más para intentar sacarle algunas respuestas.

—¿Por qué me estás siguiendo? —exigió saber.

El hombre la miró impasible y luego bajó la cabeza. Entonces blandió una carta de hechizo. Aparecieron unos glifos azul plateado y le rodearon los pies. El barro se desprendió y el hechizo de Marlow se rompió.

El hombre avanzó una zancada en dirección a ella.

Marlow no podría haberse movido ni aunque hubiera querido. Había contrarrestado su embrujo con una facilidad pasmosa; era la primera vez que veía aquel tipo de magia. De repente un nuevo miedo se apoderó de ella.

—¿Eres un miembro de la Orquídea Negra? —preguntó mientras volvía alzar la mirada hacia su cara.

—Deja que te dé un consejo, Marlow —dijo el hombre—. Deja de hacer preguntas de las que no quieres saber la respuesta.

—¿De qué estás hablando?

El hombre siguió avanzando hasta arrinconarla contra la pared trasera de una de las chabolas.

—Sabemos que has estado preguntando por nosotros. —Se cernió sobre ella—. Deberías dejar de meter las narices donde no te llaman si sabes lo que te conviene.

Marlow respiró agitadamente. Aquel hombre era miembro de la Orquídea Negra. Primero la advertencia de Hyrum y ahora esto.

El hombre metió una mano en su abrigo y sacó una carta de hechizo negra resplandeciente. Marlow cerró los ojos y se preparó para que le lanzara el embrujo que había elegido.

—¡*Bruciare*!

Un torrente de glifos verdes brillantes golpeó al hombre por la espalda, pero este se arrebujó en su abrigo, que absorbió todos los glifos y anuló el hechizo.

Por encima del hombro de él, Marlow divisó a Swift al final del callejón con una carta de hechizo en la mano. Tenía los ojos abiertos como platos y estaba aturdido por la facilidad con la que aquel hombre había contrarrestado su embrujo.

—Recuerda lo que te he dicho, Marlow —dijo el hombre, y acto seguido se alejó y desapareció entre las sombras.

Marlow se quedó allí de pie, temblando contra la pared, mientras Swift recorría el callejón hasta llegar a su lado.

—¿Estás bien? —preguntó Swift con un tono de voz medio histérico—. ¿Quién demonios era este tipo? Que yo sepa los Cabezacobre no disponen de este tipo de magia.

Marlow negó con la cabeza.

—No era un cabezacobre. Era un miembro de la Orquídea Negra. Creo que llevan un tiempo siguiéndome.

—¿Qué?

—No es nada —dijo Marlow—. ¿Podrías devolverme las botas?

—No calificaría esto que acabamos de ver de «nada» —insistió Swift—. ¿En qué clase de caso te has metido?

Marlow se quedó en silencio durante un buen rato antes de contestar con voz queda.

—Se trata de mi madre, ¿vale?

—Marlow... —suspiró Swift.

—Ya sé lo que vas a decirme. —Y era verdad; por eso no le había dicho nada hasta aquel momento—. Pero tengo una pista nueva. Una de verdad. Esa organización de la que nos ha hablado Orsella, la Orquídea Negra... estoy bastante segura de que tienen algo que ver con la desaparición de mi madre. Y creo que podrían saber qué le ocurrió.

—Estas personas son claramente peligrosas —dijo Swift—. Muy peligrosas.

Marlow estaba empezando a comprenderlo.

—Marlow, si esta gente te está siguiendo seguramente sea porque no quieren que continúes hurgando en ese tema.

—Ya pueden amenazarme todo lo que quieran —dijo Marlow—, pero nada me impedirá descubrir qué le ocurrió a mi madre.

Si los de la organización de la Orquídea Negra creían que podrían asustarla tan fácilmente es que no la conocían en absoluto. Si le habían hecho algo a Cassandra, Marlow acabaría averiguándolo. Y se lo haría pagar.

—Pero esa es precisamente la cuestión, Marlow. Estoy seguro de que tarde o temprano acabarás descubriendo qué le ocurrió a tu madre —dijo Swift—. Y creo que eso no les va a gustar ni un pelo.

Marlow guardó silencio durante un buen rato mientras se calzaba las botas y se ponía la chaqueta. Cuando terminó, alzó la mirada hacia la cara de Swift. Sus ojos oscuros destilaban preocupación, pero debajo vio el mismo miedo que ella sentía en el interior de su corazón.

—No puedo rendirme, Swift —dijo finalmente—. Mi madre siempre me decía: «Si el mundo te hinca el diente, híncale el diente al mundo».

—Ya veo. —Swift apartó la mirada—. Solo te pido que vayas con cuidado y no te atragantes.

OCHO

—¿Estás seguro de que no quieres volver a salir con ese tipo? —preguntó Marlow, y le pegó un bocado a aquel trozo de pastel de albaricoque denso y deliciosamente ácido. Echó un vistazo a Swift, que estaba sentado a su lado en el suelo de su apartamento mientras ambos leían con atención números antiguos de *Cotilleo Semanal* y el *Starling Spectator*—. Yo seguiría viéndolo solo por su repostería.

Swift tomó otro de los pastelillos de té ligeramente secos que le había regalado un cuentacuentos demasiado entusiasta que había conocido la semana anterior en el salón de té La arboleda Encantada.

—Ni de broma. Besaba bastante bien, pero para ser un *raconteur* era más bien aburrido. Además, puedes pedirle a tu nuevo novio asquerosamente rico que te compre todos los pastelillos de té que quieras. Seguro que te trae unos con glaseado de oro. —Apartó de un manotazo a Rana, que se había acercado a oler los pastelillos de té con interés.

—¿Has encontrado algo? —preguntó Marlow echándole un vistazo.

—¿Te resultaría útil saber los doce tipos de emparedados que se sirvieron en el almuerzo que organizó el alcalde? —preguntó Swift.

—No.

—Entonces no.

Marlow soltó un suspiro abatido y se dejó caer en el suelo con los brazos doblados detrás de la cabeza.

—Menuda pérdida de tiempo.

—En realidad estoy bastante impresionado de que Adrius haya conseguido no salir en ninguna columna de cotilleos en tres semanas. —Pasó la página—. Espera. Creo que tengo algo.

Marlow levantó la cabeza.

—Echa un vistazo a esta enésima columna que habla sobre el anuncio del compromiso entre Darian y Amara. —Empujó la revista hacia ella—. En el último párrafo.

Marlow lo leyó en voz alta:

—«Pero parece ser que no todo fueron sonrisas en aquella fiesta. Según una de nuestras fuentes, Gemma Starling fue vista alejándose corriendo de una habitación trasera con lágrimas en los ojos. ¿Y de quien se alejó corriendo?, os preguntaréis. Ni más ni menos que del hermano mellizo de la futura novia, Adrius Falcrest. ¿Podría ser que discutieran por algo relacionado con la breve pero tumultuosa relación que terminaron abruptamente el otoño pasado?». Y a continuación añaden una cronología de su relación. Vaya, qué útil.

—¿Y bien? —inquirió Swift—. Quiero decir, se pelearon la misma noche que Adrius cree que lo maldijeron, ¿no te parece sospechoso? ¿Crees que podría haber sido ella?

Marlow arrancó la página de la revista y la dobló para guardársela.

—Podría no ser nada. Tal vez Adrius se burlara de su vestido o algo por el estilo. Pero vale la pena investigarlo teniendo en cuenta el momento en que ocurrió.

Adrius le había dicho que no recordaba nada de la noche de la fiesta, pero tal vez aquello le ayudaría a refrescar la memoria. Tal vez Gemma todavía estaba interesada en Adrius pero él le había dicho que no correspondía sus sentimientos. Y tal vez lo había maldecido como venganza por su rechazo. Le parecía un poco inverosímil, pero Marlow había sido testigo de la bajeza de la naturaleza humana y sabía que era más que posible. Los miembros de la *noblesse nouveau* tendían a volverse histriónicos cuando no se salían con la suya.

—Nunca hubiera imaginado que conseguiría que pasaras una tarde leyendo revistas del corazón conmigo —observó Swift, burlón.

—¿Quieres que luego nos hagamos trencitas en el pelo? —se rio Marlow.

Swift le dio un golpecito con el pie y Marlow le tiró una revista, cosa que acabó derivando en una pequeña escaramuza que provocó que Rana se escondiera debajo del escritorio para mantenerse a salvo y que terminó con Marlow inmovilizando a Swift contra el suelo y agitando la caja de pastelillos de té encima de él para que le cayeran las migas sobre la cara mientras él intentaba sacársela de encima.

—¿Interrumpo algo? —dijo una voz familiar desde la puerta principal arrastrando las palabras.

Swift se incorporó tan deprisa que estuvo a punto de golpear a Marlow en la cara con la cabeza. Marlow lo liberó y se dejó caer al suelo. Poco a poco levantó la mirada hasta ver a Adrius apoyado con aire relajado contra la puerta principal, vestido con una chaqueta de color caqui por encima de un chaleco de color dorado pálido.

Rana salió de debajo del escritorio y se acercó al trote hacia Adrius maullando alegremente y restregando la cabeza contra sus espinillas y las pupilas le brillaron de nuevo.

—¿A qué debemos el inexorable honor de tu presencia? —preguntó Marlow levantándose del suelo y sacudiéndose las migas de los pastelillos de encima—. ¿No habíamos quedado en volver a vernos en la fiesta de compromiso de Amara? Es decir, dentro de dos días. Estoy trabajando en el caso.

—Sí, ya he visto que estás muy ocupada —respondió Adrius secamente. De repente posó la mirada sobre Swift—. Me parece que no nos conocemos. Soy Adrius.

Swift, que todavía estaba sentado en el suelo, levantó la mano para saludarlo.

—Swift.

—Me está ayudando a investigar el caso —dijo Marlow.

—¿Le has contado lo de la maldición? —preguntó Adrius, tensando la mandíbula.

—No sé absolutamente nada —dijo Swift—. Bueno, salvo que has contratado los servicios de Marlow, pero nada más.

Marlow había considerado seriamente contar a Swift todos los detalles de la maldición de Adrius. Si alguien podía entender lo que se sentía al estar bajo una maldición de coacción, sin duda sería él. Los Cabezacobre no le habían lanzado la auténtica maldición de coacción, por supuesto, sino una maldición más bien rudimentaria y bastante más horripilante, ya que por cada orden que Swift se negara a obedecer se le pudriría parte de la mano. Pero el objetivo de los Cabezacobre había sido el mismo que el de quienquiera que hubiera maldecido a Adrius: tener a Swift bajo control e impedirle desobedecer sus órdenes.

Pero Adrius le había dejado bien claro que quería mantener los detalles de la maldición que le habían echado entre ellos dos y Marlow no podía correr el riesgo de que Adrius perdiera la confianza en ella nada más empezar con la investigación.

Adrius la miró enfadado.

—Minnow, cuando dije que nadie podía saberlo...

—Si confías en mí, confías en Swift —afirmó Marlow en un tono que no admitía discusión—. Así es como funcionan las cosas por aquí. No le he contado ninguno de los detalles más delicados y no pienso hacerlo a no ser que me des permiso. Pero romper maldiciones requiere mucho trabajo de investigación y Swift es sin duda el mejor en este apartado.

Adrius parecía dubitativo.

—Pero, ahora en serio, ¿a qué has venido? —preguntó Marlow.

—A invitarte a una cita —anunció Adrius.

Marlow por poco se cayó encima del escritorio.

—¿Qué? ¿Ahora? ¿Por qué?

Adrius señaló las revistas del corazón esparcidas por el suelo.

—Veo que has leído las columnas. Si vamos a seguir adelante con esta farsa, tenemos que hacerlo bien. Tómatelo como un ensayo antes de tener que actuar delante de todo Jardinperenne.

—Esto forma parte de la investigación —afirmó Marlow metiendo las revistas debajo del escritorio de una patada—. Y no tengo tiempo para...

—Irá encantada —dijo Swift alzando la voz.

Marlow le propinó un puntapié.

—Espléndido —dijo Adrius. Giró sobre sus talones, se dirigió directamente hacia el armario de Marlow y abrió las puertas torcidas de par en par.

Marlow lanzó una mirada glacial a Swift, pero este solo movió las cejas arriba y abajo, como siempre que quería indicarle que acababa de entrar alguien atractivo en su campo de visión. Primero Rana y ahora Swift. El efecto que Adrius causaba en las personas o los gatos promedio le resultaba sumamente exasperante.

—Con una condición —dijo Marlow en dirección a Adrius mientras este hurgaba en su armario.

—Este vestido parece relativamente pasable. —Sacó un vestido pálido verde azulado que colgaba de una percha—. Aunque no cabe duda de que deberías ir de compras. Veo que no me mentiste cuando me dijiste que tenías más de un vestido apropiado, porque tienes dos. Mira, ¿sabes qué? Será mejor que encargue unos cuantos vestidos en la *boutique* preferida de Amara y te mande alguno para la fiesta de compromiso. Pero esta vez no lo empeñes.

Marlow le quitó el vestido de las manos.

—¿Me has oído? Si pretendes obligarme a pasarme toda la noche aguantando tus encantos, necesitaré algo a cambio.

—Sé que probablemente no entiendes el concepto de «cita», pero por lo general no suelen empezar con una negociación de los términos.

—Quiero que me lleves a la Biblioteca Falcrest —dijo Marlow—. Mañana.

—¿Por qué? —preguntó Adrius, alzando las cejas confuso.

—Para investigar —respondió Marlow rodeando el tabique que separaba su cama del resto del piso. Se quitó la camiseta y los pantalones cortos antes de pasarse el vestido por la cabeza.

—No suelen ofrecer visitas guiadas, ¿sabes?

—Eres el hijo del dueño de la biblioteca. Estoy segura de que se te ocurrirá algo —respondió mientras se peleaba con el vestido.

—De acuerdo. —Marlow casi pudo oír cómo ponía los ojos en blanco.

—Bueno —oyó que decía Swift desde el otro lado del tabique—, ¿cómo es Jardinperenne?

Una parte de Marlow esperaba que Adrius ignorara la pregunta y a Swift por completo. Sin duda en circunstancias normales Adrius consideraría que no valía la pena prestar atención a alguien como él.

—Huele mucho mejor que Las Ciénagas —contestó—. ¿Qué es este olor?

—Ah, la peste del pantano —contestó Swift—. Acabarás acostumbrándote.

—La verdad es que espero que no.

Marlow se calzó un par de bailarinas nacaradas preciosas y salió de detrás del tabique.

—Acabemos con esto de una vez.

Adrius la examinó con la mirada, apoyado encima del escritorio. El vestido que había elegido tenía un corpiño de cuentas de color crema con una falda corta pero voluminosa de color verde azulado y una larga cola que caía en cascada hasta el suelo formando un río de satén. Era de lejos la prenda más cara que Marlow poseía, un vestigio de su época en Jardinperenne del que no había sido capaz de desprenderse.

Swift soltó un silbido.

—Vaya, no estás nada mal cuando te arreglas, Briggs.

Marlow hizo una pequeña reverencia.

—Espera un momento.

Antes de que Marlow pudiera reaccionar, Adrius se le acercó. Le tomó el pelo que le caía por encima del hombro y se lo recogió para atrás. Marlow notó los dedos de Adrius peinándole los rizos y cuando levantó la mirada se encontró su cara a centímetros de la suya. Pudo contemplar de cerca la frondosidad de sus largas pestañas y los pequeños rizos que tenía justo encima de las orejas.

De repente el aire se volvió más denso, como si estuviera a punto de estallar una tormenta de verano.

—Mucho mejor —afirmó Adrius, y se apartó. A pesar de la humedad que había en el ambiente, Marlow sintió un escalofrío—. ¿Nos vamos?

Adrius le ofreció el brazo y Marlow dudó un momento antes de tomárselo. Mientras Adrius la conducía hacia la puerta, vio la expresión demasiado alegre del rostro de Swift.

—Pasáoslo bien, parejita —les dijo con un tono de voz malicioso y cómplice mientras Adrius arrastraba a Marlow por la puerta—. ¡Pero no demasiado bien!

—¡No te olvides de dar de comer a Rana! —gritó Marlow por encima del hombro justo antes de que la puerta se cerrara detrás de ella.

El calor sofocante de la noche oprimió a Marlow mientras seguía a Adrius en dirección al muelle sujetándose la cola del vestido para no ensuciarla con el barro de la calle. No pudo evitar echar un vistazo por encima del hombro cada pocos pasos, ya que seguía alterada por haber descubierto que los Orquídea Negra la estaban siguiendo. Tal vez todavía la estaban observando.

Las Ciénagas estaban compuestas por cientos y cientos de enclaves de tierra, algunos naturales y otros creados por el hombre, conectados mediante un entramado laberíntico de vías navegables. La manera más habitual de navegar por Las Ciénagas era con las barcazas que se utilizaban a modo de autobuses acuáticos, pero a medida que fueron aproximándose al muelle Marlow constató que Adrius había optado por viajar con estilo.

—Adrius —dijo Marlow poco a poco—. Por el Manglar Siempre Sumergido, ¿qué demonios es esto?

—Esto —respondió Adrius con un deje de orgullo en la voz— es un zepelín privado de la familia Falcrest de última generación.

El navío descansaba encima del agua como si fuera un barco, pero estaba atado a un enorme globo blanco y dorado cuatro veces más grande que los edificios que lo rodeaban.

Marlow nunca había montado en un zepelín. Por suerte.

—Minnow. —Adrius fijó la mirada en su rostro—. ¿Te dan miedo las alturas?

—No —mintió Marlow.

—Es la mar de seguro —afirmó despreocupadamente mientras la conducía por el muelle destartalado.

Solo la nave ya era más grande que todo el piso de Marlow. Había una mesa puesta en mitad de la cubierta con una cubertería brillante y un mantel blanco repleto de pétalos de flores resplandecientes. Había unos farolillos bioluminiscentes por toda la cubierta que la iluminaban con un místico resplandor violeta. También había una pequeña cabina interior con paredes de cristal a través de las cuales vio un sofá que parecía la mar de cómodo y unas estanterías repletas de botellas de cristal.

—Venga, vamos —dijo Adrius en voz baja poniéndole la mano en la cintura—. Te prometo que no nos precipitaremos en picado hacia nuestra propia muerte.

Marlow dio un respingo y se dio cuenta de que se había quedado parada mirando el zepelín fijamente.

—Explícame exactamente cómo vamos a convencer a todo el mundo de que estamos saliendo juntos con una cita a dos mil pies de altura.

—No te preocupes, que nos verán —le prometió Adrius mientas subía los escalones para montar en el zepelín—. Es mejor que nos metamos en la cabina durante el despegue. Suele levantarse mucho aire.

En cuanto Marlow puso los pies sobre la cubierta notó que el zepelín se tambaleaba. Avanzó a trompicones y alargó el brazo instintivamente para agarrarse a cualquier cosa y mantener el equilibrio, pero lo primero que encontró fue la mano que Adrius ya había tendido para ayudarla.

—Gracias —dijo Marlow con voz cortante.

—No hace falta que finjas haber perdido el equilibrio solo para agarrarme de la mano.

Marlow apartó la mano enseguida y atravesó la puerta de la cabina acristalada mientras Adrius la seguía riéndose. El zepelín surcó por el agua muy suavemente, tanto que de hecho Marlow ni siquiera se dio cuenta de que habían despegado hasta que no estuvieron a más de medio metro de altura.

Varias personas se detuvieron en medio de la calle para observarlos. Sus figuras fueron volviéndose cada vez más pequeñas a medida que el zepelín fue ganando altura.

Desorientada, Marlow apartó la vista y se dejó caer sobre el sofá, agarrando con fuerza un cojín.

—La noche de la fiesta estuviste a solas con Gemma —dijo Marlow sin preámbulos—. ¿Te acuerdas de lo que ocurrió entre vosotros?

Adrius se giró hacia ella desde la barra que había al otro lado de la cabina y alzó una ceja.

—Vaya, ya has vuelto a ponerte en modo interrogatorio. ¿No quieres relajarte un poco? ¿Tomarte una copa?

Marlow estaba lejos de estar relajada, pero cuando Adrius le tendió la copa que había invocado por arte de magia en la barra la aceptó a regañadientes.

—Por lo visto Gemma salió llorando de una habitación en la que estabais a solas —lo presionó Marlow—. Dicen que discutisteis por algo.

—¿Y tú cómo lo sabes? —preguntó Adrius—. Es imposible que Gemma te lo haya contado.

—Saberlo forma parte de mi trabajo. —Tomó un sorbo de su copa, un mejunje de color rosa coral que sabía a vino espumoso con unas notas de tarta de frutas—. ¿Y bien? ¿Sabes si discutisteis? ¿Se te ocurre por qué? ¿Tal vez tenga algo que ver con el hecho de que hace seis meses cortarais vuestra relación repentinamente?

—No estuvimos juntos durante mucho tiempo y además no fue nada serio.

—Tal vez no lo fuera para ti —señaló Marlow con un tono amargo en su voz—. Pero ¿y si para ella sí que lo hubiera sido? ¿Y si la ruptura le hubiera sentado lo bastante mal como para hacer algo drástico para recuperarte?

—¿Algo tan drástico como echarme una maldición para obligarme a obedecer todas sus órdenes? —rio—. Ni hablar.

—Tampoco sería tan impensable —replicó Marlow—. He visto maldiciones muy crueles lanzadas por amantes despechados, créeme.

—Gemma se moriría de la risa si supiera que la has llamado «amante despechada» —dijo Adrius—. Confía en mí. No recuerdo de qué hablamos aquella noche, pero te prometo que no tuvo nada que ver con que Gemma estuviera enamorada de mí.

—Me estás ocultando algo —afirmó Marlow entrecerrando los ojos.

—Me dijiste que esto no funcionaría a menos que confiara en ti —dijo Adrius—. Bueno, pues eso va en ambas direcciones. Tienes que confiar en mí cuando te digo que pasara lo que pasara entre Gemma y yo esa noche no tiene nada que ver con mi maldición.

Marlow soltó un suspiro irritado, pero dejó de presionarlo.

El zepelín se elevó todavía más y se alejó de las concurridas vías navegables de Las Ciénagas en dirección a los rascacielos brillantes de Jardinperenne, hacia el espacio abierto de la bahía Turmalina. A Marlow se le encogió el estómago y cerró los ojos con fuerza.

—¿Estás segura de que no te dan miedo las alturas? —preguntó Adrius sonriendo con suficiencia.

—Cállate —musitó Marlow entre dientes. Adrius enmudeció de inmediato y cuando Marlow se dio cuenta sintió una punzada de culpabilidad—. Perdona. No te calles.

—Qué generoso por tu parte.

—¿Cómo funciona exactamente? —preguntó Marlow mirándolo de soslayo.

—¿El qué?

—Si te doy una orden como la de hace un momento, ¿cuánto tiempo dura la coacción? ¿Se acaba desvaneciendo? ¿O tengo que ordenarte que hagas lo opuesto para contrarrestarla? ¿Cuáles son las limitaciones de la maldición?

—¿Y cómo quieres que lo sepa? —inquirió Adrius con una mirada atónita.

—Tal vez deberíamos intentar averiguarlo. Cuanta más información tengamos sobre esta maldición, mejor podremos protegerte. —Marlow se detuvo un momento—. Si es que estás dispuesto a hacerlo.

—¿Te refieres a ahora mismo? ¿Contigo? ¿Aquí arriba? —Parecía muy receloso.

—Si prefieres ir por ahí sin saber exactamente en qué clase de peligro podrías meterte si alguien te hace la broma equivocada, tú mismo.

A Adrius se le tensó la mandíbula y hundió las comisuras de los labios. Se inclinó hacia ella y habló muy despacio.

—Si hacemos esto, tendrás que prometerme que nunca te aprovecharás de mi maldición y me darás una orden a menos que sea para contrarrestar otra.

Habló con la cara más seria que Marlow le había visto poner nunca.

—De acuerdo —accedió—. Después de hoy no te daré ninguna otra orden. Te lo prometo.

Adrius se recostó satisfecho.

—Empecemos por algo sencillo —dijo Marlow—. Levántate.

Adrius se puso en pie.

—¿Puedes volver a sentarte? —preguntó Marlow—. ¿O tienes que quedarte de pie porque te he ordenado que te levantes?

Adrius volvió a sentarse.

—Vale. Bien —dijo Marlow—. Canta «El rey bastardo de Corteo».

—No me la sé —contestó Adrius apretando los dientes.

—Oh, Adrius —replicó Marlow—. Por supuesto que te la sabes. Todo el mundo se la sabe. Cántamela.

Adrius apretó los labios con fuerza. Tembló ligeramente y apretó los puños en un intento por resistir a la maldición. Pero de repente abrió la boca y rompió a cantar:

Los juglares cantan sobre un rey cortesiano
que vivió hace muchos años.
Reinó sobre sus tierras con mano de hierro,
pero tenía unos modales más bien extraños.

Adrius no tenía mala voz, pero estaba cantando muy bajito.

—Más fuerte —le ordenó Marlow. Al ver que no ocurría nada corrigió sus palabras—: Canta más fuerte.

Iba sucio y tendía a la dejadez,
pero se acostaba con dos y tres mujeres a la vez.
Dios bendiga al rey bastardo de Corteo.

Adrius fue alzando la voz a medida que cantaba.

Marlow no pudo evitar soltar una carcajada al oírlo cantar a voz de cuello una canción obscena de taberna. La voz de Adrius fue ganando confianza en cuanto se dio cuenta de que Marlow no iba a ordenarle que se detuviera, en parte porque quería averiguar si la maldición lo obligaría a seguir cantando a menos que le ordenara lo contrario y en parte porque aquella situación le parecía muy divertida. Y, además, aquello la estaba ayudando a olvidar que estaba suspendida en el aire a varios metros de altura.

—De acuerdo —dijo Marlow riendo después de unas cuantas estrofas más—. Ya puedes parar.

Pero Adrius continuó.

—Deja de cantar.

Entonces Adrius se calló de golpe. Por lo visto solo se podía anular una orden previa con otra orden directa.

—Estás disfrutando con esto, ¿verdad? —la acusó—. ¿Que pasa, es que no puedes dejar pasar la oportunidad de humillarme?

Adrius parecía estar retándola y a Marlow le entraron ganas de aceptar el reto. Si realmente quisiera humillarlo, ¿quién podría culparla? ¿Acaso no se lo merecía por cómo la había tratado un año atrás?

Marlow sonrió y se recostó contra los cojines.

—Halágame.

—¿En serio? —dijo Adrius con un temblor en la ceja.

—¿No has sido tú quien ha dicho que si vamos a fingir que estamos juntos tenemos que hacerlo bien? —replicó Marlow con tono inocente—. Pues no hay duda de que esto significa que tienes que ir acostumbrándote a cubrirme de halagos. Tómatelo como un ensayo.

—Me encanta lo poco que te preocupan las apariencias —dijo Adrius con voz melosa.

La sonrisa de Marlow se convirtió en una mueca burlona. Por lo visto la maldición no detectaba el sarcasmo.

—Halágame de verdad, no con un falso cumplido.

—Tus ojos resplandecen como el océano, nena, y estoy perdido en medio del mar —dijo Adrius fingiendo una pasión desbordante.

—Mis ojos son de color gris —dijo Marlow—. Inténtalo de nuevo.

—Incluso durante una tormenta de verano, tu sonrisa ilumina el mundo cual rayo de sol.

—Pero si esto lo has sacado de *La maldición de la luciérnaga* —dijo Marlow—. ¿De verdad que estas frases te funcionan con las chicas de Jardinperenne?

—Por supuesto que funcionan —contestó Adrius, casi ofendido—. Aunque normalmente nunca tengo que esforzarme ni la mitad que ahora.

—Bueno, pues esfuérzate un poco más —ordenó Marlow.

—Estás preciosa cuando me das órdenes —dijo Adrius, alzando las comisuras de los labios hasta esbozar una sonrisa.

Marlow notó que una oleada de calidez le recorría el cuerpo. Tenía que admitir que a Adrius se le daba bien ese juego.

Adrius se inclinó hacia ella y siguió hablando con un tono de voz más bajo.

—Pero cuando te sonrojas estás todavía más irresistible.

El estómago le dio un vuelco y se quedó inmóvil. Adrius se las había arreglado para dar la vuelta a la situación y lo que había empezado como un intento de humillarlo se había convertido en una perversa competición. Marlow no sabía muy bien qué tenía que demostrar, pero sabía que no podía echarse atrás antes que Adrius. Si él era capaz de quedarse ahí sentado y soltar todos aquellos halagos cursis con aquella cara impasible, desde luego Marlow no estaba dispuesta a mostrarle que la estaban afectando.

Aunque, pensándolo bien, en realidad no la estaban afectando. Era demasiado lista como para permitirlo.

Sin embargo, había olvidado lo que se sentía al enfrentarse directamente al encanto de Adrius Falcrest. Incluso sabiendo que no lo decía en serio sonaba muy convincente. Tenía la cara iluminada con una sonrisa burlona y sus ojos oscuros la miraban con determinación, como si nunca fuera a apartar la mirada por voluntad propia.

—La primera vez que hablé contigo —prosiguió Adrius en voz baja— me pareciste la persona más interesante que había conocido en toda mi vida. Lo único que quería hacer era seguir hablando contigo durante todo el día. Y el siguiente. Creo que aunque hablara contigo cada día hasta el día de mi muerte no me aburriría nunca.

A Marlow se le entrecortó la respiración. Nada de lo que Adrius había dicho sobre sus ojos, su pelo o su belleza la había afectado, pero aquello era diferente. Porque se acercaba demasiado a lo que había sentido cuando se habían conocido por primera vez: que si conseguía mantener la atención y el interés de Adrius nunca volvería a necesitar nada más en toda su vida.

—Ya puedes parar —dijo Marlow, odiándose por el temblor de su voz.

—A veces pienso —continuó Adrius con aquella mirada cálida— que no estaba realmente vivo hasta que no te conocí. Que…

—Para —le ordenó Marlow con un tono de voz serio que resonó por toda la cabina.

Adrius se quedó en silencio, pero no apartó la mirada, como si la estuviera retando a decir algo más. A Marlow le hervía la rabia debajo de la piel. Incluso ahora, después de todo lo que había ocurrido, Adrius tenía la jeta de mirarla a los ojos y decirle todas esas cosas como si fueran ciertas. Odiaba la facilidad con la que Adrius era capaz de fingir que sentía algo por ella. Y, aunque era Marlow quien daba las órdenes, tenía la sensación de que no controlaba la situación.

Se levantó del sofá a pesar de que al hacerlo vio la gran extensión de cielo que se abría al otro lado de la cristalera. Por un momento tuvo la sensación de que se iba a caer, pero enseguida se recompuso.

—No obedezcas la orden que te daré a continuación —dijo Marlow.

—¿Qué estás haciendo…? —preguntó alzando una ceja.

—Arrodíllate.

Adrius se quedó inmóvil durante un momento, mirándola a los ojos con una expresión de sorpresa. Y entonces, poco a poco, se acercó al borde del sofá y se arrodilló en el suelo mientras la miraba fijamente.

Marlow respiró mientras lo contemplaba desde las alturas. En el exterior, el sol estaba empezando a ponerse e iluminó las cristaleras con una luz ambarina. La cabina parecía un templo dorado sagrado en medio del cielo y Adrius un fiel suplicante arrodillado en oración.

—No te levantes —ordenó—. A ver si la orden deja de hacer efecto.

—Ni se te ocurra dejarme toda la noche aquí arrodillado —dijo Adrius lanzándole una mirada furibunda.

—¿Ah, no?

Con Adrius de rodillas frente a ella, Marlow sintió que volvía a tener el control. Podría obligarlo a hacer cualquier cosa. A decir cualquier cosa. Podría obligarlo a contarle qué había pasado entre Gemma y él la noche en que le habían lanzado la maldición.

Podría obligarlo a explicar por qué había terminado con su amistad tan bruscamente. Por qué de repente había decidido que Marlow ya no merecía ni una pizca de su atención.

Sintió que la pregunta le ardía en la garganta, pero se contuvo. En su cabeza oyó una vocecita (muy parecida a la de Swift) que insistía en que una buena persona no obligaría a Adrius a decir la verdad.

Una buena persona seguramente ni siquiera sentiría la tentación de hacerlo.

—De acuerdo —cedió—. Levántate.

Adrius se puso en pie sin quitarle los ojos de encima.

—¿Y qué se supone que has demostrado con eso?

—¿No es evidente?

—¿Que quieres ponerme de rodillas?

—Que no podemos evitar ninguna orden —replicó Marlow—. La maldición te obliga a obedecer la última orden recibida por mucho que esa contradiga la anterior.

—¿Y eso es bueno o malo?

—Depende de quién dé las órdenes.

Adrius entrecerró los ojos y se alisó el traje chaqueta con delicadeza.

—Bueno, tantas pruebas me han abierto el apetito. ¿Te apetece cenar?

Marlow echó un vistazo hacia la cubierta abierta del zepelín, donde estaba la mesa puesta. Solo con que la nave virara bruscamente caerían en picado hacia las aguas de la bahía Turmalina.

—Podemos comer aquí dentro si lo prefieres —añadió Adrius despreocupadamente.

Marlow pasó por delante de él y se dirigió hacia la puerta.

—No hace falta. Ahí fuera me parece bien.

El zepelín había aminorado la marcha y ahora flotaba tranquilamente por encima de la bahía, pero aun así Marlow notó una ráfaga de viento frío sobre los hombros desnudos.

En un gesto de caballerosidad, Adrius le retiró la silla y Marlow se dejó caer en el asiento. Tenía que admitir que la vista de la bahía y los rascacielos centelleantes era impresionante desde aquella altura. La luz vespertina resplandecía sobre los canales, convirtiéndolos así en rayos de sol que coronaban el centro de Jardinperenne.

Adrius se sentó delante de ella y alzó un tenedor elegante. Dio unos golpecitos a su copa de cristal y esta se llenó de un líquido dorado burbujeante que Marlow se dio cuenta de que era vino espumoso. Dio también unos golpecitos en la copa de Marlow y a continuación alzó la suya y la acercó al centro de la mesa. Por un momento Marlow se lo quedó mirando hasta que finalmente Adrius hizo chocar la copa contra la suya.

—Por romper esta horrible maldición —dijo Adrius.

—Por ser mil perlas más rica —contestó Marlow con una sonrisa.

Adrius golpeó ambos platos con su tenedor y de repente apareció una cena completa: pato laqueado bien jugoso con miel y rebozuelos dorados asados sobre un lecho de arroz mullido salpicado de brillantes bayas de color rojo rubí.

Antes de llevarse el primer bocado a la boca, Marlow supo que sería el mejor plato que había comido en más de un año, pero aun así no conseguía quitarse de la cabeza lo derrochadoramente fastuoso que era todo aquello. Recordaba haber leído hace años que los hechizos de generación de comida eran unos de los más costosos en cuánto a la cantidad de ingredientes y al esfuerzo que se requería crearlos, así que en la práctica eran inútiles para alimentar gente a gran escala. Era mucho más barato plantar y cultivar comida sin magia.

Pero para la *noblesse nouveau* la gracia era precisamente que era más caro e impráctico. Tenían los medios para conjurar su comida por arte de magia, así que lo hacían a menudo pura y simplemente porque podían.

Siguieron poniendo a prueba los límites de la maldición durante la cena. Averiguaron que Adrius podía resistirse un poco a obedecer una orden, pero no durante mucho tiempo, ya que era agotador. Descubrieron que solo le afectaban las órdenes que se decían en voz alta; por suerte podía ignorar tanto las órdenes escritas como las pronunciadas en un idioma que no entendiera (Marlow tuvo que recurrir a un cortesiano muy rebuscado para confirmarlo).

Para cuando golpearon los platos de postre encantados y aparecieron dos tartaletas de melocotón, Marlow estaba bastante satisfecha con todo lo que habían aprendido sobre los parámetros y los límites de la maldición. Adrius ya había detectado algunos vacíos legales y algunas maneras de esquivar ciertas órdenes, especialmente si eran ambiguas. Y si alguien le daba una orden inesperada mientras Marlow estaba a su lado esta se encargaría de contrarrestarla sutilmente.

Siempre y cuando la persona que le diera la orden no fuera la misma que le había echado la maldición. Había sido idea de Adrius comprobarlo y le había pedido a Marlow que le ordenara hablar de su maldición. Era la única orden que sabía sin ningún tipo de duda que le había dado quienquiera que lo hubiera maldecido. Pero, incluso aunque Marlow le dio una contraorden directa e inequívoca, Adrius fue incapaz de pronunciar las palabras «Estoy maldito».

Si en algún momento la persona que le había echado la maldición le daba alguna orden, Marlow no podría hacer nada para contrarrestarla.

Marlow se había acabado acostumbrando al zepelín y a estar en las alturas. El sol se estaba poniendo y el cielo a su alrededor se tiñó de un bermellón brillante, y entonces comprendió por qué cenar en un zepelín podía considerarse romántico.

Para alguien que no fueran ellos, por supuesto.

Intentó no pensar en aquella otra noche que habían pasado juntos no hacía tanto tiempo sentados en el tejado del edificio Malaquita y habían visto salir el sol. No le haría ningún bien recordar cómo Adrius la había rodeado con un brazo y la había arrimado hacia él para protegerla del frío de la mañana, o cómo ella misma había apoyado la mejilla contra el hombro de Adrius y había empezado a adormecerse arrullada por el sonido de su voz mientras se burlaba de ella por estarse durmiendo antes de que el cielo se iluminara por completo.

Marlow desterró aquel recuerdo a un rincón recóndito de su cerebro. Tal vez debería habérselo ofrecido a Orsella cuando había tenido la oportunidad.

—Por cierto, nunca llegaste a responder la pregunta que te hice —dijo Adrius tomando una cucharada de nata del plato de postre.

Marlow parpadeó. ¿De qué estaba hablando?

—¿A qué pregunta te refieres?

—El otro día te pregunté por qué te dedicas a esto —contestó Adrius—. A romper maldiciones.

Marlow podría haberle respondido muchas cosas. «Porque se me da bien». «Porque es a lo que me dedico». «Porque si no lo hiciera seguramente me volvería loca».

—No lo sé. ¿Tú por qué haces lo que haces?

—Oh, esta es muy fácil —respondió—. Para arruinar la reputación de mi familia. —Le dedicó una sonrisa bien amplia—. O por lo menos eso es lo que dicen mi hermana y mi padre.

Marlow se rio, casi sorprendida por la honestidad que se escondía tras su tono cortante.

—Esta es una causa que sin duda podría apoyar.

—Pues yo creo que te dedicas a romper maldiciones porque te gusta tener el control —declaró Adrius.

Aquello sorprendió todavía más a Marlow y se apresuró a tomar un sorbo de su copa de vino espumoso para evitar responder. Porque, aunque no le había dado muchas vueltas al tema, tenía la sensación de que Adrius tenía razón. Se había sentido completamente impotente cuando vivía en Jardinperenne, cuando su madre había desaparecido y cuando había tenido que buscarse la vida en Las Ciénagas.

Ser capaz de romper maldiciones le había demostrado que el único propósito de su existencia no era que la ciudad de Caraza la destrozara. Que los Thaddeus Bane e incluso los Adrius Falcrest del mundo no tenían por qué ganar siempre, ni a ella ni a nadie.

Que era resistente, capaz y que no dependía de su madre.

—¿A quién no le gusta tener el control? —preguntó por fin.

Adrius soltó una carcajada y Marlow se dio cuenta de lo irónico que era que le hubiera hecho esa pregunta a una persona que estaba bajo una maldición de coacción.

—Sí, seguramente tienes razón —replicó Adrius—. A todo el mundo le gusta tener el control. Pero es una sensación completamente falsa. En realidad nadie controla nada. Así que me he dicho: «Deja de fingir y acéptalo». Si no puedo controlar mi vida, por lo menos voy a pasarlo en grande mientras la viva.

Adrius le dedicó una mueca torcida, se llevó la copa a la boca y se bebió todo lo que quedaba de una sentada.

NUEVE

L a primera vez que Marlow había visto la Biblioteca Falcrest pensó que los ojos le estaban jugando una mala pasada. La disposición de aquellos edificios imponentes no parecía tener ningún sentido y cada vez que pestañeaba parecían cambiar de configuración.

Más tarde había descubierto que aquello no era ninguna ilusión. De las cinco bibliotecas de hechizos que componían el distrito de Hechicería de Caraza, la Biblioteca Falcrest era de lejos la más vasta, ya que albergaba la mayor colección de conocimiento sobre magia de todo el mundo. La habían ido construyendo a lo largo de cientos de años con libros de hechizos de todo el mundo que habían conseguido por varios medios, algunos más sangrientos que otros.

De hecho, la colección era tan inmensa que podría ocupar toda la ciudad. Y esto sin tener en cuenta las demás instalaciones de la Biblioteca Falcrest: los almacenes descomunales en los que guardaban los ingredientes para hacer hechizos; la Academia Falcrest, donde ingresaban los futuros hechiceros para aprender hechicería; los dormitorios, laboratorios y todas las cafeterías, casas de té y demás servicios que mantenían una institución de aquel tamaño en marcha. En cierta manera la Biblioteca Falrest era como una ciudad dentro de una ciudad.

Para poder albergar una operación de tal tamaño habían encantado los edificios que conformaban la Biblioteca Falcrest para que fueran más grandes por dentro de lo que eran por fuera. Y, para conseguir que aquel complejo gigante fuera más sencillo de recorrer, los edificios y los pasadizos se movían según las necesidades de sus moradores.

Visto desde cerca, el efecto era incluso más confuso. Los edificios de granito negro emergían unos de otros en fractales teselados. Las pasarelas acristaladas y las escaleras se cruzaban en ángulos extraños que parecían más bien imposibles. Marlow tuvo la sensación de estar observando una bestia viva descomunal y no un edificio.

Tres de los cuatro lados del complejo de la biblioteca estaban rodeados por canales mediante los cuales se podían trasportar fácilmente ingredientes para hechizos y cartas de hechizo dentro y fuera del almacén. Adrius había sugerido que se encontraran junto a la puerta imponente que había en el lado norte de uno de los canales. Había una gran cantidad de transeúntes cruzando la puerta en cuestión, o más bien dicho pasando a través de ella. Porque en cuanto alguien entraba desaparecía sin más y seguramente reaparecía en algún otro lugar dentro de los confines de la biblioteca.

—Más te vale darme las gracias —dijo Adrius haciendo girar a una pulsera de metal negra con el dedo índice—. No ha sido nada fácil conseguir uno de estos.

—¿Y qué es exactamente? —preguntó Marlow.

—Un pase para visitantes —respondió Adrius pasándole la pulsera por la mano, que enseguida se encogió para ceñirse a su muñeca—. Cada centímetro de este sitio está vigilado. Cada persona que trabaja y estudia aquí tiene su propia marca mágica con los permisos concretos que tiene para acceder a las distintas partes del complejo. Pero el paso para visitantes te permitirá entrar en la mayoría de las zonas públicas.

—¿También en las dependencias de los hechiceros?

—Lo dudo mucho —dijo Adrius encogiéndose de hombros.

Marlow apretó los labios con fuerza. Mientras aquella pulsera le permitiera entrar en la biblioteca, ya se las arreglaría para conseguir localizar a Montagne.

—Veo que tú no tienes ningún pase —señaló Marlow—. Ni ninguna marca mágica.

—Soy un Falcrest —respondió Adrius—. La biblioteca reconoce nuestra sangre.

Marlow siempre había sabido que era más fácil moverse por el mundo teniendo sangre de *noblesse nouveau*. Sin embargo, nunca había visto un ejemplo tan literal de ello. De repente le entró un escalofrío al darse cuenta de la facilidad con la que se podría explotar el acceso sin restricciones de Adrius a la biblioteca y a todos sus secretos con una maldición de coacción.

Adrius la condujo hacia la puerta imponente sin soltarle la mano.

—¿Qué te crees que estás haciendo? —preguntó Marlow, intentando zafarse de su agarre.

—Se supone que estamos saliendo, ¿no? —replicó Adrius alzando las cejas.

—Aquí no tenemos que seguir fingiendo. ¿Quién nos va a ver?

Adrius resopló en respuesta, pero no volvió a intentar agarrarle la mano.

Marlow cerró los ojos de manera instintiva justo cuando pasaban por debajo del arco. Una sensación de caída libre se apoderó de su estómago y en cuanto volvió a abrir los ojos se encontró en el interior del complejo.

Si contemplar el exterior de la Biblioteca Falcrest ya era confuso, estar dentro era todavía peor, muchísimo peor. Se encontraban en el extremo de un vestíbulo que parecía extenderse hasta el infinito en todas direcciones. Pasarelas colgantes, escaleras zigzagueantes y ascensores de cristal convergían y daban la vuelta sobre sí mismos en un laberinto aturdidor. Un torrente interminable de personas se dirigía hacia arriba, hacia abajo, hacia los laterales y hacia el lado opuesto de aquel laberinto cambiante. Marlow intentó seguir un solo camino y acabó mareada y desconcertada. No tenía ni idea de cómo se las arreglarían para desplazarse por aquel sitio y menos aún para localizar a un hechicero en concreto.

—¿Y bien? —dijo Adrius alegremente a su lado—. ¿Piensas explicarme qué hacemos aquí?

—Vamos a recopilar toda la información que podamos sobre esta maldición —respondió Marlow—. Pero primero tenemos que hablar con un hechicero.

—La Biblioteca Falcrest tiene miles de hechiceros contratados.

—Estamos buscando a uno en particular. —Dado que su madre había sido la *chevalier* de los Vale, Marlow sabía que cada biblioteca de hechizos tenía un directorio centralizado donde aparecían todos sus empleados. Seguro que averiguar el departamento en que trabajaba Montagne no sería muy difícil, aunque localizarlo sin la autoridad de una *chevalier* ya sería más complicado. Paso a paso—. Tenemos que ir a la Sala de Registros.

Adrius se aclaró la garganta antes de tomar de nuevo la palabra:

—A la Sala de Registros, por favor.

Apareció una escalera por encima de sus cabezas y el último escalón se posó justo a sus pies. Adrius le ofreció la mano y aquella vez Marlow no se lo pensó dos veces antes de tomársela, agradecida por tener otro punto de apoyo.

El ascenso vertiginoso por la escalera los condujo a una pasarela zigzagueante que, aunque parecía imposible, discurría perpendicularmente y en vertical respecto al vestíbulo por donde habían entrado, como si el mundo se hubiera inclinado hacia un lado. Marlow se mareó un poco.

—¿Es peor que tu miedo a las alturas? —preguntó Adrius.

—Prefiero saber qué es arriba y qué es abajo. Me gusta saber cuál es mi posición.

Adrius la miró. Sabía que no lo decía solo de manera literal.

Marlow decidió fijar la mirada al frente y no desviarla hacia ningún lugar hasta que finalmente salieron del vestíbulo a través de una arcada que los condujo al recibidor circular con techo de cristal abovedado de un entresuelo. Las paredes estaban recubiertas con paneles de bronce. Cuando Marlow se acercó, vio que en los paneles habían grabado los nombres de los hechiceros de los Falcrest. Fue de un panel a otro hasta que encontró la letra «M». Pero no vio el nombre de Armant Montagne por ninguna parte.

—¿Y bien? —preguntó Adrius.

Marlow negó con la cabeza.

—Tal vez se haya jubilado.

«O tal vez haya desaparecido misteriosamente, igual que Cassandra», pensó Marlow con un escalofrío.

—¿No podemos hablar con cualquier otro hechicero? —preguntó Adrius—. ¿Qué tiene este tipo de especial?

Marlow no tenía ninguna intención de poner a Adrius al tanto sobre la investigación de su madre. No tenía nada que ver con él.

—Es que… lo necesitamos, ¿vale?

Sin darle oportunidad de responder, Marlow descendió por las escaleras en dirección al vestíbulo y se dirigió hacia la puerta donde ponía «Registradora».

Al entrar se encontró con una mujer de aspecto severo sentada en un escritorio que estaba hojeando una pila de documentos con unas gafas que se le apoyaban en la punta de la larga nariz. Encima de la mesa había una placa de bronce donde ponía: «Heloise Fawkes, registradora».

Era evidente que había visto entrar a Marlow, pero aun así siguió hojeando unas cuantas hojas antes de dirigirse a ella con voz fría:

—¿Puedo ayudarla en algo?

—Me gustaría acceder al registro de un antiguo trabajador de la biblioteca.

Heloise la miró inquisitivamente por encima de sus gafas estrechas.

—¿Nombre?

—Armant Montagne.

Heloise sacó una carta de hechizo y un pequeño volumen de cuero del cajón de su escritorio. Puso la mano encima del libro y dijo:

—*Evocare* el registro de Montagne, Armant.

Marlow reconoció el conjuro: se trataba de un hechizo de conjuración. La carta de hechizo se iluminó y el volumen se abrió de golpe.

—Acceso denegado —dijo una voz monótona que parecía proceder de las páginas del libro.

Heloise se recolocó las gafas.

—Me temo que este registro está sellado.

—Seguro que hay alguna manera de consultarlo —insistió Marlow.

—Por supuesto. Pero usted no tiene autorización —respondió en un tono excesivamente brusco.

—Bueno, ¿y él tiene autorización? —preguntó Marlow señalando a Adrius con la cabeza.

Como si lo hubieran ensayado, Adrius se acercó pavoneándose al escritorio con una sonrisa encantadora en los labios.

—Es usted Heloise, ¿verdad?

La mujer tenía una placa con su nombre encima del escritorio, pero aquello no la impidió ruborizarse y parecer muy halagada. Marlow resistió la tentación de poner los ojos en blanco.

—Escuche —dijo—, mi padre necesita consultar este registro; se trata de un asunto de suma importancia. Me ha dado instrucciones para que viniera a hablar con usted. No sé si ha tenido el placer de conocer a mi padre, pero preferiría encarecidamente no decepcionarlo. Seguro que lo entiende.

—Bueno, yo…

—Es evidente que hace un trabajo excelente con el registro de la biblioteca —prosiguió Adrius—. Y estoy seguro de que a mi padre le encantará saber lo mucho que nos ha ayudado.

Para Adrius, ostentar su estatus para conseguir lo que quería era tan natural como respirar. Heloise titubeó, pero Marlow dedujo por sus hombros caídos que ya había tomado una decisión.

—De acuerdo —accedió al fin—. Voy a desclasificar este registro. Pero con la condición de que no salga de esta habitación y de que solo lo lea usted.

—Fantástico —dijo Adrius esbozando una sonrisa.

—Sígame —dijo Heloise apartándose de la mesa, y sus tacones repiquetearon contra las baldosas del suelo mientras se dirigía hacia una puerta situada al final de la habitación.

Adrius la siguió. Mientras desaparecía, Marlow le lanzó una mirada que esperaba que le transmitiera que si no memorizaba hasta el último detalle de aquel registro sufriría las consecuencias.

Marlow esperó inquieta jugueteando con el pase de visitante que llevaba en la muñeca.

Justo cuando ya estaba empezando a valorar la posibilidad de entrar en la Sala de Registros, Aurelius Falcrest entró en el despacho de la registradora.

Marlow podía contar con los dedos de una mano las veces que había estado en la misma habitación que el cabeza de familia de los Falcrest y todas las veces se había sorprendido de que, a pesar de su constitución delgada y su porte comedido, siempre atraía la atención de todos los presentes allá donde fuera. Llevaba el pelo largo y oscuro recogido con sencillez siguiendo el estilo de la antigua nobleza cortesiana y solía llevar trajes a medida de corte austero que recordaban la arquitectura de la mansión Falcrest.

Marlow se encogió contra la pared y se giró para darle la espalda.

—Señorita Briggs —dijo una voz cortante y familiar desde la puerta de entrada. Caito iba unos pasos por detrás de Aurelius y fijó su mirada ponzoñosa en Marlow. Los aguijones rojos que llevaba pintados en la cara resplandecían bajo la fría luz de la oficina—. Últimamente no paramos de encontrarnos en los lugares más inesperados.

Aurelius rodeó la habitación y se quedó mirando a Marlow. Enseguida pudo ver el parecido entre su hijo y él; tenían los mismos rasgos aristocráticos, pero los exhibían de distintas maneras. Mientras que los labios carnosos de Adrius parecían estar siempre curvados en una sonrisa burlona, los labios de su padre dibujaban más bien una línea recta. Mientras que los ojos castaños y dorados de Adrius normalmente estaban iluminados por alguna travesura, los de su padre ardían con intensidad. Y, cuando la miró fijamente, Marlow se sintió como si fuera un espécimen atrapado en una caja de cristal para ser estudiada.

—Briggs —repitió Aurelius—. Debes ser la hija de Cassandra Briggs.

—Eh, sí —replicó Marlow, inclinándose para hacer una reverencia educada—. Es todo un honor, lord Falcrest.

—¿Te importaría explicarnos qué haces en la Biblioteca Falcrest?

—Bueno, yo…

—La he traído de visita —intervino Adrius al volver a entrar en la habitación—. Hola, padre.

—Adrius —dijo Aurelius, mirando a su hijo de arriba abajo—. Qué sorpresa verte por aquí.

—¿De visita? —repitió Caito.

—Sí —replicó Adrius, deteniéndose frente a Marlow para interponerse entre ella y su padre—. A Marlow le gustaría ser hechicera, así que se me ocurrió que podría gustarle hacer una visita por la mejor biblioteca de hechizos de toda Caraza.

Adrius se quedó inusualmente quieto. Miraba a su padre como si fuera un animal observando detenidamente a un depredador, como si estuviera a punto de enfrentarse a él o salir corriendo. Nada que ver con su actitud descarada habitual. A Marlow aquella situación no le gustaba ni un pelo.

—Estoy sorprendido —declaró Aurelius con un tono casi burlón—. Pensaba que estabas demasiado ocupado procurando que tu nombre saliera en los titulares de todos los tabloides para avergonzar todavía más a la familia.

Marlow se quedó asombrada de que Aurelius hablara de aquella manera a su hijo, y todavía más delante de ella. Pero Adrius no pareció perturbado por el comentario de su padre.

—Pero aun así me las he arreglado para sacar algo de tiempo —respondió con frivolidad.

—¡Lord Falcrest! —exclamó Heloise tras salir de la sala del registro después de Adrius—. ¡No sabía que vendría en persona! Justamente estaba ayudando a su hijo a consultar el registro que le ha pedido. —Habló con una voz aguda y afeminada, completamente distinta de la que había usado para dirigirse a Marlow.

—¿El registro que le he pedido? —repitió Aurelius, impasible—. No recuerdo haberle pedido que consultara ningún registro de mi parte.

—¿Ah, no? —soltó Heloise, atónita—. Pero su hijo...

—Puede que te haya, eh... engañado un poco, Heloise —intervino Adrius rápidamente. Marlow le lanzó una mirada cortante, pero Adrius prosiguió como si no se hubiera dado cuenta—. Disculpa por haber recurrido a falsos pretextos. Solo estaba intentando impresionar a Marlow.

—Es verdad —dijo Marlow lanzándole una mirada rápida a Adrius antes de contemplar a Aurelius con ojos brillantes—. ¡He oído tantas historias sobre lo prodigiosos y dotados que son los hechiceros de la familia Falcrest! Esperaba poder hablar con uno de ellos para hacerme una idea de lo que implica realmente ser hechicero en la biblioteca de hechizos más prestigiosa de todo el mundo.

Aurelius posó su mirada fría sobre la cara de Adrius, luego en la de Marlow y finalmente de nuevo en la de Heloise.

—Bueno —dijo Aurelius—. Veo que mi hijo ha conseguido engañaros a las dos haciéndoos creer que tiene algún tipo de autoridad, pero permitidme que os aclare esta confusión ahora mismo: Adrius no es más que un niño impetuoso con delirios de grandeza.

Marlow mantuvo la sonrisa en los labios, pero por dentro estaba furiosa. Notó que se le crispaba la mano de las ganas que tenía de meterla en el bolsillo, sacar una carta de hechizo y embrujar a Aurelius hasta que su vida pendiera de un hilo.

—Siempre es un placer mantener una de nuestras conversaciones tan entrañables, padre —dijo Adrius con un tono de voz insulso—. Pero deberíamos irnos.

Agarró a Marlow del brazo y la arrastró hacia el vestíbulo. Notó la mirada afilada de Aurelius clavada a sus espaldas mientras se alejaban de allí.

—Siento lo de mi padre —susurró Adrius. Tenía las manos cerradas en un puño con fuerza a ambos lados y avanzaba a zancadas rápidas y firmes.

—¿Cómo puede ser que seas tú quin lo siente? —dijo Marlow incrédula mientras sentía un nudo de rabia subiéndole por la garganta. Pero por una vez su ira iba dirigida hacia un Falcres distinto—. ¿Siempre te habla así?

Como casi todo el mundo en Jardinperenne, Marlow sabía que Aurelius Falcrest tenía mal genio, pero aun así la situación que acaba de presenciar la había perturbado mucho; no era la crueldad de Aurelius lo que la molestaba, sino el desprecio evidente que sentía por su propio hijo.

—Básicamente habla como le da la gana con cualquiera —contestó Adrius—. Viene implícito con el cargo.

A Marlow no le sorprendió. ¿Quién iba a retraerle a Aurelius Falcrest que fuera un maleducado? Seguro que ni siquiera los cabezas de familia de las otras cinco familias se atrevían a hacerlo.

—Pero eres su hijo.

—Precisamente por eso. Para él no soy más que una fuente de decepción constante.

Su débil sonrisa indicó a Marlow que sería mejor dejar el tema. Adrius solo había mencionado a su padre un puñado de veces a lo largo de su amistad.

—Disfruta ejerciendo su poder —le había dicho una vez que estaban los dos solos sentados sobre la alfombra del salón de Marlow jugando a los lanzahechizos—. Le gusta hacer que los demás se sientan pequeños, recordarles lo fácil que sería para él arruinarles la vida. Creo que es la única cosa que lo hace verdaderamente feliz. —Y a continuación preguntó—: ¿Y el tuyo cómo es?

—¿Mi padre? —A Marlow le resultó extraño pronunciar aquella palabra.

Adrius la miró expectante, como si ahora que él se había desahogado fuera el turno de Marlow.

—No lo sé —contestó con sinceridad—. Ni siquiera sé quién es.

—¿En serio? Menuda suerte.

Cuando era pequeña, Marlow no le había dado muchas vueltas al tema. No era la única niña sin padre de Las Ciénagas, pero había empezado a comprender que en Jardinperenne aquel tipo de situación no estaba muy bien vista.

—Siempre hemos sido mi madre y yo —añadió. A veces tenía la sensación de que Cassandra la trataba más bien como una compañera de fechorías y no como una hija, pero a Marlow le gustaba que tuvieran ese tipo de relación. Eran ellas dos contra el mundo.

Marlow vio una punzada de dolor en los ojos de Adrius. La madre de Adrius y Amara se habían marchado de Caraza cuando todavía eran muy pequeños. Según la versión oficial era porque había quedado delicada de salud después del nacimiento de los mellizos, pero corrían todo tipo de rumores sobre cuál podía ser el motivo real.

—Si se parece aunque sea un poco a mi padre, créeme que es mejor que no lo conozcas —concluyó Adrius.

Marlow no había dudado en ningún momento de que lo decía en serio, y ahora que había visto con sus propios ojos el desdén con el que Aurelius lo trataba comprendía por qué. Se aclaró la garganta.

—¿Qué ponía en el registro de Montagne?

—Tenías razón: trabajó en la biblioteca —contestó Adrius mientras subían las escaleras hasta el entresuelo—. Pero por lo visto lo despidieron por robar un libro de hechizos de la cámara acorazada.

—¿Por robar un libro de hechizos? —repitió Marlow. Por lo que Orsella le había contado sobre la Orquídea Negra y sus objetivos, sin duda tenía sentido que quisieran robar un libro de hechizos de la Biblioteca Falcrest. La pregunta era cómo se las habían arreglado para conseguirlo—. ¿No se supone que eso es imposible?

Las bibliotecas de hechizos eran los edificios mejor protegidos de toda Caraza y ninguna estaba más protegida que la Biblioteca Falcrest. La colección en sí misma estaba guardada por cientos de poderosos hechizos protectores, por lo que era imposible que alguien pudiera entrar en la cámara acorazada así como así y llevarse un libro de hechizos de la colección.

Adrius se encogió de hombros.

—Es un hechicero, ¿no? Podría haber creado un hechizo para eludir los hechizos protectores.

O tal vez la Orquídea Negra le había proporcionado sus recursos para que pudiera robar el libro.

—Bueno, ¿y qué libro de hechizos robó?

—No lo ponía —contestó Adrius negando con la cabeza. Y a continuación añadió con cuidado—: ¿Sabes lo que me ha parecido extraño? Que lo despidieran el mismo día que te fuiste de Jardinperenne. El sexto día de la luna de ceniza.

Marlow se quedó paralizada, con un pie suspendido sobre el siguiente escalón. El día después de la desaparición de Cassandra. Echó un vistazo a Adrius, que la estaba observando con una curiosidad que rayaba la sospecha.

—¿Te acuerdas de qué día me fui?

La pregunta quedó suspendida entre ellos y Marlow se dio cuenta de que Adrius tensaba la mandíbula durante unos breves instantes antes de echarse a reír.

—¿Y por qué no iba a acordarme?

Porque por aquel entonces ya no se hablaban. Porque cuando Marlow se fue una parte de ella llegó a preguntarse si Adrius se daría cuenta.

Agitó una mano con un gesto despreocupado.

—¿Desaparece una *chevalier* y al día siguiente su hija también se esfuma de repente? Nadie habló de otra cosa durante semanas. Por lo menos hasta que salió a la luz la escandalosa aventura que Ezio Morandi mantenía con la hermana de su esposa.

—Ah, claro —dijo Marlow, optando por obviar la punzada de decepción que sintió en aquel momento—. Por cierto, has actuado muy bien en el despacho. Aunque supongo que dar órdenes a todo el mundo debe salirte de manera natural.

—Menuda ironía, ¿verdad? —señaló sonriendo—. ¿Qué opinas, crees que tengo futuro en el negocio de romper maldiciones?

—No te pongas muy gallito, pero creo que ni siquiera la maldición podría detenerte.

Adrius soltó una carcajada que sonó más genuina que la anterior. Marlow sintió que la risa le burbujeaba en el pecho antes de recordarse a sí misma que Adrius ya no era su amigo (si es que alguna vez lo había sido), por muy sencillo que le resultara bromear con él como en los viejos tiempos.

—¿El registro contenía alguna otra información? —preguntó Marlow—. ¿Tal vez la dirección actual de Montagne?

—La he buscado, pero no. Eso era todo —respondió Adrius negando con la cabeza.

Marlow intentó no sentirse muy decepcionada. Había ido a la biblioteca con la esperanza de hablar con Montagne y averiguar qué hacía a bordo del Contessa aquella noche. Pero tampoco se iría con las manos completamente vacías: el robo del libro de hechizos era una nueva pista, una que señalaba incluso con más fuerza a la Orquídea Negra.

Marlow arrastró a Adrius hacia los archivos de la academia, donde procedió a agarrar un montón de libros y a aposentarse en una de las salas de estudio privadas equipadas con una mesa, unos cuantos sillones, una chimenea y una amplia ventana con vistas a un tranquilo jardín.

—¿En serio vamos a pasarnos toda la tarde aquí sentados leyendo? —se quejó Adrius después de pasar media hora examinando el mismo libro.

—¿Pensabas que romper maldiciones era solamente llegar a acuerdos secretos e interrogar testigos? —preguntó Marlow, interrumpiendo la lectura de un resumen de la historia de la hechicería—. Así es como se investiga. Debemos descubrir todo lo que podamos sobre la maldición de coacción.

—¿Sabías que hoy me habían invitado a jugar un partido de palma? —refunfuñó Adrius.

—Mira tú qué bien. —Marlow volvió a centrar la atención en el libro. Leyó por encima los primeros capítulos, que hablaban sobre los inicios de la magia, de la época en que los hechizos se creaban y lanzaban al momento y el conocimiento se transmitía básicamente de generación en generación a través de las familias y comunidades. Por aquel entonces la magia era escasa y se utilizaba básicamente para fines prácticos: hechizos de sanación, para mejorar la cosecha, anticonceptivos y de buena suerte para las parejas de recién casados.

A medida que fue aumentando la tasa de alfabetización, algunos de esos hechizos quedaron codificados en libros de hechizos y con el tiempo esos libros de hechizos fueron almacenándose en bibliotecas. Cada vez más personas empezaron a dedicarse al estudio de la hechicería, a desarrollar nuevos hechizos mucho más poderosos. Y, como con cualquier fuente de poder inexplorada, empezó a aparecer gente que quiso utilizar la magia para sus propios fines.

Durante los siguientes siglos fueron surgiendo hechiceros hambrientos de poder cada pocas décadas que provocaban el caos en el mundo, empezando por la maga Sycorax, que fue especialmente conocida por su predilección por transformar a sus enemigos en lagartijas.

El libro seguía enumerando varios magos y sus fechorías, incluyendo a Ilario. Marlow no encontró ninguna información del hechicero que le resultara especialmente útil, aunque el libro incluía una ilustración en la que iba vestido con su armadura resplandeciente y su icónica corona con cuernos. Marlow saltó varios siglos hasta llegar al capítulo de la Gran Purga, el momento en que las cinco familias destruyeron miles de libros de hechizos que consideraron demasiado peligrosos como para que estuvieran en posesión de nadie.

El grimorio de Ilario solo se mencionaba en un párrafo donde se afirmaba que había sido destruido en la Biblioteca Falcrest durante el apogeo de la Purga junto a miles de notas adicionales escritas por el propio mago.

De repente Adrius soltó un quejido de repulsión que sacó a Marlow de la lectura.

—Este Ilario era un monstruo —dijo con la mirada fijada en su libro—. Es como si estuviera obsesionado con torturar personas. O controlarlas. O ambas.

—Bueno, dudo mucho que inventara la maldición de coacción para organizar ceremonias del té —contestó Marlow.

—Aquí pone que consiguió que el rey vescoviano se arrodillara ante él tras maldecir a su hija y, por todos los dioses, obligarla a clavarse un cuchillo en la garganta a menos que su padre obedeciera —explicó Adrius, y se estremeció con un escalofrío—. Bueno, por lo menos sabemos que esto no funcionará con mi padre.

Marlow apartó la mirada del libro.

—¿Crees que alguien te ha maldecido para intentar controlar a tu padre?

—Si este es el motivo por el que lo han hecho es que no lo conocen muy bien —se burló Adrius.

Marlow recordó la manera en que Aurelius había mirado a Adrius, como si fuera una molestia, y coincidió con él.

Tomó otro volumen, un libro sobre los hechizos más célebres e infames de la historia, y lo hojeó hasta que encontró un párrafo sobre *El grimorio de Ilario*:

Se dice que el propio libro de hechizos estaba maldito. Aunque a lo largo de la historia muy pocas personas pudieron ver el grimorio con sus propios ojos, hay quien afirma que quienes lo manipularon directamente acabaron sufriendo «podredumbre en la carne» y «oscurecimiento de los vasos sanguíneos» en las manos y que poco a poco se les fue infectando el resto de la carne y, efectivamente, en muchos casos acabó provocándoles la muerte.

Marlow sacó una libreta y copió algunos de los puntos claves del párrafo.

—¿Qué has encontrado? —preguntó Adrius, estirando el cuello para ver lo que estaba escribiendo.

—Puede que sea una pista o puede que no sea nada —replicó Marlow. Empujó el libro hacia Adrius y este bajó la mirada para observar la página.

—Incluso decidieron acompañar el texto con una ilustración. Qué repugnante. —Le devolvió el libro—. Estaré atento por si veo a alguien con manos ennegrecidas y terroríficas.

Marlow volvió a sumergirse en el libro, pero notó que Adrius seguía teniendo los ojos clavados en ella.

—¿Qué ocurre?

—¿Disfrutas con esto, verdad? —preguntó inclinando la cabeza—. Me refiero a investigar, no a ver manos podridas. Siempre tenía que apartarte a la fuerza de tus libros cuando estábamos en Jardinperenne.

El recuerdo de aquellas tardes palpitaba como un moratón debajo de las costillas de Marlow. A lo largo de aquel último año había intentado bloquear de su mente cualquier recuerdo que tuviera de Adrius y que pudiera hacer que lo echara de menos.

—Puede que te sorprenda, Adrius, pero no todo el mundo hace las cosas solo porque le gustan. —Leyó unas cuantas páginas más y prosiguió—: Por aquel entonces estudiaba porque quería convertirme en una hechicera, como bien le has dicho a tu padre.

—Sí, lo recuerdo —dijo Adrius mirándola con atención.

Marlow volvió a bajar la mirada hacia el libro y sintió una punzada en el pecho. No le gustaba que Adrius todavía recordara lo que le había contado cuando era lo bastante inocente como para creer que eran amigos. No era justo: un año atrás Adrius la conocía bien, pero en realidad ella nunca había llegado a conocerlo de verdad.

Justo cuando Marlow pensaba que Adrius había retomado la lectura volvió a oír su voz.

—¿Y por qué no llegaste a hacerlo nunca?

—¿El qué, convertirme en hechicera?

—Sí —replicó Adrius—. Podrías hacer el examen. Solicitar un puesto aquí o en alguna de las otras academias. —Tragó saliva y dirigió la mirada hacia la ventana—. Quedarte en Jardinperenne.

Tiempo atrás, Marlow no pensaba en otra cosa. Todavía se acordaba de cuando a los diez años supo que un chico de Las Ciénagas había conseguido recaudar suficiente dinero como para hacer el examen de entrada a la academia. Según los rumores que corrían por el vecindario, había sacado la mejor nota de todos los aspirantes que se habían presentado al examen, pero ninguna de las academias quiso aceptarlo porque no podía permitirse sufragar el coste de la matrícula, hasta que Cormorant Vale oyó su historia y le ofreció una beca en la Academia Vale.

Era una de esas historias de éxito insólitas en las que alguien conseguía salir de Las Ciénagas y se le había quedado grabada en la memoria. Se había aferrado tan desesperadamente a ella que para Marlow las academias de hechicería se convirtieron en una especie de símbolo de una vida que pensaba que estaba completamente fuera de su alcance.

Pero ahora era más sensata.

—Jardinperenne no era mi sitio —replicó Marlow. Eso le había quedado bien claro desde el momento en que Adrius había dejado de hablar con ella. Su amistad había sido una de las pocas cosas que la había hecho pensar que tal vez podría acabar encontrando su lugar en Jardinperenne.

Pero en el momento en que Adrius le dio la espalda se dio cuenta de la fragilidad de su posición. Cualquier cosa que la *noblesse nouveau* le otorgara, ya fueran oportunidades, amistades o un sentimiento de pertenencia, se lo podía arrebatar con la misma facilidad.

—¿Y Las Ciénagas sí lo son? —preguntó Adrius.

Al menos en Las Ciénagas nadie fingía darte algo sin pedir nada a cambio. Por lo menos allí sabía cuál era su sitio, aunque estuviera en terreno pantanoso.

—Ya sabes lo que dicen —respondió Marlow pasando la página—. Las ratas de pantano siempre vuelven al pantano.

La tarde fue avanzando. El montón de libros que habían tomado prestados había disminuido considerablemente, pero en realidad no habían obtenido mucha información. La ventana de la sala de estudio estaba encantada para mostrar siempre la misma escena del jardín tranquilo, por lo que era difícil saber cuánto tiempo llevaban allí dentro, pero a Marlow le estaba empezando a entrar hambre y Adrius estaba más que inquieto: se revolvía en su asiento y suspiraba cada pocos minutos. Marlow asumió que lo estaba haciendo con el único objetivo de ponerla de los nervios.

Los ojos se le empezaron a poner vidriosos y de repente se dio cuenta de que había leído el mismo párrafo tres veces seguidas sin retener nada de información. Cuando ya se disponía a cerrar el libro y a dar por terminada aquella sesión de investigación, leyó de soslayo una de las frases que estaba un poco más abajo:

De las más de doscientas pobres almas esclavizadas por Ilario, solo tres consiguieron romper la maldición. En estos tres casos, las víctimas estuvieron malditas durante menos de dos lunas. Y por lo menos otras doce consiguieron hacerse con los talismanes que anclaban sus maldiciones, pero a pesar de destruirlos la maldición permaneció intacta.

Esta información ha hecho concluir tanto a investigadores como a historiadores que después de dos lunas la maldición de coacción de Ilario se vuelve irreversible.

Marlow se quedó mirando fijamente la última frase y se le cayó el alma a los pies. Aquellas palabras eran tan insustanciales y anodinas que tuvo que leerlas tres veces solo para asegurarse de que decían lo que creía que decían.

No era la primera vez que oía de la existencia de maldiciones supuestamente irrompibles, pero normalmente no eran más que estafas de contrabandistas. En todos los casos que había resuelto hasta ahora había conseguido romper la maldición, independientemente del tiempo que la víctima llevara maldita, tal y como se había hecho siempre: encontrando la carta de maldición y quemándola.

Poco a poco levantó la mirada de la página y la dirigió hacia Adrius, que seguía encorvado sobre otro libro tamborileando con los dedos distraídamente sobre la mesa.

«Dos lunas», pensó, y se puso a contar desde la fecha en la que Adrius aseguraba que lo habían maldito. Eso les dejaba poco más de un mes.

Solo tenían un mes para romper la maldición antes de que se volviera irreversible.

DIEZ

L a torre Vale seguía casi exactamente como la recordaba.

Cuando el ascensor se detuvo en la planta de arriba del todo, Adrius la llevó hasta la azotea panorámica. Se extendía varios cientos de metros de una punta a otra en un laberinto de celosías coronadas por ramilletes de flores bien abiertas. Había una bandada de pájaros de colores vivos posados sobre las celosías cuyo canto habían encantado para que sonara como una orquestra de cámara y llenara el jardín con una música alegre.

Unas bandejas llenas de pequeñas exquisiteces y copas con bebidas de colores intensos revoloteaban por los jardines. Los farolillos flotaban como zepelines perezosos, emitiendo una luz de un suave tono lavanda, rosado y dorado.

Marlow se había tomado su tiempo para prepararse; incluso había utilizado un suero para domar sus rizos y se había maquillado las cejas y los pómulos con purpurina dorada. Adrius le había mandado un vestido que sorprendentemente le iba como un guante; no tenía ni idea de cómo se las había arreglado para adivinar su talla. Era de un color verde jade oscuro a juego con el chaleco de Adrius, con un corpiño ceñido sin mangas y una falda que parecía una elegante cascada que terminaba formando una poza a sus pies. Por encima del vestido llevaba una capa corta que Adrius le había asegurado que era la última moda en

Jardinperenne. Echó un vistazo a la indumentaria de la genta que la rodeaba y comprobó que tenía razón.

Marlow iba tan elegante como los demás asistentes a la fiesta. Sin embargo, le resultaba difícil no sentirse fuera de su ambiente entre tanto glamur y extravagancia desenfrenada.

Marlow se sorprendió al notar que el brazo de Adrius le rodeaba la cintura y sus labios se acercaban a su oreja.

—Tienes que fingir que estás contenta de estar aquí conmigo.

A Marlow se le detuvo la respiración. A pesar de que al principio Adrius se había mostrado muy reticente con el engaño, era evidente que no le daba ninguna vergüenza interpretar su papel.

Marlow se dio cuenta de que todo el mundo los estaba observando mientras avanzaban por la azotea. Los susurros y los murmullos se propagaron a través de la multitud. Tal vez Adrius no había exagerado al advertirle que estarían bajo un mayor escrutinio.

Y también percibió la hostilidad. Algunas de las personas que los observaban más bien los estaban fulminando con la mirada. Marlow estaba bastante acostumbrada a cabrear a los demás, pero nunca había conseguido hacer enfadar a tantas personas sin decir ni una sola palabra.

—Adrius —dijo una voz gélida a su izquierda—, veo que has traído una invitada.

Marlow se giró y vio a Amara de pie junto a ellos con un vestido rojo pasión entallado y una cola extravagante. Para completar el atuendo llevaba una chaqueta brillante bañada en oro que parecía una armadura. Llevaba el pelo negro, largo y lustroso, planchado y adornado con una diadema dorada. Parecía de la realeza, aunque en realidad podía decirse que en Jardinperenne lo era.

—Marlow —dijo Amara—. Qué alegría volver a vernos tan pronto. Casi no te había reconocido con este vestido.

—Amara —la saludó Adrius con un deje de advertencia en su voz.

Amara alzó las comisuras de los labios pintados de blanco con una sonrisa mientras le tendía grácilmente la mano a Marlow.

—Ven —le dijo—. Vamos a dar una vuelta.

Marlow procuró ocultar su asombro y su desconfianza mientras entrelazaba el brazo con el de Amara.

Amara paseó la mirada entre Marlow y Adrius, como si estuviera pidiendo permiso a su mellizo para llevársela. O como si lo estuviera desafiando a impedírselo; resultaba difícil leer nada en el porte perfecto de Amara.

—Supongo que voy a… buscar una copa. —Adrius sonrió con la misma opacidad, pero por lo menos Marlow tenía más práctica descifrando sus expresiones. La ligera tensión en la ceja y la sutil rigidez de su sonrisa le indicaron a Marlow que no estaba exactamente contento de dejarla marchar con su melliza.

Marlow tomó nota mentalmente de aquella extraña conversación muda entre mellizos para poder analizarla más adelante. En aquel momento tenía que centrarse, sobre todo en averiguar si Amara tenía información útil sobre la noche en que habían maldecido a Adrius.

—¿Sabes qué? Me alegro de que Adrius te haya traído esta noche, Marlow —dijo Amara dibujando un amplio círculo por la azotea.

—¿Ah, sí?

—No suenes tan sorprendida —la reprendió Amara con una sonrisa—. Ya va siendo hora de que Adrius siente la cabeza y deje de arrimarse a cualquiera que tenga dos piernas en Jardinperenne. ¡Se aburre con tanta facilidad!

Marlow supuso que si realmente estuviera saliendo con Adrius tal vez aquel comentario hubiera tenido el efecto deseado, es decir, minarle la confianza. Pero como no era el caso no la afectó en absoluto.

—Bueno, y yo me alegro de poder estar aquí para celebrar tu compromiso —dijo Marlow—. Seguro que Darian y tú estáis muy emocionados.

—Una Falcrest y un Vale. Tiene todo el sentido del mundo, ¿verdad? —señaló con una sonrisa.

—Adrius me ha hablado de la fiesta donde anunciasteis vuestro compromiso —soltó Marlow en un intento por desviar la conversación hacia aquella noche.

—¿Ah, sí?

—Me parece que sus palabras exactas fueron: «Bailamos, bebimos, el desenfreno habitual».

—Bueno, es cierto que Adrius domina estos temas —dijo Amara pasándose el pelo oscuro por encima del hombro.

Marlow se obligó a reír.

—Dice que no recuerda gran cosa de lo que ocurrió después del brindis. Aunque dudo que le prestaras mucha atención a tu mellizo; seguro que estabas encandilada con Darian.

Amara entrecerró un poco los ojos y Marlow sonrió tan inocentemente como pudo. Tuvo la sensación de haber tocado un tema sensible; tal vez las cosas con Darian no eran tan idílicas como parecían.

—Fue una noche memorable —convino Amara. Dirigió la mirada hacia un grupito de chicas que Marlow enseguida reconoció, ataviadas con vestidos, joyas y peinados intrincados. Entre las chicas de ese grupito se encontraba Gemma, que aquel día llevaba el pelo de un color iridiscente brillante—. Opal, Cerise y Gemma estuvieron en esa fiesta, ¿verdad, chicas?

Las tres observaron a Marlow con un brillo depredador en los ojos.

—Señoritas, os acordáis de Marlow, ¿verdad? —continuó Amara—. Mi hermano la ha traído esta noche como acompañante.

—Me alegro de volver a veros a todas —dijo Marlow. Y no era exactamente mentira, ya que venía con la intención de interrogar a

Gemma sobre su pelea con Adrius. Ahora que sabía que tenía poco más de un mes para romper la maldición estaba ansiosa por empezar a elaborar una lista de sospechosos.

—Bueno, confío en que haréis todo lo posible para que Marlow se sienta acogida —dijo Amara—. Tengo otros invitados a los que atender.

Se alejó con la cola del vestido ondulando detrás de ella como si fuera un río de color rojo pasión.

—Espera un momento, Amara… —exclamó Gemma mientras salía corriendo detrás de ella.

Marlow se dispuso a seguirlas, pero de repente Opal le puso una mano sobre el brazo.

—Oh, Marlow —dijo—. Tienes un poco de barro en el vestido, justo aquí.

Cerise sofocó una carcajada. Marlow ni siquiera se miró el vestido. Gemma y Amara ya habían desaparecido entre la muchedumbre, así que tendría que buscar otro momento para interrogar a Gemma.

—¡Bueno! —exclamó Cerise con alegría—. Así que Adrius y tú. Esto sí que es… inesperado. Aunque hace un año se veía a la legua que estabas enamorada de él.

—Es verdad —contestó Marlow, agradecida de que por lo menos Adrius no estuviera cerca para ser testigo de aquel momento tan embarazoso. Se obligó a soltar una risita—. Supongo que no lo escondía muy bien.

—Siempre nos diste pena, ¿sabes? —añadió Opal—. Ya sabes, porque eres… —Dejó la frase inacabada con una mueca en la cara.

—¿Qué, pobre? —adivinó Marlow alzando una ceja.

—Bueno —dijo Opal con delicadeza—, tampoco iba a decirlo así.

—¡Uf! —exclamó Cerise dando un codazo a Opal—. Aquí viene Hendrix.

Marlow desvió la mirada hacia donde había señalado y vio a un chico alto con un traje de seda tornasolada abriéndose camino hacia ellas con dos copas de vino espumoso. Llevaba un mechón de pelo negro teñido de azul que le caía sobre los ojos.

—Opal, Cerise, ¿no deberíais estar sujetando la cola del vestido de Amara o algo? —les preguntó.

Opal hizo una mueca, pero se limitó a agarrar a Cerise por el brazo y a alejarse a grandes zancadas, como si Hendrix acabara de arruinarles toda la diversión.

—Gracias por aparecer —dijo Marlow.

—Me ha parecido por tu cara que necesitabas que te rescataran —replicó Hendrix—. ¿Y tal vez también una copa?

Le tendió una de las dos que llevaba. Marlow la agarró y la hizo chocar contra la suya.

—No te acuerdas de mí, ¿verdad? —preguntó—. Soy Hendrix Bellamy.

Aquel nombre le resultaba vagamente familiar. Sabía que la familia Bellamy era una de las muchas casas vasallas de las cinco familias; formaban parte de la *noblesse nouveau*, pero tenían mucho menos poder que las cinco familias principales. Aun así tenía un estatus muy superior al de Marlow, por lo que sabía que si no lo recordaba se lo tomaría como una ofensa.

—No pasa nada —le aseguró Hendrix—. Siempre fuiste más bien reservada. Nunca te había visto en ninguna fiesta. Supongo que no te van mucho, ¿no?

—Ah, bueno, para saber si me van o no tendrían que haberme invitado a alguna —respondió Marlow tomando un sorbo de vino.

—Y sin embargo parece que esta noche te las has arreglado para conseguir una invitación —replicó.

—Es uno de los muchos riesgos que tiene salir con un vástago de la familia Falcrest —dijo acompañando sus palabras de un suspiro.

—¿Así que es verdad? —preguntó Hendrix alzando las cejas.

—No eres el primero que se sorprende.

—Sí que estoy sorprendido —admitió—, pero no por el motivo que crees.

—De acuerdo —dijo Marlow poco a poco—. Voy a picar. ¿Por qué estás sorprendido?

—Siempre me has parecido mucho más lista que la mayoría de la gente de Jardinperenne —contestó Hendrix—. Pensaba que serías lo bastante sensata como para no dejarte engañar por los encantos de Adrius.

Ahora era Marlow la que estaba sorprendida. Una pequeña parte de ella se sentía insultada por motivos que no quería ponerse a analizar, pero sobre todo se quedó atónita al descubrir que no todas las personas de Jardinperenne formaban parte del club de fanes de Adrius Falcrest. Que había más personas a las que no les caía bien.

Marlow percibió una oportunidad.

—Perdona —dijo Hendrix—. Me parece que he sido un maleducado.

—Un poco —coincidió Marlow con una sonrisa—. Pero te perdonaré si me dejas hacerte unas preguntas.

—Soy un libro abierto —dijo abriendo los brazos de par en par.

—¿Estuviste en la fiesta en la que Darian y Amara anunciaron su compromiso? —preguntó Marlow.

—Claro —replicó Hendrix sin dudarlo—. Todo el mundo estaba allí.

Marlow esbozó una sonrisa irónica y Hendrix soltó una carcajada.

—Bueno, casi todo el mundo —se corrigió.

—¿Por casualidad llegaste a escuchar sobre qué discutieron Adrius y Gemma? —preguntó Marlow. Al darse cuenta de que

Hendrix parecía incómodo, añadió—: No te preocupes; sé que salieron juntos hace unos meses.

—No me gusta esparcir rumores. —Aquella era la típica frase que solo decían las personas a las que les encantaba esparcir rumores—. Lo único que recuerdo es que Gemma parecía sorprendida cuando Amara y Darian anunciaron su compromiso.

A Marlow le pareció un poco extraño, ya que pensaba que Gemma y Amara eran buenas amigas. Al menos lo bastante como para que Amara le contara algo tan relevante como que iba a comprometerse.

—¿En serio?

—Sí, y no me pareció que se alegrara mucho por la noticia —añadió Hendrix—. Aunque desde luego no fue la única.

—¿Hay gente que se opone a este matrimonio? —preguntó Marlow alzando las cejas.

—¿Lo dices en serio? ¡Por supuesto que sí! —respondió Hendrix tomando un sorbo de su copa—. Sobre todo las demás cinco familias, los Morandi y los Starling, la familia de Gemma.

—No me extraña que les preocupe que se forme una alianza entre los Falcrest y los Vale —razonó Marlow.

—Bueno, más que una alianza sería una toma de poder —señaló Hendrix con un bufido.

—¿A qué te refieres?

—Solo hay que ver lo que le ocurrió a la familia Delvigne —replicó Hendrix.

La familia Delvigne, la quinta de las cinco familias, quedó absorbida por la Falcrest cuando Aurelius se casó con la heredera de los Delvigne, Isme, la madre de Adrius. Los Delvigne se opusieron abiertamente al matrimonio, pero Isme decidió seguir adelante a pesar de todas sus objeciones. Por lo que Marlow tenía entendido había sido un gran escándalo en su momento, sobre todo cuando durante los años siguientes fue más que evidente que Aurelius solo se había casado con Isme por la riqueza de su familia y no por amor. Incluso ahora, casi dos décadas después, Marlow había oído rumores que insinuaban que Aurelius había tenido algo que ver con la muerte temprana del patriarca de la familia Delvigne varios años después de que se casara con su hija, aunque no había ninguna prueba concluyente.

En cualquier caso, la muerte del patriarca de la familia Delvigne abrió la puerta para que, a efectos prácticos, Aurelius tomara el mando de todas las operaciones comerciales de hechizos de la familia Delvigne, convirtiendo así a la familia Falcrest en la más poderosa de las cinco.

—¿Crees que Aurelius Falcrest está usando a Amara para hacer con la familia Vale lo mismo que hizo con la Delvigne?

—No soy el único que lo piensa —replicó Hendrix.

A Marlow no le costó imaginarse al cabecilla de la familia Vale desestimando aquellos rumores y calificándolos de rencillas típicas de la *noblesse nouveau*. No era un hombre estúpido ni mucho menos, pero la madre de Marlow siempre se había quejado de que se precipitaba en dar el beneficio de la duda a los demás. No tenía ni pizca de paciencia con los rumores y los subterfugios sociales de Jardinperenne y tendía a ver solo lo mejor de cada persona hasta el punto de rayar la ingenuidad. Un buen ejemplo de ello fue que decidió contratar a Cassandra como *chevalier* a pesar de su oscuro pasado y sus conexiones criminales.

—¿Y qué piensa Darian de todo eso?

—¿Darian? ¿Pensar? —dijo Hendrix con desdén—. Digamos que ese no es su fuerte.

No lo había dicho con mucho tacto, pero Marlow no podía negar que tenía razón: Silvan parecía haber heredado toda la inteligencia de la familia y Darian, en cambio, la afabilidad.

—Y, además, supongo que está demasiado embelesado por el encanto de los Falcrest como para ser racional, igual que tú —añadió Hendrix.

—Este comentario también ha sido un poco maleducado —le recriminó Marlow señalándolo con su copa de vino.

—Vaya, supongo que tendré que compensártelo de alguna manera —dijo Hendrix con un brillo en los ojos.

En aquel momento Marlow notó que una mano le rozaba la espalda y, a pesar de que los separaba la tela del vestido, sintió su calidez.

—¿Haciendo amigos, Minnow? —preguntó Adrius.

A Marlow no le pasó por alto que fue bajando la mano hasta posarla posesivamente sobre su cintura. Y por lo visto a Hendrix tampoco, ya que evitó mirar a Adrius a los ojos y parecía un poco avergonzado.

Adrius le lanzó una mirada fría.

—Hendrix, ¿verdad?

—Sé que sabes cómo me llamo, Adrius —dijo Hendrix enfadado.

—Sí, bueno, por mucho que agradezca que hayas entretenido a mi acompañante mientras estaba ocupado, estoy seguro de que si te esfuerzas un poco conseguirás encontrar por lo menos una persona en toda la fiesta que no esté completamente harta de ti.

—¡Que te den, Adrius! ¡Cállate y tírate por la azotea! —exclamó Hendrix con ojos centellantes y las mejillas sonrojadas por la rabia.

Adrius se quedó completamente inmóvil. Apretó con fuerza la cintura de Marlow y de repente empezó a alejarse.

Marlow tardó una milésima de segundo en darse cuenta de lo que acababa de ocurrir. Se apresuró a agarrarle la mano y a arrastrarlo de vuelta a su lado.

—Adrius, ven conmigo. —Lo apartó de Hendrix, que entrecerró los ojos y les clavó la mirada en la espalda mientras se alejaban—. No te tires por la azotea —le susurró.

Adrius se relajó de inmediato y Marlow se detuvo junto a una escultura de cristal.

—Gracias —dijo Adrius con rigidez—. Por, bueno, ya sabes...

—¿Evitar que te precipitaras hacia tu muerte? —sugirió Marlow—. Sí, ha sido una buena parada.

—Eres consciente de que Hendrix estaba ligando contigo, ¿no? —preguntó Adrius con impaciencia.

—Puede que te sorprenda, Adrius, pero soy capaz de interpretar las señales sociales más básicas.

—Oh, Minnow, no me digas que lo has disfrutado —replicó en tono burlón—. Solo estaba ligando contigo para contrariarme.

Lo que más rabia le daba era que sospechaba que tenía razón. Adrius tendía a actuar como si todo lo que ocurría en Jardinperenne girase a su alrededor, pero Marlow sabía por experiencia que la mayoría de las veces no iba desencaminado.

—Pues me parece que ha funcionado —replicó Marlow—. Pareces bastante contrariado.

—Ni lo más mínimo.

Marlow levantó una ceja escéptica, imitando una de las expresiones favoritas de Adirus.

—Bueno, pues que sepas que antes de que vinieras a interrumpirnos cual rata de pantano territorial le estaba sacando información.

—¿Así es como resuelves tus casos? —preguntó Adrius—. ¿Lanzándote en brazos del primer trepa social de medio pelo que te preste un mínimo de atención?

—Vaya, ya veo que no os lleváis nada bien —dijo Marlow—. ¿Qué te ha hecho?

—Nada —respondió Adrius, pero Marlow detectó un brillo de ira en su mirada—. No es más que un cotilla y un cansino. Le encanta darse aires de importancia, pero es demasiado insignificante como para tener ninguna información relevante. Y siempre ha estado celoso de mí.

—¿Me estás diciendo que podría tener motivos para hacerte daño? —preguntó Marlow intencionadamente.

—Hendrix Bellamy no es ni lo bastante listo ni lo bastante atrevido como para lanzarme una maldición —negó Adrius categóricamente.

Marlow no quiso discutir, pero añadió a Hendrix a su lista mental de personas que quería investigar más a fondo.

—Aquí estás —dijo una voz arrogante que le resultó familiar. Marlow se giró y vio a Silvan detrás de ella—. Mi padre está a punto de dar un discurso y quiere que estés junto al resto de la familia.

Adrius le ofreció el brazo a Marlow.

—¿Minnow?

—Estarás de broma —dijo Silvan en tono mordaz.

—Es mi acompañante.

Silvan se la quedó mirando y Marlow también le clavó la mirada. Después de lo que acababa de ocurrir con Hendrix no tenía muchas ganas de perder a Adrius de vista.

—De acuerdo —refunfuñó Silvan, y se puso a caminar en dirección a la glorieta que había en medio de la azotea, donde había empezado a congregarse la multitud.

Adrius la ayudó a subir los escalones y se quedaron ahí arriba con los brazos entrelazados junto a Silvan mientras Vale subía al escenario. Cuando miró hacia la muchedumbre, Marlow vio más de un par de ojos fijados en ella en vez del patriarca de la familia Vale, que enseguida comenzó a hablar con la voz amplificada por arte de magia.

Vale pronunció un brindis muy efusivo sobre lo mucho que amaba a sus hijos y la importancia de la familia. Casi se le saltaron las lágrimas cuando alzó la copa a la salud de su hijo mayor y su futura nuera.

La muchedumbre lo imitó y alzó también sus copas y en aquel momento Marlow sintió los ojos oscuros y relucientes de

Aurelius clavados en ella, con la mandíbula tensa en lo que Marlow asumió que era una mueca de reprobación.

En cuanto terminó el discurso, Vale descendió por los escalones de la glorieta mientras hordas de miembros de la *noblesse nouveau* se agolpaban para felicitar a ambas familias. Marlow dio un paso atrás para intentar restarse importancia mientras Adrius sonreía y saludaba a los invitados.

—Marlow, me alegro muchísimo de volver a verte. —La voz de Vale resonó por encima del parloteo de la muchedumbre. Irradiaba calidez y alegría y le centellearon los ojos en cuanto la tomó del brazo y la apartó del gentío. En un tono de voz más bajo añadió—: Tienes que sacarme de aquí. Llevo toda la noche saludando a los invitados y temo que se acaben los canapés antes de que tenga oportunidad de probarlos.

—Encantada de ayudarlo, señor —susurró Marlow en respuesta agradecida por tener una excusa para no volver a interactuar con Aurelius después de lo que había ocurrido en la Biblioteca Falcrest.

—Por aquí —dijo Vale posando la ancha palma de su mano entre los hombros de Marlow y guiándola con delicadeza en dirección al jardín en espiral—. Me ha parecido ver que salía otra bandeja. ¡Y déjate de «señor», Marlow, tutéame, por favor! Nos conocemos desde hace un montón de años, ¿verdad?

—Es cierto, señor —replicó Marlow.

Vale le dedicó una sonrisa de soslayo y entonces interceptó una bandeja flotante llena de hojaldres rellenos con algún tipo de queso. Tomó un par y se los metió en la boca mientras le guiñaba el ojo.

—Mucho mejor.

Marlow también tomó un hojaldre y al morderlo crujió de manera muy satisfactoria entre sus dientes.

—Supongo que habrás venido con Adrius, ¿no? —preguntó.

—Eh, sí —replicó Marlow balbuceando un poco mientras se tragaba lo que tenía en la boca. Una cosa era mentir a los cotillas de Jardinperenne y otra muy distinta era mentir a aquel hombre que no había hecho más que ser amable con ella—. Estamos... saliendo juntos, supongo.

—Me alegro —dijo Vale, radiante—. Hacéis muy buena pareja.

—Creo que eres el único que lo piensa —replicó Marlow sonriendo con ironía.

—Ah, bueno, ¿y qué más da lo que digan los demás? —reflexionó Vale—. Estoy contento de que Adrius siga su corazón. Es algo que no se ve muy a menudo por aquí.

—¿Te refieres... a Darian y Amara? —preguntó Marlow con tacto.

—En realidad estaba hablando de mí mismo —respondió alzando una ceja—. Elena y yo nos casamos empujados por el sentido del deber para con nuestras familias; querían forjar una alianza entre los Morando y los Vale y les pareció que la mejor manera de hacerlo sería casando el heredero de los Vale con la sobrina del patriarca de los Morando. Pero no me malinterpretes: en el fondo no me arrepiento de lo que hice, ya que de ese matrimonio surgieron mis dos maravillosos hijos. Pero a veces no puedo evitar pensar en cómo habría sido mi vida si me hubiera dado permiso para seguir mi corazón.

Parecía contemplativo, casi melancólico.

—Es lo que he querido siempre para mis hijos —dijo al cabo de un rato—. Y aunque Adrius no sea mi hijo le tengo mucho aprecio y le deseo lo mismo.

Marlow se sintió un poco mal por estar mintiéndole.

—Bueno, ya basta de ponerme sensiblero —dijo Vale—. Debería regresar junto a los invitados. Espero que Adrius y tú disfrutéis del resto de la velada.

Se alejó a grandes zancadas y dejó a Marlow sola junto al jardín. Cuando ya se disponía a regresar hacia el gentío, oyó

unas voces hablando entrecortadamente detrás de la bugan-
vilia.

—No me puedo creer que la hayas traído esta noche, Adrius.

Marlow tardó un momento en reconocer la voz de Amara.

—¿Y por qué no iba a hacerlo? —replicó la voz de Adrius.

—Sabes perfectamente por qué —contestó—. Adrius, en serio. ¿Flirtear con una plebeya? ¿Con la hija de la *chevalier* de
Vale? Hay formas mucho mejores de castigar a papá.

—Pues no se me ha ocurrido ninguna otra —dijo Adrius
con impertinencia—. Dime la verdad, Amara: ¿me estás diciendo todo esto por voluntad propia o porque te lo ha pedido
papá?

—Madura de una vez, Adrius —le espetó Amara—. No
puedes hacer lo que te dé la gana y actuar como si nada importara ni pasear por la ciudad con cualquier chica que te
ponga ojitos. Sabes perfectamente bien que deberías estar
buscando una esposa ahora que Darian y yo estamos prome-
tidos.

Marlow se pegó contra los arbustos. Adrius no le había
comentado nada sobre ese tema.

—Supongo que tanto papá como tú preferiríais que me pareciera más a ti —dijo Adrius—. La hija buena, dispuesta a renunciar a su vida y a su futuro solo porque papá se lo ordene.
No, gracias.

—No tienes ni idea de lo que estás diciendo —gruñó
Amara.

—Oh, ¿así que te casarás con Darian por amor?

—Estoy haciendo todo lo necesario para asegurar el futuro
de nuestra familia. Y lo mínimo que podrías hacer es no causar
un escándalo con una ramera del páramo que solo te está utili-
zando por tu poder.

A Marlow le ardieron las mejillas. En aquel momento le dio
igual que en realidad no estuviera saliendo con Adrius ni tuviera

intención de conseguir la aprobación de Amara ni de nadie. Aquel recordatorio de que todos los presentes la veían como un escándalo o, a lo sumo, como un entretenimiento le dolió.

—Venga ya, Amara, pero si eres tú la que se va a casar por poder —contestó Adrius—. Estás convencida de que si haces todo lo que te diga papá acabará nombrándote su legítima heredera... o que finalmente te dirá que está orgulloso de ti. Pero ambos sabemos que eso no ocurrirá nunca. Y, por lo que respecta a ser su heredera, estoy bastante seguro de que tiene planeado vivir para siempre para fastidiarnos a los dos. Y ahora, si me disculpas, tengo que ir a buscar a mi acompañante.

—De acuerdo —respondió Amara categóricamente—. Haz lo que tengas que hacer para quitarte ese gusanillo de rebeldía. Tanto tú como yo y el resto de los habitantes de Jardinperenne sabemos que de todos modos enseguida te aburrirás de ella. Y luego te centrarás en buscar una pareja adecuada con la que casarte, tal y como quiere papá.

—Vaya, pareces muy segura de tus palabras —contestó Adrius con voz cortante.

—Porque te conozco, Adrius —respondió Amara con tono mordaz—. Y sé que actúas como si nada te importara una mierda, y menos aún la aprobación de papá, pero en el fondo no tienes suficientes agallas para plantarle cara y nunca las tendrás.

—Bueno, supongo que eso ya lo veremos, ¿no? —replicó Adrius, y acto seguido Marlow oyó que se alejaba a paso ligero de su hermana y se acercaba hacia ella.

Marlow se agachó detrás de un matorral justo cuando Adrius doblaba la esquina. El sonido de sus pasos fue desvaneciéndose en cuanto salió del jardín y poco después oyó a Amara marcharse por el mismo camino.

Se frotó la cara con una mano. Todavía le ardían las entrañas. No estaba del todo lista para volver a unirse a la fiesta, ya que las hirientes palabras de Amara todavía resonaban dentro de su cabeza. Así que optó por adentrarse en la parte en espiral del jardín. Las hileras de flores tenían un aspecto hermoso y a la vez siniestro bajo el resplandor de los farolillos.

Nunca formaría parte de aquel mundo. Y, aunque hacía tiempo que había dejado de intentar encajar, aquella dura realidad la hacía sentirse igual de humillada que el día en que Adrius actuó como si nunca hubieran sido amigos. En el tiempo que había pasado desde entonces se había repetido a sí misma que ningún miembro de la *noblesse nouveau* podría volver a hacerla sentir así de mal. Pero aquello demostraba que solo se había estado engañando a sí misma y eso la irritaba.

El suave rumor de una fuente de jardín se filtraba entre los setos acompañado por un extraño repiqueteo, como de una piedra impactando contra otra. Movida por la curiosidad, Marlow siguió adentrándose en las profundidades del jardín y sacó la cabeza por una curva desde la cual pudo ver una fuente coronada por una especie de estatua. A la sombra de la luz de la luna una chica se agachó para agarrar una piedra que parecía bastante pesada. Con un gruñido de esfuerzo, la arrojó contra la fuente. No le dio ni de lejos y rebotó entre los arbustos sin causar ningún daño a la estatua, por lo que la chica soltó un grito de frustración y se dejó caer al suelo envuelta en una nube de gasa y tafetán. Se llevó las rodillas al pecho y se puso a arañar el suelo mientras ahogaba sus sollozos.

—¡Joder! —exclamó la chica. Marlow reconoció la voz—. ¡Joder, joder, joder! Que le den a esa chica. Y a él también.

—¿Gemma? —preguntó Marlow desde los límites del claro.

Gemma se giró sobresaltada. Pero al verla se le hundieron los hombros.

—Oh. Eres tú.

Su tono de voz le indicó que hubiera preferido que la encontrara cualquier otra persona antes que ella, cosa que no la sorprendió, sobre todo teniendo en cuenta que tal vez estaba enfadada porque Adrius se había presentado a la fiesta de compromiso de su hermana acompañado de Marlow.

—¿Qué quieres? —preguntó Gemma de mal humor.

Marlow se acercó. Se agachó para agarrar una piedra del tamaño de un puño del suelo, la lanzó al aire y la agarró al vuelo.

—¿Qué ha hecho esta pobre estatua para contrariarte?

—Más bien estoy contrariada por todo lo que está ocurriendo esta noche —respondió, y Marlow se sorprendió al oír la sinceridad de su voz—. La pobre estatua solo estaba en el momento y el lugar equivocados. Además, es un blanco mucho más adecuado que la persona a la que me gustaría poder tirar una piedra.

—¿A Adrius? —adivinó Marlow.

Gemma levantó la mirada con brusquedad.

—¿Qué? ¿Por qué iba a querer lanzar una piedra a Adrius?

—¿No estás contrariada por su culpa?

Gemma la miró con una expresión extraña.

—Adrius es el único miembro de la familia Falcrest que no ha hecho nada para contrariarme. —Entonces parpadeó y luego se echó a reír—. Espera, ¿pensabas que…?

—Adrius me contó que salisteis juntos. Pensaba… no sé, que te había roto el corazón. O que por lo menos te había herido el orgullo. He oído que tuvisteis una discusión hace unas semanas.

Gemma resopló mientras se ahuecaba la falda.

—Lo primero que debes saber si vas a salir con el vástago de una de las cinco familias es que no debes creerte todo lo que dicen los carroñeros que trabajan en las revistas de mi padre.

—¿Así que no discutisteis?

—Estaba alterada —dijo Gemma—. Y Adrius me reconfortó.

—Cuando dices que te reconfortó…

—Ugh, por todos los dioses, no —la interrumpió Gemma—. Me refiero a que me apoyó. Es un buen amigo. En realidad es mi mejor amigo.

Marlow tuvo que reprimir un bufido burlón. Sabía de primera mano cómo era ser amiga de Adrius. Aunque supuso que si se pareciera más a Gemma Starling, si fuera lo bastante respetable como para merecer ser su amiga, tal vez las cosas habrían ido de otra manera.

Entonces procesó las palabras de Gemma.

—Espera, ¿por qué dices que Adrius es el único miembro de la familia Falcrest que no te ha ofendido? Pero ¿Amara no es…?

—¿Por qué crees que estoy lanzando piedras a una estatua de la familia Vale? —preguntó Gemma—. ¿Por qué crees que Adrius tuvo que consolarme la noche en que Amara y Darian anunciaron su compromiso?

De repente a Marlow la invadió una sensación muy inusual: se sintió como una idiota.

—¿Estás enamorada de Amara?

Gemma se giró en dirección a la fuente con la cara iluminada por la luz de la luna. No contestó, pero en aquel momento Marlow lo vio claro como el agua. Recordó lo que Adrius le había insinuado a su hermana, que no se estaba casando con Darian por amor.

—¿Estabais juntas? —preguntó Marlow.

A Gemma se le desencajó la cara.

—Pensaba… pensaba que ella también me quería. Patético, ¿verdad?

Marlow estuvo tentada de responderle que sabía cómo se sentía. Tal vez no exactamente, pero sabía lo que se sentía cuando una persona que pensabas que se preocupaba por ti te dejaba plantada.

—¿Te dejó por Darian?

—Más bien porque se lo pidió su padre —respondió Gemma con amargura—. Porque para Amara la ambición es lo primero. Lo que más le importa en este mundo es ser nombrada heredera de la familia Falcrest. Y mi rango no era suficiente para ella. Al fin y al cabo, soy la cuarta en la línea de sucesión de la familia Starling. Cuando me dejó me puse hecha una furia. Pero fingí que me daba igual, como si nuestra relación nunca hubiera significado nada para mí. Creo que esa fue la peor parte, fingir que no me importaba haber roto cuando en realidad tenía la sensación de que me habían arrancado el corazón. Incluso intenté seducir a Adrius solo para cabrear a Amara. Y él me siguió el juego. Pero Amara ni siquiera se dio cuenta.

A Marlow le sorprendió descubrir que no era la primera vez que Adrius fingía estar en una relación. Pero saberlo solo hizo que la repulsa y el rechazo que había mostrado inicialmente por aquella farsa le pareciera todavía más insultante.

Sin pensárselo dos veces, Marlow alzó el brazo y lanzó la piedra que tenía en la mano contra la estatua. La golpeó con fuerza en el hombro y luego la piedra cayó al fondo de la fuente.

—No está nada mal —dijo Gemma con aprobación.

—Gracias. —Marlow le tendió la mano—. ¿Lista para volver a la fiesta?

Gemma levantó la mirada hacia Marlow, dubitativa. Como si de repente se hubiera dado cuenta de la imprudencia que había cometido al decidir confiarle todos sus secretos tan impulsivamente. Pero entonces tomó la mano de Marlow y dejó que la ayudara a levantarse.

—¿Sabes? —dijo Gemma limpiándose el vestido—. Si le cuentas a alguien lo que te acabo de explicar haré que publiquen cosas horribles sobre ti en el *Starling Spectator*.

Miró a Marlow con una mirada pétrea. Y de repente esbozó una sonrisa.

—Lo tendré en cuenta —le aseguró Marlow riéndose.

Caminaron por el jardín en espiral en dirección a las risas y la música hasta que volvieron a estar entre los demás asistentes de la fiesta.

—Oh, han sacado el postre —dijo Gemma dándole un codazo y señalando hacia una mesa llena de lo que parecía una miniatura comestible de Jardinperenne con torres esculpidas en chocolate y canales de azúcar caramelizado.

Mientras todo el mundo se maravillaba ante aquel postre tan elaborado, una cosa captó la atención de Marlow. Y lo que vislumbró en medio de la muchedumbre bastó para que se detuviera en seco.

Sosteniendo con delicadeza una copa junto a la fuente estaba la mujer del tatuaje de la Orquídea Negra que la había rescatado de las garras de Bane. Llevaba un traje de color plateado mucho más ostentoso que el de la última vez con un chaleco morado oscuro debajo. Tenía la cara ladeada y el pelo corto y oscuro le resplandecía a la luz de los farolillos.

Ahora sí que no entendía nada. ¿Qué estaba haciendo aquella mujer allí?

—¿Marlow? —oyó que la llamaba Gemma—. ¿Estás bien?

Marlow se giró y vio que Gemma estaba unos pasos por delante de ella y la miraba con preocupación. Parpadeó y volvió a buscar a la mujer de la Orquídea Negra entre el gentío.

Pero había desaparecido.

ONCE

Solo había una comisaría de policía en todas Las Ciénagas y estaba situada en la encrucijada tortuosa de la Serpiente, justo enfrente de la parada del Pabellón del teleférico.

Pero bien podría no haber ninguna. Los agentes asignados a la comisaría de Las Ciénagas estaban comprados por las bandas callejeras en un acuerdo que beneficiaba a ambas partes: las bandas podían imponer sus propias leyes sin intromisiones y los policías recibían una suculenta suma de dinero cada luna por no hacer absolutamente nada.

A veces, aunque no muy a menudo, Marlow necesitaba alguna cosa de los agentes de policía de Las Ciénagas, pero conseguir que la ayudaran significaba tener que navegar por una compleja red de corrupción hasta obtener lo que quería y normalmente aquello le traía más problemas de los que le solucionaba.

Sin embargo, aquella mañana había sopesado si valía la pena sufrir el quebradero de cabeza que supondría lidiar con la policía teniendo en cuenta la urgencia de la misión. Estaba muy asustada después de haber visto a la mujer de la Orquídea Negra la noche anterior en la torre Vale. Era la segunda vez que veía a un miembro de la organización en Jardinperenne y no tenía ninguna duda de que la mujer se había dejado ver a propósito para recordarle que seguían vigilándola.

Tenía que encontrar a Montagne antes de que los miembros de la Orquídea Negra intentaran detenerla y perdiera aquella pista para siempre.

No era la primera vez que trataba con el agente que estaba de servicio en comisaria y sabía que tenía un montón de deudas de juego. Por suerte para él, el propietario de la barcaza casino Stork Club le debía un favor a Marlow por haber conseguido romper el hechizo que habían lanzado a su *cavagnole* y que les estaba costando cientos de perlas cada noche.

Después de negociar durante unos cuantos minutos, Marlow consiguió la dirección de Montagne en Copadesauce, un barrio situado a las afueras de Las Ciénagas donde la tupida red de canales y vías navegables daba paso a un enorme lodazal cubierto de juncos y repleto de montículos cubiertos por una densa vegetación.

Marlow le pidió a Swift que cubriera su turno en la Alcobita y alquiló una barcaza. Decidió llevarse consigo los embrujos más poderosos de su colección. Según lo que había logrado averiguar, Montagne era la última persona que había visto a Cassandra antes de que desapareciera. No tenía ni idea de lo que era capaz de hacer ni a qué tipo de magia tendría acceso teniendo en cuenta que era miembro de la Orquídea Negra y antiguo hechicero de la familia Falcrest.

La barcaza la dejó en un muelle destartalado que sobresalía de una pequeña isla donde crecían sin control unas frondosas palmeras de abanico y unas densas higueras estranguladoras. Tiempo atrás alguien había abierto un camino, pero el sotobosque lo había acabado borrando.

Marlow tardó casi una hora en encontrar la casa escondida entre los árboles. El tejado estaba completamente cubierto de musgo y le faltaban la mitad de los listones de madera. De los huecos oscuros que se abrían en las paredes abombadas colgaban redes de pescar destrozadas.

Parecía abandonada. Marlow contuvo la desilusión que la invadió y subió los escalones combados y hechos polvo para llamar a la puerta de entrada torcida.

No obtuvo ninguna respuesta. Marlow volvió a llamar con más ímpetu.

No se oía ningún ruido proveniente del interior de la casa. Sacó la lupa y estudió la puerta. Solo quedaban unos pocos vestigios de magia que desprendían un brillo rojizo e indicaban que dentro de aquellas paredes se había usado magia. Pero no suponía ningún obstáculo para que Marlow o cualquier otra persona entrase.

No había ningún hechizo protector. Eso quería decir casi con total seguridad que la casa estaba abandonada, pero aun así tal vez había alguna pista sobre el paradero de Montagne.

Giró el pomo de la puerta y descubrió que ni siquiera estaba cerrada con llave. Marlow empujó la puerta, que se abrió con un largo quejido, y acto seguido entró en aquella casa sumida en la penumbra.

El interior no estaba mucho mejor que el exterior. Había montones de ropa vieja pudriéndose en un vestíbulo claustrofóbico y el suelo estaba repleto de tarros agrietados y cajas rotas. Marlow se adentró silenciosamente por el pasillo empolvado y al cabo de un momento se detuvo. Oyó algo arrastrándose en el otro extremo de la casa.

—¿Hola?

No obtuvo ninguna respuesta. Marlow se metió una mano en el bolsillo y agarró una carta de embrujo. Un escalofrío le recorrió la columna vertebral al pensar en la posibilidad de que los de la Orquídea Negra supieran que estaba buscando a Montagne y le hubieran tendido una trampa.

El pasillo la condujo hasta una sala de estar desordenada llena de pilas de papeles mohosos y más cajas rotas. Marlow dio un paso adelante y entró en la habitación.

De repente una tabla del suelo crujió a sus espaldas. Marlow se giró en redondo y se encontró con un par de ojos que la miraban sin parpadear a tan solo unos pocos centímetros de su cara. Eran del color del agua salobre y se hundían en la cara demacrada y esquelética de un hombre viejo. El pelo alborotado y grisáceo le creía a parches por el cráneo.

—Disculpe —dijo Marlow con el corazón martilleándole con fuerza en el pecho mientras retrocedía—. La puerta estaba abierta y yo solo…

—¿Sí? —dijo el hombre educadamente, como si no le pareciera extraño que una chica adolescente se hubiera colado en su casa a media tarde.

—¿Armant Montagne? —preguntó dubitativa. Esperaba encontrarse con un hechicero brillante y hábil. No con… eso.

—¡Pues claro! —exclamó alzando la comisura de los labios en una sonrisa distante—. Seguro que has venido a por la entrega.

—¿A por la entrega…? —repitió Marlow—. Eh, sí, claro. Estoy aquí por la entrega.

Montagne ya estaba entrando en la sala de estar con su bata de color lavanda ondeando detrás de él.

—¡Este mes no he podido hacer muchas cartas! —gritó por encima del hombro mientras se acercaba a un escritorio destartalado que había encajado en un rincón de la habitación—. No he conseguido hacerme con todos los ingredientes que necesitaba.

—No pasa nada. —Marlow lo observó mientras hurgaba por los cajones del escritorio con una especie de urgencia frenética—. No supondrá ningún problema.

Montagne asintió sin levantar la vista mientras tarareaba distraídamente y de repente sacó algo de las profundidades del escritorio. Se enderezó, se giró hacia Marlow y se lo lanzó.

Marlow tuvo que retroceder para poder ver lo que tenía entre las manos. Era un pequeño montón de cartas.

—¿Qué son?

—Las cartas de hechizo que me pedisteis —respondió Montagne chasqueando la lengua con impaciencia.

Marlow las sujetó con cuidado y las examinó. Sí que eran cartas. Pero no eran cartas de hechizo. Era una baraja de cartas vescoviana con ilustraciones descoloridas y desgastadas. Volvió a dirigir la mirada hacia la cara de Montagne, pero el hombre la estaba observando expectante, sin mostrar ningún indicio de que le estuviera gastando una broma.

Marlow sintió que la inquietud le invadía el pecho. Algo no iba bien.

—Estoy trabajando en una carta nueva. Me parece que os gustará bastante —dijo aceleradamente con aquella energía frenética.

—¿A quiénes? —preguntó Marlow—. ¿A la Orquídea Negra?

Montagne se giró como si no la hubiera oído y se puso a deambular por la pequeña sala de estar canturreando de nuevo.

Marlow empezaba a sospechar que venir hasta aquí había sido una gran pérdida de tiempo. Era evidente que Montagne no era el poderoso hechicero de la Orquídea Negra que esperaba que sería, o por lo menos ahora ya no lo era. Pero había llegado hasta ahí y no era de las que se rinden tan fácilmente.

—Tengo que hablar con usted sobre la Biblioteca Falcrest. Sobre el motivo por el que lo despidieron.

De repente Montagne se quedó extrañamente quieto.

Marlow dio un tímido paso adelante.

—Fue hace poco más de un año, ¿verdad? Lo acusaron de robar algo. Un libro de hechizos. ¿Qué hizo con él?

Montagne empezó a lanzar miradas por toda la habitación menos en dirección a Marlow.

—No —dijo con voz ronca—. No, no, no. Otra vez no. Por favor.

Marlow avanzó un paso más hacia él. Montagne tenía una expresión aterrada, casi como si fuera un niño.

—Por favor. Por favor —susurró.

—Montagne —dijo Marlow—. Hábleme de lo que ocurrió en el Contessa.

—Me hicieron un agujero —dijo de repente con los ojos clavados en los suyos—. Me hicieron un agujero en la cabeza. Plic, ploc. Me los quitaron todos.

—¿A qué se refiere?

—Los colmillos —susurró mientras contemplaba la nada—. Vinieron y me hicieron un agujero en el cerebro. Se los llevaron todos. Fueron los colmillos de color rojo sangre.

—¿Qué se llevaron?

Montagne intentó balbucear con sus labios pálidos, pero no consiguió emitir ningún sonido. Se llevó una mano a la nuca muy lentamente.

—Mis recuerdos —susurró tan bajito que Marlow apenas pudo oírlo.

El miedo le hizo un nudo en el estómago. En Las Ciénagas había visto a personas a las que les habían hecho lo mismo que a Montagne. Personas a las que les habían arrebatado los recuerdos de manera violenta para usarlos como ingredientes para crear hechizos, a las que se los habían arrancado a la fuerza y les habían dejado la mente destrozada y hecha jirones.

¿Acaso era eso lo que le había ocurrido a Montagne después de que lo echaran de la Biblioteca Falcrest?

¿Acaso la Orquídea Negra se había quedado con el libro de hechizos que Montagne había robado y luego le había arrebatado los recuerdos para que no lo supiera nadie?

—Montagne —dijo Marlow—. Esto es importante. ¿Sabría decirme qué libro de hechizos robó de la Biblioteca Falcrest? ¿Todavía lo tiene?

Montagne embistió contra ella y le clavó los dedos huesudos en los hombros. Marlow reprimió un grito y se zafó de su agarre.

El hombre se quedó paralizado con los ojos abiertos de par en par e inyectados en sangre, con las manos todavía estiradas hacia ella. Las mangas anchas de la bata se le remangaron hasta el codo y dejaron al descubierto su brazo flaco y pálido como un hueso. Tenía los dedos casi negros y las venas del brazo oscuras como la tinta, como si la sangre que le corría por ellas estuviera podrida.

Marlow le observó la cara y los brazos y le entraron arcadas. Ya había visto estos síntomas antes, por lo menos en forma de ilustración.

Eran las marcas de la maldición que decían que afectaba a cualquiera que tocara el *El grimorio de Ilario*.

—El libro de hechizos le hizo esto, ¿verdad? —dijo Marlow apenas susurrando.

Montagne contrajo de nuevo el brazo hacia él, acunándolo con su otra mano.

—Le dije a la mujer que hacerlo tendría consecuencias —dijo con voz chirriante—. Se lo dije.

—¿A quién? —preguntó Marlow—. ¿A quién se lo dijo?

Montagne paseó los ojos por toda la habitación y se encogió hacia atrás como si tuviera miedo.

—Montagne —dijo Marlow con voz suave—. ¿Qué…?

—Vete —dijo siseando con voz gutural y débil.

—Armant —intentó de nuevo.

—¡Que te vayas!

Montagne se abalanzó hacia ella con una expresión de furia en la cara. Marlow retrocedió a trompicones y tropezó con un montón de trastos. Se puso de pie como pudo y siguió corriendo por el pasillo en dirección a la puerta principal. No se detuvo hasta que estuvo al pie de los escalones destartalados y se apoyó contra la barandilla con el corazón latiéndole con fuerza.

Levantó la mirada hacia la casa. En una de las ventanas oscuras vio que Montagne la estaba observando. Sintió que un escalofrío le recorría la columna vertebral.

No pensaba volver a entrar en aquella casa. De todas maneras, ya había obtenido todas las respuestas que podía sacarle a Montagne.

Estaba bastante segura de saber quién le había hecho aquello. Y además había hecho un gran descubrimiento: todavía no sabía muy bien cómo, pero la desaparición de Cassandra estaba relacionada de alguna manera con la maldición de Adrius.

Aquella noche, Marlow se presentó en la mansión Falcrest y fingió recordarle a Adrius que habían quedado para dar una vuelta por el paseo marítimo.

La noche era cálida y húmeda y caminaron lentamente por el paseo hecho con baldosas encantadas que brillaban bajo las ramas de los cerezos, repletas de flores rojas como el vino. A uno de los lados del paseo había tiendas y salones de té con fachadas pintadas de colores de piedras preciosas y al otro se abría la vista ininterrumpida de la bahía y el cielo nocturno violáceo. El paseo marítimo era un torbellino de movimiento y ruido: los cantantes entonaban barcarolas en elaborados escenarios provisionales, los acróbatas daban saltos y vueltas en el aire, los *raconteurs* narraban historias cautivadoras mientras urdían ilusiones para acompañar sus palabras.

Pero, aunque Marlow tenía la esperanza de que el bullicio del paseo marítimo distrajera a los transeúntes de la presencia de Adrius, pronto se dio cuenta de que estaba muy equivocada. Sintió que los seguían muchos pares de ojos mientras paseaban tomados de la mano por el paseo.

—¿Y bien, qué era eso tan urgente que tenías que contarme y que no podía esperar hasta mañana? —preguntó Adrius mientras pasaban junto a un grupo de bailarines que estaban haciendo una rutina con aros en llamas.

Marlow no había querido decírselo en la mansión Falcrest, ya que cualquier trabajador doméstico podría haberlos oído. Pero ahora tampoco estaba tan segura de que el paseo marítimo fuera el mejor lugar para charlar. Sentía un cosquilleo en la nuca y no paraba de mirar a su alrededor. Los Orquídea Negra podrían estar siguiéndola incluso en aquel momento, camuflándose con el resto de los transeúntes, el hombre con un mono en el hombro que a duras penas conseguía mantener el equilibrio sobre el monociclo o la pareja que compartía un helado de miel.

—Deberías pasarme el brazo por los hombros —sugirió Marlow en voz baja.

Adrius alzó las cejas sorprendido, pero hizo lo que Marlow le pedía y la arrimó contra él. Marlow puso una mano en su pecho y alzó la cabeza para dedicarle una sonrisa.

—¿Te acuerdas del hechicero que buscamos en la Biblioteca Falcrest? —murmuró.

—¿Cómo podría olvidar la tarde más emocionante de toda mi vida?

—Pues lo he encontrado —continuó Marlow manteniendo la sonrisa en los labios—. Y estoy bastante segura de que el libro de hechizos que robó de la Biblioteca Falcrest era *El grimorio de Ilario.*

—¿Qué? —Adrius tensó el brazo con el que le estaba rodeando los hombros—. Me hiciste leer quince libros y todos aseguraban que el grimorio había sido destruido.

—Pues por lo visto tu familia mintió —concluyó Marlow.

—¿Por qué iba a mentir sobre algo así?

—Supongo que para no tener que compartir el poder del libro con nadie y para asegurarse de que nadie quisiera hacerse con él —dijo Marlow—. Aunque alguien terminó haciéndolo.

—¿Te refieres al hechicero? —preguntó Adrius—. ¿Crees que ha sido él quien me ha lanzado la maldición?

Marlow negó con la cabeza.

—Creo que los que te han lanzado la maldición son los mismos que pidieron al hechicero que robara el grimorio.

—¿Y sabes quiénes son?

—Son un grupo… un colectivo de hechiceros clandestinos. Se hacen llamar Orquídea Negra. Y no le tienen mucho cariño a las cinco familias.

—¿Y qué es lo que quieren? —preguntó Adrius.

—Si tuviera que adivinarlo —respondió Marlow—, diría que lo mismo que cualquiera en esta ciudad: poder. Tienen la capacidad de crear sus propios hechizos. Pero no tienen acceso a libros de hechizos. Ni a ingredientes. Y supongo que ahí es donde entras tú. Como estás obligado a hacer todo lo que te pidan, podrías proporcionarles acceso a los recursos que necesitan para debilitar las cinco familias y hacerse con el poder.

Lo que Marlow no sabía era qué querían hacer con ese poder. Pero, si ya habían lanzado una maldición de coacción tan poderosa e ilegal creada por un mago hambriento de poder, significaba que había pocas líneas que no estuvieran dispuestos a cruzar. Y eso sin mencionar lo que le habían hecho a Montagne, uno de sus propios hechiceros.

—¿Quién sabe si *El grimorio de Ilario* es el único libro de hechizos peligroso que se esconde en la Biblioteca Falcrest? —dijo Marlow—. Lo más probable es que haya otros libros de hechizos que deberían haber sido destruidos hace siglos repletos del tipo de magia que antaño se utilizó para arrasar reinos enteros hasta los cimientos. Y ahora que estás maldito la Orquídea Negra tiene acceso a todos ellos.

Adrius dirigió la mirada hacia la extensión oscura de la bahía. Se le daba tan bien ocultar sentimientos como el miedo y la inquietud que incluso a Marlow le costó verlos reflejados en la expresión de su rostro. Es más, solo consiguió detectarlos porque sabía que los estaba buscando.

—¿Y cómo descubriste la existencia de esta organización? —preguntó Adrius volviendo la mirada hacia ella y examinándole la cara.

Marlow vaciló y lo condujo paseo marítimo abajo, pasando por delante de un puesto de granizados y de un salón de té al aire libre. No estaba segura de querer contárselo. Pero, si la desaparición de Cassandra tenía algo que ver con su maldición, y a esas alturas estaba casi segura de que sí, tenía derecho a saberlo.

Recordó la advertencia que le había el hombre de la Orquídea Negra. En un principio pensaba que se refería a que dejara de investigar la desaparición de Cassandra, pero ¿y si se refería a que dejara de intentar romper la maldición de Adrius?

Finalmente, cuando consideró que ya no podía seguir postergando su respuesta, retomó la palabra.

—Creo que podrían tener algo que ver con la desaparición de mi madre.

Adrius se detuvo de golpe y como tenía el brazo alrededor de los hombros de Marlow también la hizo detenerse a ella. Se giró para mirarla y la atrajo todavía más hacia él.

—¿Sabes qué le ocurrió a tu madre?

Marlow apartó la mirada y vio a otra pareja que pasaba a su lado caminando con los brazos entrelazados.

—No exactamente… Mira, puede que no fuera del todo sincera cuando te expliqué el motivo por el cual había decidido aceptar tu caso. La verdad es que pensé que volver a Jardinperenne me ayudaría a encontrar más pistas sobre mi madre. Quiero... no, necesito saber qué le ocurrió.

Adrius dio un paso atrás. Marlow no consiguió leerle la expresión de la cara bajo la tenue luz de las farolas del paseo marítimo.

—Así que quieres encontrar a tu madre —dijo.

—Pensaba que lo entenderías —replicó Marlow—. ¿Nunca has querido encontrar a la tuya?

Adrius soltó una carcajada vacía y siguió caminando.

—No.

—¿No? ¿Por qué no? —preguntó Marlow trotando detrás de él.

—Porque eso no cambiaría nada —contestó con voz neutra—. Seguiría sin quererme.

La franqueza de sus palabras golpeó a Marlow como si fuera una bofetada.

—¿Cómo puedes decir...?

—Bueno, ¿y todo esto qué significa? —preguntó con brusquedad para cortarla—. Es decir, si tienes razón y la Orquídea Negra está detrás de todo esto, ¿qué podemos hacer?

Marlow analizó detenidamente su cara. Le pareció ver una expresión que podía ser de ira, dolor o ambos escondida en la rigidez de su mandíbula. Estaba bien claro que le apetecía tan poco hablar de su madre como a Marlow de la suya.

Lo tomó de la mano. Adrius se tensó, como si quisiera zafarse de ella, pero enseguida se relajó y Marlow sintió la suavidad de la palma de su mano.

—Por ahora vamos a mantener esta fachada —dijo Marlow—. Si los de la Orquídea Negra son los que realmente te han lanzado una maldición, no podemos darles ningún motivo para que sospechen que estoy indagando en el asunto. Tenemos que ser cuidadosos. Vi... vi a una mujer de la organización en la fiesta de compromiso de Amara. Y a un hombre en la regata, aunque no até cabos hasta más tarde. Está claro que tienen los medios para mezclarse con la sociedad de Jardinperenne. Así que al menos por ahora creo que no deberías ir a ninguna parte sin mí.

—No esperaba que fueras tan posesiva —dijo Adrius con una sonrisa burlona.

—Adrius.

—Sí, de acuerdo, te prometo que te llevaré a todos los emocionantes eventos de mi calendario social.

—Perfecto.

Aunque aquello significaría tener que seguir con aquella pantomima, tomarse de las manos y fingir que aquello era algo que no era. Adrius esbozó una sonrisa.

—Bueno, ya que estamos aquí podríamos divertirnos un poco, ¿no? ¿Te apetece algo de postre?

Marlow enseguida comprendió lo que Adrius estaba haciendo porque era exactamente lo mismo que hacía ella cuando algo la inquietaba: desviar, distraer y disfrazar su miedo con sarcasmo y frivolidad. Así que dejó que la arrastrara hacia un salón de té que parecía acogedor e intentó ocultar el miedo que le había estado atenazando el pecho desde que se había marchado de casa de Montagne. Si su teoría era cierta significaba que la Orquídea Negra era responsable de haber arrebatado los recuerdos a Montagne, de la desaparición de Cassandra y de lanzar una poderosa maldición de coacción a un vástago de la familia Falcrest.

Si eran capaces de hacer todas esas cosas, ¿qué serían capaces de hacer a la chica que estaba intentando detenerlos?

DOCE

—Voy a matar a Marlow con mi asesino.

Marlow dirigió la mirada hacia Adrius, que estaba en la otra punta de la mesa.

—¿Y bien? —preguntó este, expectante.

Marlow pasó la mano por encima de la carta que le quedaba.

—No te creo —dijo finalmente—. No tienes ningún asesino.

Adrius alzó una de sus cejas oscuras y giró una de las dos cartas que tenía enfrente, revelando un barón.

—Bien hecho.

La última semana había pasado en un torbellino de fiestas y actividades en las que se esperaba que Adrius hiciera acto de presencia y, por extensión, Marlow. La mañana después de su conversación en el paseo marítimo habían asistido a un partido de *courte paume* y seguidamente habían ido a tomar el té al famoso salón de té de Ambrose. La noche siguiente fueron a la inauguración de una galería de arte encantado y dos noches más tarde a una cena benéfica que organizaba la familia Vale.

Marlow tenía la esperanza de que aquellos eventos no solo le permitirían vigilar a Adrius, sino que también le darían la oportunidad de hablar con el resto de los miembros de la *noblesse nouveau* y sonsacarles lo que supieran. El único problema era que ninguno de los miembros de la *noblesse nouveau* parecía querer hablar con ella.

Con cada evento y cada día que pasaba, Marlow se frustraba cada vez más. Solo quedaban unas pocas semanas hasta que la maldición de Adrius se volviera irreversible y no había visto ni rastro de la Orquídea Negra desde la fiesta de compromiso. Había hecho todo lo posible por averiguar la mayor cantidad de información que había podido a partir de cotilleos fragmentarios, pero a grandes rasgos no había averiguado nada que no supiera. Además, el cotilleo que en aquel momento estaba en boca de todo el mundo era que Adrius Falcrest estaba desafiado a su padre juntándose con una plebeya de Las Ciénagas.

Marlow había escuchado una cantidad realmente impresionante de rumores sobre su noviazgo. Había gente que decía que llevaban saliendo desde antes de que Marlow se marchara de Jardinperenne. Otros afirmaban que Adrius solo estaba con ella para ocultar su compromiso secreto con una de las hijas de los vasallos de la familia Falcrest (aunque Marlow estaba bastante segura de que había sido aquella hija en cuestión quien había iniciado el rumor). Y según uno de los rumores más salaces Adrius se había reencontrado con Marlow en un burdel de los muelles de Miel.

Aquel día tenían que ir a tomar el té de la tarde en el porche acristalado de uno de los miembros de la baja nobleza cuyo estatus sin duda quedaría reforzado por la presencia de los dos vástagos de la familia Falcrest en su evento.

Los miembros de la *noblessse nouveau* estaban bebiendo té y comiendo pastelitos mientras intercambiaban cotilleos y hablaban sobre la ropa que llevarían al baile de mitad del verano que la familia Starling organizaba a finales de semana. A su alrededor unos abanicos de seda encantados los abanicaban, aliviándolos así del calor exuberante de la tarde. En la terraza habían colocado unas mesas para jugar a cartas bajo las ramas de unos árboles de hojas anchas para proporcionar una ligera diversión vespertina.

La mesa de Marlow, en la que no solo estaba sentado Adrius, sino también Amara, había atraído la atención de unos cuantos espectadores.

El juego de las artimañas se había puesto de moda en la sociedad de Jardinperenne el año pasado y Marlow enseguida comprendió por qué les gustaba tanto. Era un juego de subterfugios e intrigas, aunque a simple vista podía no parecerlo. Se repartían dos cartas de personaje a cada jugador: asesino, barón, ladrón, diplomático o espía. Y cada uno de esos personajes tenía unas habilidades únicas. El objetivo del juego era simplemente matar a los demás jugadores liquidando sus dos cartas, ya fuera mediante un asesinato encubierto o un ataque directo.

Pero la gracia del juego era que podías mentir. Podías mentir todo lo que quisieras y si nadie te cuestionaba podías seguir mintiendo con impunidad.

A Marlow aquel juego le recordaba a las estafas que perpetraba su madre cuando vivían en Las Ciénagas. ¿Y acaso no era exactamente lo mismo que estaba haciendo con Adrius, fingir que estaban saliendo juntos y retar a todo Jardinperenne a cuestionar su farol?

Solo que en su caso había mucho más en juego que en aquel estúpido juego de cartas. Si alguien averiguaba la verdad, Adrius correría incluso más peligro del que ya corría en aquel momento.

Era el turno de Marlow.

—Voy a asesinar a Amara.

—Mi espía bloquea el intento de asesinato —respondió Amara de inmediato.

Marlow titubeó. Al principio de la partida, Amara había dicho que tenía un diplomático. Y dos turnos antes un ladrón. Tal vez había mentido antes y ahora estaba diciendo la verdad. No tenía manera de saberlo. Pero a Marlow solo le quedaba una carta: si cuestionaba a Amara y se equivocaba, quedaría eliminada del juego.

Quería acabar con Amara, pero era demasiado arriesgado. Así que optó por pasar y dar su turno por terminado.

—Qué vestido más bonito, Marlow —dijo Amara cordialmente en cuanto fue el turno del siguiente jugador—. Es un Venier, ¿verdad? Me pregunto de dónde habrás sacado las perlas para comprarlo.

Aquel vestido, que efectivamente Adrius había encargado en aquella conocida *boutique*, era perfecto para aquella fiesta en el porche acristalado. El corpiño estaba hecho con flores de verdad que habían encantado para que envolvieran los brazos y el torso de Marlow y luego seguían descendiendo por una falda larga y ondulada de un tono oro rosado que, por supuesto, iba a conjunto con el chaleco de Adrius.

—Ha sido un generoso regalo de parte de tu hermano —contestó Marlow.

—Menuda suerte, ¿no?

Sentada junto a Amara, Cerise sofocó una risita.

La hostilidad con la que habían tratado a Marlow en la fiesta de compromiso de Amara solo había ido empeorando con cada evento al que asistía, pero no solo los aduladores de Amara le hacían el vacío: se lo hacía todo el mundo, desde los miembros de las cinco familias hasta sus vasallos, quienes sin duda habían estado maquinando para que sus hijas se casaran con Adrius desde mucho antes de que apareciera Marlow.

—¿A que está despampanante con este vestido? —dijo Adrius, desafiándola—. Aunque para mí está preciosa se ponga lo que se ponga.

Miró a Marlow con aquella expresión apasionada a la que poco a poco se estaba acostumbrando. Sin embargo, cada vez que la ponía le molestaba un poco lo convincente que Adrius podía llegar a ser.

—Dime, Marlow —dijo Amara cuando le tocó el turno a Cerise—. ¿Qué es lo que más te gusta de salir con mi hermano?

¿Las fiestas elegantes a las que te invitan? ¿Los regalos con los que te colma? ¿Ver tu nombre en todas las columnas de cotilleos? Tengo curiosidad.

Marlow se sonrojó.

—¿Por qué no nos cuentas tú qué es lo que más te gusta de estar comprometida con Darian? —le espetó Adrius con una sonrisa deslumbrante—. ¿Su apasionante conversación?

Amara le lanzó una mirada de desprecio. A continuación, se giró hacia Marlow.

—Tendrás que disculparme; soy un poco sobreprotectora con mi hermano. Es que a veces parece no saber lo que más le conviene.

Marlow sabía de sobra lo que Amara consideraba que era lo más conveniente para Adrius y sin duda no era ella.

Siguieron jugando durante unas cuantas rondas. Adrius y Cerise no paraban de intentar asesinarse y finalmente Marlow perdió su última carta por culpa de un ataque directo de Amara. Cuanto más jugaba a artimaña, más se daba cuenta de que en realidad aquel juego no se trataba de engañar a los demás. A Marlow se le daba bien descubrir quién estaba mintiendo, pero aun así siempre perdía.

Amara en cambio ganaba casi siempre. Y no porque supiera distinguir qué jugadores mentían, como Marlow. Ni siquiera porque se le diera bien mentir, aunque era muy buena.

Ganaba porque sabía exactamente hasta qué punto sus contrincantes estaban dispuestos a arriesgarse y lo que ella estaba dispuesta a sacrificar. Mentía, a veces incluso descaradamente, pero sus oponentes apenas la cuestionaban porque procuraba no ponerlos en ninguna posición desesperada. Solo mentía cuando a sus rivales no les salía a cuenta cuestionarla.

Tal vez aquel era el verdadero secreto de una buena estafa: saber exactamente cuánto estás dispuesto a arriesgar.

La partida terminó con otra victoria de Amara y, antes de que tuviera tiempo de proponer jugar otra vez, Adrius se levantó.

—Vamos a picar algo, Minnow —sugirió.

Marlow notó que todas las personas que estaban sentadas en la mesa de juegos le clavaban los ojos mientras Adrius la conducía hacia una de las mesas repletas de tacitas de té bañadas en oro y bandejas cubiertas de aperitivos. A su derecha había seis estatuas de piedra que habían animado por arte de magia interpretando una canción rítmica con arpas y flautas.

—¿Otra banda de estatuas encantadas? —dijo uno de los invitados poniendo los ojos en blanco—. Desde que la familia Madeira puso una en su fiesta del día del Ibis todo el mundo les ha copiado la idea.

—Qué poco original —convino su acompañante.

Se alejaron de allí sin ver a Marlow entrecerrar los ojos con desprecio.

A su lado, Adrius estaba distraído sirviéndose una taza de té con aroma de rosas. Estaba inusitadamente callado.

—¿Qué te ocurre? —le preguntó Marlow.

—Nada —respondió. Removió la delicada flor de azúcar hilado que había en su taza, que fue meciéndose en el líquido ámbar oscuro a medida que se disolvía.

—¿Es por lo que ha dicho Amara? —insistió Marlow—. Pensaba que después de dieciocho años ya estarías acostumbrado a sus comentarios.

—Ya, bueno, pero es que sabe muy bien cómo sacarme de quicio. —Le tendió la taza de té.

Marlow la aceptó dubitativa.

—Creo que en realidad a quien estaba intentando sacar de quicio era a mí.

—Solo ha dicho lo que todo el mundo está pensando.

—¿Qué, que soy una trepa sin escrúpulos que solo estoy contigo por tu dinero?

—Tampoco es que les hayas dado muchos motivos para pensar otra cosa —replicó Adrius con voz cortante. Bajó el volumen de la voz y echó un vistazo a los demás invitados que merodeaban alrededor de la mesa de los aperitivos. Más de un par los estaban mirando sin mucho disimulo—. Ni siquiera te molestas en fingir que me soportas. ¿Necesitas que te recuerde que todo esto fue idea tuya?

Marlow tomó un sorbo de té. Estaba a la temperatura ideal, por supuesto, pero aun así sintió una quemazón en el estómago que no tenía nada que ver con su bebida.

No es que Marlow no se estuviera esforzando para que el engaño fuera creíble, sino que a Adrius se le daba demasiado bien. A pesar de lo reticente que se había mostrado en un principio, Adrius interpretaba el papel de pretendiente enamorado con mucha convicción y naturalidad. No escatimaba en nada: cubría a Marlow con halagos y joyas, perfumes y ropa extravagante, la tocaba siempre que tenía oportunidad y le lanzaba esas miradas rebosantes de adoración y deseo. Lo peor de todo era que parecía estar disfrutando con aquella farsa y sobreactuando como si le encantase ser la comidilla principal de toda la *noblesse nouveau*. Cosa que probablemente fuera verdad.

—¿En serio crees que si te adulara un poco más cambiarían la opinión que tienen de mí? —preguntó Marlow.

—Solo digo que podrías esforzarte un poco más —dijo Adrius—. ¿De verdad que no entiendes cómo los demás ven nuestra relación? He desafiado a mi familia y he cabreado y escandalizado a todas las personas que conozco para estar con una chica que, por lo que parece, no se preocupa en absoluto por mí. —Se detuvo un momento y la miró con sus ojos de color miel oscuros—. Sería un idiota si siguiera saliendo contigo.

—Y a ver si lo adivino —dijo Marlow dejando su taza de té sobre la mesa y acercándose a él—. Tú no eres ningún idiota.

—Puede que lo fuera —admitió en voz baja—, en el pasado.

—¿Y ahora ya no? —Consciente de que todo el mundo tenía los ojos puestos en ellos, Marlow se inclinó hacia él y le alisó una arruga inexistente de la solapa mientras lo miraba entre sus pestañas. Solo estaba actuando, no era tan diferente a coquetear con Hendrix para conseguir información ni a las estafas a las que solía dedicarse su madre—. ¿Mejor así?

—Es un comienzo —murmuró—. Pero creo que podrías hacerlo todavía mejor.

Adrius posó su cálida mano encima de su cintura y le rozó la piel junto a la oreja con los labios. Marlow estaba convencida de que se había dado cuenta de que se le había acelerado el pulso. Notó un temblor en la parte inferior de la columna vertebral, pero logró mantenerse inmóvil.

Aquello era lo que le resultaba más difícil. Siempre que Adrius se acercaba a ella, siempre que fingía desearla, Marlow sentía una especie de ira que la dejaba casi sin respiración.

Porque todo eso no hacía más que recordarle la facilidad con la que Adrius había jugado con ella un año atrás.

—Tengo la sensación de que no quieres actuar con más ganas porque tienes miedo de que te acabe gustando demasiado —dijo Adrius lanzándole su cálido aliento en la mejilla.

—No te preocupes, que eso no va a pasar, te lo prometo —replicó ella agarrándole la chaqueta con más fuerza.

—Demuéstramelo.

La sonrisa engreída de Adrius hizo que Marlow quisiera ganarlo en su propio juego. Deslizó las manos por su cuello hasta agarrarle la cara y lo miró fijamente a los ojos.

«Solo un beso», se dijo a sí misma. Tampoco se iba a morir.

Oyó la voz de su madre dentro de su cabeza: «La clave para una buena estafa —le dijo una vez— es que una parte de ti tiene que creérsela. Lo justo para que parezca real, pero no lo bastante como para que te pierdas en ella».

El corazón le latía con fuerza. ¿Podría ser que una parte de ella quisiera besar a Adrius?

Puede que hace tiempo. Cuando eran amigos, cuando Marlow pensaba que realmente lo conocía, cuando se había permitido desear su atención con la misma avidez que un alcohólico desea el vino. Cuando de vez en cuando fantaseaba con que su amistad podía convertirse en algo más, a pesar de que se decía que era imposible.

Pero ¿ahora? No podía desear a Adrius de ninguna de las maneras. Si lo hiciera significaría que en el fondo todavía seguía siendo aquella chica. Y no podía permitirse seguir siendo aquella chica que lo había perdido todo.

Así que lo besaría y por fin podría demostrar de una vez por todas, tanto a sí misma como a Adrius que no lo deseaba. Que solo lo estaba fingiendo, tal y como había dicho desde el principio.

Marlow cerró los ojos y acercó la cabeza de Adrius con suavidad hacia la suya.

—Espera —susurró Adrius cuando sus labios estaban a punto de rozarse—. No lo hagas, Minnow.

Marlow abrió los ojos de golpe. Al ver la tensión en la mandíbula de Adrius y la desazón en sus ojos oscuros, comprendió lo idiota que había sido.

Adrius no quería que lo besase. Ni siquiera para guardar las apariencias. Sintió que la vergüenza la envolvía como si fuera una nube humeante de vapor del pantano.

—Solo estaba... —Pero se detuvo en seco, ya que sus ojos detectaron algo por encima del hombro de Adrius. De pie junto a una de las mesas de artimaña estaba la sombra de Marlow. La mujer de la Orquídea Negra.

Vestía un traje con estampado de pata de gallo adornado con una cadena de plata que le caía desde el bolsillo del pecho hasta el cinturón. Llevaba un sombrero de copa plateado en un ángulo desenfadado mientras observaba la partida que se estaba jugando. Mientras Marlow la miraba, la mujer se inclinó para decir alguna cosa a uno de los espectadores que tenía delante y a continuación se alejó de la mesa y se dirigió hacia un sendero flanqueado por árboles con hojas encantadas que resplandecían como joyas.

Marlow empezó a moverse incluso antes de ser consciente de que lo estaba haciendo, agarró a Adrius por el brazo y lo arrastró por el sendero para seguir a la mujer. Con un poco de suerte cualquiera que los viera simplemente pensaría que Marlow se lo estaba llevando a un lugar más privado para poder tener un poco de intimidad.

Cuando estuvieron a salvo, ocultos entre los árboles, Marlow empujó a Adrius contra uno de los troncos.

Adrius abrió los ojos de par en par y la miró con más intensidad. Marlow lo agarró por la parte delantera del chaleco y notó que el pecho se le hinchaba y se le deshinchaba al compás de su respiración.

—Enseguida vuelvo.

Marlow se apartó de Adrius y se alejó a toda prisa por el sendero en la dirección que había ido la mujer. No iba a permitir que volviera a desaparecer sin más. No sin antes conseguir alguna maldita respuesta.

Aceleró el paso y sacó las cartas de hechizo de donde las llevaba escondidas entre los pliegues del vestido. Dobló una curva justo a tiempo para ver una pequeña bandada de mariposas emprendiendo el vuelo y dejando un rastro de polvo dorado en el aire. Marlow dobló corriendo aquella curva agarrando con fuerza una carta de embrujo.

El camino se abría a otra terraza, pero esta estaba resguardada por una pérgola cubierta de madreselva de colores intensos.

Marlow dio un paso adelante con cautela, buscando cualquier señal de la mujer de la Orquídea Negra. De repente detectó un destello de movimiento a su derecha. Marlow giró sobre sus talones con el corazón en la garganta y los dedos cerrados con fuerza alrededor de la carta de hechizo.

La mujer de la Orquídea Negra salió de entre las sombras con las manos en alto.

—Así que volvemos a encontrarnos —dijo sonriendo.

—¿Por qué me estás siguiendo? —preguntó Marlow después de tragar saliva y armarse de valor.

—Pero si has sido tú quien me ha seguido hasta aquí —contestó ella—. No te preocupes. No estoy enfadada. En realidad me alegro de que por fin tengamos la oportunidad de charlar.

—¿De verdad? —preguntó Marlow con voz cortante, entrecerrando los ojos. Antes de que la mujer pudiera responder, Marlow le lanzó el embrujo que llevaba en la mano—. *Avenna.*

La mujer se hizo a un lado y el embrujo rebotó inútilmente contra la pérgola que tenía detrás.

Marlow se dio cuenta demasiado tarde de que la mujer tenía una carta de hechizo en la mano.

—¡*Animare*!

Marlow se agachó por instinto, pero la mujer no había lanzado el hechizo contra ella. En cambio, los glifos verdes y azules salieron disparados hacia la pérgola que tenían encima de sus cabezas.

O, más concretamente, hacia la madreselva.

Marlow comprendió su plan un segundo antes de que el encantamiento surtiera efecto. La madreselva se desenredó de los travesaños de la pérgola y se dirigió hacia Marlow, que se apartó refunfuñando. Una rama de madreselva gruesa y roja como el vino se enroscó alrededor de su brazo y tiró de ella.

Marlow intentó agarrar otra carta de hechizo con la mano que le quedaba libre, pero una segunda rama de madreselva le rodeó la cintura y le atrapó el brazo en el proceso.

—Tenía muchas ganas de que pudiéramos mantener una conversación tranquila y madura, Marlow —dijo la mujer con un tono muy parecido al de la tutora de la *noblesse nouveau* que una vez le había pedido que se quedara después de clase para charlar sobre lo que le parecía «una compulsión beligerante por tener siempre la razón».

Marlow luchó infructuosamente contra las enredaderas encantadas y sintió que el pánico se apoderaba de ella.

—Suéltame y te enseñaré lo tranquila y madura que puedo llegar a ser.

La mujer esbozó una débil sonrisa.

—Me parece que por ahora prefiero que te quedes tal y como estás. —Se acercó a Marlow y fijó la mirada en su cara, casi como si fuera un gato—. Y aprovechando que estás aquí creo que ya ha llegado la hora de que me digas dónde está tu madre.

TRECE

Por un momento, Marlow creyó que no la había oído bien. Se quedó completamente paralizada y dejó de preocuparse por la madreselva que se le enroscaba alrededor del cuerpo.

—Pero ¿qué dices? —exclamó por fin—. ¡Si eres tú quien tiene que decirme dónde está mi madre!

La mujer se quedó mirando a Marlow con una expresión confusa en el rostro, pero enseguida se recuperó y entrecerró los ojos.

—Buen intento. Pero no me gusta que me hagan perder el tiempo, así que déjate de juegos. Te prometo que no le haré ningún daño a Cassandra, no si coopera.

—¡No estoy jugando! —replicó Marlow—. ¡Hace más de un año que no veo a mi madre!

—Puede que no sepas dónde está, pero seguro que sabes cómo ponerte en contacto con ella —dijo frunciendo los labios.

En aquel momento Marlow se dio cuenta de que aquello no era ninguna estratagema. Que aquella mujer, y por extensión la Orquídea Negra, tampoco tenía ni idea del paradero de su madre.

—Espera un momento —dijo Marlow tirando de la madreselva—. ¿Es por eso por lo que me habéis estado siguiendo? ¿Porque creéis que puedo conduciros hasta mi madre?

La mujer cerró con fuerza la mandíbula, claramente confundida.

—Habíamos asumido que si alguien de la ciudad seguía en contacto con ella sin duda serías tú.

—Bueno, pues no es el caso —dijo Marlow—. Llevo desde que desapareció intentando encontrarla.

—¿Esperas que me crea que Cassandra lleva desaparecida más de un año y que en todo este tiempo no le ha dicho ni una sola palabra a su hija?

A Marlow se le hizo un nudo en el estómago. Se sintió como si la mujer acabara de acuchillarla en su vientre blando y desprotegido sin ni siquiera proponérselo.

—Lánzame un hechizo de la verdad si crees que estoy mintiendo —le espetó Marlow—. Pero primero suéltame.

La mujer desvió la mirada hacia la madreselva, como si hubiera olvidado que estaba allí. Titubeó.

—Suéltame —insistió Marlow—. Y hablemos de esto tranquilamente.

—Viene alguien —dijo la mujer de repente.

—Espera, no te...

—A mí me perjudicaría si alguien nos viera juntas, pero a ti todavía más. —Retrocedió y las sombras la envolvieron por completo. Marlow se dio cuenta de que se trataba de un hechizo. Que algo le permitía desaparecer cuando lo necesitaba.

—¡Todavía no hemos terminado! —gritó Marlow inútilmente. Gruñó y tiró de la madreselva que la retenía—. Mierda.

Aunque los de la Orquídea Negra no supieran dónde estaba Cassandra, seguro que tenían alguna información de lo que había ocurrido aquella noche. Y, además, todavía estaban en su lista de sospechosos de haber maldecido a Adrius. Pero ahora que la mujer se había dado cuenta de que Marlow no sabía dónde estaba su madre no estaba muy segura de si volvería a verla.

—¿Minnow? —Adrius apareció entre dos helechos enormes. Frunció las cejas al ver a Marlow enredada en la madreselva con los pies casi flotando en el aire—. ¿Qué estás haciendo? ¿Qué ha pasado?

—Es una historia muy larga. Y la verdad es que preferiría zafarme de la madreselva antes de contártela, si no te importa. —Tiró de las ramas—. Llevo un cuchillo en la liga. ¿Podrías agarrarlo y liberarme de estas ramas, por favor?

—¿Por qué llevas un...? ¿Sabes qué?, da igual. —Se quedó un momento en silencio—. ¿Lo llevas debajo del vestido?

No se lo preguntó en un tono pícaro, pero aun así Marlow se crispó.

—Esperaba por tu reputación que supieras que las mujeres llevamos las ligas debajo del vestido, pero veo que me han engañado.

Adrius le lanzó una mirada traviesa y se arrodilló a sus pies.

—¿Sabes? Normalmente cuando una chica me pide que le ponga la mano por debajo de la falda...

—Ni se te ocurra terminar esa frase.

Aquel era el Adrius que conocía. Por lo menos el enfado la distrajo de la calidez de su mano subiéndole poco a poco por debajo de la falda. Le rozó el muslo con el pulgar mientras seguía lentamente el encaje de su liga. A Marlow se le cortó la respiración.

Adrius alzó la mirada hacia ella y en lugar del brillo pícaro que esperaba ver en sus ojos Marlow se encontró con una intensidad que la hizo acalorarse.

Adrius mantuvo la mirada clavada en Marlow hasta que encontró la empuñadura del cuchillo metida en una especie de vaina. Lo sacó y volvió a ponerse en pie. Colocó el filo del cuchillo junto a la rama que rodeaba la muñeca de Marlow y la cortó cuidadosamente, con las cejas alzadas por la concentración. La rama acabó rompiéndose y liberando la mano de Marlow. Entonces Adrius se puso a cortar la rama que le rodeaba la cintura y al agachar la cabeza le rozó la cara con sus rizos.

Finalmente, las ramas cedieron. Marlow cayó hacia adelante con los brazos extendidos para apoyarse contra el pecho de Adrius, que la rodeó por la cintura para que recobrara el equilibrio.

Se quedaron quietos durante unos instantes. Estaban casi en la misma postura que antes de que Marlow lo arrastrara entre los árboles, que el momento en que casi lo había besado. Solo que esta vez no había nadie observándolos.

—¿Vas a desmayarte o vas a contarme lo que ha pasado? —preguntó Adrius con una sonrisita burlona.

Marlow le dio un empujón para apartarse de él con la cara roja como un tomate.

—Ninguna de las dos cosas.

Le quitó el cuchillo de la mano y volvió a guardárselo antes de adentrarse de nuevo entre los árboles.

—Minnow, ¡espera...! —resopló Adrius con exasperación, y la siguió rozándole los talones.

Marlow estaba segura de que por aquel entonces la mujer de la Orquídea Negra ya se habría marchado, pero aun así cuando llegó a la terraza principal buscó el distintivo traje de pata de gallo y el sombrero de copa de plata entre la multitud.

Y para sorpresa suya la vio de nuevo junto a la mesa de artimaña, dispuesta a sentarse en una silla para unirse a una partida que estaba a punto de empezar.

Marlow se abrió camino entre la multitud hasta llegar a la mesa. Una mujer bajita enfundada en un vestido de color azul jacinto soltó un resoplido de indignación cuando Marlow se sentó en la silla que quedaba vacía antes que ella.

—No hemos acabado —siseó Marlow a la mujer de la Orquídea Negra mientras le repartían dos cartas—. Todavía tengo que hablar contigo.

—Me temo que en este momento me es imposible —replicó subiendo la voz para que los demás jugadores pudieran oírla.

Alzó la mirada hacia la mujer que tenía a su lado—. Hazel, me parece que te toca empezar.

Hazel tomó tres perlas del banco.

—Reclamo el impuesto del barón.

—Y yo el salario del plebeyo —dijo la mujer de la Orquídea Negra, y acto seguido tomó una perla.

—Oh, Viatriz, siempre vas sobre seguro —dijo el hombre mayor que estaba sentado a la izquierda de Marlow guiñando un ojo.

Cuando le tocó su turno apenas prestó atención a las cartas que tenía o a lo que estaba haciendo. Se giró de nuevo hacia la mujer, Viatriz, y abrió la boca para intentar hablar con ella de nuevo.

—Señorita Briggs —dijo Viatriz, girándose para mirarla directamente a la cara—. ¿Ha ido a ver *La balada de la ladrona Luna* en el Teatro Monarca? Me han dicho que es divina.

El hombre a la izquierda de Marlow levantó la mirada.

—No podría estar más de acuerdo. Mi esposa y yo fuimos a verla justo ayer por la noche.

Viatriz mantuvo la mirada fijada en Marlow.

—Tal vez debería ir a verla mañana a primera hora de la tarde, señorita Briggs.

Marlow apenas parpadeó y le devolvió la mirada con firmeza.

—Me parece una idea excelente ir al teatro mañana a primera hora de la tarde —coincidió.

Con la promesa de mantener una conversación más profunda lejos de oídos curiosos, Marlow perdió la partida a propósito tan rápido como pudo para levantarse de la mesa. Vio a Adrius al otro lado de la terraza lanzándole miradas impacientes mientras Cerise intentaba mantener una conversación con él.

Marlow no tenía ningunas ganas de hablar con una de las seguidoras acérrimas de Amara, así que se desvió por un camino bordeado con unas flores que parecían venenosas hasta que llegó a un estanque cubierto de nenúfares.

Mientras observaba el agua, vio que se le acercaba una cara arrogante de rasgos definidos por detrás.

Era Silvan Vale.

—¿A qué debo el placer de tu compañía? —preguntó Marlow.

—Quería hablar contigo.

Marlow se giró para mirarlo de frente. Llevaba un traje de color verde savia y su serpiente mascota, Bo, estaba enroscada en su brazo y chasqueaba la lengua.

Estaba bastante segura de que podría ganarlo en cualquier altercado físico: era alto pero delgado y aunque aparentaba ser peligroso era más bien como una serpiente, que solo muerde si te acercas demasiado, y no como un cocodrilo, que puede atacarte hasta destrozarte solo por diversión.

—Mantente alejada de Adrius —dijo Silvan sin rodeos.

—¿Qué? —preguntó Marlow parpadeando.

—Ni siquiera comprendo lo que ve en ti —explicó Silvan—, pero te aseguro que pronto se aburrirá. Siempre acaba ocurriendo lo mismo.

—Bueno, gracias por tu advertencia, pero me parece que correré el riesgo —contestó Marlow con una sonrisa.

Silvan la miró como si se hubiera encontrado un gusano en su plato.

—¿Crees que eres la primera plebeya que llama su atención? Ni de lejos.

—¿Entonces por qué os sentís todos tan amenazados por mi presencia?

Silvan se rio. Pero no soltó una carcajada hueca, sino que se rio genuinamente, como si su respuesta le hubiera hecho gracia.

—¿Amenazados por tu presencia? Sí que tienes la autoestima alta a pesar de ser...

—¿Una plebeya? —sugirió Marlow—. ¿Eso es lo mejor que se te ocurre? ¿Recordarme que no soy una de vosotros? Creo que preferiría saltar desde lo alto de la torre Vale antes que ser una de vosotros.

Silvan alzó las comisuras de los labios, resoplando.

—Sé que no has venido solo para interpretar el papel de novia y pasear del brazo de Adrius. Sé que estás tramando algo.

Marlow mantuvo la sonrisa en la cara, pero notó que se le formaba un nudo de pánico en la garganta.

—Pero ¿crees que alguien como yo podría hacerle daño a alguien como él?

—No —respondió mirándola con desdén—. Seguro que no podrías hacerle ni un rasguño.

—Entonces no tienes nada de lo que preocuparte, ¿no?

—¿Igual que mi padre no tenía nada de lo que preocuparse con tu madre? —preguntó Silvan con un tono de voz lúgubre.

Marlow se quedó en silencio, esforzándose por mantener una expresión neutra. Las palabras de Silvan la habían dejado desconcertada.

—No sé de qué estás hablando.

—Por supuesto que no —replicó Silvan—. Tienes que dejar de hacer lo que sea que le estés haciendo a Adrius.

—Adrius ya es mayorcito —señaló Marlow—. Es bien capaz de tomar sus propias decisiones.

—Debería serlo, ¿verdad? —murmuró Silvan con tono sombrío.

—¿Qué quieres decir con eso? —preguntó Marlow, analizándolo detenidamente.

—Aléjate de él, ¿de acuerdo? Lo digo en serio. —Se le estrecharon los ojos—. Te advierto que no te conviene tenerme de enemigo.

—¿Y estás seguro de que a ti te conviene tenerme a mí de enemiga? —respondió Marlow ahogando una carcajada.

Silvan abrió la boca para replicar, pero entonces vio algo por encima del hombro de Marlow que lo hizo detenerse. Alzó las comisuras de los labios y esbozó una sonrisa cruel.

—Bueno, parece que no me equivocaba al pensar que acabaría aburriéndose de ti. No ha tardado mucho.

Marlow giró sobre sus talones y al mirar en la misma dirección que Silvan vio a dos personas entrelazadas debajo de la pérgola.

Una de ellas era sin duda Adrius. La otra era una chica, pero Marlow no consiguió ver quién porque Adrius la había empujado contra uno de los postes de la pérgola. Y la estaba besando.

Por un momento Marlow se quedó inmóvil. Una sensación de entumecimiento hormigueante le recorrió el cuerpo entero y se ruborizó por la humillación. Se sentía exactamente igual que un año antes, cuando se había acercado a Adrius con su regalo de cumpleaños y la había mirado como si le estuviera ofreciendo una rata de pantano muerta.

Salvo que ahora era mucho peor, porque había un montón de gente a su alrededor contemplando la situación. Había unos cuantos miembros de la *noblesse nouveau* reunidos en grupitos observando el espectáculo e intercambiando susurros animadamente.

Adrius se apartó un momento de la chica y Marlow pudo comprobar que se trataba de Cerise. Miró a Marlow a los ojos, pero aquel gesto la enfureció sobremanera. Giró sobre sus talones con la intención de alejarse de las miradas atrevidas y las risitas tan rápido como pudo.

Pero de repente Amara le cortó el paso.

—Pobre Marlow —dijo alegremente Amara—. Supongo que has tenido que descubrir a las malas lo que los demás ya sabíamos.

Marlow mantuvo una expresión calmada. Notaba los ojos de todos los presentes clavados en ella, deleitándose con desenfreno con el drama que se estaba produciendo ante sus ojos.

—Para Adrius no eres más que un entretenimiento —le aseguró Amara con una sonrisa—. No me digas que te habías creído que acabarías con un vástago de la familia Falcrest, ¿verdad?

—¡Minnow! —gritó Adrius. Marlow volvió la vista atrás y vio a Adrius abriéndose camino ente el gentío.

Echando un último vistazo a la sonrisa burlona de Amara, Marlow se dirigió apresuradamente hacia las puertas del porche acristalado. No estaba segura de lo que le diría a Adrius si se ponían a hablar en aquel momento, pero sin duda no sería nada que quisiera que oyera la mitad de la *noblesse nouveau.*

Pasó junto a Gemma, que le dedicó una mirada compasiva. Pero el resto de las caras se fundieron en una masa desdibujada mientras salía hecha una furia del porche acristalado y de repente se encontró parpadeando ante la luz cegadora del sol. Al cabo de un momento oyó que las puertas volvían a abrirse. Se giró en redondo, lista para desatar su ira sobre Adrius.

Pero en cambio se encontró con Hendrix. Le faltaba el aliento, como si hubiera salido corriendo detrás de ella, y el mechón azul de pelo le caía por delante del ojo.

—¿Estás bien? —preguntó.

—De maravilla —replicó Marlow alegremente—. ¿A quién no le gustaría ser humillada no solo por uno, sino por dos de los vástagos Falcrest?

—Sé lo que se siente. —Se acercó un poco más a ella—. Si te apetece podemos hablarlo.

Salvo que no podía hablar con él. Porque en realidad Adrius no la había traicionado, o por lo menos no de la manera que Hendrix pensaba. Tenía muy buenos motivos para estar enfadada con Adrius, pero no eran nada en comparación con lo cabreada que estaba con ella misma por permitirse confiar en Adrius a pesar de haberse jurado que no volvería a hacerlo nunca más y por creerse que había cambiado aunque solo fuera un segundo.

—Gracias, pero lo único que necesito es salir de aquí —respondió.

—Deja que por lo menos te lleve a casa —ofreció Hendrix enseguida.

Pero Marlow negó con la cabeza.

—Ya me las arreglaré.

Empezó a alejarse, pero de repente Hendrix la agarró por la muñeca.

—Marlow —dijo en voz baja—. Eres mucho mejor que él. Ni se te ocurra dudarlo.

—Eh —balbuceó Marlow, atónita por su mirada intensa y por el pulgar que le acariciaba el interior de la muñeca—. Debería irme.

—Por supuesto —dijo Hendrix, y la soltó.

Marlow se alejó y aquella vez Hendrix no la siguió.

Se pasó todo el camino de vuelta a la estación de teleférico flagelándose. Estaba perdiendo tiempo y energía alterándose por Adrius, un tiempo y unas energías que debería estar invirtiendo en resolver el caso. Y cuanto antes lo consiguiera antes podría acabar con toda aquella farsa y volver a fingir que Adrius no existía y que el nudo que tenía en el estómago no era más que el eco de un flechazo que había muerto hace mucho tiempo.

CATORCE

l vestíbulo del Teatro Monarca estaba mucho menos atestado que la noche del estreno.

Marlow miró a su alrededor buscando alguna señal de Viatriz, pero no la vio por ninguna parte. Cruzando los dedos para que aquella tarde no fuera una total pérdida de tiempo, subió las escaleras hacia el palco privado de Corinne y cuando se apagaron las luces se sentó. El teatro quedó sumido en el silencio. Y de repente una nota atrevida lo rompió. Se le fueron uniendo más notas y entonces empezó el preludio.

En aquel momento, las luces se encendieron e iluminaron el atrezo resplandeciente que quedaba medio sumido en la oscuridad. Los bailarines iban vestidos de negro, azul y plateado. Era el reino de la ladrona Luna, la providencia de la oscuridad. Los bailarines se movían sinuosamente, deslizándose encima del escenario. La música, disonante pero cautivadora, se cernía sobre ellos.

De repente la música fue disminuyendo hasta quedar reducida a un único trino de flauta. Una cinta de color azul pálido cruzó el escenario. Las criaturas nocturnas retrocedieron lentamente hacia las sombras del escenario y desaparecieron.

Y poco a poco, como si fueran potros recién nacidos, las criaturas del rey Sol fueron substituyéndolas, caminando de puntillas por el escenario mientras la música iba creciendo, aumentando y elevándose hacia el amanecer. Las criaturas de la luz del sol, un mosaico de color carmesí, llamas y dorado, se giraron para mirar la parte posterior del escenario, donde por fin el rey Sol se alzó en su trono dorado.

Marlow estaba tan centrada en los bailarines que tenía delante que tardó un momento en darse cuenta de que ya no estaba sola en el palco. Viatriz estaba sentada en una posición distendida junto a ella.

—Hola, Marlow —dijo con la cara medio iluminada por la luz del escenario—. Me alegro de que hayas venido.

Marlow echó un vistazo rápido a su alrededor para asegurarse de que realmente estaban a solas en el palco. No se molestó en preguntarse cómo se las había arreglado para llegar hasta ahí, porque sin duda un grupo de hechiceros clandestinos tendría hechizos por los que Marlow estaría dispuesta a matar.

—Solo estamos tú y yo —anunció Marlow—. Así que espero que ambas podamos hablar con franqueza.

—Eres igualita que Cassandra —comentó Viatriz alzando las cejas—. Directa al grano. Era una de las cosas que me gustaban de ella.

A Marlow le dio un vuelco el corazón al comprender que Viatriz conocía a Cassandra. De hecho, había pronunciado el nombre de su madre con tanta familiaridad que deducía que la conocía bastante bien.

—Aunque tal vez solo lo estés haciendo para disimular.

—Solo quiero saber lo que sabes —dijo Marlow—. Ambas queremos lo mismo, ¿no?

Aquella frase no era completamente cierta, por supuesto. Aunque ambas estaban buscando a Cassandra, Marlow estaba bastante segura de que su madre no quería que la Orquídea Negra la encontrara.

—¿De qué conoces a mi madre? —preguntó Marlow.

—¿A ti qué te parece? Soy la persona que la reclutó.

—¿Que la reclutaste? —repitió Marlow—. Te refieres a… mi madre no era una miembro de la Orquídea Negra.

Puede que Marlow desconociera ciertas cosas de su madre, pero sabía que no era una persona radical. El único ideal superior en el que creía Cassandra era el pragmatismo, la supervivencia a cualquier precio.

«En esta ciudad —decía Cassandra— hay dos tipos de personas. Las víctimas y los supervivientes. Y nosotras no somos víctimas».

—Así que no lo sabías —dijo Viatriz alzando las cejas.

Marlow se mordió la comisura de los labios mientras observaba a los bailarines saltando por el escenario.

—Mi madre ocultaba muchos secretos, incluso a mí. Tal vez especialmente a mí.

—Hace tiempo tu madre se hizo un nombre en los bajos fondos de Caraza como estafadora; no había nadie mejor que ella —explicó Viatriz—. Pero por supuesto lo último que necesita una buena estafadora es ganar notoriedad. Llevábamos un tiempo observándola, así que cuando se encontró en un aprieto con los Segadores intervenimos y le ofrecimos un nuevo trabajo: espiar a las cinco familias para nosotros. Y aceptó. Consiguió estafar a la familia Vale para conseguir que la nombraran *chevalier*. Y pensábamos que todo iba viento en popa hasta que de repente desapareció.

Marlow desvió su mirada hacia Viatriz, incapaz de ocultar la sorpresa en su rostro. Según aquella versión de la historia, el único motivo por el que su madre se había convertido en *chevalier* era para ayudar a la Orquídea Negra.

—El libro de hechizos —dijo Marlow con cautela—. ¿Lo robó para vosotros?

—Así que sabes lo del libro.

—Sí —contestó Marlow—. Y también sé de qué libro se trata. Podría causar muchos estragos en las manos equivocadas.

—Pero imagina lo que se podría hacer si cayera en las manos adecuadas. —Viatriz volvió a centrar su atención en el escenario, mirando fijamente a los bailarines mientras las luces pasaban del dorado llameante de la corte del rey Sol a las sombras y la oscuridad que indicaban la llegada de la ladrona Luna.

Corinne estaba preciosa; su piel era tan oscura que parecía casi de color azul bajo aquellas luces. Marlow contuvo el aliento mientras bailaba por el escenario entre los asistentes de la fiesta e iba robándoles como la ladrona que era. Incluso en medio de la energía bulliciosa y desenfrenada de la corte del rey Sol, la ladrona atraía todas las miradas.

—Es una historia muy interesante, ¿verdad? —dijo Viatriz inclinando la cabeza hacia el escenario—. El rey Sol y su corte tienen toda esa gloriosa luz. Y aun así, en esta versión de la obra, la ladrona Luna es la villana por querer tan solo una pequeña parte de ese poder. La presentan como la bruja codiciosa y avariciosa que al final encuentra su perdición.

Marlow observó a la ladrona Luna darse la vuelta y escabullirse hacia el trono del rey Sol.

—Pero tú ves las cosas de otra manera, ¿verdad?

Marlow volvió a centrar su mirada en Viatriz. No podía negarlo. La historia de la ladrona Luna y el rey Sol era más antigua que la propia ciudad y existían muchas versiones, pero a Marlow no le acababa de gustar ninguna. El rey Sol estaba convencido de que la luz le pertenecía. Que lo más justo y adecuado era que él la controlara. Y en ninguno de los poemas, espectáculos de marionetas ni *ballets* se cuestionaba esa premisa.

—¿Cómo crees que estaría contada esta historia si la hubiera escrito alguien como nosotras?

Marlow comprendió enseguida lo que realmente le estaba preguntando.

Finalmente, llegó el momento del enfrentamiento entre la ladrona Luna y el rey Sol. La ladrona Luna, guiada por sus ansias, entró en los aposentos del rey Sol para reclamarle la luz para su gente. En la primera confrontación hubo un montón de piruetas y unos movimientos rapidísimos con los pies y la tensión entre los dos bailarines fue aumentando.

—¿Cómo quedaría la historia si la ladrona Luna fuera la heroína? —preguntó Viatriz—. ¿Cómo sería esta ciudad si las cinco familias no controlaran toda la hechicería? O, mejor aún, ¿qué aspecto tendría el mundo? Eso es lo que la Orquídea Negra quiere conseguir: arrebatar el control de la hechicería a las cinco familias. Digamos que en cierta manera queremos redistribuir el poder.

—¿Y cómo tenéis pensado conseguirlo?

—Los pocos hechiceros que se pasan a la clandestinidad por motivos altruistas se conforman con crear cartas de hechizo que la gente pueda permitirse comprar —explicó Viatriz—. Pero nosotros aspiramos a más que eso. Queremos enseñar a la gente a crear sus propios hechizos. A alterar el sistema y propagar el conocimiento que los ricos han estado acaparando codiciosamente. Un conocimiento que antaño nos pertenecía a todos.

—Pensaba que eso ya lo habíamos probado —dijo Marlow—. Y por lo que tengo entendido las cosas no es que fueran mucho mejor que ahora.

Cuando el conocimiento estaba al alcance de todos podían surgir monstruos como Ilario el Terrible, Sycorax y los cientos de hechiceros que a lo largo de los siglos habían explorado los aspectos más malévolos de la hechicería en nombre del poder.

Viatriz resopló.

—¿Me estás diciendo que te parece bien permitir que las cinco familias sigan aprovechándose de las personas más pobres y desesperadas de la ciudad para mantener un comercio de magia al que solo pueden acceder aquellos que se lo pueden permitir? ¿De verdad te parece un sistema justo?

—Yo nunca he dicho que me parezca justo —contestó Marlow—. Ni que me parezca bien.

Había visto de cerca cómo las cinco familias explotaban a la gente de Las Ciénagas. Y no solo a ellos. Todo el sistema que se había formado alrededor de la producción y la venta de cartas de hechizo perpetuaba aquella explotación. Recompensaba a las personas que estaban en posición de aprovecharse del sistema, desde los vendedores de cartas de hechizo avispados, que se embolsaban parte de los beneficios, hasta los comerciantes que alimentaban el mercado negro y las bandas callejeras, que dividían la ciudad y reclamaban su territorio.

Caraza era una ciudad construida sobre un pantano y los pantanos son criaderos de mosquitos. Y los mosquitos se alimentan de sangre.

—¿Y entonces por qué no quieres cambiar la situación? —preguntó Viatriz con los ojos resplandecientes por la luz del escenario.

—Es una buena idea —coincidió Marlow—. Y es una buena historia. Pero todavía no me has dicho qué planeáis hacer con uno de los libros de hechizos más peligrosos jamás escritos.

Viatriz esbozó una pequeña sonrisa.

—Tenemos la esperanza de que el grimorio contenga información sobre cómo liberar las bibliotecas del control de las cinco familias. El principal problema que tenemos es que no podemos enseñar hechicería a la población general porque los libros de hechizos solo se pueden consultar dentro de las bibliotecas. Todos los libros de hechizos de todas las bibliotecas están encantados para garantizar que solo puedan usarlos los hechiceros que han aprendido hechicería en alguna de las academias. Todavía no hemos sido capaces de encontrar la manera de romper este encantamiento, pero estamos convencidos de que en *El grimorio de Ilario* podremos encontrar al menos una pista, si no una solución.

Marlow examinó la cara de Viatriz en busca de alguna señal que indicara que estaba mintiendo. Que tal vez el hechizo en el que estaba tan interesada la Orquídea Negra era la maldición de coacción. Las palabras de Viatriz parecían sinceras, pero podrían no ser más que una tapadera. Al fin y al cabo, aquella mujer era una espía.

—Así que no tenéis el grimorio en vuestro poder —concluyó Marlow. Lo había supuesto en cuanto se había dado cuenta de que ellos también buscaban a Cassandra.

—No —replicó Viatriz—. Se suponía que tu madre se encargaría de robarlo, pero desapareció antes de poder realizar la entrega pactada.

—¿Y qué hay de Montagne? —preguntó Marlow.

—¿Montagne? —Viatriz parecía impresionada—. Se te da muy bien eso de desenterrar secretos, ¿no?

—¿No averiguasteis nada más cuando lo torturasteis?

—¿Crees que nosotros le hicimos eso? —preguntó Vatriz frunciendo el ceño.

—¿Quién si no?

—No lo sé, pero no fuimos nosotros —aseguró Viatriz negando con la cabeza—. Nos lo encontramos tal y como está ahora. Con la mitad de los recuerdos borrados. Farfullando cosas incomprensibles.

—No sé por qué, pero no acabo de creérmelo.

—¡Te estoy diciendo la verdad! —exclamó Viatriz—. Cuando por fin descubrimos quién era Montagne, alguien se nos había adelantado.

—¿Qué quieres decir con eso de que descubristeis quién era Montagne? —preguntó Marlow—. ¿No era uno de vuestros hechiceros?

Viatriz negó con la cabeza.

—Era un contacto de Cassandra. Nunca quiso contarnos quién era, y visto en perspectiva tenía motivos de sobra para no hacerlo. Resulta que Montagne se traía sus propios negocios turbios entre manos: se dedicaba a crear maldiciones para los Cabezacobre. Tu madre lo sabía y supongo que acabó consiguiendo que le hicieran una mejor oferta por el grimorio.

—¿Cómo que «una mejor oferta»?

—Lo que estoy intentando decir es que tu madre nos traicionó —afirmó Viatriz—. Nos apuñaló por la espalda y entregó el grimorio a los Cabezacobre.

A Marlow se le hizo un nudo en la garganta.

—No. Eso es imposible. Ella nunca… no. —No podía ser. La Cassandra que conocía nunca vendería un libro de hechizos lleno de maldiciones peligrosas a los Cabezacobre. ¡Pero si la mitad del trabajo que hacía para los Vale consistía en destruir maldiciones peligrosas!—. No sé qué le ocurrió a mi madre, pero estoy convencida de que te equivocas. No se vendió a los Cabezacobre. Ella nunca haría algo así.

Viatriz presionó los labios y miró a Marlow durante un buen rato.

—Tu lealtad es admirable. A mí también me costó creer que fuera capaz de hacer algo así.

—Mi madre no es una traidora —replicó Marlow con voz terca—. Seguro que aquella noche le ocurrió algo. Tal vez Montagne la traicionara a ella.

—¿Y entonces cómo explicas que tu madre destruyera el hechizo localizador que le dimos, si no tenía planeado darnos esquinazo? —preguntó Viatriz.

Marlow enseguida supo a qué hechizo se refería. Al fin y al cabo, había visto a Cassandra quemar la carta de hechizo con el símbolo de la Orquídea Negra con sus propios ojos. Aun así negó con la cabeza.

—No me importa. Estoy segura de que te equivocas.

—Tal vez —dijo Viatriz, pero no sonó muy convencida—. Para serte sincera, Marlow, tu madre no es el único motivo por el que hemos estado vigilándote.

—¿Ah, no? —dijo Marlow, y se quedó paralizada.

—Tal y como debes imaginarte, la desaparición de tu madre supuso un duro golpe para toda nuestra operación. Desde que Cassandra desapareció no hemos conseguido que nadie volviera a acercarse tanto a las cinco familias y la verdad es que antes tampoco lo habíamos conseguido. Puedo arreglármelas para que me inviten a un par de fiestas, pero con eso no basta.

Marlow contuvo la respiración, sin atreverse a apartar la mirada de Viatriz.

—Pero tú, en cambio... —musitó Viatriz—. Bueno, hemos oído los rumores. Y hemos leído las columnas. Parece que tienes muy buena relación con el vástago de los Falcrest.

—¿Y qué? —replicó Marlow en tono desafiante.

—Creo que eso podría convertirte en un gran activo —dijo Viatriz—. Parte de la cúpula de la organización no tiene muy claro de qué bando estás, pero a mí me pareces una chica muy lista, Marlow. Y creo que a pesar de lo que puedas sentir por Adrius Falcrest sabes que el control que tiene su familia sobre la hechicería va en detrimento de los intereses de la ciudad y del mundo entero. Creo que podrías acabar ayudándonos a lograr nuestros objetivos.

Marlow parpadeó en el momento en que las luces del escenario titilaban y centelleaban, iluminando a ráfagas el rostro de Viatriz.

—¿Quieres reclutarme como espía? —preguntó Marlow, incrédula.

—Tu madre era nuestra mejor espía antes de desaparecer. Tómatelo como una oportunidad de enmendar sus errores. Para nosotros serías un operativo de un valor inestimable. ¿La consorte de uno de los vástago de las cinco familias? No habría nadie mejor posicionado en todo Jardinperenne para obtener la información que necesitamos.

—Nadie salvo uno de los propios vástagos —dijo Marlow tentativamente.

Viatriz se rio.

—Si fuéramos capaces de reclutar a uno de los vástagos para nuestra causa, creo que podríamos derrocar a las cinco familias en cuestión de una semana.

Marlow buscó alguna señal que indicara que estaba mintiendo u ocultando el hecho de que ya tenían a uno de los vástagos trabajando para ellos de manera involuntaria. Pero no detectó nada, ni un deje extraño en la voz ni que rompiera el contacto visual ni ninguna de las pequeñas señales habituales que delataban una mentira.

Pero ¿qué sentido tendría que intentaran reclutarla si ya tenían a Adrius bajo su control? ¿Estaban intentando despistarla?

Empezaba a creer que la Orquídea Negra nunca había conseguido hacerse con el grimorio. Así que era imposible que hubieran lanzado ellos la maldición de coacción. Si la Orquídea Negra tuviera a Adrius bajo control, a aquellas alturas ya lo habrían aprovechado.

El instinto le decía a Marlow que Viatriz no estaba mintiendo, al menos no sobre este tema.

—¿Y cómo sabes que no te traicionaré y le revelaré a Falcrest quién eres en realidad? —preguntó Marlow.

—Supongo que no puedo saberlo —contestó Viatriz—. Es un riesgo calculado, como casi todo en la vida.

—Bueno, tal vez tú estés dispuesta a confiar en mí, pero eso no cambia el hecho de que yo no confío en ti —replicó Marlow—. Así que gracias por la oferta, pero no me interesa.

Viatriz no pareció sorprendida.

—De acuerdo. Es decisión tuya. Pero si cambias de opinión podrás encontrarme en el salón de té Capitán Barro, en el muelle de las Latas. La oferta sigue en pie.

Y después de decir aquellas palabras se escabulló del palco y desapareció detrás de la cortina.

Marlow volvió a centrar su atención en el escenario. La música se intensificó cuando las criaturas nocturnas de la ladrona Luna se alzaron contra la nobleza diurna espoleadas por la luz robada del rey Sol. Era un número de baile violento e incesante con un repiqueteo de tambores de guerra de fondo.

El primer acto del *ballet* terminó con la ladrona Luna y el rey Sol volviendo a enfrentarse, pero esta vez la ladrona Luna, que no solo quería hacerse con la luz, sino obtener la victoria, subyugó al debilitado rey Sol y lo hizo prisionero.

Para Marlow, aquella escena fue casi como una continuación del argumento de Viatriz. «Mira lo que podríamos hacer si tuviéramos aunque fuera un poco de su poder», parecía que dijeran los bailarines.

No sabía lo que harían los de la Orquídea Negra con la magia que contenía *El grimorio de Ilario*. Si realmente la usarían para derrocar aquel sistema tan injusto, tal y como afirmaba Viatriz, o si simplemente se convertiría en una herramienta para conseguir sus fines egoístas y corruptos.

Pero si Viatriz tenía razón, si los Cabezacobre tenían el grimorio y por ende acceso a la maldición de coacción, ya se imaginaba lo que planeaban hacer con todo ese poder.

Marlow ya había recorrido la mitad del trayecto entre el muelle y su casa cuando de repente los avistó. Eran dos sicarios cabezacobre con sus serpientes de bronce brillantes tatuadas en el cuello.

«Mantén la calma —se dijo Marlow al detenerse a unos cincuenta pasos de ellos—. Seguro que no te están buscando a ti».

—Ya era hora, Briggs —dijo el más corpulento de los dos, y acto seguido escupió al suelo. Marlow lo reconoció: era el sicario al que apodaban el Barquero por la figura mítica que transportaba los muertos al más allá en una barca tirada por cocodrilos—. Llevamos una eternidad esperándote.

El otro cabezacobre sonrió burlón al reparar en el vestido de Marlow a medida que iban acercándose.

—¿A qué vienen esas pintas tan elegantes? ¿Acaso vienes de un baile o algo así?

—¿No te ha llegado la invitación? —replicó Marlow en un acto reflejo mientras el corazón le latía con fuerza en el pecho—. Y yo que esperaba que me concedieras un baile.

—Mírala, qué mona ella—dijo con desprecio.

Marlow hizo ademán de agarrar los embrujos que llevaba escondidos en el bolsillo de su vestido y echó un vistazo sutil a su alrededor. Fiero y Basil estaban sentados en su lugar habitual, pero se habían quedado paralizados al ver lo que estaba ocurriendo frente a ellos. Seguramente se estaban preguntando lo mismo que Marlow: ¿por qué dos sicarios Cabezacobre iban a querer causar problemas en el territorio de los Segadores?

«No han venido a hacerte daño —se dijo Marlow a pesar de que ambos cabezacobre siguieron acercándose—. Seguro que no se atreverán». Si llegaba a oídos de los Segadores que dos cabezacobre estaban causando problemas en su territorio, habría represalias.

Marlow contuvo el aliento cuando los cabezacobre se detuvieron junto a ella.

—Será mejor que te andes con cuidado, Briggs —le advirtió el Barquero echándole el aliento en la cara—. ¿Te crees que aquí estás a salvo? Bueno, pues te traigo un mensaje del mismísimo Leonidas: si vuelves a cruzarte en nuestro camino acabarás muerta. Si vuelves a aparecer por Rompecuellos acabarás muerta. Si rompes una maldición lanzada por algún cabezacobre acabarás…

—No me lo digas… ¿muerta?

El Barquero la agarró tan repentinamente que Marlow no tuvo tiempo de reaccionar ni de arrepentirse de sus palabras. Le tiró del brazo con violencia. Marlow trastabilló, pero consiguió mantenerse en pie a duras penas. Oyó un débil estruendo y por el rabillo del ojo vio un tablero de pento volcado y a Fiero agarrando a Basil con fuerza por la parte posterior de su camiseta. Seguro que sabían que era inútil intervenir, que lo único que conseguirían era cabrear todavía más a los cabezacobre y acabar heridos por haberse metido en medio. Lo mejor que podían hacer ahora para ayudarla era ser testigos de lo que los Cabezacobre le hicieran.

—¡Suéltala! —gritó una voz detrás de Marlow, y acto seguido se oyeron unos pasos por el muelle.

Los cabezacobre se detuvieron un momento, sin duda sorprendidos de que alguien fuera lo bastante estúpido como para acercarse corriendo y gritando a dos sicarios cabezacobre.

Marlow coincidía con ellos.

—He. Dicho. Que. La. Sueltes —rugió Adrius arremetiendo contra el Barquero con la intención de agarrarle las muñecas.

—¿O si no qué? —preguntó el Barquero, estallando a carcajadas—. ¿Me estás amenazando? ¡Eh, Nero, este tontolaba nos está amenazando!

Adrius apretó los puños con fuerza y alzó las comisuras de los labios en una sonrisa feroz. De repente Marlow tuvo dos cosas bien claras: la primera, que Adrius estaba a punto de golpear a un cabezacobre en la cara. Y dos, que aquello no iba a terminar bien para ninguno de los implicados.

Puso una mano sobre el pecho de Adrius y lo empujó suavemente hacia atrás.

—¿Por qué no nos relajamos todos un poco?

De repente el otro sicario, Nero, fijó la mirada en el rostro de Adrius y palideció.

—Eres... eres...

Marlow notó el pecho de Adrius hinchándose y deshinchándose bajo la palma de la mano y lo tenso que estaba mientras observaba a los cabezacobre.

—El vástago de los Falcrest —terminó la frase el Barquero con una sonrisa cruel—. De tal palo tal astilla, ¿eh, Marlow? Eres igual que tu madre: en cuanto ves un hombre rico te conviertes en su pu...

Adrius le golpeó la cara con el puño.

El Barquero retrocedió con un gruñido. Se quedó ahí inmóvil, como si estuviera procesando que no podía contraatacar, por lo menos no sin enfrentarse a graves consecuencias.

Así que optó por agarrar a su compañero y lanzar a Marlow una mirada glacial al pasar junto a ella y empujarla.

—Pagarás por esto, Briggs. No olvides mis palabras.

Marlow sintió que Adrius se tensaba al oír aquella amenaza, pero por suerte no volvió a propinar ningún puñetazo.

—¡Dale recuerdos a Leonidas de mi parte! —exclamó Marlow sin poder evitarlo.

Entonces se dio la vuelta y vio a Adrius mirándola fijamente con la mirada todavía enfurecida.

—¿Estás bien? —preguntó Adrius.

—¿Qué diablos ha sido eso? —exclamó Marlow—. ¿Desde cuándo sabes dar un puñetazo?

—¿Quiénes eran esos tipos? —insistió Adrius—. ¿Y por qué iban a por ti?

—Eran sicarios de los Cabezacobre —contestó Marlow—. Y van a por cualquiera que se interponga en su camino.

—Bueno, sin duda eso se te da de maravilla.

Su media sonrisa le recordó a Marlow que todavía seguía enfadadísima con él.

—No todos podemos ser tan encantadores como tú —le espetó. Todavía tenía la mano puesta sobre su pecho, pero en vez de apartarla aprovechó para agarrarlo por su camisa perfectamente planchada y empujarlo a un lado—. ¿En qué estabas pensando?

Adrius parecía desconcertado y un poco indignado.

—¡Iban a hacerte daño! ¿Qué se suponía que tenía que hacer si estaban hablándote de esa manera...?

—No me refería a ellos —exclamó apretando los dientes—. Sino a la fiesta. Al beso. ¿De verdad te costaba tanto guardártela en los pantalones durante diez días, que tuviste que meterle mano a la primera chica que se dejó? ¿Y por qué te pareció que el mejor lugar para hacerlo era delante de todas las personas a las que estábamos intentando convencer de que tenemos una relación? No puedo creer que pusieras en peligro toda mi investigación y a ti mismo solo porque tuvieras ganas de pasar un buen rato con... ¿cómo se llama?

—Cerise —respondió Adrius automáticamente.

Marlow lo empujó con ambas manos y sintió otro destello de furia en su interior.

—Pero. Qué. Te. Pasa.

Alzó las manos para volver a empujarlo, pero Adrius se las retuvo contra su pecho. Se quedaron mirándose un buen rato con la ira de Marlow latiendo entre ellos, tan espesa como el aire de aquella noche.

—¿Has acabado? —preguntó Adrius con una mueca.

—¿Has acabado tú de poner en peligro mi investigación y... —empezó a divagar Marlow, furiosa.

—Me lo ordenó, Minnow —explicó Adrius—. Cerise me ordenó que la besara.

—¿Qué? —exclamó Marlow apartando las manos y retrocediendo.

—Puedes empezar a disculparte cuando quieras —dijo Adrius haciendo un gesto con la mano—. «Lo siento tanto, Adrius, debería haberte dejado hablar un segundo antes de sacar conclusiones precipitadas y salir corriendo...».

—¿Cerise sabe que estás maldito? —preguntó Marlow, interrumpiéndolo.

—No lo... —Adrius se pasó la mano por el pelo—. ¿No? O sea, creo que no.

—Así que Cerise simplemente se te acercó... ¿y te dijo que la besaras sin ningún motivo aparente? —preguntó Marlow, escéptica.

—Me dijo que alguien la había retado a hacerlo.

—¿Quién?

—No quiso decírmelo.

—Y por eso es mejor que me dejes los interrogatorios a mí —replicó Marlow—. ¿Sabes dónde está Cerise ahora mismo?

—¿Ahora mismo? No estoy muy seguro —respondió Adrius—. Pero sé que esta noche Amara tenía intención de salir a bailar a uno de esos bares clandestinos exclusivos.

—¿Amara? —repitió Marlow. Y entonces recordó que Amara la había obligado a detenerse para regodearse por la aparente infidelidad de Adrius en la fiesta del porche acristalado.

—Sí, y por poco que conozcas a Cerise ya debes saber que lo más probable es que esté en el mismo sitio que Amara.

Marlow cerró un momento los ojos para centrarse. Sin duda, si alguien tenía un interés especial en humillar a Marlow y hacerla romper con Adrius, esa era Amara.

Si Amara fuese la persona que hubiera retado a Cerise a hacer toda aquella pantomima, lo más probable es que supiera que Adrius estaba bajo los efectos de la maldición de coacción. Y de ser así eso significaría que tal vez se la hubiera lanzado ella.

—Venga —dijo Marlow arrastrando a Adrius de nuevo hacia el muelle—. Vamos a echar un vistazo a ese bar clandestino.

QUINCE

espués de llevar dos semanas saliendo públicamente con Adrius Falcrest, Marlow pensaba que ya se habría acostumbrado a ser el blanco de todas las miradas. Pero nada podría haberla preparado para la manera en que todo se detuvo en cuanto entró al bar clandestino Encanto & Céfiro. Aunque la banda siguió tocando y la gente que estaba en la pista de baile encantada flotante siguió dando vueltas, Marlow tuvo la sensación de que los ojos de todas las demás personas que había en aquella sala tan poco iluminada se clavaban en ella.

Todavía llevaba el vestido que se había puesto para ir al Monarca: era de color azul zafiro oscuro y verde esmeralda con un corpiño de cuentas y la espalda abierta. La seda se le pegaba al cuerpo y en la penumbra del bar clandestino resplandecía como la luz bioluminiscente reflejada en el agua. Sin embargo, estaba bastante segura de que los susurros que empezaron a oírse por toda la sala no tenían nada que ver con su vestido.

Era evidente que se había corrido la voz de la indiscreción de Adrius del día anterior. Y era exactamente lo que esperaba. Había llegado a la conclusión de que la mejor manera de obtener respuestas era fingir que estaba enfadada con Adrius y que estaban a punto de romper. Y Adrius había entrado en el bar clandestino media hora antes para reforzar la estratagema.

No tardó mucho en encontrar a Amara en medio de la muchedumbre, rodeada de su grupo de adoradores habituales, entre los cuales se encontraba Cerise. Su vestido hecho a medida, de un tono amaranto oscuro y romántico, era mucho más corto de los que acostumbraba a llevar, pero aun así tenía el corte austero y recto que solía preferir. Llevaba la melena, oscura como el plumaje de un cuervo, peinada hacia atrás y recogida en un peinado elegante y deslumbrante que dejaba al descubierto su collar enjoyado de plata de prometida alrededor de la garganta.

Marlow agarró una copa de color violeta de una bandeja que pasó cerca de ella. «Solo es otro caso, Briggs —se recordó—. Olvídate de la pantomima. Esto es un caso y Amara es una sospechosa. Estás aquí para descubrir la verdad».

—¡Marlow! —la saludó Gemma alzando un poco demasiado la voz. Llevaba un vestido rojo arándano vaporoso adornado con encaje negro y se había teñido el pelo de color burdeos, a juego con los muebles oscuros y opulentos del bar clandestino—. Qué agradable sorpresa encontrarte por aquí.

—Sí, que placer más inesperado —dijo Amara sin mucho entusiasmo—. Pensaba que preferirías evitar las multitudes después de la humillación que sufriste ayer.

—Solo he venido a decirte que has ganado, Amara —dijo Marlow—. Querías que Adrius y yo rompiéramos y lo has conseguido.

Amara soltó una carcajada sonora y musical.

—No sé qué te hace pensar que yo tuve algo que ver con todo eso. Fue Cerise quien besó a Adrius.

Marlow lanzó una mirada a Cerise, que parecía querer que se la tragara la tierra.

—Pero alguien la retó a hacerlo. Verdad, ¿Cerise?

Cerise se puso roja como una cereza.

—Yo solo…

—Lo digo porque quienquiera que te retara —continuó Marlow en dirección a Cerise, pero mirando a Amara por el rabillo del ojo— es evidente que te utilizó para avergonzarnos tanto a Adrius como a mí. Y se me ocurre una persona que estaría muy interesada en hacerlo.

—Oh, Marlow —dijo Amara alegremente—. Mi hermano se avergonzó él solito desde el momento en que se presentó a mi fiesta de compromiso contigo colgada del brazo. Solo porque crea que estás por debajo de él no significa que vaya a gastar mi tiempo con esas travesuras infantiles. Por favor. Estoy a punto de casarme. ¿De verdad crees que dedico tanto tiempo a pensar en ti o en cualquiera de los rollos de mi hermano?

Marlow se detuvo. Porque, aunque estaba convencida de que Amara era lo bastante ruin y vengativa como para intentar separar a Marlow y Adrius, la verdad es que si hubiera sabido que Adrius estaba maldito no se habría complicado tanto. Por ejemplo, simplemente podría haberle ordenado a Adrius que cortara con ella. Y si su objetivo hubiera sido humillar a Marlow también podría haber encontrado maneras más sencillas de hacerlo.

—No son pocas las personas que quieren perderte de vista, Marlow —se burló Amara—. Te sugiero que acuses a alguna de ellas. Y ahora, si me disculpas…

Amara empezó a alejarse. Cerise hizo además de ir tras ella, pero entonces Marlow alargó la mano y la agarró del brazo.

—¿Quién fue? —exigió saber Marlow—. ¿Quién te retó?

Cerise le lanzó una mirada gélida.

—¿Y qué más da? Es evidente que Adrius por fin entró en razón respecto a vuestra relación. Si yo fuera tú, pasaría página y no seguiría avergonzándome a mí misma.

Se zafó del agarre de Marlow y se apresuró a alcanzar a Amara.

—Siento todo lo que acaba de decirte Amara —se disculpó Gemma, que se había quedado junto a Marlow.

—Sí, no entiendo lo que le ves —comentó Marlow antes de que pudiera contenerse. Hizo una mueca—. Lo siento. Me imagino que es un tema delicado.

Gemma negó con la cabeza con una sonrisa triste.

—Supongo que los hermanos Falcrest tienen algo especial —dijo dando un golpecito cómplice a Amara—. Y que conste que yo no quiero perderte de vista, Marlow. De hecho, espero que encuentres la manera de perdonar a Adrius.

—¿Por qué? —preguntó Marlow, sorprendida.

—Bueno, para empezar, la última vez que discutiste con Adrius estuvo un montón de tiempo enfurruñado. Fue un rollo.

—¿La última vez que discutí con Adrius?

—Sí, el año pasado —dijo Gemma—. Cuando te fuiste de Jardinperenne estuvo insufrible. Iba cabizbajo de un lado a otro y se enrollaba con cualquiera, aunque lo hacía a disgusto, como si lo estuviera haciendo por despecho. Para serte sincera, me dio vergüenza ajena.

¿Desde cuándo Adrius necesitaba una excusa para ser insufrible?

—Dudo mucho que eso tuviera nada que ver conmigo.

—A ver, tampoco es que me contara exactamente lo que había ocurrido entre vosotros; de hecho ni siquiera me dijo que erais amigos. Aunque todos lo sabíamos, porque pasaba mucho tiempo contigo. Siempre lo sorprendía mirándote en clase.

Marlow intentó no mostrar lo sorprendida que estaba. Pensaba que nadie en Jardinperenne tenía ni idea de que Adrius y ella eran amigos.

—No era consciente de que nadie lo supiera.

—Una vez Hendrix hizo un chiste sobre ti...

—¿Un chiste?

Gemma se mostró dubitativa y se mordió el labio.

—Era un chiste sobre... el hecho de que las chicas de Las Ciénagas son más bien de moral floja. Pero... lo dijo de una manera mucho más grosera. Adrius se enfadó muchísimo. Al principio se quedó callado, pero de repente estalló y evisceró verbalmente a Hendrix delante de todo el mundo. El estatus social de Hendrix nunca se recuperó de aquel golpe. Y a partir de entonces nadie volvió a decir nada malo de ti en presencia de Adrius.

—Espera un momento... ¿es por eso por lo que Hendrix lo odia tanto? —preguntó Marlow, sorprendida. No sabía cómo reaccionar ante aquella información. Cuando vivía en Jardinperenne siempre había asumido que era más bien invisible para los miembros de la *noblesse nouveau* e inmune a los cotilleos pura y simplemente porque tenía demasiada poca importancia como para que nadie quisiera cuchichear sobre ella.

Pero, según Gemma, el verdadero motivo era que Adrius prácticamente había declarado públicamente que cualquiera que dijera algo malo de Marlow se pondría al vástago de la familia Falcrest en contra.

Gemma se encogió de hombros.

—No lo sé. Creo que siempre ha estado un poco celoso de Adrius, pero desde luego aquello no ayudó para nada.

De repente a Marlow se le ocurrió una idea sorprendente: tal vez Amara le había dicho la verdad. Tal vez no había sido ella quien había retado a Cerise a besar a Adrius. Y tal vez la persona que lo había hecho no estaba intentando humillar a Marlow, sino a Adrius.

Antes de que pudiera acabar de reflexionar sobre esa idea, se oyó la voz de Adrius por encima del estruendo de la pista de baile.

—¿Podriais prestarme atención un momento? —preguntó Adrius. Estaba de pie encima de una mesa, bien visible a pesar de la poca luz que había en el bar clandestino—. Me gustaría confesaros un par de cosas.

—¿Qué está haciendo? —susurró Gemma.

Marlow se hizo la misma pregunta. Sin duda aquello no formaba parte del plan que habían acordado.

—Sé que todos estáis acostumbrados a leer sobre mi vida en las columnas de cotilleos y a cuchichear sobre mí en las fiestas

—siguió Adrius—. Así que se me ha ocurrido que tal vez ya iba siendo hora de que os contara yo mismo las primicias.

Marlow se abrió paso entre la muchedumbre eufórica en dirección a Adrius. Algo no iba bien. A simple vista podía parecer que Adrius estaba animando a la muchedumbre, pero Marlow se dio cuenta de lo tenso que estaba. No estaba incitando al público, estaba intentando ganar tiempo.

Alguien le había ordenado que se subiera encima de aquella mesa.

—Estoy seguro de que todos conocéis a mi hermana Amara, ¿verdad? —dijo Adrius—. Amara Perfecta Falcrest, la hija que nunca hace nada mal. Puede que algunos de vosotros ya hayáis adivinado que su compromiso no es tan feliz como parece.

Bueno, aquello refutaba su teoría de que Amara estaba detrás de todo eso.

—Veréis, Amara haría cualquier cosa para complacer a nuestro padre —explicó Adrius—. Incluso romperle el corazón a la chica a quien quiere de verdad. Su mejor amiga, Gemma Starling.

La muchedumbre soltó un grito ahogado mientras procesaba aquella información. Todos los miembros de la *noblesse nouveau* contemplaban a Adrius con asombro, como si no acabaran de creerse lo que estaba ocurriendo. Todos menos una persona. Hendrix Bellamy estaba observando a Adrius como todos los demás, pero no parecía sorprendido por aquel numerito. Más bien parecía extático.

—¡Cuéntanos más cosas, Adrius! —gritó alguien.

—¡Sí! —metió baza otra voz—. ¿Quién besa mejor, Cerise o Marlow?

Marlow sintió que se le ruborizaban las mejillas.

—¿Por qué empezaste a salir con Marlow? —preguntó otra voz.

Marlow vio a Cerise y a Opal juntas en medio de la muchedumbre. Opal le lanzó una mirada cruel a Marlow y gritó:

—¡Dinos lo que realmente sientes por ella!

Marlow se quedó petrificada. Vio que Adrius entraba en pánico e intentaba morderse la lengua.

—Marlow Briggs —dijo—. La chica que robó el corazón al libertino más notorio de todo Jardinperenne.

Marlow sintió que la invadía el pánico. Aquella situación había pasado de ser escandalosa y vergonzosa a incriminatoria. Porque si Adrius se veía obligado a contar a todo el mundo lo que realmente sentía por ella se descubriría el pastel. Todo el mundo sabría que su romance era una mentira y, si Adrius seguía hablando, sabrían exactamente por qué.

—Todos os morís de ganas por saber por qué ella.

Todos los presentes se quedaron completamente en silencio e inmóviles, absortos por sus palabras. Adrius consiguió encontrar a Marlow con la mirada mientras se abría camino entre la muchedumbre silenciosa y no le quitó los ojos de encima.

Marlow tenía que detenerlo. Intentó llamarlo para ordenarle que dejara de hablar, pero las palabras se le quedaron atascadas en la garganta.

Por muy peligroso que fuera, tenía tantas ganas de saber lo que diría Adrius a continuación como los buitres que la rodeaban.

—¿Qué podría hacer que me enamorara de una chica de Las Ciénagas, una chica sin título y sin el poder ni las perspectivas de futuro apropiadas para un vástago de la familia Falcrest? —preguntó Adrius—. La verdad es que…

—Adrius, cállate la boca y baja enseguida de esa mesa.

La voz de Amara resonó imperiosa desde el otro lado de la sala mientras se abalanzaba sobre su hermano.

Adrius cerró la boca de golpe. Y al cabo de un momento se bajó de la mesa.

—¿Se puede saber cuántas copas has bebido esta noche? —exigió saber Amara agarrando con fuerza la manga de la camisa de su hermano—. Tengo que admitir que esta vez te has superado. Pensaba que era imposible que pudieras hacer todavía más el ridículo, pero ¿a qué viene eso de inventarte mentiras sobre mí?

En vez de contestar, Adrius buscó a Marlow con la mirada mientras ella se acercaba a paso ligero. Tenía los ojos abiertos de par en par y estaba muy agitado.

—Minnow, yo…

—Después —dijo Marlow, pasando de largo de los mellizos y dirigiéndose directamente hacia Hendrix.

Estaba al fondo de la sala con la espalda apoyada contra la pared, contemplando toda la situación con una sonrisa burlona en la cara.

Marlow se acercó hacia él con una sonrisa pícara.

—Hola.

—Marlow —la saludó sorprendido, pero no disgustado.

—Me gustaría aceptar la oferta que me hiciste ayer, si todavía sigue en pie —dijo tocándole el brazo—. ¿Podemos hablar?

Si Hendrix entendió a lo que se refería Marlow con «hablar», no lo mostró. De hecho la miró como si pensara que se refería a otra cosa totalmente distinta.

Pero a Marlow ya le iba bien que se hubiera confundido. El bar clandestino estaba repleto de alcobas escondidas y rincones oscuros donde los clientes podían escabullirse para tener un momento de intimidad o un encuentro amoroso ilícito. Marlow se dirigió hacia uno de los balcones privados que había junto a la zona de bar principal. Ni siquiera se molestó en mirar atrás para comprobar si Hendrix la estaba siguiendo; se limitó a apoyarse contra la barandilla y esperó.

—Me alegro de que por fin hayas entrado en razón, Marlow —empezó Hendrix apartando la cortina de terciopelo.

—Oh, sin duda —replicó Marlow cuando la cortina se cerró—. Bueno, ¿cómo lo has conseguido?

—¿El qué? —preguntó Hendrix.

—Tu venganza —contestó Marlow—. Hace un año Adrius arruinó tu estatus social, ¿verdad?

—Más o menos —dijo Hendrix, encogiéndose de hombros.

—A mí me habría cabreado un montón —dijo Marlow acercándose provocativamente a Hendrix—. No soy de esas personas que perdonan fácilmente. Si Adrius me hubiera hecho algo así, querría hacérselo pagar. ¿Y conseguir que Adrius se humillara delante de todo el mundo? Sería una venganza muy apropiada. Aunque difícil de ejecutar. Pero sin duda no imposible para alguien lo bastante listo.

Hendrix dirigió su mirada hacia Marlow y esta se dio cuenta de que sus halagos habían dado en el clavo.

—Bueno —dijo con un deje de petulancia—. Resulta que he descubierto que Adrius tiene un secreto. Y parece que nadie más se ha dado cuenta de ello.

—¿En serio? —preguntó Marlow mirándolo impresionada—. ¿Qué tipo de secreto?

—Bueno —dijo Hendrix inflando el pecho—. Parece que Adrius Falcrest es completamente susceptible a cualquier orden que reciba. Así que… le he hecho un par de sugerencias.

—¿Un par de sugerencias?

—Solo le he dicho que contara la verdad a todo el mundo —respondió encogiéndose de hombros.

—O sea, ¿me estás diciendo que Adrius te insultó hace más de un año y que tu reacción completamente normal y para nada perturbadora ha sido obligarlo a humillar públicamente a su hermana y a una de sus mejores amigas? —preguntó Marlow.

Hendrix borró la sonrisa engreída que había esbozado unos segundos antes.

—Lo único que he hecho ha sido decirle que sea sincero. Es tan mentiroso que he pensado que estaría bien que la gente oyera la verdad de lo que piensa sobre todo el mundo de sus propios labios. Lo que haya dicho es cosa suya.

—¿Y lo de retar a Cerise a ordenarle que la besara? —preguntó Marlow—. ¿Eso también fue cosa suya?

—Si crees que no lo habría hecho por voluntad propia te estás engañando —dijo Hendrix levantando el mentón con arrogancia.

—Nunca sabremos lo que habría hecho por voluntad propia porque no le dejaste otra opción —replicó Marlow.

—Quería que vieras que eres mejor que él, Marlow. —Hendrix le agarró la mano entre las suyas y la miró a los ojos—. Que te mereces a alguien mejor.

Marlow soltó una carcajada y apartó la mano con brusquedad.

—No. Solo querías arrebatarle algo para demostrar a todo el mundo que podías hacerlo. Y dime, ¿qué tenías planeado hacer si no caía en tus brazos expectantes? ¿Habrías tomado de todas formas lo que querías a la fuerza?

—¡Por supuesto que no! Yo nunca… —exclamó Hendrix palideciendo con expresión escandalizada.

—Pero ¿cómo puedes decir que tú nunca lo harías? —replicó Marlow, incrédula y sorprendida por lo enfadada que estaba. Estaba familiarizada con la ira protectora que se le estaba acumulando en el pecho, pero nunca hubiera imaginado que se enfadaría tanto por Adrius Falcrest—. No me cuentes milongas. Es exactamente lo que le hiciste a Adrius pero incluso peor, porque no podía negarse. Te crees mucho mejor que él, que el resto de la *noblesse nouveau,* pero no lo eres. Puede que Adrius sea muchas cosas, pero él nunca lanzaría una maldición a nadie por una venganza enfermiza.

—¿Crees que le he lanzado una maldición a Adrius? —exclamó Hendrix con un nudo en la garganta.

Marlow alzó una ceja.

—Admito que orquesté lo del beso con Cerise y que acabo de ordenarle que diga la verdad, pero yo no lo he maldecido, te lo prometo —insistió Hendrix—. Además, ¿cómo podría haberlo hecho? ¿De dónde podría haber sacado una maldición como esa?

Aquella era precisamente la pregunta a la que Marlow había estado dando vueltas sin parar desde su encuentro con Viatriz en el Teatro Monarca. Si los Cabezacobre tenían el libro de hechizos en sus garras, tal y como Viatriz sospechaba, tal vez podrían haber estado vendiendo cartas de maldición de coacción en el mercado negro. Pero ¿qué posibilidades había de que alguien como Hendrix Bellamy tuviera esa clase de conexiones en el mercado negro?

Sin duda no era imposible, pero le costaba de creer. Sospechaba que Hendrix no había lanzado la maldición a Adrius, pero estaba bastante segura de que si lo presionaba un poco podría conseguir que por lo menos le dijera cómo había descubierto que Adrius estaba maldito y que tal vez aquella información la conduciría hasta el verdadero culpable.

—Tienes que creerme, Marlow —rogó Hendrix—. ¡Te prometo que no le he hecho nada a Adrius! Solo me fijé en que estaba un poco raro. La primera vez que me di cuenta fue en la fiesta de compromiso de Amara y Darian, cuando le dije que se tirara por la azotea y reaccionó de forma extraña, como si fuera a hacerlo.

—Lo recuerdo —confirmó Marlow con un tono de voz más calmado.

—Después de aquel episodio empecé a vigilarlo más de cerca —explicó Hendrix—. Y, además, hace unos días escuché por casualidad una conversación entre Amara y Silvan.

—¿Y qué dijeron exactamente?

—Estaban discutiendo. Sobre Adrius. Amara insistía en que a su hermano le ocurría algo, pero Silvan no paraba de decirle que no se preocupara. Al final, Amara acabó admitiendo que le preocupaba que alguien lo hubiera hechizado. Dijo que Adrius la había estado evitando y, si bien al principio pensó que era porque le había estado escondiendo vuestra relación, ahora sospechaba que era por otro motivo. E intuía que Silvan sabía más de lo que parecía.

—¿Y qué dijo Silvan?

—No paraba de decirle que se olvidara del tema —respondió Hendrix—. La discusión fue volviéndose cada vez más acalorada. Silvan no llegó a amenazar a Amara, pero poco le faltó.

Hendrix podría estar inventándoselo todo, por supuesto, pero a Marlow no le pareció que lo estuviera haciendo. La conversación que estaba describiendo se parecía bastante a la que había mantenido con Silvan en la fiesta del porche acristalado. Pero, por muy rara que hubiera sido aquella conversación, por lo menos tenía un cierto sentido; en cambio no veía ningún motivo por el que Silvan pudiera ponerse a discutir acaloradamente con Amara. Puede que no fueran mejores amigos, porque francamente ambos eran muy temperamentales, pero Amara estaba a punto de casarse con su hermano, eran prácticamente familia.

Así que ¿por qué iba Silvan a querer amenazarla a no ser que estuviera escondiendo algo?

—Después de escuchar aquella conversación empecé a plantearme seriamente si Adrius estaba bajo los efectos de un hechizo —dijo Hendrix—. Al principio me pareció una idea absurda, pero luego pensé que tampoco perdería nada por intentarlo. Así que decidí poner mi teoría a prueba en la fiesta del porche acristalado. Convencí a Cerise para que ordenara a Adrius que la besara y funcionó. Y luego... lo de esta noche.

—¿Sabes qué, Hendrix? —dijo Marlow entrecerrando los ojos—. Te creo. Me pareces un ser patético y débil, pero te creo.

—Venga ya, Marlow —se quejó Hendrix con un brillo en los ojos—. Se lo merecía...

—Será mejor que no sigas —le espetó Marlow—. Si cuentas aunque sea una sola palabra de esto a alguien o si le diriges ni que sea un saludo a Adrius, te lanzaré un embrujo que te pudrirá las pelotas. Suena desagradable, pero te aseguro que es muchísimo más repugnante de lo que te estás imaginando.

—Lo dices en broma... ¿no? —preguntó con cara de estar mareado—. Ya veo que estás cabreada, pero...

—Todavía no me has visto cabreada —lo interrumpió Marlow con un tono agresivo—. Y si haces lo que te digo nunca me verás cabreada. ¿Estamos?

Hendrix asintió sin decir palabra. Marlow esbozó una sonrisa afectada.

—Me alegro de que por fin hayas entrado en razón, Hendrix —dijo antes de girar sobre sus talones y atravesar las cortinas.

Chocó casi de frente con Adrius y ambos retrocedieron trastabillando. Adrius la miró con un atisbo de fascinación y fue el primero en romper el silencio.

—¿De verdad tienes un embrujo que pudre las pelotas?

Marlow le lanzó una mirada coqueta y pasó a su lado en dirección a una alcoba poco iluminada de techo bajo y con un sofá muy íntimo.

—Las damas no revelan nunca todos sus secretos.

Adrius la siguió y agachó la cabeza para poder hablarle sin que nadie lo oyera.

—¿Qué ha pasado? ¿Ha sido Hendrix quien...?

—No, no ha sido él quien te ha lanzado la maldición —aclaró Marlow negando con la cabeza—. Solo ha deducido que estás bajo los efectos de algún hechizo. ¿Sabes si Silvan está por aquí?

—¿Silvan? —repitió Adrius—. No. Este bar no es mucho de su estilo. ¿Cómo puedes estar tan segura de que no ha sido Hendrix quien me ha lanzado la maldición?

Pero Marlow ya había cambiado de tema.

—¿Le has contado a Silvan que te han echado una maldición?

—No —contestó Adrius enseguida—. No puedo decírselo a nadie, ¿recuerdas?

—Bueno, pues Silvan lo sabe.

—No... es imposible —dijo Adrius, desconcertado—. ¿Te lo ha dicho Hendrix? Porque ese tipo es un mentiroso.

—Puede que lo sea, pero creo que está diciendo la verdad —contestó Marlow—. El otro día, en la fiesta del porche acristalado, Silvan se acercó a hablar conmigo. Me lanzó un par de amenazas vacías y en aquel momento no le di más importancia porque, bueno, estamos hablando de Silvan. Pero ahora...

—¿Qué estás insinuando? —preguntó Adrius, pero Marlow sabía que ya la había entendido.

—Tienes que andarte con cuidado cuando estés cerca de él —le advirtió Marlow poniéndole una mano sobre el codo.

Adrius se apartó de ella y se la quedó mirando atónito.

—¿Crees que Silvan está detrás de todo esto? ¿Que mi mejor amigo me ha lanzado una maldición de coacción? Por Dios, Marlow.

—Así es —contestó Marlow con tenacidad—. Y procura no gritar tanto.

—No ha sido cosa suya —insistió Adrius en voz baja pero firme—. Le confiaría mi propia vida. ¿Te acuerdas de lo que me dijiste sobre tu amigo Swift? ¿Que confiar en ti significaba confiar en él? Pues lo mismo te digo de Silvan. A pesar de todos sus defectos, es la persona más honesta que conozco. Te digo que no ha sido él.

—Eso es distinto —replicó Marlow—. Tú no eres yo y Silvan no es Swift. Este mundo... la *noblesse nouveau*... no se puede confiar en nadie. Todos tenéis demasiado que perder.

—Así que esto es lo que piensas de nosotros, ¿no? —preguntó Adrius con voz queda y fría—. De mí. Estás convencida de que este mundo no es más que una partida de artimaña, que todos estamos dispuestos a apuñalarnos por la espalda al primer indicio de debilidad. Bueno, pues no es verdad.

—¿Ah, no? —insistió Marlow—. Puede que no lo veas porque eres un vástago de la familia Falcrest y la mayoría de la gente estaría dispuesta a saltar desde lo alto de la torre Vale para ganarse tu favor, pero Jardinperenne es un mundo mucho más despiadado que Las Ciénagas. Y si eres incapaz de verlo significa que eres un ingenuo.

Adrius negó con la cabeza.

—Jardinperenne no es así, pero tú sí. Aunque antes no lo eras. Antes eras capaz de confiar en los demás.

—Antes confiaba en ti —dijo Marlow antes de poder contenerse—. Pero ya sabes cómo acabó eso.

Aquellas palabras quedaron flotando entre ellos: era la primera vez que Marlow reconocía abiertamente que Adrius le había hecho daño y que había estado aferrándose a aquel dolor durante todo ese tiempo. Marlow se ruborizó y se sintió a la vez amargada y estúpida mientras Adrius desviaba la mirada. Por la expresión de su cara supo que estaba avergonzado y tal vez un poco dolido.

—Minnow…

—Déjalo —lo interrumpió Marlow con un deseo repentino de evitar escuchar lo que fuera que Adrius estaba a punto de decirle—. Será mejor que no hablemos del tema…

Adrius le estudió el rostro con la misma minuciosidad que cuando jugaban a artimaña, como si estuviera intentando decidir si iba de farol.

Pero Marlow no supo interpretar si había llegado a alguna conclusión. Adrius recolocó la mandíbula y esbozó una pequeña sonrisa.

—Lo que tú digas. Venga, ya es hora de que nos pongamos manos a la obra.

—Pero ¿de qué estás hablando?

Adrius le lanzó una mirada gélida.

—Todavía tenemos que retomar nuestra relación, ¿recuerdas?

Ah, eso. Por lo que respectaba a los demás miembros de la *noblesse nouveau*, Adrius y ella habían roto después de su indiscreción con Cerise. Así que ahora tenían que fingir que Adrius la conquistaba de nuevo para que Marlow tuviera una excusa para seguir a su lado. Y ahora que sospechaba que Silvan sabía lo de la maldición de Adrius era más importante que nunca que pudiera vigilarlo de cerca.

—De acuerdo —accedió—. Manos a la obra.

Suspiró profundamente, se giró y volvió a dirigirse hacia la sala principal.

—No quiero oír tus excusas, Adrius —dijo Marlow con un tono de voz lo bastante alto como para que las personas que tenían alrededor la oyeran. Tal y como esperaban, dejaron sus conversaciones a medias para no perderse detalle de su drama.

—Espera, deja que me explique —insistió Adrius pisándole los talones.

Marlow se dio la vuelta y la falda se le arremolinó a los pies en una espiral dramática de color zafiro.

—¿Qué hay que explicar? Besaste a otra chica.

—¡Fue un error! —Adrius la miró a los ojos, implorando—. No significó nada. Ojalá pudiera volver atrás en el tiempo y cambiar lo que hice.

A Marlow se le revolvió el estómago. Adrius era muy buen actor. Parecía y sonaba muy sincero. Por el rabillo del ojo vio que su dramática actuación estaba atrayendo la atención de la muchedumbre más de lo habitual. Aquella noche ya habían presenciado un espectáculo, pero estaban listos para el segundo acto.

—Nunca quise hacerte daño —dijo Adrius acercándose todavía más a ella.

—Bueno, pues me lo hiciste. —La voz le tembló de manera involuntaria. Porque era verdad que Adrius le había hecho daño, lo que pasa es que nunca había podido decírselo. No hasta aquel momento, que estaban rodeados de miradas indiscretas y estaban fingiendo que la había traicionado.

Marlow empezó a darse la vuelta para marcharse.

—¡Espera! —exclamó Adrius—. Por favor. No puedo volver a perderte.

«Volver a perderte». Fue como si le lanzara un embrujo. «Volver a perderte» significaba que ya la había perdido una vez. «Volver a perderte» significaba que se estaba refiriendo a mucho más que a aquella falsa reconciliación. «Volver a perderte» significaba que una parte de él estaba pensando en la última vez que la había perdido.

De repente Marlow no supo si sería capaz de escuchar a Adrius rogando que lo perdonara porque la mentira que estaban tejiendo para el público se acercaba demasiado al dolor real al que todavía se aferraba. Durante el último año se había vuelto loca intentando comprender qué había ocurrido entre ellos, si su amistad había sido real o si había sido increíblemente inocente por haber confiado en él.

—¿Cómo quieres que vuelva a confiar en ti? —preguntó después de soltar un profundo suspiro.

Por un momento en el rostro de Adrius apareció una expresión de dolor que enseguida se desvaneció, como si fuera el destello de un relámpago en una tormenta de verano. Apretó los puños a ambos lados de su cuerpo y entonces avanzó hacia ella con un brillo de determinación en la mirada.

—Sé que la he cagado. Fui un estúpido… me asusté porque me di cuenta de que lo que sentía por ti era real. Me dije que no lo era porque durante mucho tiempo fue más sencillo fingir que en realidad no me importaba nada. Pero tú sí que me importas, Marlow. Y… lo siento. —Se le rompió la voz. Estaban tan cerca que casi podían tocarse, su mirada era intensa y sincera. Marlow no detectó ni un deje de artificiosidad, ninguna señal que indicara que todo aquello formaba parte de su actuación.

—Siento si alguna vez te he hecho pensar lo contrario —dijo en voz baja—. Siento haberte hecho daño.

La muchedumbre que los rodeaba se había quedado completamente en silencio, conteniendo el aliento a la espera de su reacción. Esa era la parte en la que Marlow tenía que lanzarse a los brazos de Adrius, besarlo y decirle que lo perdonaba.

Pero fue incapaz de hacerlo. Los límites se habían desdibujado demasiado, el dolor falso se había juntado demasiado con el real. ¿Cómo podía evitar tomarse las palabras de Adrius como la disculpa que tantas veces había ansiado durante más de un año? El problema era que no estaba segura ni lograba discernir si lo que acababa de decir era verdad o formaba parte de la farsa.

Cuanto más rato permanecía allí de pie con un nudo en la garganta, más tenía la sensación de que Adrius estaba viendo la verdad escrita en su cara, la prueba condenatoria de que todavía sentía algo por él.

Aquello era demasiado. Marlow se giró y salió huyendo de aquella habitación. Adrius gritó su nombre mientras se alejaba.

Marlow se abrió camino entre las parejas que flotaban por la pista de baile encantada y tuvo la sensación de que las luces del bar clandestino no hacían más que dar vueltas. Solo necesitaba un poco de espacio. Deshacerse de todas aquellas miradas curiosas.

Necesitaba respirar.

Se lanzó hacia unas cortinas que conducían a una terraza cubierta de flores fragantes y decorada con lucecitas. Inhaló una bocanada de aquel aire nocturno tan agradable y húmedo.

Fue entonces cuando se percató de la figura solitaria que había en un rincón de la terraza y que estaba arrancando pétalos a un lirio.

—Veo que no soy la única que necesita un poco de aire fresco —dijo Gemma. Llevaba un peinado y un vestido tan fabulosos como siempre, pero tenía los ojos rojos, como si hubiera estado llorando.

—¿Estás bien? —preguntó Marlow acercándose hacia ella.

—He estado mejor —afirmó Gemma tras soltar una carcajada llorosa—. Estoy cabreada con Adrius. Ahora Amara ni siquiera me dirige la mirada. —Tiró el lirio al suelo—. ¿Y tú cómo estás? He oído parte de la conversación. Parecía... intensa.

Tal vez fuera por el temblor de su voz o por el maquillaje estropeado por las lágrimas, pero Marlow respondió con sinceridad.

—Ojalá supiera si lo dice de corazón.

—Te entiendo —afirmó Gemma, y cruzó los brazos ante el pecho—. Ojalá supiera si todo lo que me dijo Amara durante nuestra relación fue verdad... —Se secó los ojos—. Fue ella quien me besó primero, ¿sabes? Fue ella quien lo empezó todo. Y, sin embargo, luego me dio la espalda, como si nunca le hubiera importado.

—¿Quieres hablar de ello? —sugirió Marlow.

—Pues no me apetece mucho, la verdad. —La miró a los ojos—. ¿Quieres emborracharte conmigo?

—Sí —respondió Marlow tras valorar si sería una buena idea.

Gemma entrelazó el brazo con el suyo y la condujo de vuelta al interior del bar con una sonrisa en la cara. Agarró dos copas de color azul brillante de una bandeja flotante que pasaba por ahí y le tendió una a Marlow.

—Por la familia Falcrest —dijo Gemma con tono sarcástico, y chocó su copa contra la de Marlow antes de tomar un buen trago. Marlow sonrió y tomó un sorbo de la suya. Se estremeció al notar aquel líquido fresco, potente y dulce bajándole por la garganta.

Gemma se detuvo para tomar aire y soltó una carcajada.

—¿Es la primera vez que tomas elixir zafiro?

Marlow se quedó inmóvil y, por un momento, se preguntó si había confiado demasiado deprisa en Gemma. Tal vez aquello no era más que una broma elaborada y ahora se convertiría en rana o algo así por haberse bebido aquella copa.

En cuanto Gemma vio la cara de Marlow se echó a reír.

—Relájate. Te gustará.

Marlow sintió que la invadía una sensación de ligereza y leve-dad. Gemma se rio y entonces Marlow se dio cuenta de que esta-ba flotando. Soltó un pequeño grito ahogado y se agarró del brazo de Gemma por miedo a seguir flotando sin freno hasta el techo, pero se quedó planeando a unos pocos centímetros del suelo.

Gemma le tomó la mano y la hizo dar una vuelta en el aire.

—¡Vamos a bailar!

Marlow dejó que Gemma la arrastrara hacia la pista de baile y enseguida se encontró dando vueltas en medio de una multi-tud de personas que bailaban y algunas incluso también flota-ban. La banda tocaba una canción desenfrenada y alegre y Marlow iba cambiando alegremente de pareja de baile. Al cabo de un par de canciones notó que los efectos de la bebida empe-zaban a desvanecerse, pero enseguida apareció Gemma y le puso otra copa en la mano, esta vez de un líquido verde esmeralda oscuro que provocó que soltara unas pequeñas llamaradas verdes inofensivas. Más tarde se tomó una copa de un líquido transpa-rente lleno de lo que parecía confeti iridiscente y le salieron chis-pas de la punta de los dedos mientras se balanceaba y bailaba al ritmo de la música.

Marlow se sentía ligera y libre como no se había sentido en años. Como nunca antes se había sentido. Tuvo la sensación de que la envolvía una luz dorada, de que por una vez en la vida tenía su propia atracción magnética en vez de estar atrapada en la órbita de otra persona.

En algún momento de la noche, Marlow vio a Amara entre la muchedumbre lanzándoles miradas afiladas como cuchillos. A Marlow le pareció lo más gracioso que había visto en su vida y estalló en carcajadas hasta que tanto ella como Gemma olvidaron de qué se estaban riendo.

—¡No sabía que eras tan divertida! —gritó Gemma por encima de la música.

—¡Yo tampoco! —contestó Marlow chillando, y volvieron a reírse a carcajadas.

De repente alguien la tomó de la mano y la hizo girar sobre sí misma mientras la música iba subiendo de volumen. Dio otra vuelta y cuando se detuvo vio que se abría una brecha en la pista de baile y que de repente aparecía Adrius caminando con paso decidido hacia ella con su chaqueta dorada y rubí resplandeciente, que parecía una llama cálida bajo aquellas luces tenues.

—Aquí estás —dijo deteniéndose ante ella. Marlow percibió una intensidad y una excitación en sus ojos del color del oro fundido que hizo que la sangre le fluyera con frenesí por las venas.

La gente que bailaba en la pista fue moviéndose y empujando a Marlow hacia delante. Adrius le agarró la mano, le pasó el otro brazo por la cintura y la balanceó grácilmente al ritmo de la música. En un abrir y cerrar de ojos empezaron a bailar bien pegados en medio de aquella masa de cuerpos. El vestido de Marlow se movía con fluidez cada vez que giraba sobre sí misma. Y cada vez que Adrius le tocaba la piel desnuda le empezaba a arder. Quedó embriagada por la fragancia del ámbar y el azahar en cuanto Adrius agachó la cara y la acercó a la suya. Marlow vio que las cejas le brillaban por el sudor.

—Ven conmigo —susurró Adrius.

Por un momento Marlow tuvo la sensación de que era ella quien estaba maldita, porque no tuvo más remedio que obedecer. Adrius la guio hacia el límite de la pista de baile empujándola con suavidad y Marlow notó su mano ardiendo sobre su espalda desnuda. La muchedumbre enseguida les abrió paso.

No le costó imaginarse lo que todos debían estar pensando mientras Adrius la conducía de nuevo hacia la terraza: que la estaba sacando a rastras de la fiesta para tener un momento de intimidad y que en cuanto estuvieran a solas Adrius la empujaría contra una pared cubierta de hiedra y la besaría con su boca cálida, lujuriosa y endulzada por el vino mientras hundía sus manos en su pelo y en las profundidades de su falda.

Marlow se quedó sin aliento cuando Adrius la condujo hasta debajo de una celosía y le puso la espalda contra la pared, lejos de miradas indiscretas. Marlow se sentía acalorada y confusa y además la cabeza le daba vueltas por culpa de las luces, las copas que se había bebido, la fragancia de las flores y el aire dulzón y espeso que los envolvía.

—Creo que aquí tendremos un poco de privacidad —murmuró Adrius lanzándole su cálido aliento en los labios.

—De acuerdo —dijo Marlow. En aquel momento sintió que accedería a hacer cualquier cosa que Adrius le dijera. En la quietud de la terraza tomó consciencia de que el pecho se le hinchaba y se le deshinchaba bajo el corpiño de cuentas. Lo único que veía era la imagen que se había formado en la cabeza de Adrius y ella enredados en la oscuridad rodeados por la hiedra.

Deseaba que ocurriera. Lo deseaba con tanta intensidad que hasta se sentía mareada. Se acercó hacia él.

Pero de repente Adrius dio un paso atrás.

—Ha sido una gran actuación. No esperaba que salieras corriendo, pero creo que jugará a nuestro favor.

Y entonces Marlow recordó que aquello no tenía nada que ver con ella. Nada tenía que ver nunca con ella.

—Me alegro.

—¿Estás borracha? —preguntó Adrius examinándola con los ojos entrecerrados.

—¿Qué? No. —Marlow se tambaleó hacia atrás hasta chocar contra la celosía—. Bueno, puede que un poco.

—No sabía que eras capaz de emborracharte. —La miró con aire inquisitivo—. Debería acompañarte hasta tu casa.

—No tienes que…

—Minnow —respondió con firmeza—. Deja que te acompañe hasta tu casa.

A Marlow no le quedaban fuerzas para protestar, así que se limitó a seguir a Adrius cuando la condujo de nuevo hacia el interior del bar, agarrándose con fuerza la tela de la falda para que no le temblaran las manos.

Salieron del bar clandestino y subieron a bordo de un barco privado que los llevó por los canales del distrito del Jardín Exterior. Marlow se dejó caer encima de los cojines de seda y miró las estrellas medio mareada. Lo único que oía era el chapoteo suave del agua y la melodía que cantaban las ranas del canal. Notó el aire sofocante y bochornoso contra la piel. Adrius estaba sentado frente a ella, justo fuera de su alcance. Tenía la vista fijada en el agua, no en ella, y aquello la hizo hervir de rabia.

—Seguro que toda la gente del bar cree que me has llevado a casa para empotrarme —le informó.

Su estrategia funcionó: Adrius dirigió la mirada hacia ella con una expresión irritantemente neutral.

—Estoy bastante seguro de que todos coincidirían en que no estás en condiciones de ser empotrada.

—Estoy bien —afirmó Malrow, y se puso en pie. Craso error. El balanceo del barco sumado a las burbujas del alcohol encantado la hicieron trastabillar. Por suerte Adrius reaccionó a tiempo y la agarró, aunque el vaivén del barco los hizo caer a ambos encima de los cojines.

El vestido de Marlow se extendió a su alrededor. Estaban igual de cerca de lo que habían estado un rato antes en la terraza. Marlow sintió el calor que emanaba del cuerpo de Adrius debajo de ella. Contempló sus pestañas a la pálida luz de la luna, oyó su respiración ligeramente acelerada. Notó sus brazos rodeándola con fuerza.

Pero entonces Adrius se la quitó de encima y la colocó a su lado.

Marlow se desplomó encima de los cojines.

—De todas formas aquí nadie va a empotrar a nadie porque solo estamos fingiendo estar juntos.

—No hace falta que me lo recuerdes, Minnow, soy perfectamente consciente —aseguró Adrius contrayendo el rostro bajo la luz de la luna.

—Se te da muy bien eso de fingir —afirmó Marlow—. Tienes a todo el mundo engañado. A tu mejor amigo. A tu propia hermana. Pero a mí no.

No pretendía decir eso, no pretendía revelar lo cerca que había estado de creerse su propia artimaña en aquellos borrosos momentos que habían estado a solas en la terraza. Pero hacía un buen rato que no sabía lo que estaba haciendo ni qué estaba intentando ocultar a quién.

—No estoy intentando engañarte —dijo Adrius tras una larga pausa.

—Bien —replicó Marlow, y cerró los ojos.

Quedaron sumidos en el silencio durante el resto del trayecto en barco.

Cuando llegaron a su piso después de que Adrius la arrastrara por las escaleras, no intercambiaron ninguna mirada acalorada ni se tocaron más de lo estrictamente necesario. Incluso cuando Adrius la ayudó a quitarse el vestido lo hizo con una paciencia indulgente, como si estuviera ayudando a una niña revoltosa a ponerse el pijama.

Marlow se metió dentro de la cama en enaguas mientras la habitación daba vueltas a su alrededor. Adrius se arrodilló para quitarle los zapatos moviéndole los tobillos con delicadeza. Marlow notó que se le aceleraba el corazón. Cerró los ojos y cuando volvió a abrirlos Adrius le estaba poniendo una manta de punto suave por encima y arropándosela bien alrededor de los hombros.

Hacía años que nadie la arropaba en la cama. La última vez que le venía a la memoria era una noche que se puso enferma y su madre se tomó la tarde libre para prepararle un té y acariciarle el pelo y luego la metió en la cama cantándole una nana en voz baja que le resultaba familiar. El olor a vetiver y bergamota se quedó pegado en sus sábanas incluso después de que Cassandra se retirara a su habitación, que estaba al otro lado del pasillo. Fue uno de los pocos momentos en los que su madre se comportó con ternura y Marlow lo atesoraba.

Se le hizo un nudo de emoción en la garganta y volvió a cerrar los ojos, respirando entrecortadamente para mantener las lágrimas a raya.

Adrius le apartó el pelo de la cara con delicadeza.

—Buenas noches, Minnow.

Marlow lo agarró por la muñeca antes de que pudiera alejarse. Sus miradas se encontraron en la oscuridad. Marlow sintió la extraña necesidad de meterlo debajo de las sábanas con ella, de retenerlo a su lado.

Pero lo soltó y cerró los ojos mientras Adrius salía de la habitación. Al cabo de unos segundos oyó el ruido de la puerta de su piso cerrándose y el sonido chirriante de sus pasos bajando por las escaleras.

Rana subió de un salto a su cama y se hizo un ovillo junto a ella mientras el terror le atenazaba el pecho.

—Rana —gimió lastimosamente—. ¿Cómo has podido dejar que ocurriera esto?

Cuando había aceptado el caso de Adrius estaba convencida de que conseguirían engañar a todo Jardinperenne. Y tenía razón.

Pero en aquel momento, con el eco del tacto de Adrius todavía en su piel, Marlow se dio cuenta de que la persona a la que mejor habían engañado era a sí misma.

DIECISÉIS

olo un puñado de cosas podían distraer a Marlow cuando estaba siguiendo una pista y desde luego haberse dado cuenta de que tal vez todavía tenía sentimientos por Adrius no era una de ellas.

Incluso después de todo lo que había ocurrido la noche anterior no había olvidado lo que Viatriz le había dicho en el Teatro Monarca. Sabía lo que tenía que hacer a continuación y por mucho que le repugnaba estaba lista para hacerlo.

—Eres un hombre difícil de encontrar —dijo Marlow mientas subía por las escaleras del porche de Orsella, donde Swift estaba metido hasta las cejas en aceite de motor y partes de moto. Un vaso de zumo de caqui de un intenso color coral descansaba encima de la barandilla.

Swift gruñó mientras se esforzaba por apretar una pieza suelta de la moto.

—Depende de quién me busque. ¿Llave de tubo?

—He hablado con la Orquídea Negra —dijo Marlow al pasarle la herramienta.

Al oír aquellas palabras, Swift levantó la cabeza.

—¿Y no se te ocurrió pedirme que te acompañara como refuerzo?

—Me parece que en las reuniones furtivas con grupos secretos de hechiceros clandestinos no te dejan traer un más uno —contestó Marlow encogiéndose de hombros.

—Bueno, todavía estás entera y parece que no te han manipulado los recuerdos, así que supongo que fue bien.

Marlow le contó todo lo que Viatriz le había explicado mientas Swift se quedaba allí sentado escuchándola con paciencia y secándose el sudor de la frente con un trapo manchado de aceite de motor.

—Es imposible que tu madre vendiera el libro de hechizos de los Falcrest a los Cabezacobre —dijo Swift—. ¿No?

—Por supuesto —afirmó Marlow a pesar de sentir una punzada de duda debajo de las costillas—. Pero ¿y si lo hubiera hecho?

—¿Por qué iba a hacerlo? —preguntó Swift.

—No lo sé —contestó Marlow—. Y este es mi mayor problema. Cuando se trata de ella, nunca estoy segura de nada. Desde luego no sabía que estaba trabajando para la Orquídea Negra.

Incluso antes de desaparecer, Cassandra era muy misteriosa. Cuanta más información intentaba recabar sobre su madre, más incapaz se sentía de juntar todas las piezas.

—Tengo que saberlo, Swift —dijo—. Simplemente tengo que saberlo.

—¿A qué te refieres? —preguntó mirándola con cautela.

Marlow se mordió la comisura del labio.

—Tengo un plan —afirmó, aunque en realidad lo que tenía era más bien un esbozo de plan—. Y necesito que me hagas un favor.

Swift se la quedó mirando. Y entonces soltó una retahíla de insultos.

—Es broma, ¿no?

—Si los de la Orquídea Negra están en lo cierto, significa que *El grimorio de Ilario* está en manos de los Cabezacobre. Y en este caso seguro que saben qué le ocurrió a mi madre.

—Marlow, no —dijo Swift con un tono de voz muy serio.

—Sabes que no te lo pediría si tuviera otra opción —dijo mirándolo a los ojos.

—Menuda excusa de mierda. ¿Cómo que no tienes otra opción? ¡Yo sí que no tuve otra opción! —gritó Swift—. No tuve otra opción cuando Leonidas me lanzó aquella maldición. ¡No tuve otra opción cuando me ordenó hacer cosas con las que apenas puedo vivir! ¿Sabes qué fue lo último que hice con mi mano antes de perderla?

Marlow tragó saliva. No era la primera vez que veía a Swift enfadado, pero nunca lo había visto así. Con esa sombra oscura de odio y desesperación titilándole detrás de los ojos.

—Sostuve una pistola —dijo poco a poco—. Sostuve una pistola contra la cabeza de un hombre inocente.

A Marlow se le encogió el corazón. Swift nunca le había contado exactamente lo que había ocurrido los días antes de que se pusiera a buscarlo y descubriera que había sido reclutado por los Cabezacobre. Swift le había contado la maldición que le habían lanzado y al ver la carne podrida de su mano no le había costado mucho adivinar lo que había ocurrido: los Cabezacobre le habían ordenado que hiciera algo tan repugnante que había preferido perder su mano antes que obedecerlos.

Nunca le había preguntado qué le habían pedido que hiciera. Y él nunca se lo había contado hasta ahora.

—Las cosas que tuve que hacer —dijo Swift con voz entrecortada—, la persona en la que me tuve que transformar solo para sobrevivir. Me convertí… en alguien que no reconocía.

—Swift —imploró Marlow con tristeza.

—No puedes pedirme esto —dijo Swift mirándola directamente a los ojos—. No puedes pedirme que vuelva ahí. Que vuelva a acercarme a él.

Marlow bajó la mirada y se le ruborizaron las mejillas por la vergüenza y la repulsión que sentía por haber pedido a Swift aquel favor sabiendo lo que significaría para él.

—Adrius tampoco tiene otra opción —confesó en voz baja.

—¿Qué quieres decir con eso? —preguntó Swift con voz ronca.

—El grimorio contiene la única receta que se conoce para crear una maldición de coacción —contestó Marlow.

—¿Quieres decir que Adrius...? —inquirió Swift con los ojos abiertos de par en par.

—Sí —replicó Marlow—. Y si los Cabezacobre tienen el grimorio significa que tienen la receta de la maldición de coacción. No podemos dejar una maldición como esta en manos de Leonidas. Piensa en lo que podría llegar a hacer si tuviera una maldición tan poderosa.

De repente Swift empezó a tener palpitaciones en el pecho. Agarró la llave inglesa con más fuerza.

—Tiene que haber alguna otra manera. No puedo hacerlo, Marlow. No... no puedo.

Marlow apretó los labios y asintió una sola vez mientras notaba que se le caía el alma a los pies.

—De acuerdo. Lo entiendo.

Swift se desplomó aliviado.

—Bien. Tendremos que...

—Iré sola —dijo Marlow poniéndose en pie—. Mi plan sería mucho más sencillo si vinieras conmigo, pero aun así funcionará.

—Marlow —gritó Swift—. ¡Marlow!

Pero ella ya estaba bajando los escalones del porche y alejándose de Swift, que siguió llamándola.

Había mucha más gente en el Tigre Ciego que la última vez que Marlow había visitado el local. Y además el ambiente estaba más alborotado.

Unas luces estroboscópicas de color violeta oscuro y verde pálido iluminaban aquella masa de personas que bebían, se peleaban y se retorcían en la improvisada pista de baile. Del techo colgaban unas cajas de metal suspendidas con bailarines que hacían malabares con llamas e invocaban ilusiones espectrales. La música sonaba estruendosamente detrás de la barra del bar y a Marlow le rechinaban los dientes.

Tras examinar la muchedumbre durante treinta segundos, localizó un grupo de cabezacobres, ya que sus tatuajes brillaban bajo las luces estroboscópicas. Había un montón. Por un lado ese era precisamente el motivo por el cual Marlow había decidido venir a ese bar. Pero por otro lado no esperaba que la superaran tantísimo en número.

Se le aceleró el pulso y se sentó en la primera silla que vio libre. Se dejó la capucha puesta y se agarró las manos con fuerza sobre el regazo.

Al cabo de un segundo vio a Bane. Tampoco es que pasara precisamente desapercibido, porque se estaba paseando con aire fanfarrón entre la multitud con un traje de tres piezas naranja horrendo flanqueado, como siempre, por dos lacayos cabezacobre. Se dio cuenta de que uno de ellos era el Barquero, el sicario a quien Adrius había pegado un puñetazo.

De repente, le llamó la atención una mata de pelo rubio que apareció en la barra del bar. Marlow se giró para observar a la persona que acababa de acercarse a pedir una copa.

Una persona que no debería estar en ningún tugurio de los Cabezacobre.

La mente de Marlow se detuvo en seco, incapaz de procesar lo que estaba viendo. Porque le parecía imposible que Silvan Vale estuviera en medio del Tigre Ciego rodeado de los pandilleros más conocidos de toda Caraza.

Pero ahí estaba. Bajo la luz bioluminiscente parecía tener una piel casi morada. Marlow se fijó en que Bo le sobresalía por debajo de la manga como si fuera un brazalete de color azul eléctrico.

La sorprendió tanto verlo allí que tardó más de lo habitual en darse cuenta de que Bane y sus compinches se habían detenido justo enfrente de él.

Silvan alzó poco a poco la mirada con aquella mueca familiar en los labios. Bane se inclinó hacia él y le dijo algo que Marlow no alcanzó a oír.

Notó que la incredulidad se apoderaba de ella. Su cerebro se esforzó por encontrar cualquier motivo que pudiera justificar que Silvan Vale tuviera algún asunto que tratar con los Cabezacobre. Pero solo se le ocurrió uno.

Silvan era el responsable de la maldición de Adrius.

Era una coincidencia demasiado grande, no podía significar otra cosa. Sin duda Silvan había comprado la maldición de coacción a los Cabezacobre. Y se la había lanzado a Adrius en la fiesta en la que Amara había anunciado su compromiso.

La única incógnita era saber por qué lo había hecho.

Mientras Marlow intentaba asimilar lo que acababa de deducir, de repente se detuvo la música. Los presentes redujeron el volumen de sus conversaciones a un murmullo y finalmente guardaron silencio. El chasquido de los talones de unas botas de metal resonó por todo el bar. El miedo atenazó la garganta de Marlow.

Leonidas Howell, líder de los Cabezacobre, emergió entre la multitud. Marlow sintió la tensión de todos los presentes, que contenían la respiración. Cualquiera que frecuentara el Tigre Ciego sabía que si recibías una visita en persona de Leonidas tu noche estaba a punto de dar un giro a peor.

Leonidas tenía un aspecto casi refinado con su traje oscuro como el carbón en comparación con el traje naranja brillante de Bane. De la oreja le colgaba un pendiente de oro sencillo. Y en la mano llevaba la cadena de oro que iba atada al cuello de su mascota favorita: un cocodrilo de tres metros y medio llamado Sycorax que lo seguía sigilosamente y cuyos dientes amarillentos sobresalían de sus enormes mandíbulas.

Bane era todo grandilocuencia y fanfarronería: dependía de su voz estridente, su enorme complexión y su ropa ostentosa para intimidar a los demás. Pero, por mucho que pudiera asustar, al fin y al cabo era solo un matón que utilizaba el miedo como herramienta para mantener a raya a todo el mundo.

En cambio Leonidas estaba hecho de otra pasta. Era delgaducho y esbelto y siempre iba tieso como un palo. A diferencia de Bane, para Leonidas el miedo no era solo una táctica, sino el motivo de su existencia. Su motor vital era la pasión que sentía por la violencia.

Pero tanto él como Bane tenían algo en común: a ambos les encantaba tener público.

Leonidas se acercó poco a poco a Silvan. Agarró la copa que tenía encima de la barra del bar, tomó un buen trago y se relamió los labios tras soltar un suspiro exagerado.

—¿A qué debo el placer de su visita, señor Vale? —dijo con voz sedosa.

Silvan miró a Leonidas con los ojos entrecerrados y lanzó una mirada a Sycorax.

—¿Y tú quién eres?

Marlow se levantó apresuradamente y se abrió camino entre la multitud para acercarse a ellos.

Leonidas lanzó la copa a los pies de Silvan y la rompió en mil añicos.

—Pero ¿tú te crees que puedes entrar en mi bar y preguntarme quién soy? —gritó. Sycorax, que estaba a su lado, dio un latigazo con la cola y soltó un gruñido desde las profundidades de la garganta.

Silvan se quedó tieso y todo el cuerpo se le encogió de miedo. Los cabezacobre de su alrededor también se quedaron paralizados. Incluso Bane parecía nervioso, y no le faltaban motivos.

Cuando Leonidas desataba su ira no había manera de detenerla. Ni siquiera con la amenaza de que pudiera descender sobre él la ira de las cinco familias. Si Leonidas perdía los estribos y hacía daño al vástago de una de las familias más poderosas de toda Caraza, firmaría una sentencia de muerte para todos los Cabezacobre.

Las únicas personas a las que Marlow se atrevía a cabrear todavía menos que al líder de los Cabezacobre eran los cabezas de familia de las cinco familias.

Era evidente que Bane estaba pensando exactamente lo mismo que ella, ya que en sus pequeños ojos brillantes vio un miedo creciente que fue aumentando a medida que observaba a Leonidas y Silvan. Era como estar viendo un cuchillo en punta haciendo equilibrios. Todos los presentes estaban esperando a que cayera.

Pero entonces Leonidas empezó a reírse a grandes carcajadas.

Se produjo un momento de confusión desconcertante, pero los demás cabezacobre enseguida se unieron a las carcajadas de su líder. Y es que, a pesar de que más de uno parecía atónito por lo que estaba ocurriendo, todos optaron por seguir la corriente al cabecilla.

A Silvan no pareció calmarlo aquel repentino cambio de humor, ni tampoco el brazo delgaducho pero vigoroso que Leonidas le pasó por los hombros.

—¡Tú! —exclamó Leonidas zarandeando a Silvan juguetonamente—. Me gustas. Tienes agallas.

Silvan hizo una mueca que dejaba bien claro que estaría igual de ofendido si Leonidas le hubiera escupido en la cara. Que no se le ocurría mayor insulto que el hecho de que una escoria como Leonidas se atreviera siquiera a tocar a un vástago de la familia Vale.

Leonidas le agarró la nuca, lo obligó a acercarse a él y le susurró algo al oído que lo hizo palidecer de golpe.

De repente, Leonidas estampó la cara de Silvan contra la mesa que tenían al lado con un golpe sordo. Los vasos que había encima de la mesa cayeron al suelo y se hicieron añicos y los dos parroquianos que estaban sentados en la mesa se levantaron de un salto y se escabulleron a toda prisa entre la multitud.

Leonidas no soltó la nuca de Silvan y siguió presionándole la cara contra la mesa mientras este forcejeaba inútilmente.

—¡Suéltame! —gritó Silvan con la frente pegada a la mesa—. ¡No puedes hacer esto! ¿Es que no sabes quién es mi padre?

Sin que Leonidas tuviera que decir nada, aparecieron dos cabezacobre detrás de Silvan y le agarraron los brazos.

—Oh, sé muy bien quién es tu papaíto —dijo Leonidas agachándose sobre Silvan—. Un hombre en lo alto de su castillo. —Se hurgó los dientes de arriba con el meñique, se quitó los restos de comida que tenía enganchados y se los tiró a la cabeza—. Pero, verás, su castillo está en la otra punta de la ciudad. ¿Y dónde estás tú? En mi casa.

Soltó a Silvan y sus lacayos lo mantuvieron inmóvil mientras Leonidas se sacaba un buen mazo de cartas de hechizo del bolsillo.

—Tu papaíto y sus amigos refinados no son los únicos que se dedican a producir hechizos. Me estoy construyendo mi propio imperio en Las Ciénagas a base de vender esas maldiciones que le impiden conciliar el sueño a tu papaíto por las noches. ¿Quieres probar alguna?

Uno de los cabezacobre remangó la manga negra de Silvan y le arrancó a Bo de la muñeca. A continuación, acercó la serpiente a Sycorax, que chasqueó la mandíbula. Bo siseó y soltó unas pocas chispas por la boca.

—¡No! —gritó Silvan zarandeándose—. ¡No lo hagas!

—Bueno, ¿qué maldición quieres probar primero, niñito de papá? —preguntó Leonidas mirándolo con maldad—. ¿La que hace que los ojos se te sequen como pasas? ¿O la que te hace sangrar por todos los orificios?

Silvan había dejado de intentar razonar con Leonidas, pero empezó a forcejear más que antes, gruñendo como una bestia enjaulada.

De repente, Marlow volvió en sí. Daba igual lo que Silvan estuviera haciendo allí, daba igual si había maldecido a Adrius; no estaba dispuesta a quedarse de brazos cruzados observando cómo Leonidas lo usaba para sus fantasías más oscuras. Tenía que hacer algo y deprisa.

—Leonidas —dijo Bane, dubitativo, acercándose a su jefe—. Tal vez deberíamos…

—Oh, esta es una de mis favoritas —continuó Leonidas sacando una carta del mazo e ignorando por completo a Bane—. Te obliga a cortarte los dedos uno a uno. Parece divertido, ¿verdad? Sycorax no ha comido nada en toda la noche: podría darle tu pequeña serpiente para comer y luego tus dedos de postre.

Marlow agarró una carta de hechizo y avanzó entre la muchedumbre hasta detenerse a tan solo unos pocos metros de la mesa donde tenían sujeto a Silvan.

Una vez al borde de la muchedumbre, titubeó. ¿En serio estaba dispuesta a hacer aquello? ¿A arriesgar su propia vida por Silvan Vale, que siempre se había burlado de ella?

Echó un vistazo a la cara de Silvan, todavía pegada contra la mesa con una expresión de puro terror. Casi daba pena verlo así: Silvan, que siempre tenía un aire tan refinado y pulcro, reducido a una bestia que forcejeaba entre las garras de un depredador mucho más peligroso.

Leonidas alzó la carta de maldición.

—¡*Bruciare*! —gritó Marlow, apuntando con su embrujo a uno de los cabezacobre que sujetaban a Silvan contra la mesa.

El sicario se tambaleó hacia atrás con un aullido de sorpresa mientras se agarraba la cara.

—¡Quema! ¡Quema!

Ahora que tenía un brazo libre, Silvan se giró hacia su otro captor y le hundió los dientes en el brazo. Marlow se detuvo unos segundos, atónita: no esperaba que Silvan fuera capaz de exhibir tal brutalidad. Pero enseguida avanzó un par de pasos, agarró a Silvan y lo arrastró lejos de los Cabezacobre.

—Espera, ¡falta Bo! —gritó Silvan tirando en dirección contraria.

Marlow giró la cabeza y vio el cuerpo azul de Bo retorciéndose entre las garras de un cabezacobre. No paraba de sisear y soltar chispas azules brillantes.

—¡*Vertigini*! —gritó Marlow apuntando otra carta de embrujo contra aquel cabezacobre. Era un embrujo bastante menor para hacer perder el equilibrio, pero dio resultado. El cabezacobre cayó para atrás y Bo salió volando por los aires hasta aterrizar en el suelo, donde serpenteó a la velocidad del rayo.

—Venga, ¡vámonos! —gritó Marlow.

Silvan se arrodilló a media zancada para que Bo pudiera volver a reptar hacia las profundidades de su manga mientas Marlow lo arrastraba hacia la salida.

De repente les salieron al paso dos porteros enormes y musculosos.

—¡Mierda! —exclamó Marlow deteniéndose en seco y palpándose los bolsillos—. Se me han acabado. ¿Tú qué tienes?

Silvan la miró como si le estuviera hablando en otro idioma.

—Pero ¿de qué me estás hablando?

—¡De embrujos, Silvan! —contestó Marlow—. ¿Cuáles llevas?

—¿Por qué iba a llevar embrujos encima?

A Marlow casi le dio un ataque de risa. Tenía a su lado al vástago de una de las familias productoras de hechizos más prósperas de toda Caraza, con acceso a una cantidad de magia que la mayoría de las personas nunca llegarían a ver en toda su vida, y no llevaba ni un solo embrujo encima que pudiera ayudarlos a salir de allí. ¿Por qué iba a necesitar un embrujo un chico que se había criado entre lujos y rodeado de opulencia durante toda su vida? ¿Que nunca había necesitado más protección que la que le otorgaba el apellido de su familia?

Pero Marlow no tenía tiempo para recrearse en ironías, porque Leonidas se les estaba acercando por detrás como una pantera acechando su presa.

—Vaya, vaya, vaya. —Los dientes le brillaron como perlas bajo la luz verde del local—. ¡Mirad a quién tenemos aquí, chicos! Pero si es nuestra rompemaldiciones favorita.

Los cabezacobre que flanqueaban a Leonidas empezaron a reírse con ganas. Todos se morían de ganas de ver a Marlow hecha trizas por haber liberado a Swift de sus garras y haberlos hecho quedar a todos como idiotas en el proceso.

—Parece que hoy es mi día de suerte. Te debo un regalo, Marlow, y llevo mucho tiempo esperando para poder dártelo. —Leonidas alzó una carta—. A ver si puedes romper esta maldición.

DIECISIETE

o primero que pensó Marlow al contemplar la cara sonriente de Leonidas fue «Swift tenía razón».

Y, por mucho que le diera vergüenza, lo segundo que pensó fue que no volvería a ver a Adrius nunca más.

Notó que los ojos se le llenaban de lágrimas mientras Leonidas avanzaba hacia ella. Detrás de él, Sycorax rugía. La tinta dorada y plateada de la carta de maldición centelleó bajo aquella luz pálida.

Leonidas había amenazado a Silvan con unas maldiciones horribles, pero Marlow sabía que la que hubiera escogido para ella sería mucho peor. Llevaba demasiado tiempo queriendo tenerla acorralada así: indefensa, aterrada y completamente a su merced.

Además, sabía demasiado bien que Leonidas no tenía piedad. Fuera lo que fuera que tuviera planeado para ella, no sería rápido.

Se tomaría su tiempo lastimándola.

—¡Leonidas! —gritó una voz desde la puerta. Una voz maravillosa, hermosa y familiar—. Suéltalos.

Swift irrumpió por la puerta principal del tugurio. Había venido a por ella. Incluso después de todo lo que le había dicho había venido. Lo único que eclipsaba la creciente oleada de afecto que sentía por Swift era el miedo que le daba lo que Leonidas pudiera hacerle.

—Vaya, al final va a ser verdad que es mi día de suerte —afirmó Leonidas abriendo los ojos de par en par, encantado—. Debería haber sabido que andabas por aquí cerca al ver aparecer a la señorita rompemaldiciones. Genial, esto será la guinda del pastel: Marlow Briggs por fin tendrá lo que se merece y tú podrás verlo de primera mano.

—Suéltala —dijo Swift con voz firme—. Suéltalos a ambos sin un rasguño y... regresaré. Dejaré que vuelvas a lanzarme la maldición. Volveré a ser un cabezacobre.

—Swift, pero qué cojo... —empezó a decir Marlow en dirección a su amigo.

—No te metas, Marlow —le espetó dándose la vuelta y lanzándole una mirada gélida.

A Marlow se le cayó el alma a los pies. No podía permitir que lo hiciera. Al menos no por ella.

—Me parece muy arrogante por tu parte dar por sentado que todavía queremos que regreses, Swiftie —dijo Leonidas sonriendo—. Ese barco ya ha zarpado.

—Me parece que no —contestó Swift con voz serena mientras avanzaba hacia él.

Leonidas siguió a Swift con la mirada y Marlow intuyó que el cerebro le iba a toda máquina. Cuando Swift se liberó de la maldición de los Cabezacobre violó la norma más importante de Leonidas: nadie puede desobedecerlo. Y, sin embargo, Swift estaba vivito y coleando, había escapado casi indemne.

La oportunidad de castigar a Swift por haber cometido el crimen de desafiarlo resultaba demasiado tentadora para que alguien como Leonidas pudiera resistirse. Se acercó a Swift.

—Quiero oírtelo decir —le ordenó—. Dilo, Swift. Di que eres mío y dejaré marchar a tus amigos.

Swift apretó la mandíbula. Cerró los ojos y se le crisparon las manos.

—¡No! —exclamó Marlow con un grito ahogado. No podía ver aquello. No podía permitir que sucediera—. Swift, no lo hagas.

—Mercado del Pantano.

Marlow tardó medio segundo en procesar aquellas palabras. Y medio segundo más en reaccionar tirándose al suelo y arrastrando a Silvan con ella.

Swift no necesitó más tiempo para sacar a Josephine de donde la llevaba escondida junto a la cadera y disparar a Leonidas a quemarropa. Quedó envuelto por unos glifos plateados y negros. Cuando se desvanecieron, Leonidas estaba completamente inmóvil, con la mano medio levantada, la boca abierta y un rictus de sorpresa en la cara. Paralizado de la cabeza a los pies.

Swift disparó un segundo tiro por encima de la cabeza de Marlow y Silvan en dirección al pecho de Bane. La bala encantada explotó y liberó un enjambre de abejas furiosas que empezaron a picar a Bane y a cualquier persona que estuviera cerca de él.

Bane soltó un grito.

Todo el bar quedó sumido en el caos: la mayoría de los presentes huyeron o se escondieron debajo de las mesas y la barra del bar. Sin embargo, los cabezacobre por fin reaccionaron y se abalanzaron sobre Swift desde todos los rincones del tugurio.

Marlow se puso en pie, alzó a Silvan y lo empujó hacia la salida junto a las demás personas que huían.

Swift disparó otro embrujo en dirección al cabezacobre que tenía más cerca. El hombre se tambaleó y al cabo de unos segundos salió disparado hacia el techo, como si de repente el campo gravitacional de su cuerpo se hubiera invertido.

Otro cabezacobre se abalanzó sobre Swift por la espalda y lo tiró al suelo. Forcejearon mientras Swift intentaba quitárselo de encima sin soltar la escopeta.

—¡Swift! —gritó Marlow, deteniéndose en seco.

Swift alzó la cabeza, la miró a los ojos y le lanzó a Josephine con todas sus fuerzas.

Marlow agarró el arma, la amartilló y lanzó un hechizo a la cara del hombre que estaba atacando a Swift. Quedó envuelto por unos glifos de color verde oscuro y cuando se desvanecieron miró a Marlow, lanzó un grito espeluznante y salió disparado en dirección contraria.

Era un hechizo de miedica. Orsella tenía un don para el dramatismo.

Marlow ayudó a Swift a ponerse en pie.

—Por todos los dioses, Swift, me has dado un susto de muerte. —Marlow metió la mano en su bandolera, agarró un par de balas encantadas y recargó a Josephine.

—¿Que yo te he asustado a ti?

Marlow tardó un momento en contestar, porque tuvo que disparar a un cabezacobre que pretendía abalanzarse sobre ellos. Se detuvo, se tambaleó, y de repente se puso a bailar claqué.

—No me puedo creer que hayas robado a Josephine —dijo Marlow.

—La he tomado prestada —la corrigió Swift—. Y solo estás cabreada porque no se te ha ocurrido a ti antes.

—¡Por supuesto que estoy cabreada porque no se me ha ocurrido a mí antes! —Lanzó otro embrujo contra un cabezacobre que se dirigía hacia ellos y de repente la velocidad de sus movimientos se redujo una décima parte.

—Por cierto, ¿y ese de dónde ha salido? —preguntó Swift señalando con el pulgar hacia atrás.

Marlow desvió la mirada hacia los pocos parroquianos que todavía estaban huyendo del tugurio y vio a Silvan forcejeando con un cabezacobre. Se estaba defendiendo con uñas y dientes mientras Bo siseaba e intentaba morder los dedos al atacante y le escupía un aluvión de chispas encima.

Marlow suspiró, agarró otro puñado de balas y recargó a Josephine.

Swift sacudió la cabeza y se dirigió hacia Silvan. Dio un puñetazo al cabezacobre en la mandíbula y lo dejó tumbado en el suelo gritando de dolor. Silvan se giró con los puños en alto, listo para enfrentarse también contra Swift.

Swift alzó las manos para apaciguarlo.

—Cálmate, hombretón, no quiero hacerte daño.

—¿Y quién cojones eres tú? —farfulló Silvan.

—Soy el tipo que acaba de salvarte el pellejo —contestó Swift, y acto seguido lo agarró del brazo y lo arrastró en dirección a la salida—. Dos veces. Así que espabila.

Marlow los siguió de cerca; solo se detuvo para lanzar otro hechizo a los cabezacobre para cubrirse las espaldas antes de atravesar la escotilla a toda prisa con Swift y Silvan.

Los tres salieron a toda prisa hacia el enorme caparazón del acorazado. Marlow disparó la última bala a través de la escotilla y dejó fuera de combate a un cabezacobre que los perseguía.

—Venga, vamos, Marlow —dijo Swift, impaciente, subiendo por la escalera de acero detrás de Silvan hacia la pasarela—. ¡Por aquí!

Marlow vio una moto que le resultaba familiar aparcada en la pasarela.

—¿También le has robado la moto a Orsella?

—Se la he tomado prestada. —Swift agarró el manillar y echó un vistazo hacia atrás—. Venga, vamos. Esos embrujos dejarán de hacer efecto en un par de minutos y entonces el muelle se llenará de cabezacobre. Y no sé vosotros, pero yo preferiría estar bien lejos de aquí cuando esto ocurra.

Se amontonaron encima de la moto y se adentraron apresuradamente en la oscuridad de la noche.

277

En cuanto Swift detuvo la moto junto a su piso, Marlow bajó de un salto, agarró a Silvan de la camiseta y lo empujó hasta el borde del agua.

—¡Eh!

—Dime por qué has ido al Tigre Ciego —exigió alzando a Josephine y apuntándola contra su pecho.

—¿O qué? —preguntó Silvan en tono burleta—. ¿Me vas a disparar?

Marlow alzó las cejas y amartilló la escopeta.

—Marlow. —Swift bajó de la moto—. Cálmate.

—¡Pero si fue él quien maldijo a Adrius!

—¿Qué? —gritó Silvan—. ¿Por qué iba a maldecir a mi mejor amigo?

—Oh, no lo sé —respondió Marlow con una falsa despreocupación—. ¿Tal vez porque su familia está planeando destripar a la tuya y quedarse con todo?

—Marlow —repitió Swift, pero esta vez con un deje de urgencia en la voz—. Tenemos que entrar. Ahora mismo.

—¿Estás seguro? —preguntó Marlow lanzándole una mirada.

Gracias a los hechizos protectores que salvaguardaban el piso de Swift, era imposible que nadie lo encontrara a menos que ya hubiera estado allí. Así es como habían conseguido evitar que los Cabezacobre lo persiguieran y lo obligaran a volver a sus filas. Y eso significaba que si dejaban entrar a Silvan se convertiría en una de las únicas cuatro personas que podían encontrar el piso de Swift.

—Aquí fuera estamos demasiado expuestos —insistió Swift, impaciente—. Será mejor que entremos.

Marlow bajó a Josephine, agarró a Silvan por el brazo y lo hizo entrar en casa de Swift.

—Sube las escaleras. Ahora mismo.

Swift iba detrás refunfuñando. En cuanto estuvieron dentro del piso echó el pestillo de la puerta principal y desapareció en dirección a la cocina. Marlow guio a Silvan a través del caos de la sala de estar inundada de proyectos de ingeniería: máquinas de escribir, relojes de bolsillo, fonógrafos con cornetas de latón y cámaras cuadradas. La radio que Swift había comprado en la casa de empeños junto a la Alcobita rechinaba encima de una mesita.

Marlow lanzó a Silvan contra el sofá.

—Será mejor que empieces a hablar.

—Por lo menos deja que me cambie la camisa antes de empezar el interrogatorio —pidió Silvan agarrándola con dos dedos y cara de asco—. Quién sabe qué fluidos podría haber en aquel tugurio.

—Pero será… Toma. —Marlow se dirigió hacia la cómoda de Swift y le lanzó la primera camisa que encontró a la cabeza—. Ahora explícame qué hacías merodeando por una conocida guarida de delincuentes del mercado negro.

—¿Y qué hacías tú ahí? —le espetó Silvan—. ¿O acaso es uno de los muchos locales con encanto que sueles frecuentar en Las Ciénagas?

—Estaba intentando averiguar quién le ha lanzado la maldición a Adrius —contestó Marlow sin pestañear.

—¿Cómo sabes que alguien le ha lanzado una maldición?

—¿Y tú?

—Es mi mejor amigo —respondió agraviado—. Y la verdad es que no se le da muy bien esconderme nada. Siempre sé cuándo le pasa algo. Y en este caso la primera pista fue que empezó a salir contigo. —Ahora le tocaba a Marlow sentirse agraviada—. Si quieres que te diga la verdad, pensaba que eras tú quien le había lanzado la maldición.

Marlow rememoró su confrontación en el porche acristalado. Tenía que admitir que podía interpretarse como que la estaba advirtiendo de que se alejara de Adrius para protegerlo.

Sin embargo, aquello no explicaba la conversación que había oído Hendrix.

—¿Y qué hay de Amara?

—¿A qué te refieres?

—Te preguntó sin rodeos si Adrius estaba maldito —dijo Marlow—. ¿Por qué ibas a querer ocultarle la verdad a su hermana a menos que le hubieras lanzado tú la maldición?

—¿Cómo sabes que...? —Silvan se interrumpió con un suspiro frustrado—. Da igual. Sí, no quería que Amara se enterara, pero eso no significa que yo le lanzara la maldición a Adrius. Es solo que conozco a Amara demasiado bien.

—¿Qué quieres decir con eso?

—Que Amara no siempre vela por los mejores intereses de Adrius —respondió Silvan—. O, mejor dicho, que Adrius y Amara no siempre tienen la misma visión sobre qué es lo que más le conviene.

—Así que sospechas que podría aprovecharse de Adrius si supiera que está maldito —resumió Marlow. Ella también había llegado a la misma conclusión, pero le sorprendió que Silvan fuera tan perspicaz—. No confías en ella.

—Cuando se trata de Adrius, no —confirmó Silvan.

Marlow reflexionó un momento.

—De acuerdo —dijo en un tono comedido—. Pongamos que me creo que no estás detrás de la maldición de Adrius. ¿Cómo explicas entonces tu presencia en el tugurio de los Cabezacobre?

—Te estaba siguiendo —respondió Silvan exhalando un fuerte suspiro.

—¿Perdona?

—Como ya te he dicho, pensaba que tenías algo que ver con la maldición de Adrius —aclaró en tono burlón—. Así que te estaba siguiendo.

—Por todos los dioses —masculló Swift desde la cocina.

—¿Y a ese qué le pasa? —preguntó Silvan echando un vistazo hacia la puerta entreabierta.

—Cree que eres un idiota —contestó Marlow—. Y tiene toda la razón. Solo un vástago de una de las cinco familias creería que puede entrar en uno de los tugurios de los Cabezacobre sin sufrir ninguna consecuencia.

Swift salió resoplando de la cocina y le tendió una taza de té a Silvan.

—Solo un vástago de una de las cinco familias o, no sé, Marlow Briggs.

Marlow lo fulminó con la mirada.

Silvan contempló su té como si fuera a morderlo. Bo salió reptando de debajo de su manga y degustó el vapor que emanaba de la taza con un movimiento de su lengua negra. Exhaló un torrente de burbujas de color azul claro, cosa que Marlow asumió que significaba que estaba satisfecho.

—¿Qué tienen que ver los Cabezacobre con Adrius? —preguntó Silvan con prudencia.

—Cabe la posibilidad de que uno de sus hechiceros creara la maldición de Adrius —contestó Marlow—, pero no estoy del todo segura.

No quiso mencionar el grimorio. Había descartado a Silvan como sospechoso de haber lanzado la maldición a Adrius, pero tampoco confiaba plenamente en él.

Aunque eso no quitaba que no pudiera resultarle útil.

Marlow se puso en pie.

—De acuerdo, escúchame con atención. Te quedarás aquí con Swift hasta que te diga que puedes marcharte.

—¿Qué? —exclamó Silvan—. ¿Me estás diciendo que soy tu prisionero?

—No —contestó Marlow—, pero teniendo en cuenta que el líder de los Cabezacobre acaba de intentar lanzarte una maldición lo más probable es que todos los miembros de la banda estén deseando que desaparezcas para que no puedas contarle a tu padre nada de lo ocurrido. Así que tal vez deberías considerar pasar desapercibido por ahora.

Silvan echó un vistazo al reloj roto de la pared, a la radio que chisporroteaba suavemente y al montón de partes de máquina inclasificables que se alzaba en un rincón.

—¿Me estás diciendo que esta pocilga es más segura que Jardinperenne?

—¿Pocilga? —dijo Swift, ofendido.

—Jardinperenne es la mar de seguro, pero el trayecto para llegar hasta ahí no —contestó Marlow—. Pero por suerte te encuentras en el único lugar de Las Ciénagas en el que los Cabezacobre no podrán encontrarte.

No había dicho ninguna mentira; solo había omitido que necesitaba que Silvan se mantuviera alejado de Jardinperenne para que su plan funcionara.

—Así que tengo que quedarme aquí con tu gorila, pero ¿hasta cuándo? ¿Hasta que los Cabezacobre se olviden de mi existencia?

—Hasta que me encargue de todo —respondió Marlow con brusquedad.

Silvan hizo una mueca de desdén y se dirigió cabreado hacia la cocina, donde empezó a hurgar entre los armarios.

—Te prometo que no tendrás que aguantarlo durante mucho tiempo —dijo Marlow lanzando una mirada de disculpa a Swift—. Será una noche como mucho.

Esperaba que Swift se opusiera, que hiciera alguna broma o que le exigiera que le explicara su plan. Pero se limitó a entrecerrar los ojos y a asentir con la cabeza.

—De acuerdo.

—Y necesitaré llevarme a Josephine.

—Muy bien.

Swift habló sin ningún tipo de emoción en la voz y mantuvo una expresión impasible deliberadamente, pero Marlow lo conocía demasiado bien como para dejarse engañar.

—Venga, no te cortes —lo animó Marlow, cansada—. Gríta-me un poco o... haz lo que tengas que hacer.

—¿Y de qué serviría? —preguntó Swift mirándola a los ojos—. De todas formas me ignorarás y acabarás haciendo lo que te dé la gana.

—Haré lo que tenga que hacer.

—Ah, ¿igual que tenías que ir al Tigre Ciego? —inquirió Swift—. ¿Igual que has conseguido que casi te maten?

—Pero no estoy muerta —observó Marlow—. Estoy bien. Todos estamos bien. Y todo gracias a ti. Porque has venido a buscarme.

—Por supuesto que he ido a buscarte —le espetó Swift—. No había duda de que iría a buscarte, pero la gracia es que no debería tener que hacerlo. Me has puesto en una posición imposible y ni siquiera te das cuenta de lo egoísta que estás siendo.

—De acuerdo —dijo Marlow, tensando la mandíbula—. A partir de ahora te mantendré al margen.

—¿A ti te parece que obligarme a hacer de niñera de un chico rico y malcriado es mantenerme al margen? —exclamó señalando hacia la cocina.

Marlow ladeó la cabeza para echar un vistazo a Silvan, que parecía determinado a inspeccionar todo lo que Swift tenía en la cocina.

—Que sepáis que estoy oyendo todo lo que decís —los informó—. Este apartamento es diminuto. —Levantó un paquete de sardinas secas con dos dedos y arrugó la nariz—. ¿No puedes permitirte nada más apetitoso? Ni siquiera Bo se comería eso.

—Perdone, su majestad. Justamente ayer me quedé sin comida *gourmet* para serpientes —le espetó Swift, y acto seguido lanzó una mirada enfática a Marlow.

—Es la última vez que te pido que me ayudes —prometió Marlow.

—No es eso lo que me preocupa —exclamó frustrado.

—Quieres que deje de ponerme en peligro —resumió Marlow—. Y lo entiendo, pero es que no puedo...

—¡Quiero que dejes de actuar como si tuvieras todas las malditas respuestas! —explotó Swift—. Te crees que lo tienes todo bajo control, que siempre podrás ir un paso por delante de todo el mundo.

Marlow tensó la mandíbula y contuvo las palabras iracundas que amenazaban con salirle por la boca. Swift estaba enfadado y preocupado por ella. Ya se le pasaría.

—Es lo que me hace ser una rompemaldiciones excelente.

—¿Ah, sí? Pues también es lo que te hacer ser una amiga de mierda —replicó Swift—. Así que haz lo que consideres que tienes que hacer, ponte en peligro como siempre. Es evidente que no te importa un pimiento mi opinión, así que no pienso gastar más energías intentando disuadirte.

—Me parece muy buena idea —soltó Marlow, y acto seguido se puso la correa de Josephine al hombro—. Porque estoy harta de oírte.

—Veo que os lleváis muy bien —comentó Silvan con tono sarcástico.

—¡Cállate la boca! —exclamó Swift, y fue lo último que Marlow oyó antes de cerrar la puerta de golpe tras ella.

Marlow tardó mucho más de lo que le hubiera gustado en localizar a Bane. Cuando por fin lo consiguió ya era media mañana y lo encontró agachado junto a un local de burlesque en los muelles de Miel vomitando hasta la primera papilla en las aguas turbias que corrían más abajo.

—¿Estás pasando una mala noche? —preguntó Marlow.

—Si has venido a matarme hazlo rapidito —gruñó Bane.

Se apoyó contra la pared y se tambaleó sin fuerzas. Pero cuando se dio cuenta de con quién estaba hablando se quedó inmóvil y los ojos le centellearon con malicia.

—Eres tú.

Tenía la cara hinchada y distendida debido a las picaduras de abeja. El traje, que solía llevar impoluto, estaba arrugado e incluso roto en algunos puntos y tenía manchas de lo que parecía vómito en la barba.

Tenía el aspecto de un hombre derrotado. Marlow estaba exhausta, enfadada y harta, pero al ver aquella mirada lastimera en sus ojos sintió una pizca de satisfacción.

—Tengo que admitir que tienes muchas agallas apareciendo por aquí —gruñó—. Tienes una diana en la espalda.

—Mira cómo tiemblo —replicó Marlow con voz cortante. Se acomodó a Josephine encima de la cadera y apuntó el cañón hacia Bane—. Pero me parece que lo has entendido al revés, Thad. Eres tú quien tiene una diana en la espalda. Y me parece que eres perfectamente consciente de ello, porque acabas de gastarte quinientas perlas en un club de burlesque y te has despertado en un charco de tu propio vómito a la espera de que alguien termine con tu sufrimiento.

Bane se tapó uno de los agujeros de la nariz con el nudillo y sopló con fuerza.

—La has cagado pero bien —prosiguió Marlow—. ¿De verdad crees que un hombre como Cormorant Vale va a permitir que un pandillero de poca monta amenace a su hijo y salga impune? Tienes suerte de que Swift y yo apareciéramos en el momento adecuado. Imagina lo que habría ocurrido si hubierais lanzado una maldición al vástago de la familia Vale.

—¡Pero si ha sido Leonidas!

—Oh, estoy segura de que si se lo explicas muy educadamente al sicario que Vale contrate para acabar contigo lo entenderá —observó Marlow—. A tu jefe le encanta darse aires de grandeza, pero no se le da muy bien pensar en las consecuencias de sus actos, ¿verdad? Para eso te tiene a ti. Así que dime, Thad, ¿cómo piensas salir de esta con todos los órganos intactos?

—Cállate —rugió Bane. Estaba sudando.

Marlow soltó un suspiro.

—Si me permites darte un consejo, te recomendaría que fueras más educado con la persona que, en primer lugar, te está apuntando con un arma y, en segundo lugar, puede salvarte el pellejo ante uno de los hombres más poderosos de la ciudad.

—¿De qué demonios estás hablando? —inquirió Bane.

—Ahora mismo, Cormorant Vale no tiene ni idea de lo que tú y tus colegas intentasteis hacerle anoche a su hijo—dijo Marlow—. Y puedo conseguir que siga siendo así. Siempre y cuando reciba el incentivo adecuado, por supuesto.

—¿Sabes dónde está ese mocoso? —preguntó Bane, observándola—. No, seguro que no tienes ni idea. Es un farol.

—Está escondido en un sitio seguro —contestó Marlow—. Bajo mi protección. Y si se lo pido mantendrá la boca cerrada. Podría hacer desaparecer todos tus problemas como por arte de magia. Lo único que quiero a cambio son diez minutos de tu tiempo.

—No.

Marlow amartilló la escopeta.

Bane se cubrió la cara con la mano.

—No vuelvas a dispararme con este artilugio del demonio. De acuerdo. Diez minutos.

Marlow sonrió y dejó que Josephine le colgara de un hombro para poder sacarse una carta de hechizo del bolsillo de la chaqueta.

—Sabia elección, Thad.

—¡Eh, no vale lanzarme ningún hechizo a traición, Briggs! —exclamó Bane retrocediendo y entrecerrando los ojos con suspicacia—. ¿Qué hechizo es?

—¿Me creerías si te dijera que es un remedio para la resaca?

Bane puso una cara que dejaba bien claro que la respuesta era un rotundo no.

—Es un hechizo de compromiso del comerciante —dijo Marlow—. Seguro que te suena.

Era un hechizo diseñado para asegurar que cuando se hacía un pacto verbal ambas partes cumplieran con lo prometido. De lo contrario, se les pudriría la lengua y se les empezarían a caer los dientes. Era un hechizo brutal y efectivo, muy común en los círculos en los que se movía Bane y utilizado sobre todo por prestamistas, porque así se ahorraban tener que localizar y amenazar a los clientes que no pagaban a tiempo.

Solo había que escoger las palabras del acuerdo con mucho cuidado.

Bane observó la carta y después desvió la mirada hacia Marlow.

—De acuerdo. Pero te advierto que me conozco todos los trucos, así que ni se te ocurra intentar engañarme.

—Ni siquiera se me había pasado por la cabeza —masculló Marlow entre dientes. Guardó a Josephine en su funda bandolera y alzó la carta de hechizo—. ¡*Affare*!

Unos glifos amarillos y verdes emergieron de la carta y se arremolinaron a su alrededor.

—Te haré diez preguntas —dijo Marlow—. Y las responderás con sinceridad. A cambio, me aseguraré de que Silvan Vale no diga, escriba ni insinúe a su padre lo que ocurrió anoche.

—Ni a su padre ni a nadie —gruñó Bane.

—Eso no puedo prometértelo —contestó Marlow—. A ver qué te parece esto: me aseguraré de que Silvan Vale no diga, escriba ni insinúe nada de lo que ocurrió anoche a nadie que no estuviera en el Tigre Ciego. ¿Trato hecho?

—De acuerdo. Trato hecho —accedió Bane mirando con recelo su mano extendida.

Se dieron la mano para cerrar el trato. Los glifos rodearon sus manos entrelazadas, sellando así el acuerdo.

—¿Qué ocurrió el quinto día de la luna de ceniza del año pasado?

Bane se tensó casi imperceptiblemente y sus ojos se desviaron hacia la otra punta del callejón.

—¿Qué es lo que quieres saber exactamente?

—Si tú o cualquiera de los Cabezacobre visteis a mi madre aquella noche —concretó Marlow.

—Sí —contestó mostrándole los dientes.

—¿Dónde? —inquirió Marlow después de que un escalofrío le recorriera la columna vertebral.

—En el puerto deportivo.

—¿Cómo sabíais que estaría allí?

—Nos avisó Montagne —respondió Bane.

Así que el hechicero había vendido a Cassandra. Una pequeña parte de ella no pudo evitar sentirse aliviada. Los de la Orquídea Negra estaban equivocados: Cassandra no trabajaba para los Cabezacobre. Le habían tendido una encerrona.

Marlow alzó a Josephine y la apuntó a la frente de Bane.

—¿Qué le hiciste a mi madre?

—¡Eh, eh, baja esa cosa! —exclamó Bane—. No le hice absolutamente nada.

—¿Y entonces qué ocurrió? —inquirió Marlow mascando las palabras.

—Nos presentamos en el puerto deportivo y encontramos a Cassandra, tal y como Montagne nos había prometido —respondió Bane mirándola enfurecido—. Conseguimos asestarle un par de golpes, pero tu madre es muy astuta.

—¿Consiguió escapar? —preguntó Marlow con el corazón latiéndole con fuerza.

—Sí.

—¿Y el libro de hechizos?

—Desapareció con ella —respondió Bane—. A Leonidas no le hizo ni pizca de gracia.

Marlow sintió una oleada de alivio. Los Cabezacobre no habían conseguido hacerse ni con Cassandra ni con el grimorio.

—¿Qué le hiciste a Montagne?

—¿Qué quieres decir? —preguntó Bane—. No le hicimos nada. Montagne era un buen hechicero. Se le daba de maravilla crear maldiciones. De hecho —añadió Bane con una sonrisa, presionando la lengua contra la parte trasera de sus dientes—, fue él quien creó la maldición que lanzamos a tu amigo Swift.

Marlow se quedó inmóvil y se obligó a mantener la calma.

—En realidad estábamos intentando librarnos de Cassandra para echarle una mano, para evitar que tu madre lo metiera en sus chanchullos.

—¿Qué chanchullos? —preguntó Marlow entrecerrando los ojos.

—Cassandra estaba chantajeando a Montagne —contestó Bane—. Descubrió que creaba maldiciones para nosotros y amenazó con exponerlo.

—A menos que robara *El grimorio de Ilario* —terminó Marlow.

—Sí, esa fue su primera condición, pero sin duda no iba a ser la última.

—¿De qué estás hablando?

—Venga, Marlow —se burló Bane—. No finjas que no sabes de lo que te estoy hablando. A tu madre se le daba muy bien su trabajo, tenía un don para descubrir a los hechiceros clandestinos que creaban maldiciones bajo las narices de Vale. Pero además era muy generosa: en vez de entregarlos a la justicia les proponía un trato. Podían seguir creando sus maldiciones siempre y cuando le dieran una tercera parte de sus ganancias. Todos los hechiceros acababan tomando la misma decisión.

Marlow tensó la mandíbula. Bane estaba diciendo la verdad; de lo contrario sufriría las consecuencias del hechizo de compromiso del comerciante. Pero aun así se moría de ganas de llamarlo mentiroso. ¿Cómo era posible que su madre hubiera hecho algo así? ¿Y cómo era posible que ella no tuviera ni idea?

—Consiguió montar la estafa perfecta justo debajo de las narices de Vale —dijo riendo—. En realidad deberíamos darle las gracias. Si tu madre no hubiera hecho la vista gorda durante tanto tiempo, dudo que hubiéramos podido hacernos con el monopolio del negocio de las maldiciones tan deprisa —añadió sonriendo—. Asúmelo, Marlow, tu madre era una delincuente involucrada en el comercio de maldiciones, era tan mala como todos nosotros...

Marlow no pudo evitar apretar el gatillo de Josephine. El hechizo golpeó a Bane en medio de su cara hinchada y lo envolvió con unos glifos de color verde pálido. Cuando se desvanecieron, Bane se desplomó contra la pared del callejón tosiendo y le cayeron un par de babosas y gusanos de la boca.

—¡Serás cabrona! —exclamó Bane jadeando, y entonces le salió un gusano rechoncho reptando por la boca—. ¡Teníamos un trato! —La furia le corría por las venas.

—En ningún momento he prometido que no te embrujaría. Deberías ser más específico, Thad.

Marlow se alejó de Bane y consiguió rodear el club y salir al camino fangoso antes de tener que detenerse y apoyarse contra la pared de una tienda de puros por culpa de las arcadas.

Cada vez que Marlow aceptaba un caso nuevo siempre advertía lo mismo a sus clientes: para poder romper la maldición, tendría que desenterrar la verdad. Y eso implicaba que tendrían que vivir con lo que fuera que descubriera.

Pensó en Corinne y en lo desolada que se había quedado cuando Marlow le había revelado que la persona que la había estado saboteando era su amiga. Pensó en Adrius, que estaba firmemente convencido de que su mejor amigo nunca le haría ningún daño.

Marlow pensaba que se había vuelto inmune al sentimiento de traición que la había invadido cuando su madre había desaparecido y Adrius la había abandonado. Creía que podía acorazarse con la verdad. De hecho, con una verdad en particular: que las personas a las que quieres siempre acaban decepcionándote.

Pero por lo visto todavía no había aprendido la lección.

DIECIOCHO

L o único que le apetecía a Marlow después de aquella visita al muelle de la Miel era irse a casa, desplomarse encima de su cama y quedarse allí inmóvil por lo menos durante dieciséis horas.

Pero primero tenía que ir a relevar a Swift de sus obligaciones como cuidador de vástagos.

—Veo que todavía estás viva —dijo Swift al abrir la puerta.

—Solo he venido a decirle a Silvan que ya puede irse a casa. Y a devolverte esto —respondió alzando a Josephine.

—De acuerdo —replicó Swift sin ninguna emoción en la voz agarrando el rifle—. Ya se lo diré.

—Sigue aquí dentro, ¿no? —preguntó Marlow asomándose al interior del piso—. No lo habrás matado ni nada por el estilo, ¿verdad? Aunque debo decir que no podría culparte.

Lo había dicho en broma para aliviar un poco la tensión que había entre ellos, pero Swift ni siquiera sonrió. Se limitó a empujar la puerta hasta abrirla del todo para que Marlow pudiera comprobar que Silvan estaba sentado con expresión malhumorada sobre una vieja butaca destartalada mientras Bo le serpenteaba brazo arriba y se enroscaba alrededor de su cuello como si fuera un collar azul brillante.

—Oh, has vuelto —dijo Silvan. Todavía llevaba una de las camisas de Swift, aunque Marlow se dio cuenta de que no era la misma que le había dado la noche anterior—. ¿Has terminado de negociar mi liberación?

—Más o menos —replicó Marlow—. Tienes vía libre para regresar a Jardinperenne con la condición de no contarle nunca a nadie lo que pasó anoche.

—De acuerdo —dijo Silvan poniéndose en pie y desperezándose con desgana.

—Hablo en serio, Silvan —añadió Marlow con voz amenazante—. Si largas aunque sea una sola palabra te arruinaré la vida de formas que ni te imaginas.

Silvan bostezó al pasar junto a Swift y salió al descansillo donde se encontraba Marlow.

—Sabes que no das tanto miedo como crees, ¿no?

—Silvan.

—Te doy mi palabra —prometió Silvan mirándola con sus ojos azul claro—. Tú sabrás si puedes confiar en ella o no.

Marlow examinó su rostro arrogante y sarcástico. Adrius le había dicho que Silvan era la persona más honesta que conocía. Y por mucho que no le cayera bien no tenía ningún indicio que indicara lo contrario. Nunca le había mentido ni ocultado nada. Sin duda era sincero con sus opiniones sobre los demás y nunca se molestaba en fingir amabilidad o en jugar a los jueguecitos propios de la *noblesse nouveau*. Silvan se mostraba siempre tal y como era.

—De acuerdo —dijo Marlow asintiendo con la cabeza.

Silvan soltó un bufido imperioso al alejarse.

—Adiós, alteza —dijo Swift, despidiéndose de él con un gesto desde la puerta principal.

Silvan se dio la vuelta para mirarlo y, por algún motivo, se puso rojo como un tomate.

Marlow también se giró para mirar a Swift, pero este le cerró la puerta en las narices.

—Supongo que todavía está enfadado —concluyó Marlow.

—No tengo tiempo para hablar de tus sentimientos, Briggs —replicó Silvan mientras cruzaba el puente de cuerda que conectaba el porche de Swift con el muelle—. Tengo que salir de este lugar dejado de la mano de Dios antes de que empiece a apestar.

—¿Sabes hacia dónde tienes que ir?

Pero Silvan no tenía ni idea. Y, por mucho que Marlow tuviera la tentación de dejarlo tirado en medio de Las Ciénagas, sabía que cuanto más tiempo pasara fuera de Jardinperenne más preguntas se haría la gente.

—Si quieres puedo acompañarte hasta el Pabellón —propuso Marlow.

—¿Hasta dónde?

—Hasta la estación de teleférico.

Silvan se pasó todo el trayecto ofendiéndose por cada charco de barro, cada comerciante y cada olor extraño con el que se cruzaron.

Cuando por fin llegaron a la bulliciosa glorieta del Pabellón se encogió de hombros.

—No pienso volver a esta parte de la ciudad nunca más.

—Seguramente sea lo mejor —convino Marlow.

—Supongo que te veré esta noche en el baile —dijo Silvan mirándola por encima del hombro.

—¿De qué baile estás hablando?

—Del baile de disfraces de mitad del verano de los Starling. Vendrás con Adrius, ¿no?

—¿Es esta noche? —preguntó con una mueca.

Había acordado con Adrius que irían, pero de eso hacía ya una semana. Lo último que le apetecía en aquel momento era arreglarse e ir a otra fiesta ridículamente extravagante. Y, además, tendría que hacer frente a Adrius por primera vez desde la noche del bar clandestino.

No le apetecía ni una pizca. Quería irse a casa. Quería dormir, reorganizarse. Necesitaba procesar todo lo que había ocurrido durante las últimas veinticuatro horas, asumir que había llegado a otro callejón sin salida en el caso de su madre y decidir en qué dirección avanzar a partir de entonces.

Pero Adrius se estaba quedando sin tiempo y a Marlow no le quedaba ninguna pista por explorar. En dos semanas la maldición se volvería irrompible. Tenía que averiguar quién la había lanzado antes de que eso ocurriera.

—Swift me ha contado a lo que te dedicas —dijo Silvan inesperadamente—. Estás intentando romper la maldición de Adrius, ¿no? Por eso ahora te lleva a todas partes.

—Eh, sí, más o menos. —La cosa se había complicado mucho en aquellos últimos días, pero Silvan había captado la idea general.

—Me ha dicho que se te da muy bien —añadió.

—Soy de las mejores. —No lo dijo para alardear.

—Si eso es cierto, entonces quiero que me hagas una promesa, igual que yo he tenido que hacerte una a ti —dijo—. Prométeme que cuando descubras quién le ha hecho esto a Adrius me lo dirás. Así podré hacérselo pagar.

Acompañó sus palabras de una especie de gruñido que Marlow no le había oído emitir nunca antes. Silvan la miró con sus ojos resplandecientes como dos llamaradas azules. Marlow se preguntó qué habría hecho Adrius para ganarse la lealtad inquebrantable de alguien como Silvan.

—De acuerdo —respondió—. Trato hecho.

El baile de disfraces de mitad del verano de los Starlings era el evento de la temporada, según el *Cotilleo Semanal*. Adrius siempre acudía disfrazado de rey Sol, así que lo más adecuado era que Marlow se vistiera de ladrona Luna para ir a juego. Sabía que era una elección un poco arriesgada. Pero, si el resto de los miembros de la *noblesse nouveau* estaban determinados a ver a Marlow como una intrusa, qué más daba que se vistiera como tal.

Marlow se cobró el favor que le debían los del Teatro Monarca pidiéndoles prestado el disfraz de la nueva suplente de Corinne. El traje estaba encantado, de manera que tanto el vestido como la persona que lo llevara puesto podían desaparecer entre las sombras.

El disfraz era increíblemente elaborado: estaba hecho de un material muy oscuro y delicado que cuando captaba algún destello de luz brillaba como las estrellas. Se recogió el pelo con un peinado elegante, dejándose un par de rizos sueltos para enmarcarse la cara y se puso una tiara plateada con dos lunas crecientes gemelas y una gema de ónice oscuro.

Sin duda no sería la única de la fiesta que llevaría un vestido encantado. Seguro que todo el mundo vendría con sus modelitos más escandalosos y extravagantes para intentar superar a los demás.

Todos los vástagos tenían que ser presentados formalmente al entrar en la sala de baile, así que Marlow había quedado con Adrius en la antesala para entrar juntos.

Cuando Adrius apareció, Marlow no pudo evitar mirarlo. Estaba resplandeciente con su disfraz de rey Sol: llevaba un traje que parecía una armadura dorada, una diadema brillante sobre sus rizos castaños y maquillaje dorado centelleante en su cálida piel morena. Parecía el héroe de un cuento de hadas, que es lo que se suponía que era el rey Sol, pensó Marlow.

Cuando se acercó hacia ella, se levantó.

—Hola —lo saludó con un tono de voz que incluso a ella le pareció débil.

Adrius dirigió la mirada hacia ella, pero Marlow no consiguió leer nada en su expresión.

Marlow se sorprendió al darse cuenta de que esperaba algún tipo de reacción por su parte, que se había puesto aquel disfraz impresionante y había invertido todo aquel tiempo en peinarse y maquillarse para ver cómo reaccionaba Adrius al verla.

Pero al no obtener ninguna reacción la asaltó una oleada de decepción.

—¿Qué te parece? —preguntó con voz firme, obligándose a esbozar una sonrisa pícara—. ¿No me halagarás ni aunque sea un poquito?

Esperaba que le dijera algo extravagante y seductor, igual que había hecho en ocasiones anteriores. En cambio, apartó la mirada.

—¿Para qué? Total, si aquí no hay nadie.

A Marlow se le hizo un nudo en el pecho. Era evidente que las cosas habían cambiado desde aquella noche en el bar clandestino. Marlow tenía muy claro lo que había cambiado para ella: se había dado cuenta de que todo lo que Adrius había hecho para convencer al resto de los miembros de la *noblesse nouveau* de que su relación era genuina había acabado por enamorarla, por muy humillante que le pareciera. O por lo menos casi la había enamorado. Tenía la sensación de encontrarse al borde de un precipicio, por lo que si soplaba el viento con fuerza acabaría cayéndose, pero aun así todavía estaba a tiempo de alejarse del borde.

—Adrius…

—Ya casi nos toca. —De repente se giró y se dirigió hacia las cortinas que conducían al balcón de la sala de baile.

Desde el otro lado de la cortina les llegó la voz del presentador.

—¡Adrius Falcrest y su acompañante, Marlow Briggs!

La cortina se abrió y solo entonces Adrius le ofreció su brazo. Marlow lo tomó y salieron juntos al balcón. Una sonrisa deslumbrante invadió la cara de Adrius mientras alzaba la mano que le quedaba libre para saludar a la muchedumbre que los aplaudía más abajo.

Al parecer su actuación de la otra noche en el bar clandestino había encandilado a más de un miembro de la *noblesse nouveau*. A todo el mundo le gustan las confesiones de amor dramáticas.

Se detuvieron junto a la barandilla y Adrius la rodeó por la cintura. Marlow sonrió a la muchedumbre y al cabo de unos segundos empezó a retroceder. Pero antes de que pudiera alejarse mucho Adrius le agarró la mandíbula con delicadeza y le inclinó la cabeza con intención de besarla. Marlow sintió que un escalofrío le recorría todo el cuerpo. Adrius se le acercó y le rozó la comisura de la boca con sus labios. Fue un gesto tan suave que Marlow apenas lo notó, pero sin duda todas las personas que los estaban observando se dieron cuenta. Cuando Adrius la soltó y se apartó de ella, Marlow notó una oleada de calor en el pecho y las mejillas. Y, a continuación, Adrius le lanzó una mirada que encerraba la promesa de algo propio de una habitación a oscuras.

Marlow sabía que aquella mirada no iba por ella. Que nada de lo que Adrius acababa de hacer iba por ella.

Descendieron por las escaleras para dejar el balcón libre para la siguiente pareja y no por primera vez Marlow quedó sorprendida por lo deprisa que Adrius era capaz de meterse y salirse de su papel y de lo poco que se lo esperaba cada vez que lo hacía.

Se distrajo del peso de la mano de Adrius encima de su cadera observando la opulenta sala de baile y los disfraces igual de extravagantes de los invitados. A un lado de la sala había una larga barra de bar flotante que conducía a una cascada de vino espumoso de un tono dorado pálido. Y al otro lado de la sala había una orquestra de instrumentos encantados que tocaban una canción animada. Habían encantado el techo para que mostrara un cielo crepuscular. Los invitados llevaban disfraces fastuosos que se iluminaban, se transformaban y desafiaban la gravedad. Varias personas llevaban alas completamente funcionales hechas de seda de gasa y plumas iridiscentes. Una mujer había encantado una bandada de periquitos para que la siguieran en todo momento cantando una melodía. Otra llevaba un tocado altísimo con cascadas.

Marlow se giró hacia Adrius.

—Respecto a Silvan... —empezó a decir, pero Adrius se apartó de ella para ir a buscar dos copas de vino fresco que habían preparado especialmente para aquella noche y le tendió una.

Tiró la cabeza hacia atrás para dar un trago a su copa y volvió a su posición inicial con una sonrisa deslumbrante.

—Vamos a disfrutar de la velada, ¿de acuerdo? Aunque sea una sola vez.

—No ha sido él. Eso es todo lo que quería decir —soltó Marlow después de dar un sorbo a su copa.

—Vaya, Marlow, me alegro de que te hayas dado cuenta —dijo despreocupadamente.

—Sigues enfadado conmigo.

—No —contestó—. No estoy enfadado.

—Esta noche solo me has mirado cuando estábamos en público.

Entonces Adrius se giró para mirarla. Marlow detectó una intensidad ardiente en su mirada que le calentó la piel como el aire abrasador de la noche

—¿Satisfecha?

—¿Por qué te estás comportando de esta manera?

—¿Y por qué no lo averiguas por tu cuenta? —le espetó Adrius—. Al fin y al cabo eres Marlow Briggs. Y tú siempre lo sabes todo, ¿no?

Sus palabras le sentaron como una bofetada en toda la cara. Y de hecho sonaban muy parecidas a las recriminaciones de Swift.

—Voy a por otra copa —dijo Adrius, alejándose a grandes zancadas a pesar de que había un montón de bandejas flotando a su alrededor con gran variedad de combinados.

Marlow se quedó paralizada, se le formó un nudo en el estómago. Adrius no se había enfadado tanto con ella desde el principio de su farsa. Y ni siquiera entonces había actuado con tanta frialdad. Aquella situación le recordaba demasiado a las últimas semanas que había pasado en Jardinperenne intentando captar su atención, viendo cómo pasaba de ella, como si su amistad no hubiera significado nada. Como si ella no significara nada.

—¡Me encanta tu disfraz! —exclamó Gemma saliendo de entre la multitud y mirándola con ojos chispeantes.

Gemma iba disfrazada de reina Mariposa, un personaje muy conocido de una ópera cortesiana, e incluso llevaba una corona hecha con mariposas de verdad que revoloteaban con sus espectaculares alas negras y naranjas en lo alto de su pelo, que aquella noche se había teñido de un tono ámbar.

—El tuyo tampoco está nada mal —observó Marlow mientras Gemma le daba un par de besos al aire cerca de las mejillas.

Junto a ella apareció Silvan con un traje estampado de escamas iridiscentes, pero se limitó a mirar a Marlow sin decirle nada.

—Tan encantador como siempre, Silvan —señaló Marlow con ironía.

—Silvan ha tenido una noche movidita, ¿verdad que sí? —dijo Gemma con una sonrisa pícara.

Marlow sintió que la invadía el pánico. Le había dejado bien claro a Silvan lo que haría con su vida, su reputación y sus apéndices más sensibles si contaba ni que fuera media palabra a alguien sobre lo que había ocurrido en el Tigre Ciego. Pero al mirarlo a los ojos lo único que vio fue su propio horror frenético reflejado en su cara pálida. Marlow parpadeó y volvió a ver la expresión habitual de Silvan de indiferencia burlona.

—No sé de qué me hablas.

—Oh, venga ya, no te hagas el tímido. Darian me ha contado que ayer por la noche saliste y que cuando esta mañana has regresado a casa llevabas una camisa que no era tuya. —Gemma se acercó a Marlow con actitud conspirativa—. ¿Quieres apostar sobre quién podría ser el hombre misterioso?

Marlow contuvo una carcajada al pensar en cómo reaccionaría Swift cuando le contara que sin quererlo ni beberlo se había convertido en el último cotilleo de Jardinperenne.

Pero entonces una punzada en el estómago le recordó que por ahora Swift le había retirado la palabra.

—Darian debería callarse la boca —siseó Silvan—. Y, de todas maneras, ¿desde cuándo os contáis cotilleos?

—Vaya, seguro que debe gustarte mucho si tanto te molesta que hablemos del tema —concluyó Gemma, encantada, con los ojos abiertos de par en par.

Silvan lanzó una mirada furtiva a Marlow, enderezó la espalda y paseó la mirada entre la muchedumbre.

—Voy a buscar a mi hermano y a decirle que se meta en sus asuntos.

Gemma lo observó alejarse y después desvió la mirada hacia el foso de la orquestra.

—Y, hablando de romance, me parece que están a punto de tocar «El cotillón de los enamorados».

—¿El qué?

—Es verdad, nunca habías venido al baile de mitad del verano, ¿no? —dijo Gemma mirándola atentamente.

—No, pero...

—El baile siempre empieza con «El cotillón de los enamorados» y todas las parejas deben bailar al son de la canción. Es lo que dicta la tradición.

—Pero en realidad da un poco igual, ¿no? —preguntó Marlow.

Gemma se la quedó mirando como si hubiera dicho algo verdaderamente horrible, pero a la vez con un deje de afecto, como si Marlow fuera su querida mascota y acabara de llenarle la alfombra de barro.

—Al contrario, es muy importante, a menos que quieras que todas las revistas del corazón de la ciudad empiecen a especular que lo tuyo con Adrius se ha acabado. ¿Lo habéis dejado?

Marlow miró sus ojos verdes, abiertos de par en par. A Gemma le gustaba cotillear y tal vez aquello la convertía en una mala confidente. Pero la delicada arruga de su ceño fruncido y las comisuras hundidas de sus labios perfectamente maquillados le indicaron que no se lo estaba preguntando para cotillear, sino que realmente le importaba. Y por eso Marlow decidió sincerarse con ella.

—La verdad es que no lo sé.

—Bueno, espero que sea lo que sea podáis arreglarlo —dijo Gemma—. Adrius... es diferente cuando está contigo.

Marlow intentó sofocar su nerviosismo. Que Gemma dijera que Adrius era «diferente» significaba que percibía que no era él mismo. Es decir, que en cierta manera percibía su farsa.

—¿Estás bien después de la otra noche? —preguntó Marlow con la intención de desviar el tema de conversación.

—Todavía estoy enfadada con Adrius, por supuesto, aunque sé que no lo hizo con la intención de hacerme daño —contestó Gemma con un bufido—. Pero no puede ir por ahí contando los secretos de todo el mundo solo porque haya bebido un par de copas de más. Es como si no pudiera controlarse.

Marlow intentó no mostrar ninguna reacción ante la verdad que casualmente encerraban las palabras que Gemma acababa de pronunciar.

De repente Gemma vio algo por encima del hombro de Marlow que le hizo abrir los ojos de par en par.

—Hablando del rey de Roma…

A pesar de la advertencia, Marlow no esperaba sentir la mano de Adrius sobre su cintura ni su voz susurrante en la oreja.

—¿Me concedes este baile?

El dulce aroma del vino espumoso la envolvió mientras se giraba para mirarlo a la cara. Se preguntó si habían hechizado el vino de la cascada para que fuera especialmente fuerte, porque aunque Adrius no parecía del todo desequilibrado su mirada relajada y vidriosa indicaba que se había tomado más de una copa.

Marlow asintió dubitativamente y Adrius la tomó de la mano para conducirla a la pista de baile, donde las demás parejas ya habían empezado a formar una fila. El cotillón era un estilo de baile bastante antiguo en el que las parejas se mezclaban en una serie de formaciones distintas y se iban separando y reencontrando a lo largo de la canción en vez de estar todo el rato el uno en brazos del otro.

La orquesta empezó a tocar una melodía suave y sensual mientras las parejas se hacían una reverencia y acto seguido empezó el baile. Marlow no estaba muy versada en las figuras del cotillón, pero resultó ser lo bastante lento y simple como para que pudiera ir siguiendo a las demás parejas. Paseó la mirada entre las personas que estaban bailando y enseguida vio a Amara y Darian. Gemma los contemplaba desde la distancia con una expresión desolada.

Cuando Marlow volvió a mirar a Adrius se sorprendió al ver que la estaba observando con gran atención mientras pasaban a la siguiente secuencia del baile.

—Te queda bien —señaló Adrius cuando volvieron a reencontrarse hombro con hombro.

—¿El qué? —preguntó mientras trazaban un círculo.

—El disfraz —contestó cuando volvieron a separarse—. Antes me has preguntado que qué me parecía.

Zigzaguearon entre las demás parejas y se detuvieron a ambos lados de la línea.

—A ti también te queda bien el tuyo —dijo Marlow sin estar muy segura de lo que debía responder.

—La ladrona Luna en la corte del rey Sol —musitó Adrius mientras un par de parejas daban vueltas a su alrededor—. El único interrogante es saber qué has robado.

Marlow lo siguió con la mirada mientras volvían a separarse y notó que el corazón se le aceleraba y la piel se le erizaba repentinamente por los nervios.

—Creo que ya lo sé —murmuró poniéndole las manos en la cadera mientras volvían a girar—. Me has robado el aliento.

Estaba citando el poema original del rey Sol en el que se basaba el *ballet* con una voz susurrante y aterciopelada, como la que había usado en broma a bordo del zepelín. Pero si aquello era una broma sin duda era a costa de Marlow.

Ambos dejaron de bailar mientras las demás parejas se movían con fluidez a su alrededor.

—Y me temo que si no voy con cuidado —continuó Adrius con un brillo acusador en su mirada— también me robarás el corazón.

Marlow sintió que le ardía la piel. Se le hundió el corazón en el estómago, justo donde las manos de Adrius le agarraban la cintura.

Adrius acercó su cara a la de Marlow. El labio inferior le brillaba a la luz de las lámparas, humedecido por el vino.

La muchedumbre estalló en aplausos y rompió la tensión que había entre ellos. El baile había terminado. En aquel momento fue como si a Adrius se le despejara la cabeza, que segundos antes tenía nublada por el vino. Soltó a Marlow, retrocedió un par de pasos y se puso a aplaudir con los demás.

Por el rabillo del ojo Marlow vio a Amara abriéndose camino entre las demás personas de la pista de baile en dirección hacia ellos con Darian y otros parásitos pisándole los talones.

—No me lo creía, pero parece ser que los rumores son ciertos —dijo Amara. Iba disfrazada de la Doncella del Mar, con un corpiño en forma de caparazón cubierto de perlas blancas y un peinado muy elaborado a juego—. Veo que volvéis a estar juntos.

—Por lo visto no podemos mantenernos alejados —replicó Adrius rodeando la cintura de Marlow con su brazo.

—¿Cuánto tiempo lleváis juntos, una semana? —resopló Amara.

—Casi tres —replicó Adrius—. Aunque en realidad hace mucho más tiempo que sé lo que siento por ella. —Adrius la miró con intensidad y Marlow se sintió atrapada en su mirada, como si fuera un animalito atascado en el barro—. De hecho hace más de un año que lo sé. Desde la noche en que cumplimos diecisiete años.

Marlow sintió que el corazón le latía con fuerza dentro del pecho. Se le cortó la respiración. En cierta manera la parecía ilícito que Adrius mencionara aquella noche, sobre todo ante Amara.

—Pero si ni siquiera invitamos a Marlow a nuestra fiesta de cumpleaños —señaló Amara.

—Es verdad —replicó Adrius—. Y por eso me escabullí temprano para ir a verla. Vimos salir el sol desde lo alto del edificio Malaquita y recuerdo pensar que estaría dispuesto a renunciar a todas las fiestas de Jardinperenne para poder estar con ella.

Marlow se tensó. Notó que la ira le hervía en el pecho. Se moría de ganas de zafarse del brazo de Adrius y salir huyendo de la pista de baile. Adrius se estaba burlando de la amistad que habían compartido y de lo que aquella noche había significado para ella y no podía hacer absolutamente nada delante de toda esa gente salvo quedarse a su lado y sonreír como si Adrius no acabara de clavarle un puñal en la herida que le había dejado su amistad rota.

—Debería habérselo dicho aquella noche —continuó Adrius. Tenía una expresión melancólica y tierna e incluso los aduladores de Amara estaban empezando a poner cara de embobados—. Pero cuando por fin reuní el valor suficiente para hacerlo ya se había marchado de Jardinperenne. Pensé que había perdido mi oportunidad para siempre.

—Así que esta relación lleva mucho tiempo cociéndose —dijo Darian pensativamente—. No tenía ni idea.

«Eso es porque no es verdad», pensó Marlow con amargura. Era solo una bonita mentira adornada con una pizca de verdad. Ni siquiera se sentía capaz de mirar a Adrius. Creía que no podría soportar ver sus ojos cálidos y tiernos ni aquel brillo de devoción en su mirada, como si todas las mentiras que salían de sus labios fueran ciertas.

—Viéndolo en retrospectiva, supongo que se me rompió un poco el corazón —dijo Adrius con un deje de dolor en la voz.

Marlow sintió que la ira se apoderaba de su cuerpo. Era ella quien había acabado con el corazón roto.

De repente sintió la necesidad imperiosa de estar en cualquier otro lugar menos allí.

—Disculpadme un momento —dijo zafándose del brazo de Adrius y huyendo de la pista de baile a toda prisa.

Consiguió llegar hasta las escaleras antes de que Adrius la alcanzara.

—Espera, Minnow.

Marlow se giró y enseguida se dio cuenta de que estaban a la vista de un buen número de invitados disfrazados, así que agarró a Adrius por el brazo y lo condujo hasta detrás de las escaleras.

Cuando estuvieron a salvo de miradas indiscretas giró sobre sus talones y le soltó el brazo.

—Pero ¿qué diantres te crees que estás haciendo?

—Lo que me pediste que hiciera, Minnow. Fingir. —Su mirada era desafiante y penetrante, no tenía nada que ver con la mirada tierna que le había lanzado frente a Amara.

Marlow hervía de rabia.

—Bueno, pues me alegro de que te resulte tan sencillo fingir. Aunque supongo que tienes práctica, ¿no? Al fin y al cabo fingiste ser mi amigo durante mucho tiempo.

—¿De qué estás hablando?

Marlow sintió la ira recorriéndole las venas, tan ardiente e implacable como una borrasca de verano y bloqueándole todos los pensamientos racionales. Ni siquiera se sentía avergonzada: estaba demasiado enfadada. Lo único que quería era saber por qué Adrius le había dado la espalda un año atrás, necesitaba comprenderlo. No sabía quién era su madre ni quién había maldecido a Adrius, pero por lo menos obtendría algunas respuestas.

—De lo que ocurrió hace un año —dijo Marlow atragantándose con las palabras—. De cuando me diste la espalda sin ningún motivo aparente. ¿Qué ocurrió?

Adrius bajó la mirada hacia el suelo y tensó la mandíbula. Marlow vio que se le hinchaba y se le deshinchaba el pecho a causa de la respiración entrecortada. Por cada segundo que pasaba sin que le respondiera, más deseaba Marlow no haberle hecho nunca esa pregunta. Sin embargo, optó por endurecer el tono de voz e insistir.

—¿Qué pasó? ¿O es que simplemente esta pobre y desventurada donnadie que tan interesante te pareció durante medio segundo acabó aburriéndote?

Adrius le sostuvo la mirada, desafiante, e inclinó el cuerpo hacia ella, como si estuvieran unidos por una cuerda invisible.

—Sí. Eso es. Perdí el interés.

Marlow alzó la cabeza para mirarlo, incrédula. Pero no por la respuesta de Adrius, sino por lo que sintió en su interior. Por permitirse que aquello le importara. Por haber sido lo bastante estúpida como para permitir que Adrius Falcrest volviera a embelesarla.

De repente soltó una carcajada mordaz, porque sabía que si no se reía seguramente acabaría echándose a llorar. Y no estaba dispuesta a permitir que Adrius la viera llorar.

Marlow empezó a alejarse de él para regresar al baile, a la cascada de vino espumoso y a aquella gente hermosa que guardaba terribles secretos.

—¡Marlow!

Muy a su pesar se detuvo, aunque todo su cuerpo le estuviera diciendo a gritos que huyera. Tal vez fuera porque la había llamado por su nombre de verdad en vez de por aquel apodo burlón. Tal vez fuera porque su voz sonaba cargada de arrepentimiento.

Pero no dijo nada más. Nada de explicaciones. Nada de disculpas. Solo su nombre.

Marlow retomó la marcha.

Las lámparas del salón de baile giraron tenuemente mientras Marlow lo atravesaba con la intención de alejarse todo lo posible de Adrius. Al fondo del todo, tras la gente que bailaba y las copas burbujeantes, vio a una persona acechando en un rincón de la sala. Un destello de color verde ponzoñoso, una zancada rápida y escurridiza.

Era Caito.

Marlow se detuvo en seco y se quedó de pie en mitad de la sala de baile, ya que su cerebro estableció la conexión antes de que su mente la procesara. De repente se le apareció la cara de Armant Montagne, e incluso le pareció oír su voz áspera:

«Hicieron un agujero —había dicho con sus ojos verdes fijos en ella—. Los colmillos. Vinieron y me hicieron un agujero en el cerebro. Se los llevaron todos. Fueron los colmillos de color rojo sangre».

Marlow observó fijamente a Caito desde el otro lado de la sala, en concreto las marcas rojas oscuras propias de los Zanne Rosse que llevaba pintadas en la cara y que parecían colmillos de color rojo sangre.

DIECINUEVE

—Necesito un hechizo.

Orsella alzó la cabeza con un cigarrillo entre los labios y vio a Marlow, que estaba en la entrada de su tienda.

—Y yo necesito un masaje de pies y una botella de ginebra y no me quejo —replicó—. Por cierto, no creas que no me he enterado de la que montaste la otra noche en el Tigre Ciego. Y encima con mi escopeta.

—Fue Swift quien la trajo, así que guárdate la bronca para él —replicó Marlow acercándose al mostrador—. He venido para hacer negocios.

—De acuerdo, voy a picar —accedió Orsella entrecerrando los ojos—. ¿Qué tipo de embrujo necesitas?

—El más potente que tengas contra hechizos protectores —contestó Marlow—. Quiero un conjuro que me permita burlar cualquier hechizo de seguridad sin dejar ningún rastro de mi presencia.

—¿Debería preguntarte para qué lo quieres? —preguntó Orsella soltando un suspiro largo y profundo.

—¿Lo tienes o no?

Orsella dio una calada a su cigarrillo. La columna de humo se arremolinó en el aire húmedo.

—Puede que tarde unos días.

—No tengo unos días —contestó Marlow—. Lo necesito para mañana por la noche.

Mañana por la noche se celebraba el banquete de vísperas de boda de Amara y Darian en la mansión Falcrest. Seguro que no se le presentaría una oportunidad mejor para poder inspeccionar el despacho de Aurelius Falcrest, que sin duda estaría salvaguardado por los hechizos protectores más poderosos. Marlow nunca conseguiría entrar a menos que tuviera un embrujo igual de poderoso.

Marlow estaba convencida de que Caito había torturado a Montagne. Y eso significaba que tanto ella como Aurelius por extensión sabían que Cassandra había robado *El grimorio de Ilario*. Seguro que Caito buscó a su madre para recuperar el libro y lo más probable es que acabara encontrándola. De lo contrario, Aurelius la habría destituido de su puesto.

Además, ni Caito ni Aurelius le habían preguntado nunca sobre la desaparición de su madre y eso solo podía significar que no la estaban buscando.

Desde la noche del baile de disfraces los sueños de Marlow habían estado repletos de pesadillas. De imágenes horribles sobre todas las maneras en las que Caito podría haber hecho daño a su madre. Tal vez le había hecho lo mismo que a Montagne. Tal vez Cassandra estuviera recorriendo las calles de Caraza como un fantasma, incapaz de recordar ni siquiera a su propia hija. Tenía que averiguar qué había pasado.

—Mañana por la noche —dijo Orsella—. De acuerdo. Pero te va a salir caro.

Marlow se llevó la mano a la bolsa.

—Nada de perlas —dijo Orsella.

—¿Cuánta sangre? —preguntó Marlow alzando las cejas.

Orsella negó con la cabeza.

—Lo que me estás pidiendo no será nada fácil de conseguir. ¿Quieres un embrujo poderoso? Pues tendrás que darme algo igual de valioso a cambio. Alguno de los ingredientes más inusuales.

Había ciertos ingredientes que solo las personas más desesperadas accedían a ceder porque no les quedaba más remedio. Era imposible adivinar qué querría Orsella: su voz, su ojo izquierdo, un año de vida. Su capacidad de soñar, de sentir ira, amor o alegría. Su recuerdo más preciado.

—¿Qué quieres? —preguntó Marlow, temerosa.

—¿Cómo de desesperada estás por conseguir este hechizo? —dijo Orsella con un brillo en los ojos.

A pesar de que llevaba siendo la novia de Adrius durante casi tres semanas, Marlow no había puesto un pie en la mansión Falcrest desde hacía más de un año.

Adrius la recibió en el gran vestíbulo junto a la sala del banquete y por primera vez Marlow tuvo la sensación de que no iba impoluto. Se trataba de algo tan sutil que seguramente casi nadie se daría ni cuenta: llevaba la chaqueta burdeos hecha a medida planchada y los rizos le brillaban como si fueran de bronce bruñido. Lo único que lo delataba eran las ojeras de debajo de los ojos y la tensión de la mandíbula.

Marlow esperaba con todas sus fuerzas que pudiera sobreponerse a lo que fuera que lo preocupara, porque aquella noche necesitaba que esbozara su sonrisa de Adrius Falcrest más que nunca y convenciera a todo el mundo con su encanto de que solo eran una joven pareja de enamorados que habían venido a celebrar la unión de las familias Falcrest y Vale.

—No sabía si vendrías.

Marlow le dedicó una cálida sonrisa mientras echaba un vistazo a los demás invitados que merodeaban por el vestíbulo.

—Por supuesto que he venido.

—Es que… toma. —Adrius alargó la mano y la abrió. En la palma llevaba un paño que envolvía una cadena plateada con un pequeño adorno de una luna y otro de un sol.

—¿Qué es esto? —preguntó Marlow.

—Una disculpa —contestó Adrius—. La otra noche…

—No tienes por qué…

—Sí que tengo que hacerlo —dijo—. Estaba… molesto. Pero eso no es ninguna excusa. Es que…

—No pasa nada. —Marlow le agarró el brazo y se lo apretó levemente a modo de advertencia. Estaban siendo observados por más de un par de ojos—. Ya es agua pasada.

—La verdad es que no acabo de creerte.

Marlow sacudió la cabeza. Daba igual lo que estuviera ocurriendo entre ellos, ella estaba ahí por un único motivo: resolver un misterio. Todo lo demás podía esperar.

—¿Y qué más da, Adrius? Podemos fingir que todo va bien. ¿Acaso no es lo que estamos haciendo? ¿Fingir?

—Claro —coincidió tras lanzarle una mirada atribulada.

—Será mejor que… —Marlow le ofreció la muñeca. Los dedos de Adrius le rozaron suavemente la piel al ponerle la pulsera. Marlow se preguntó si había notado que tenía el pulso acelerado.

—Deberíamos ir a buscar nuestros asientos —dijo Adrius, y acto seguida la guio hacia la sala del banquete. Marlow soltó un suspiro de alivio al ver que se detenían ante dos sillas a medio camino de la mesa en la que se sentarían Amara y Darian como invitados de honor. Tal vez Adrius había ofendido tanto a su familia llevando a Marlow de acompañante que los habían sentado bien lejos de cualquier persona importante.

—Vaya, menuda alegría.

Marlow levantó la cabeza de golpe y sintió que se le helaba la sangre. Sentado justo enfrente de ella estaba Aurelius Falcrest. Su alta y esbelta figura estaba enfundada en un lujoso traje de seda negra con un cuello alto y rígido que otorgaba un aspecto incluso más serio a su cara alargada. Sus ojos se clavaron en Marlow como dos hojas de obsidiana.

Marlow suavizó su expresión para parecer más recatada y cortés. Por lo que a Aurelius respectaba, ella no era más que una chica insignificante que seguramente estaba desesperada por ganarse su aprobación. Tenía que venderle aquella mentira y para conseguirlo tendría que dejar a un lado todos los sentimientos complicados que en aquel momento sentía por Adrius.

—Lord Falcrest —dijo Marlow—. Es un honor.

—Me ha parecido que ya iba siendo hora de que nos conociéramos, señorita Briggs —dijo.

Adrius miró a su padre con desconfianza mientras se sentaban. Ante ellos apareció el primer plato del banquete: almejitas tiernas acompañadas de una salsa decadente de un color intenso que parecía casi sangre.

—Cuéntame más sobre ti misma, Marlow —ordenó Aurelius mientras agitaba su copa de vino—. Me gustaría comprender por qué mi hijo se siente atraído por ti.

«Impresióname». Si realmente fuera la novia de Adrius sin duda es lo que querría hacer.

—No hay mucho que contar —contestó Marlow tímidamente.

—Fuiste a la escuela con mis hijos y los vástagos de las demás familias, ¿verdad? —insistió Aurelius—. Eso es algo bastante inusual para la hija de una *chevalier*.

Marlow reprimió toda reacción ante la mención de su madre.

—Tiene razón, fue muy inusual que se me brindara esa oportunidad. Fui muy afortunada. Sobre todo porque así fue como conocí a Adrius.

—Tu madre —dijo Aurelius de repente, y a Marlow se le aceleró el pulso—. Era una mujer muy interesante. Seguro que fue muy duro para ti cuando… desapareció.

«Será cabrón», pensó Marlow enfadada, y ensartó con fuerza una de las almejas con el tenedor.

—Sí que lo fue.

—Y sigues sin tener ni idea de dónde está, ¿no?

Los dedos de Marlow se tensaron alrededor del tenedor y notó que se le aceleraba el pulso. Era imposible que Aurelius supiera que sospechaba de él... ¿no?

—Padre —dijo Adrius con un tono de advertencia.

—¿Qué? —preguntó Aurelius—. Pensaba que te alegrarías de que me interesara por la chica a la que afirmas querer.

Adrius parecía estar a punto de saltar por encima de la mesa. Lanzó una mirada iracunda a Marlow, aunque no estaba claro si su rabia iba dirigida realmente a ella o a su padre.

—No te preocupes, Adrius. No tengo nada que esconder a tu familia. —Miró a Aurelius a los ojos—. No, no sé dónde está. Ojalá lo supiera.

Aurelius tomó otro sorbo de vino.

—¿Y qué te pareció la visita por la Biblioteca Falcrest?

El corazón le dio un vuelco. Aquel cambio de tema tan repentino no era ninguna coincidencia. Seguro que lo sabía. Seguro que había averiguado el verdadero motivo por el que Adrius y Marlow habían ido a la Biblioteca Falcrest.

—Fue fascinante —contestó Marlow con una sonrisa, y puso la mano encima del codo de Adrius—. Adrius es un guía espléndido.

Para alivio de Marlow, de repente apareció el segundo plato en la mesa: cola de bogavante abierta en canal sobre un lecho de arroz cremoso cocido con azafrán. Aquel plato iba acompañado de jarritas individuales con una salsa cremosa y mantecosa para verter por encima. Solo faltaban dos platos más para que todo el mundo se retirara a la terraza adyacente para celebrar la tradicional ceremonia de encendido de velas en la víspera de bodas y por fin Marlow tendría su oportunidad de escabullirse e inspeccionar el despacho de Falcrest.

—Y dime, Marlow —dijo Aurelius—. ¿Qué es lo que ves en Adrius?

La sonrisa de Aurelius tenía un deje de crueldad, como si ni siquiera concibiera que su hijo pudiera tener alguna cualidad valiosa. Aquello hizo que a Marlow le entraran ganas de borrarle la sonrisa de la cara. Sin embargo, alargó la mano y tomó la que Adrius tenía encima del mantel.

—Bueno, para empezar nunca me ha juzgado por mi pasado ni mi lugar de procedencia —contestó Marlow—. Cuando vine a Jardinperenne por primera vez nadie quería saber nada de mí. Pero a Adrius le dio igual. Quiso conocerme a pesar de haberme criado en Las Ciénagas porque a él esas cosas no le importan.

—Desde luego que no —coincidió Aurelius. Su tono dejaba bien claro que para él aquello era más bien un defecto y no una virtud.

Marlow clavó la mirada en sus ojos negros y fríos.

—Adrius es capaz de ver la verdad en los demás y en sí mismo.

—Y supongo que eso te parece una cualidad admirable —preguntó Aurelius.

—Sí —respondió Marlow enseguida—. No es muy común encontrar a alguien que sea capaz de verse a sí mismo tan claramente. La mayoría de las personas tienden a mentirse sobre quiénes son y cuáles son sus valores porque no quieren aceptar que en realidad son igual de imperfectos que los demás y prefieren creer que son mejores.

—Bueno, en eso tienes razón —contestó Aurelius—. Por lo menos mi hijo es consciente de sus muchos defectos.

Marlow notó que la mano de Adrius se tensaba. Le observó el rostro de perfil: tenía la mandíbula apretada, la mirada ausente y las mejillas sonrojadas debido a la ira. Marlow le agarró la mano con más firmeza.

—Puede que lo considere débil porque se niega a usar su poder como usted —dijo desafiante—. Puede que le parezca despreocupado porque actúa como si no le importara nada. Pero sé que en realidad se preocupa de corazón por las cosas que le importan. Incluso, y puede que especialmente, cuando esas cosas carecen de importancia para personas como usted.

—Vaya, ya veo que eres una mujer de convicciones fuertes, señorita Briggs —observó Aurelius atacando su cola de bogavante con un delicado tenedor—. Casi tengo la sensación de que tienes algo que demostrar.

—No tengo nada que demostrarle, señor, excepto lo mucho que quiero a su hijo. —Adrius la miró a la cara y Marlow tuvo que obligarse a no apartar la mirada.

«La clave para una buena estafa es que una parte de ti tiene que creérsela —recordó—. Lo justo para que parezca real, pero no lo bastante como para que te pierdas en ella».

Demasiado tarde. Aunque no sabía si Adrius se había dado cuenta. Solo con mirar sus ojos oscuros no supo adivinar si había entendido que todo lo que acababa de decirle a su padre era verdad.

El resto de la cena transcurrió como una lenta agonía, pero finalmente Amara y Darian anunciaron a los invitados que había llegado la hora de salir a la terraza para la ceremonia de encendido de las velas. Marlow esperó hasta que Aurelius entabló una conversación con la familia Morando y se dispuso a escabullirse en dirección a las puertas del salón.

Pero Adrius le bloqueó el camino.

—Tengo que hablar contigo.

—Ahora no —musitó Marlow, intentando esquivarlo.

—Minnow… —Adrius le agarró la muñeca y la hizo girar sobre sí misma hasta que quedó junto a su pecho. Si Marlow se pusiera de puntillas podrían besarse.

Adrius separó los labios y soltó un suspiro. Marlow notó que el pulso le latía con fuerza en el punto donde Adrius tenía el pulgar. Observó el abanico delicado que formaban las pestañas de Adrius cuando este bajó la mirada hacia sus labios. Se acercó todavía más. A Marlow le ardían las entrañas.

Con manos temblorosas se zafó de su agarre.

—Tengo que irme.

Giró en redondo y se alejó sin mirar atrás mientras se abría paso entre la multitud en dirección a la salida de la sala del banquete.

Se escabulló hacia el primer piso de la mansión Falcrest y se deslizó por los pasillos. No le costó mucho encontrar el despacho de Falcrest, ya que era la habitación más grande de toda la finca salvo quizá el salón de baile y el comedor principal. Y teniendo en cuenta la cantidad de reuniones que podía llegar a tener un hombre como Aurelius Falcrest tenía que ser fácilmente accesible desde el vestíbulo principal.

Marlow echó un vistazo por el pasillo y al divisar dos puertas acristaladas en el otro extremo supo por instinto que había encontrado lo que buscaba. Un rápido hechizo de detección le confirmó que no había nadie merodeando por los alrededores.

Las puertas acristaladas se abrieron sin ofrecer mucha resistencia con un hechizo para forzar cerraduras bastante corriente y la condujeron al salón menos acogedor en el que nunca había puesto un pie. En aquella habitación todo eran superficies brillantes y pulidas y el mobiliario era tan austero y con líneas tan rectas que no hubieran desentonado en la galería de algún museo. A un lado había unas ventanas geométricas con vistas al canal de la Medialuna, iluminado por la luz de la luna. Justo delante de ella había una puerta pesada y oscura de madera y metal que conducía a la cámara interior de la oficina de Aurelius.

Marlow se sacó la lupa de debajo del vestido y se la acercó a la cara. Docenas y docenas de hechizos protectores brillantes y espectrales se entrecruzaban delante de la puerta y se extendían hasta las paredes. No estaba segura de haber visto nunca una habitación salvaguardada con tal cantidad de hechizos protectores.

Buscó la carta de hechizo que Orsella le había dado unas horas antes. Le había prometido que le permitiría sortear cualquier hechizo protector y pasar totalmente desapercibida. Tendría que confiar con que tuviera razón.

—*Grimalde* —susurró. Los glifos de la carta brillaron con tonos plateados y azules y se arremolinaron en el aire hasta fusionarse en una sola figura resplandeciente. Una llave. Marlow la agarró y con dedos temblorosos la metió en la cerradura de la puerta. Contuvo la respiración al girarla hasta que oyó que cedía el mecanismo.

Marlow volvió a acercarse la lupa a los ojos y vio que los glifos plateados brillantes se extendían como una telaraña desde la cerradura por toda la puerta y convertían los hechizos protectores en hilos plateados antes de eliminarlos.

Marlow sintió que la invadía una oleada de alivio y soltó un suspiro. Abrió la puerta sigilosamente y se escabulló hacia el interior del despacho.

Tenía el mismo aspecto que todas las demás habitaciones de la mansión Falcrest: los techos eran altísimos, las ventanas iban del techo al suelo y los muebles eran oscuros e imponentes con motivos cobrizos y dorados brillantes. Y, al igual que el resto de la mansión Falcrest, aquella habitación escondía muchos secretos. Solo tenía que averiguar dónde.

Primero se acercó al escritorio y hurgó por los cajones. Encontró sobre todo documentos (diversas cartas y pilas de hojas impolutas con el membrete de los Falcrest) y unos cuantos montones de cartas de hechizo. Marlow no tenía tiempo para examinarlo todo a conciencia, dado que su prioridad era encontrar *El grimorio de Ilario*. Se acercó a las estanterías que cubrían la pared más alejada, donde encontró gruesos volúmenes de historia y teoría empresarial, además de varios objetos encantados que no sabía para qué servían. Pero nada relacionado ni con su madre ni con el grimorio.

Sintió que se le caía el alma a los pies. No podía ser que aquella misión tan arriesgada no sirviera para nada.

De repente resonaron unas pisadas por encima de los suelos de mármol del vestíbulo y enseguida se oyeron también unas voces difusas. A Marlow se le aceleró el pulso a medida que iban intensificándose y acercándose al despacho. Se dirigió a toda prisa hacia la puerta, la atravesó y la cerró antes de esconderse detrás de uno de los sofás del salón.

Al cabo de unos segundos se abrieron las puertas de cristal y las voces se filtraron con más claridad al salón.

Enseguida reconoció la de Amara, que resonó por toda la estancia con tirantez de lo enfadada que estaba.

—Estoy haciendo todo lo que me has pedido, siempre he hecho todo lo que me has pedido, ¿y aun así, aun así vas a nombrarlo heredero a él?

Marlow ahogó un grito de sorpresa. ¿Aurelius había decidido nombrar a Adrius como legítimo heredero? Aquello no tenía ningún sentido.

—Tu hermano es muy capaz —respondió Aurelius sin molestarse siquiera en fingir que se lo creía.

—Adrius lleva años dejando a la familia y a sí mismo en ridículo —exclamó Amara, pronunciando con furia cada palabra—. Soy yo la que ha conseguido que Darian se case conmigo y Adrius en cambio se niega a ni siquiera contemplar la posibilidad de buscar una pareja apropiada. ¡Soy yo la que quiere que esta familia triunfe, no destrozarla en un ataque de ira! Será nuestra ruina.

—Te estás comportando como una niña pequeña, igual que tu hermano —señaló Aurelius—. ¿Me estás montando este berrinche porque no has conseguido lo que querías? ¿O porque esperas que cambie de opinión?

Durante unos momentos solo se oyó el silencio. Entonces Amara retomó la palabra en voz baja:

—Visto lo visto, puede que no me case con Darian.

—Pues no lo hagas —dijo Aurelius como si aquella conversación le estuviera aburriendo soberanamente—. Si crees que así conseguirás lo que quieres, adelante.

Por mucho que a Marlow no le cayera bien Amara, no pudo evitar simpatizar con ella. Había roto el corazón de su mejor amiga y se había comprometido con un chico al que ni siquiera amaba para complacer a su padre y aun así no había sido suficiente. Aurelius acababa de negarle lo que más quería en este mundo.

Adrius tenía razón sobre su padre. Una parte de él disfrutaba negándole a Amara lo que más deseaba y sabía que aun así ella no lo desafiaría nunca porque entonces solo estaría dándole la razón.

—Sé lo de la investigación —dijo Amara de repente. A Marlow se le hizo un nudo en el estómago, convencida de que se refería a la suya, pero entonces continuó hablando—: Sé que el procurador municipal nos está investigando. La noche en que anunciamos nuestro compromiso estuviste hablando con él. Y os oí. Tiene algo contra ti, ¿verdad?

—Solo un detalle de poca importancia que no nos afectará en nada —replicó Aurelius despectivamente.

—No me mientas —replicó Amara enseguida—. Tiene algo contra ti, algo lo bastante gordo como para derribarte. ¿Y entonces qué, Adrius quedará al mando? Vas a arrastrarnos a todos contigo porque eres demasiado terco como para ver que yo soy el futuro de esta familia.

—El futuro de nuestra familia está asegurado; ya me he encargado de ello —replicó Adrius con un tono de voz gélido—. Eres demasiado corta de miras, Amara, siempre lo has sido. No tienes visión de conjunto. Es por eso por lo que no te he nombrado mi heredera. Y ahora vuelve al lado de tu prometido y cíñete a tu papel.

Por un momento Marlow pensó que Amara se mantendría firme y seguiría discutiendo con su padre. Pero después de soltar un bufido de indignación se fue hecha una furia del salón.

Marlow esperaba que Aurelius se marchara poco después, pero en cambio oyó sus pisadas acercándose y el crujido de la puerta del despacho abriéndose y cerrándose detrás de él.

Esperó durante un par de minutos por si salía de nuevo, pero al no ver ningún movimiento empezó a salir poco a poco de su escondite. Tenía que marcharse de allí lo antes posible y regresar a la recepción antes de que alguien se percatara de su ausencia. Enderezó la espalda y se deslizó por el salón tan sigilosamente como pudo en dirección a la puerta, rezando para que Aurelius no saliera de su despacho.

Pero, cuando apenas había avanzado un par de pasos, las puertas del salón se abrieron de par en par con un crujido que rompió el silencio como si fuera un relámpago y apareció Adrius hecho una furia.

Enseguida la vio junto a la mesa de dibujo.

—Ahí estás. ¿Qué diantres estás haciendo aquí?

A Marlow se le erizó cada centímetro de la piel de puro terror. A pesar de todos sus esfuerzos para pasar desapercibida la habían descubierto. Aurelius sabía que estaba ahí. Pero había una posibilidad, una mínima y desesperada posibilidad, de hacerle creer que solo era lo que parecía: una chica perdidamente enamorada.

Se recostó contra la mesa, intentando ocultar su pánico.

—Esperar a que vengas a buscarme, por supuesto. He visto la puerta abierta y he pensado que este sería el lugar perfecto para poder estar a solas.

—Pero ¿qué…? Da igual —concluyó Adrius con el ceño fruncido por la confusión—. Tengo que hablar contigo y no puedo esperar más. Da lo mismo aquí que en cualquier otro sitio.

En realidad no, sobre todo porque Aurelius estaba en su despacho y podía estar escuchando todo lo que dijeran.

—En realidad tenía otra idea en mente —dijo Marlow con voz melosa y suave, como si estuviera vertiendo miel caliente sobre un delicioso pastel.

—¿Qué? —Adrius parecía genuinamente atónito y Marlow no podía culparlo. Ya se lo explicaría todo más tarde—. Marlow, aquí arriba no hay nadie, solo estamos tú y yo.

—Lo sé —dijo Marlow, deseando poder comunicarle sin palabras que en realidad sí que había alguien allí—. Precisamente por eso.

—Yo... —Adrius se la quedó mirando como si lo hubiera sorprendido, cosa que no era muy habitual. Y entonces, con una súbita determinación, soltó—: Puede que esto sea una locura, pero me da igual. No puedo seguir soportándolo más. Necesito saber si todo lo que has dicho durante el banquete... iba en serio.

Había un deje de desesperación en su voz.

—Por supuesto que sí. —Marlow tenía la mente tan nublada por el pánico que ni siquiera sabía muy bien lo que Adrius le había preguntado. Estaba dispuesta a decir lo que fuera necesario para mantener el engaño.

Adrius se quedó estupefacto.

—Dios mío. Sé que he sido un cabrón, pero esto ha sido una tortura. Fingir estar contigo cuando lo único que quiero es...

«Mierda». Aurelius ya sospechaba de ellos, pero es que ahora encima Adrius prácticamente acababa de desvelar toda la farsa y que su relación no era más que una mentira.

Adrius siguió hablando y el pánico atenazó a Marlow de tal manera que no se le ocurría cómo hacerlo callar.

—... pensaba que para ti no significaba nada. Pensaba que todavía me odiabas, que nunca podrías... Creía que no...

—Adrius —dijo Marlow, y soltó lo primero que se le ocurrió—: Bésame.

Adrius abrió la boca, sorprendido. Se quedó inmóvil excepto por el pecho, que se le empezó a hinchar y deshinchar debido a la respiración entrecortada.

Marlow estaba acabando de procesar lo que acababa de decir cuando de repente Adrius le lanzó una mirada intensa y ardiente. Antes de que pudiera reaccionar, Adrius la arrinconó contra la mesa, le puso una mano en la cintura y con la otra le acarició el pelo mientras juntaba los labios con los suyos.

Marlow sintió un calor intenso recorriéndole el cuerpo de la cabeza a los pies como un relámpago. Era como si la tensión que se había ido acumulando entre ellos cada vez que se tocaban o se miraban a los ojos se hubiera convertido en una nube de tormenta y por fin el cielo hubiera abierto sus compuertas y se hubiera puesto a llover a cántaros sobre ellos en una tormenta repentina y devastadora.

Aquel beso la envolvió y le hizo olvidar todos los pensamientos que se agolpaban en su cabeza excepto que llevaba deseando aquello desde que había conocido a Adrius y que durante todo este tiempo había estado resistiendo para no ceder ante su deseo. Pero en aquel momento el beso la embriagó y la hizo olvidar los motivos por los que había resistido hasta ahora.

Dejó de tocar el suelo con los pies cuando Adrius la alzó hasta la mesa y se colocó entre sus piernas. Marlow lo atrajo hacia ella, aferrándose a él con una desesperación que debería haberla sorprendido. Quería tenerlo todavía más cerca, quería notar el calor de su cuerpo contra el suyo y no soltarlo nunca más.

Adrius tenía una de las manos en las profundidades de su falda y con la otra le agarraba temblorosamente la cara.

Fue aquel débil temblor lo que alertó a Marlow, como si le hubieran lanzado un embrujo. De repente su mente fue consciente de lo que acababa de hacer. Agarró la tela del traje de Adrius con fuerza y lo empujó hacia atrás con decisión para interrumpir el beso.

Adrius retrocedió a trompicones.

Se quedaron mirando en la oscuridad mientras ambos recuperaban el aliento. El traje de Adrius estaba hecho un desastre, tenía el pelo revuelto y la miraba con intensidad. Al verlo así el cuerpo le pidió a gritos que volviera a atraerlo hacia ella para volver a besarlo a pesar de lo horrorizada que estaba. Le entraron náuseas al darse cuenta de lo que acababa de hacer.

Había ordenado a Adrius que la besara.

—Eh... —empezó a balbucear Adrius.

Pero antes de que pudiera añadir nada más la puerta del despacho se abrió de par en par y Aurelius entró al salón.

Se detuvo y levantó una ceja al contemplar la escena que tenía delante. Al ver aquella expresión, de repente Marlow vio el parecido éntre él y su hijo.

—Veo que os he interrumpido.

VEINTE

Si Marlow no estuviera tan asustada se habría muerto de la vergüenza. Bajó de la mesa de un salto y se bajó la falda.

—Solo estábamos...

—¿Enrollándoos en mi salón? —insinuó Aurelius—. Ya veo.

—Padre... —quiso decir Adrius.

—Déjanos a solas —ordenó Aurelius atravesando a Marlow con la mirada.

Marlow vaciló. Lo último que quería era dejar a Adrius a solas con alguien que seguro que le daría alguna orden. Si le ordenaba que le contara la verdad se descubriría todo el pastel. No podía correr ese riesgo.

—Adrius —dijo Aurelius con la mirada todavía fijada en Marlow—. Te digo que nos dejes a solas.

Marlow sintió que un escalofrío le recorría la columna vertebral y se mantuvo completamente inmóvil.

Notó que Adrius se tensaba a su lado.

—¿Qué estás...?

—Que. Te. Largues —le espetó Aurelius.

Por mucho que Adrius quisiera desafiar a su padre, la maldición se lo impidió y lo obligó a alejarse de Marlow y salir por la puerta. Marlow no se atrevió a apartar la mirada de Aurelius ni para echar un vistazo a la expresión de Adrius.

Las puertas acristaladas se cerraron detrás de él.

Aurelius se acercó a la ventana. Marlow se lo quedó mirando casi sin atreverse a respirar y oyó el tintineo de dos copas de vidrio, que Aurelius llenó con un decantador de cristal que guardaba en un elegante carrito de bebidas. Le ofreció una de las copas.

—Para calmarte los nervios —dijo.

Marlow estaba convencida de que nada que fuera menos potente que un encantamiento de sueño conseguiría calmarle los nervios en aquel preciso instante, pero aun así aceptó la copa. Era pesada, sólida y tenía el borde grueso.

Aurelius agitó su copa para observar el líquido a contraluz.

—No quisiera que bajo ningún concepto creyeras que apruebo tu relación con mi hijo, señorita Briggs, pero aun sí debo admitir que una pequeña parte de mí te admira.

Marlow no supo que contestar al oír aquellas palabras.

—¿Por qué?

—Se necesita mucho valor para abrirse camino por uno mismo en el mundo, tal y como has tenido que hacer tu. Sobre todo sabiendo lo peligroso que puede llegar a ser —respondió Aurelius.

—Bueno, supongo que no me asusto fácilmente —dijo Marlow, consciente de la amenaza que encerraban sus palabras.

—No, supongo que no —respondió Aurelius, divertido—. Aunque supongo que coincidirás conmigo en que a veces la valentía puede llegar a convertirse en estupidez.

Marlow bajó la mirada hacia la copa que sostenía en la mano. De repente se percató de que Aurelius no había tomado ningún sorbo. Inclinó la copa para mirarla a contraluz y le pareció ver un ligero brillo.

El licor estaba maldito.

—¿No deberíamos regresar abajo? —sugirió Marlow con un deje de desesperación en la voz—. Seguro que todo el mundo debe estar preguntándose dónde está.

—Oh, eso no me preocupa en absoluto —replicó Aurelius—. Dudo que nadie nos eche de menos. ¿Por qué no brindamos? —Alzó su copa—. Por el valor. Y la prudencia.

Marlow hizo chocar su copa contra la de Aurelius lo bastante fuerte como para que parte del líquido se derramara sobre su costosa alfombra.

—¡Oh, vaya! —exclamó Marlow arrodillándose para secar la mancha. Con la mano que le quedaba libre se puso a hurgar en el bolsillo que llevaba oculto debajo del vestido—. Lo siento mucho.

—Déjalo —dijo Aurelius con brusquedad—. He dicho que...

—¡*Melma*! —exclamó Marlow. La magia salió en espiral de la carta que tenía aferrada y transformó el suelo de debajo de los pies de Aurelius en un lodazal.

Marlow no se detuvo a observar su reacción y salió corriendo.

«Aurelius Falcrest acaba de intentar lanzarme una maldición».

Por muchas veces que Marlow repitiera aquella frase en su cabeza no acababa de procesarla.

Pero incluso en el estado de incredulidad absoluta en el que se encontraba tenía una cosa bien clara: tenía que huir de la mansión Falcrest cuanto antes.

—Marlow.

Adrius la estaba esperando junto a la sala del banquete. Parecía inquieto y tenía los rizos desaliñados, como si hubiera estado peinándose con las manos de manera incesante. O tal vez era ella quien se los había dejado así.

—No puedo... tengo que... tengo que irme —logró balbucear Marlow dirigiéndose hacia el vestíbulo de la entrada.

—Ese beso... —dijo Adrius agarrándola del brazo.

—Ha sido un error —contestó desesperada—. Lo siento... lo siento mucho...

—¿Un error? —repitió Adrius abriendo los ojos de par en par, como si lo hubiera sorprendido con la guardia baja—. Marlow, ha sido...

—Lo sé —lo interrumpió—. Me he dejado llevar por el pánico, no sabía qué hacer; solo quería que dejaras de hablar para que tu padre no descubriera todo el pastel.

—Mi padre... —La expresión de su cara se endureció como el mármol—. Sabías que mi padre estaba allí. Nada de esto ha sido real, ¿verdad? Solo estabas...

—Tengo que irme —repitió Marlow—. Lo siento... ya te lo explicaré en otro momento.

—No —dijo Adrius con un tono seco, y la soltó—. No tienes que explicarme nada. Lo entiendo.

Pasó de largo y se dirigió hacia la terraza, donde la fiesta continuaba. Marlow notó una punzada de culpa en el estómago. Adrius tenía tanta prisa por alejarse de ella que un poco más y se lleva por delante a Vale, que se dirigía hacia la puerta principal. Marlow los observó intercambiar un par de frases antes de que Adrius se lo quitara de encima y desapareciera entre la multitud. Vale lo miró mientras se alejaba con el ceño fruncido de preocupación.

Marlow se dio la vuelta, dispuesta a alejarse del vestíbulo de la entrada. Seguro que le sería imposible salir por el mismo sitio por el que había entrado, es decir, por la puerta principal. No le cabía ninguna duda de que todo el personal de la familia Falcrest había recibido la orden de retenerla en cuanto la vieran. Podría intentar salir por una ventana, pero luego tendría que saltar por encima de la verja y no lo veía muy factible con aquel vestido.

—Marlow —la saludó de repente una voz cálida. Marlow giró sobre sus talones y se encontró cara a cara con Vale—. Justo acabo de ver a Adrius de un mal humor inusual. No os habréis peleado, ¿verdad?

—Más o menos —replicó Marlow.

—Bueno, a veces los Falcrest pueden llegar a ser... difíciles de tratar —dijo Vale con delicadeza.

—Ha sido culpa mía —explicó Marlow negando con la cabeza.

—Estoy seguro de que lo arreglaréis —le aseguró Vale con una sonrisa gentil—. No hace falta que eso te arruine la noche.

De repente Marlow cayó en la cuenta de que tal vez sí que había una manera de salir caminando por la puerta principal como si nada. Seguro que los guardas de la familia Falcrest no intentarían detenerla si había algún testigo, porque eso levantaría demasiadas preguntas indeseadas.

—En realidad ya va siendo hora de que vuelva a casa —dijo Marlow.

—Bueno, en este caso permíteme acompañarte —se ofreció Vale—. De hecho yo también estaba pensando en escabullirme para casa: ya he cumplido con mi deber y pasadas las veintiuna campanadas mis habilidades de sociabilización disminuyen rápidamente.

—Gracias, te lo agradecería mucho.

Vale le ofreció el brazo y Marlow se lo tomó, incapaz de disimular su alivio, con la esperanza de que Vale atribuyera su actitud a su deseo de evitar un encuentro incómodo con Adrius.

Mientras se dirigían hacia el atrio, Marlow se preguntó cómo reaccionaría Vale si le contara la verdad. No sobre Adrius, la maldición y el beso, sino sobre Aurelius y la copa de vino maldita. Si le dijera que cada vez estaba más segura de que había tenido algo que ver con la desaparición de Cassandra. ¿Por qué si no había intentado maldecirla? ¿Por qué si no se había pasado toda la cena intimidándola?

Era muy poco probable que Vale la creyera, por supuesto, pero, si consiguiera convencerlo, ¿qué haría? ¿Exigiría venganza por su antigua *chevalier*? ¿O se vería obligado a hacer la vista gorda porque Aurelius Falcrest era demasiado rico y poderoso para afrontar las consecuencias de sus actos, como todos los demás?

Marlow quería pensar que Vale haría lo correcto. Pero le resultaba difícil de imaginar.

—¿Cómo tienes pensado regresar a casa? —preguntó Vale en cuanto cruzaron la verja de la mansión Falcrest en dirección al muelle—. ¿Quieres que te pida un barco?

Marlow no tenía muy claro si debería ir a casa. ¿Estaría a salvo ahí? Todavía se cernía sobre ella la amenaza de un ataque de los Cabezacobre y, además, era probable que tras su intento fallido de maldecirla Aurelius hubiera mandado a alguien para que la interceptara en su casa.

Jardinperenne no era seguro. Y Las Ciénagas tampoco.

—Tomaré el teleférico —dijo Marlow finalmente, y le deseó buenas noches.

Tenía que refugiarse en algún lugar recóndito. En algún lugar donde a nadie se le ocurriría buscarla. En algún lugar que estuviera fuertemente salvaguardado con hechizos de protección y que estuviera lo bastante encantado como para que fuera ilocalizable.

Marlow solo conocía a una única persona fuera de Jardinperenne que tuviera acceso a ese tipo de magia.

Marlow se dirigió apresuradamente hacia el extremo del embarcadero deseando haberse traído su chaqueta para poder cubrirse la cabeza con la capucha. Su vestido de color berenjena y turquesa era demasiado ostentoso y elegante para pasar desapercibido en aquella parte de la ciudad, pero no podía hacer nada. Por lo menos estaba bastante segura de que ningún enviado de la familia Falcrest la había seguido: incluso aunque Aurelius le hubiera ordenado a alguien que siguiera sus pasos, entre el teleférico y los dos taxis acuáticos con los que había estado dando vueltas por todo el distrito industrial seguro que ya lo habría despistado.

Paró una barcaza que se acercaba por el canal.

—Al muelle de las Latas, por favor —dijo Marlow en cuanto la embarcación se detuvo junto al embarcadero.

La barcaza cortó el agua y Marlow se quedó allí sentada agarrándose la falda con fuerza y rezando al Manglar Siempre Sumergido para que aquella no fuera la peor idea de su vida.

Pero, si alguien tenía el tipo de magia que podía ocultar a Marlow del hombre más poderoso de la ciudad, sin duda eran los de la Orquídea Negra. Y, aunque Marlow no confiaba plenamente en ellos, sabía que querían derrocar a los Falcrest, que no habían torturado a nadie y que tampoco habían intentado lanzarle ninguna maldición, así que ya tenían tres puntos a su favor.

Durante su encuentro en el teatro Monarca, Viatriz le había dicho que podría encontrarla en el salón de té Capitán Barro. Marlow esperaba poder convencerla de que la ayudara.

El barco se detuvo antes de que estuviera mentalizada. Pagó por el trayecto y bajó tambaleándose al muelle de las Latas y al oír que el taxi se alejaba se le erizó la piel de lo nerviosa que estaba.

El aire había refrescado un poco, pero el agua pantanosa y poco profunda estaba lo bastante caliente como para emitir unas columnas de vapor que formaban unas nubes densas que provocaban que las luces verdosas del muelle parecieran lánguidas y espectrales. Por debajo del croar de las ranas toro oyó el chapoteo silencioso de unas criaturas grandes moviéndose bajo la superficie de las aguas oscuras del canal. Seguramente fueran cocodrilos.

De repente, al final del embarcadero apareció una figura entre la niebla. Una figura humana.

Marlow se quedó paralizada. La figura se acercó hacia ella y, bajo la débil luz de la luna, Marlow distinguió las marcas rojas oscuras que llevaba pintadas en el rostro.

VEINTIUNO

Marlow tembló al ver a Caito desenfundar una empuñadura negra de la cadera. Hizo un gesto rápido con la muñeca y de la empuñadura salió una vara de metal con un brillo mágico.

Marlow retrocedió temblando. Sabía bien lo que era aquello, una versión mucho más peligrosa del instrumento que tenían encerrado bajo llave detrás del mostrador en la Alcobita. Era un recolector de recuerdos.

—Has estado metiendo las narices en asuntos que no son de tu incumbencia —sentenció Caito—. Ojalá no lo hubieras hecho. Me temo que no puedo permitir que andes suelta sabiendo lo que sabes.

—¿Y qué es exactamente lo que crees que sé? —consiguió decir Marlow a pesar de que el miedo le estaba revolviendo el estómago.

—Es adorable que te creas capacitada para sacar información a una interrogadora experimentada —contestó Caito con una sonrisa.

—Tenía que intentarlo, ¿no? —En realidad, Marlow solo quería ganar tiempo para encontrar la manera de escapar de aquella situación.

—No tenemos por qué hacerlo por las malas —dijo Caito—. Deja que te quite algunos de esos recuerdos problemáticos de encima y luego nos iremos cada una por nuestro lado tan contentas.

—¿Quieres quitarme los recuerdos tal y como se los quitaste a Montagne? —preguntó Marlow retrocediendo paso a paso.

—Montagne me obligó a hacerlo por las malas —contestó Caito—. Pero tú eres más lista, ¿verdad, Marlow?

—¿Y qué hay de mi madre? —preguntó Marlow, incapaz de ocultar su ira—. ¿Acaso ella también te puso las cosas difíciles?

—Tu madre robó algo que pertenecía a la familia Falcrest —afirmó Caito con un destello en los ojos.

—¿Y cómo llamarías a lo que hizo la familia Falcrest para conseguir esos libros de hechizos? —preguntó Marlow—. ¿Cómo crees que una sola familia se las arregló para reunir una colección tan vasta de conocimiento mágico? ¿Pidiéndolo por favor?

—De acuerdo —dijo Caito avanzando hacia ella—. Ya veo que tendremos que hacerlo por las malas.

La única manera de huir de ahí sin sumergirse en el barro del canal consistía en rodear a Caito y subir las escaleras hasta llegar a la calle. Solo le quedaban tres cartas de hechizo en el bolsillo del vestido: un hechizo rebotador, un embrujo cegador y un hechizo de círculo de fuego.

Caito se acercó de un salto hacia ella.

—¡*Accendere*! —gritó Marlow dirigiendo la carta del círculo de fuego hacia Caito.

Caito se apartó de la trayectoria de las llamas para no chamuscarse, dejando espacio suficiente para que Marlow tuviera vía libre. Sintiendo los latidos de su corazón en la cabeza, Marlow se abalanzó hacia las escaleras.

—¡*Spianare*! —gritó Caitó entrecortadamente.

De repente los escalones que Marlow tenía bajo los pies se volvieron completamente lisos y se convirtieron en una rampa. Marlow se lanzó hacia adelante y obligó a sus pies a moverse más deprisa, pero cayó de bruces contra la rampa y resbaló hasta llegar a los pies de Caito. Marlow se retorció, dio patadas al aire y consiguió propinar un buen puntapié en la espinilla, provocando que Ciato se doblara de dolor contra la pared. Marlow se puso en pie trastabillando, pero Caito la agarró por la falda y volvió a tirarla al suelo.

Marlow se golpeó la cabeza con fuerza y se mordió la lengua. La cabeza empezó a darle vueltas.

—Ojalá no hubiéramos llegado a esta situación —dijo Caito de pie junto a ella—. No deberías haberte puesto a desenterrar secretos.

Marlow se sentía demasiado mareada como para hablar y se quedó mirando las nubes densas y oscuras que engullían la luna delgada como la hoja de un cuchillo. Caito se arrodilló junto a ella y le agarró con fuerza la mandíbula. Le inmovilizó la cabeza y empezó a acercarle el recolector a la sien. Marlow se retorció para intentar zafarse del agarre de Caito y le arañó los brazos inútilmente.

—¡No!

Caito le ladeó la cabeza y Marlow se rascó la mejilla contra el suelo rugoso mientras respiraba entrecortadamente a causa del pánico. Pero entonces vio centellear el dorso de una carta de hechizo en el suelo a pocos pasos de su cara. Una carta que seguramente se le había caído del bolsillo después de que Caito la tirara al suelo.

Presa de la desesperación, Marlow alargó el brazo para intentar agarrarla.

Caito apoyó el recolector sobre la sien de Marlow, que ardía y brillaba debido a la magia.

Marlow estiró el brazo hasta tener la sensación de que se le rompería y consiguió agarrar la carta con dos dedos. Le dio la vuelta. Era el hechizo rebotador.

—¡*Invertire*! —jadeó justo cuando el recolector empezaba a verter su magia en su cerebro.

De repente la mente se le llenó de un montón de imágenes desconocidas y desorientadoras. Se movían demasiado deprisa como para que pudiera asimilar todo lo que estaba viendo y las caras y los fragmentos de conversaciones se acababan desvaneciendo como el humo.

Marlow se dio cuenta de que todo aquello eran recuerdos. Dado que había lanzado el hechizo rebotador, el recolector de recuerdos le estaba mostrando los recuerdos de Caito.

Marlow se estaba ahogando en aquel mar de recuerdos: vio destellos del entrenamiento al que Caito se había sometido con los Zanne Rosse, la cara seria de Aurelius, las habitaciones doradas de la mansión Falcrest, el confuso vestíbulo de la Biblioteca Falcrest.

Y, de repente, apareció la cara de Armant Montagne con expresión asustada. Marlow intentó agarrarse a aquel recuerdo como si fuera una balsa y en vez de desaparecer, como las demás, la cara de Montagne se fue volviendo más nítida.

—¡Te prometo que no le dije nada! —gritó Montagne, asustado. A pesar de que estaba aterrado, Marlow enseguida se dio cuenta de que se trataba de un Montagne muy distinto al que ella había conocido, que aquel Montagne estaba en plenas facultades mentales. Tenía los ojos más claros y la cara más rolliza que la del hombre esquelético que había conocido en el pantano.

Estaba visualizando el recuerdo a través de los ojos de Caito, por lo que no le veía la cara, pero sí que oyó su respuesta:

—Sabía de la existencia del grimorio.

—¡Pero yo no le dije nada! —insistió Montagne—. Cuando vino a hablar conmigo ya sabía de su existencia.

—¿Y dónde está ahora?

—¡No lo sé! Le di el grimorio y me fui.

—Deja de hacerme perder el tiempo.

Antes de que Montagne tuviera ocasión de contestar, Caito le puso el recolector de recuerdos en la sien. Montagne soltó un grito horrible y la cara se le contrajo de forma grotesca.

Acto seguido el recuerdo cambió. Vio a una mujer con el uniforme negro de los *chevalier* de pie sobre un puente contemplando el agua de espaldas a Caito. Marlow reconoció la trenza de rizos dorados que le caía sobre uno de los hombros, la inclinación de su espalda, ancha pero esbelta, e incluso su postura con la cadera ladeada.

—Llegas demasiado tarde —dijo Cassandra sin ni siquiera girarse.

—¿Dónde está, Briggs? —exigió saber Caito—. ¿Está en manos de la Orquídea Negra?

Cassandra tensó la espalda.

—Oh, sí, sé perfectamente para quién trabajas —dijo Caito—. De hecho, sé lo bastante como para que te encierren de por vida. Dime donde está el grimorio y tal vez podamos hacer un trato.

—Lo he destruido.

—Esta no es una de tus estafas de pacotilla y yo no soy una de tus víctimas —le espetó Caito—. No puedes haber destruido el grimorio, es imposible. Los hechizos protectores…

—No fue fácil —dijo Cassandra, girándose por fin para mirar a Caito a la cara—. Pero tuve que hacerlo.

Bajo la luz de la luna, Marlow vio que su madre había quedado marcada por el grimorio: las venas se le estaban oscureciendo de las muñecas para arriba, igual que a Armant Montagne.

—No me mientas —le espetó Caito—. La Orquídea Negra quería hacerse con *El grimorio de Ilario* por algún motivo y seguro que no era para destruirlo.

—¿Se te ha pasado por la cabeza que no tengo que estar de acuerdo con todo lo que hacen los de la Orquídea Negra? Por lo que a mí respecta, nadie debería tener tanto poder. Ni siquiera ellos y desde luego tampoco Aurelius Falcrest. —Avanzó hacia Caito y la luz de la luna esbozó una línea pálida sobre su cara—.

Sé lo que ya ha hecho con la ayuda de ese libro. Sé lo que esconde en el barrio de la Arboleda de las Glicinas.

Hubo una pausa antes de que Caito retomara la palabra:

—No tengo ni idea de lo que estás hablando.

Lo dijo sin ningún deje de emoción en la voz, pero su titubeo la traicionó: Cassandra había conseguido desconcertarla.

—No pensarías que iba a jugarme la vida robando un libro de hechizos al hombre más poderoso de la ciudad sin tener ningún seguro —dijo Cassandra—. Si el cabeza de familia de los Falcrest no quiere que su secreto salga a la luz tendrás que dejarme marchar. Olvidemos el grimorio; podemos fingir que fue destruido hace doscientos años, tal y como pone en los libros de historia.

—O podría borrarte ese secreto de la mente, localizar a quienquiera que te lo haya contado y borrárselo también a esa persona —replicó Caito alzando el recolector de recuerdos.

—Inténtalo si te atreves —contestó Cassandra tensando los hombros y alargando la mano hacia sus cartas de hechizo.

Pero Caito fue más rápida. Hizo un movimiento de muñeca y disparó un dardo con su guantelete de cuero que impactó contra el pecho de Cassandra. Una nube de color verde oscuro emergió del dardo y envolvió a Cassandra y por un momento Marlow la perdió de vista.

Cuando la nube se disipó, vio a Cassandra retrocediendo a trompicones.

—¿Qué me has hecho? —preguntó tosiendo. Apenas podía mantenerse en pie.

—No es más que un hechizo de desorientación —replicó Caito con voz fría—. Ya se te pasará. Ahora quédate quietecita...

Pero Cassandra siguió reculando y chocó contra la endeble barandilla del puente, que crujió bajo su peso. Intentó agarrarla para recuperar el equilibrio, pero cedió con un chirrido metálico ensordecedor.

Cassandra cayó y cayó y cayó hasta hundirse en las aguas oscuras.

Caito echó un vistazo por encima de la barandilla rota y observó las ondulaciones del agua. Se hizo el silencio y esperó un minuto, dos, tres. Pero Cassandra no salió a la superficie.

Caito bajó la mirada hacia el anillo con el sello de la familia Falcrest que llevaba en la mano y lo giró. En un abrir y cerrar de ojos pasó de estar en aquel puente al interior de la mansión Falcrest.

El recuerdo se esfumó. Y de repente Marlow se encontró frente a frente con la mirada iracunda de Caito.

Oyeron rugir unos truenos en el cielo y de repente las nubes oscuras empezaron a descargar un chaparrón.

—La... la mataste —jadeó Marlow por encima de la lluvia torrencial.

—Deberías aprender de los errores de tu madre, Marlow —dijo Caito—. No termines siendo comida de cocodrilo, como ella.

Marlow sintió que la ira que ardía en su interior consumía el miedo. Su madre estaba muerta y quería que alguien pagara por ello.

Alargó la mano para agarrar la última carta de hechizo que le quedaba y cerró los ojos.

—¡*Oscurare*!

A través de los párpados cerrados vio un destello de luz. Cuando volvió a abrirlos, Caito se había llevado las manos a los ojos. El recolector de recuerdos repiqueteó contra el suelo.

Marlow alargó el brazo hacia la mano de Caito. Se la agarró con firmeza, se la apartó de un tirón de la cara en un ángulo extraño y usó aquel momento de ventaja para dar la vuelta al anillo con el sello de la familia Falcrest que llevaba en el dedo.

Y entonces Caito desapareció.

Marlow soltó un profundo suspiro. La piedra encantada que había dentro del anillo con el sello había transportado a Caito de vuelta a la mansión Falcrest. Pero el hechizo cegador no tardaría en desvanecerse y cuando lo hiciera Caito volvería a por ella para terminar lo que había empezado.

Entumecida, Marlow se dio la vuelta y consiguió ponerse a cuatro patas. De repente vio el destello de un objeto brillante enterrado en el barro muy cerca de ella. Marlow lo agarró: era la pulsera del sol y la luna que le había regalado Adrius. Se la metió en el bolsillo, avanzó cojeando hasta el extremo del muelle y encendió la luz para pedir un taxi. Se quedó allí esperando, sujetándose las costillas palpitantes con el brazo y el vestido empapado por la lluvia.

De repente le vino una pregunta a la mente, como si un pescador hubiera tirado del sedal. La percibió debajo del mar revuelto de sus pensamientos, como si estuviera esperando que recogiese la cuerda y la destripara en canal.

Dejó de lado el dolor devastador y ensordecedor que sentía por la muerte de su madre. Lo encerró tras una puerta en un rincón de su mente y se puso a rememorar la noche hasta dejar atrás el horror de los recuerdos de Caito y la violencia de su enfrentamiento. Retrocedió por sus recuerdos hasta el preciso momento en que había puesto un pie en el muelle y se había encontrado a Caito esperándola.

La pregunta emergió del mar de sus pensamientos retorciéndose y jadeando en busca de una respuesta:

¿Cómo se las había arreglado Caito para encontrarla?

Nadie sabía hacia dónde se dirigía Marlow, ni siquiera ella misma. Lo había decidido al salir de la mansión Falcrest y no se lo había dicho a nadie. Además, era imposible que le hubieran lanzado un hechizo de seguimiento, ya que estaba protegida contra ese tipo de hechizos.

Si no era capaz de descubrir cómo la había encontrado Caito, y deprisa, volvería a ocurrir lo mismo. Y Marlow estaba bastante convencida de que no iba a sobrevivir a un tercer enfrentamiento con la familia más poderosa de toda Caraza.

Un taxi acuático se detuvo junto al muelle mientras Marlow seguía dando vueltas a la pregunta e intentando encontrar alguna respuesta que tuviera sentido. Embarcó aturdida y solo se percató de que el barco no había empezado a moverse cuando el conductor bufó con impaciencia.

—¿A dónde quiere ir?

—Perdón —balbuceó Marlow—. Eh...

De repente se le encendió la bombilla. Sí que le había dicho a alguien adónde iba. Se lo había dicho al conductor del taxi acuático.

Caito debía habérselas ingeniado para escucharla. Para espiarla. Seguro que le había endosado algún objeto encantado con un hechizo para escuchar a escondidas. Tal vez alguien se lo había puesto entre los pliegues del vestido durante la cena, o tal vez Aurelius cuando le había tendido la copa de vino maldita, o...

A Marlow se le cayó el alma a los pies al meter la mano en el bolsillo y sacar la delicada pulsera de la luna creciente.

O tal vez alguien se lo había atado a la muñeca y lo había llevado puesto durante toda la noche. Escondido a plena vista, como un cocodrilo en las aguas poco profundas. Como la verdad que Marlow había sido demasiado estúpida para ver.

Adrius la había traicionado.

VEINTIDÓS

Marlow regresó tambaleándose a su piso, presa del pánico y la ira. Rana bajó de un salto de la encimera de la cocina para saludarla restregándole la cabeza contra las rodillas y maullando. Con manos temblorosas, Marlow alzó la delicada pulsera de plata. Rana la olió y los ojos se le iluminaron de un color azul iridiscente.

Marlow retrocedió y lanzó la pulsera al otro lado de la habitación, como si de repente le hubieran salido garras. Le cedieron las rodillas. Rana solo acababa de confirmar lo que ya había deducido por su propia cuenta: la pulsera estaba encantada con un hechizo para escuchar a escondidas. Cerró los ojos con fuerza y jadeó entrecortadamente con la palma de la mano contra la boca.

Tal vez Adrius no lo supiera. Tal vez lo habían obligado a dársela. O se lo habían ordenado.

Sin embargo, no conseguía quitarse de encima la horrible sensación de que en parte tendría sentido. Eso explicaría el comportamiento tan errático de Adrius durante aquellos últimos días. La ira contra ella, los comentarios cortantes. Debía haberse dado cuenta de que Marlow estaba investigando a su familia. Porque, a pesar de que Adrius interpretara el papel de hijo rebelde cuando le convenía, en el fondo seguía siendo un Falcrest.

De repente se oyó un golpeteo en la puerta lo bastante fuerte e insistente como para sobresaltarla. Marlow se puso a buscar cualquier hechizo que pudiera utilizar para defenderse.

—¿Quién es? —preguntó con voz ronca y temblorosa.

—Soy yo, Minnow. —La respuesta de Adrius le llegó amortiguada desde el otro lado de la puerta—. Ábreme.

Marlow se quedó paralizada, pero la cabeza le iba a cien por hora. ¿Qué hacía Adrius allí? Seguramente no tenía ni idea de que Marlow había descubierto su triquiñuela. Tal vez lo había enviado su padre para tenderle otra trampa y acabar por fin con lo que había empezado aquella noche.

Oyó a Adrius suspirando y un golpe suave contra la puerta, como si se hubiera apoyado contra ella.

—Necesito hablar contigo. Por favor —añadió con un tono de voz más bajo.

Tal vez Adrius no había venido solo. Tal vez quería que Marlow le abriera la puerta porque Caito estaba acechando entre las sombras detrás de él.

Marlow se acercó con sigilo a la puerta y rodeó el pomo con los dedos. Debería decirle que se fuera. En realidad era ella quien debería irse: lo mejor sería que agarrase a Rana, se escabullera por la ventana y encontrara algún lugar donde esconderse hasta que se le ocurriera algún plan. Aquello sería lo más inteligente. La opción que seguramente la mantendría con vida durante más tiempo.

—¡Muy bien! —dijo Adrius, y se oyó un golpe sordo, como si hubiera dado un manotazo contra la puerta—. Vuelve a dejarme fuera de tu vida. A estas alturas ya estoy acostumbrado.

Antes de que Marlow pudiera pensárselo dos veces, abrió la puerta de un tirón. Se encontró a Adrius en el umbral de la puerta con los ojos abiertos de par en par y los rizos castaños revueltos, como si llevara un buen rato pasándose la mano por el pelo. Echó un vistazo rápido a las escaleras y no vio ni rastro de Caito ni de nadie más. Marlow notó la ira latiéndole por las venas. Agarró a Adrius por la camiseta y lo empujó contra la pared de las escaleras.

—¿Cómo has podido? —exigió saber con una voz que más que enfadada sonaba desesperada y rota—. ¿Cómo has podido hacerme eso?

—¿De qué estás…? —La expresión atónita y sorprendida de Adrius se endureció cuando asimiló el aspecto de Marlow—. Estás herida.

Marlow sabía que iba hecha un desastre: todavía estaba completamente empapada por la tormenta, tenía el vestido roto, la cara manchada de barro y sangre y los ojos desorbitados y frenéticos.

Adrius le agarró la cara entre sus manos y la ternura de aquel gesto contrarrestó la ira gélida de su voz.

—¿Qué ha ocurrido? ¿Quién te ha hecho esto?

Marlow se zafó de él y su incredulidad se convirtió en rabia.

—¿Quién crees que me lo ha hecho? ¿Qué pensabas que pasaría si ayudabas a tu padre a espiarme? ¿Creías que me regañaría con mano dura y ya está? Ni siquiera tú puedes ser tan inocente.

—¿Qué? —dijo Adrius casi susurrando. Dejó caer las manos a sus costados—. ¿Me estás diciendo que ha sido mi padre quien te ha hecho esto?

—No finjas que… Déjalo —dijo Marlow—. Sé que la pulsera está encantada. Sé que Caito y tu padre me han estado espiando. Y sé que Caito la ha usado para encontrarme esta noche. Y antes, cuando me he quedado a solas con tu padre, me ha servido una copa de vino maldito. ¿Sabías que tenía intención de hacerlo?

Una expresión de incredulidad y dolor surcó el rostro de Adrius. Marlow se sintió fatal. Adrius ya le había echado en cara una vez su falta de confianza en él. Debería haber sido lo

bastante lista como para no cometer el mismo error una segunda vez.

—¿De verdad crees que quiero hacerte daño? —preguntó
Adrius con voz ronca—. ¿Que sería capaz de hacerte daño?
¿Cómo… cómo es posible que pienses eso de mí?

—¡Porque no tengo ni idea de quién eres realmente! —Marlow escupió las palabras y se sobresaltó al darse cuenta de que
estaba a punto de echarse a llorar.

—¡Pero si eres la única persona que sabe quién soy realmente! —replicó Adrius con la mandíbula tensa y los ojos enro-
jecidos.

—No sigas por ahí. —Temblando, se agarró la falda empapada con los puños. Como si así pudiera estrujar la parte de ella
que se había permitido acercarse a él—. Adrius… dime la verdad.

Sus palabras quedaron suspendidas en el aire entre ellos.

—¿Es una orden? —preguntó Adrius, tragando saliva.

Marlow lo había dicho por accidente. Era más bien una sú-
plica desesperada que una orden. Podía retractarse.

Pero tenía que saberlo. Tenía que saberlo antes de que su
desconocimiento le constara la vida. Antes de que la bestia la
agarra entre sus colmillos, antes de que la tormenta la arrastrara y la ahogara, antes de que aquella ciudad y sus secretos
la destrozaran y la convirtieran en una criatura débil y desfa-
llecida.

—Sí. —Marlow miró a Adrius a los ojos al pronunciar las
palabras siguientes, consciente de que no habría marcha atrás—.
Te ordeno que me digas la verdad.

Adrius la miró como si acabara de darle una bofetada.

—Así que quieres la verdad —dijo con voz queda y glacial—. De acuerdo. De acuerdo. La verdad es que no tenía ni
idea de que la pulsera estuviera encantada. Te la he dado porque
quería regalarte algo bonito, algo que te hiciera pensar en mí

aunque fuera solo durante unos instantes, porque la verdad es que me paso el día pensando en ti, no he pensado en otra cosa durante este último año. La verdad es que aquella noche cuando te vi en el vestíbulo del Monarca apenas supe qué decirte, pero sabía que no podía dejar que desaparecieras otra vez. La verdad es que estas últimas semanas fingiendo una relación que he deseado desde el momento en que te conocí han sido una agonía. La verdad, Marlow, es que nunca he mentido sobre lo que siento por ti. Ni una sola vez.

Marlow dio un paso atrás, vacilante, y sintió que la invadía una oleada de consternación. Llevaba esperando oír aquellas palabras mucho más tiempo del que le gustaría admitir, pero no de aquella manera, como si Adrius estuviera escupiendo veneno cáustico y corrosivo.

—¿Y bien? —gruñó—. ¿No vas a decir nada? Esta es la verdad, Marlow. ¿No es lo que querías oír?

—Es que… —Marlow se quedó sin palabras.

Pero la maldición impidió que Adrius se detuviera, por lo menos de momento.

—¿O tal vez prefieres que te cuente que el día en que cumplí diecisiete años me pasé toda la noche deseando que estuvieras ahí? ¿Que me fui de mi propia fiesta de cumpleaños para venir a verte porque tenía la sensación de que solo podía ser yo mismo estando a tu lado? ¿Y que al día siguiente me comporté de aquella manera tan cruel porque me moría de ganas de decírtelo pero no podía hacerlo porque sabía lo que acabaría ocurriendo? Sabía lo qué diría mi padre y lo que haría Amara y la verdad es que me comporté como si fuera un cobarde.

Marlow se quedó sin respiración. Adrius no estaba mintiendo, era imposible que estuviera mintiendo, pero aun así no le entraba en la cabeza que aquello pudiera ser la verdad, que hubiera estado tan equivocada durante tanto tiempo respecto a Adrius y todo lo demás.

—Y luego desapareciste de mi vida —añadió Adrius con voz queda—. Y me quedé con la sensación de ser el mayor cabrón de la historia.

—Para —dijo Marlow cuando por fin encontró de nuevo su voz—. No tienes que seguir hablando, Adrius...

—No. —Adrius alzó su mirada enfurecida—. Me has ordenado que te diga la verdad, así que escucha: cuando comprendí que me habían lanzado una maldición, fuiste la única persona en la que confié.

Aquellas palabras la dejaron sin respiración. Le llegaron a lo más profundo del alma. Sabía que la verdad que encerraban conducía a otra verdad, igual que una pista conduce a una respuesta.

Y la respuesta era que Adrius no la había traicionado. Al contrario, había confiado en ella.

Tal vez el amor consistía en eso. En tender un cuchillo a la otra persona y confiar en que no te rajara la garganta.

Y en ese caso tal vez Marlow no fuera capaz de querer a nadie.

—Pero tú no confiaste en mí —siguió Adrius—. Y sigues sin hacerlo. Tal vez me lo haya ganado, tal vez me lo merezca, pero no puedo... no puedo seguir así. No puedo continuar fingiendo. Y no puedo seguir confiando en ti. No cuando acabas de hacer lo que me prometiste que no harías nunca.

—Adrius...

—Se acabó —dijo con una voz tan dura y afilada como la obsidiana—. Fuera lo que fuera esto, un acuerdo de negocios, una falsa relación, un caso... se acabó.

—Pero ¿y qué me dices de la maldición? —preguntó Marlow, desesperada—. Si no consigues romperla antes de la siguiente luna se volverá irreversible. ¿Qué vas a hacer?

—No lo sé —contestó Adrius—. Pero lo que sí que sé es que no quiero volver a verte.

Y, dado que lo había obligado a decirle la verdad, Marlow sabía que lo decía en serio. La había cagado. Sabía que la había cagado. Había hecho algo tan imperdonable que Adrius prefería poner su vida en riesgo antes que volver a confiársela a ella.

—Adiós, Marlow. —Adrius le lanzó una última mirada llena de dolor y melancolía y pasó junto a ella para bajar por las escaleras.

—Adrius... —lo llamó Marlow. Pero no le vino ninguna frase a la mente que pudiera hacerle cambiar de opinión, que pudiera hacer que la perdonara. Así que se limitó a contemplar a Adrius marchándose de su vida.

VEINTITRÉS

Marlow llamó a la puerta de Swift poco después de medianoche, con Rana retorciéndose debajo de su brazo y el corazón latiéndole con fuerza en el pecho.

Era tarde, así que podría ser que estuviera durmiendo. Aunque también podría ser que estuviera despierto pero demasiado enfadado todavía como para querer verla.

La puerta crujió al abrirse y Marlow soltó el aire que había estado conteniendo. Una tenue luz verdeazulada iluminó los rasgos familiares de Swift. Tenía los ojos inyectados en sangre y la mandíbula tensa, pero por lo menos no le cerró la puerta en la cara.

Rana bajó de un salto de los brazos de Marlow y se coló al interior del piso por la rendija de la puerta antes de que su dueña tuviera tiempo de abrir la boca. Swift la miró con preocupación al darse cuenta de que estaba herida y llevaba el vestido roto y embarrado.

Sin decir ni una palabra, acabó de abrir la puerta y se apartó para dejarla pasar.

Algo en el interior de Marlow se derrumbó ante aquel simple gesto y antes de ser consciente de lo que estaba ocurriendo se le llenaron los ojos de lágrimas y se lanzó agradecida a los brazos de Swift.

—¡Ey! —exclamó su amigo, rodeándola en un abrazo—. Ahora estás a salvo. Todo irá bien.

Hacía mucho tiempo que Marlow no lloraba, desde los primeros días tras la desaparición de su madre, en los que se había sentido más abandonada y sola que nunca. Pero en aquel momento sintió que las lágrimas le inundaban los ojos y ya no le quedaban fuerzas para secárselas. Se le derramaron por las mejillas y tembló como si fuera una hoja en medio de una tormenta.

Swift la abrazó con fuerza y empujó la puerta hasta cerrarla detrás de ellos.

—¿Todavía estás enfadado conmigo? —preguntó Marlow quitándose la sal de los ojos. Notó las manos firmes y cálidas de Swift sobre su espalda.

—Sí, pero también seguiré enfadado contigo mañana por la mañana, así que ya hablaremos del tema en otro momento.

Marlow soltó una carcajada quejumbrosa y Swift la condujo a su habitación y le prestó una muda de ropa limpia para que se la pusiera para dormir. Marlow la aceptó agradecida e hizo una mueca al sentir una punzada de dolor en las costillas al levantarse el vestido por encima de la cabeza. Una vez cambiada se metió en la cama de Swift y se tumbó de lado en posición fetal, arrullada por la voz de su amigo, que estaba charlando con Rana en la cocina.

Le dolía todo el cuerpo, desde las malditas rodillas hasta el corazón lleno de pena, y a pesar de no estar segura de merecer el amor y el cariño de Swift se aferró a esos sentimientos de todas formas: era lo único que aquella ciudad hambrienta todavía no le había arrebatado.

Marlow se despertó sobresaltada en la oscuridad de la habitación de Swift. Lo único que oía era la respiración suave y calmada de su amigo al otro lado de la cama y de vez en cuanto los ronquidos de Rana, que dormía apretujada entre ellos en una postura imposible.

Había soñado con su madre, pero el sueño se le había escurrido entre las manos como si fuera barro fino. Solo había retenido una sola imagen de ella misma mirándose al espejo y viendo el reflejo de su madre devolviéndole la mirada.

Enseguida identificó el recuerdo del que su cerebro había extraído aquella imagen. Se trataba de un día cualquiera poco después de que se mudaran a la torre Vale.

Marlow estaba en su habitación cuando de repente oyó que su madre la llamaba desde la sala de estar.

—Minnow, ven un momento —le pidió—. Quiero enseñarte una cosa.

Marlow sacó la cabeza por la puerta y echó un vistazo a la sala de estar. Su madre estaba de pie detrás de su escritorio con las manos apoyadas sobre el respaldo de la silla.

—¿Qué pasa?

—Acércate un poco más —dijo alargando la mano hacia ella.

Marlow la obedeció. Encima del escritorio colgaba un espejo con un delgado marco de bronce. Cassandra puso las manos sobre los hombros de Marlow y la recolocó para que mirara al espejo de frente.

—¿Qué ves?

—¿Qué quieres decir? —preguntó Marlow, impaciente—. Es un espejo, me veo a mí misma.

Cassandra soltó un resoplido, contrariada. A veces la invadía aquel humor extraño y se ponía a contemplar a Marlow, a examinarle la cara como si estuviera buscando algo en concreto. Aunque Marlow nunca supo exactamente el qué. Tal vez algún rastro de su padre, un hombre al que Marlow nunca había conocido y del que Cassandra nunca hablaba.

—Espera y verás —dijo Cassandra, y agarró una carta de hechizo del escritorio—. *Fantasma*.

De la carta de hechizo salió una ilusión que se materializó en forma de un pequeño martín pescador cuyas alas parecían una colorida puesta de sol. Marlow alargó la mano y la ilusión se posó sobre sus dedos. Soltó un gorjeo. Parecía igual de real que todo lo que había en el apartamento. Tan real como Marlow.

Pero cuando volvió a mirar su reflejo en el espejo tan solo vio su mano extendida.

Cassandra la miró a los ojos a través del reflejo del espejo.

—Es un espejo de la verdad. Refleja las cosas tal y como son, no como aparentan ser. Detecta las ilusiones y los engaños. Así que ¿qué ves?

Marlow examinó su reflejo y exhaló poco a poco. Se vio a sí misma tal y como era. Una chica que quería llegar a ser alguien antes de que el mundo la convenciera de que era insignificante. Una chica que nunca había querido pertenecer a Las Ciénagas, pero que tampoco estaba segura de pertenecer a aquella torre dorada. Una chica que deseaba tener un futuro mejor, pero que no esperaba conseguirlo.

Alzó la vista hacia su madre y vio que ella también se estaba examinando el rostro en el espejo. ¿Qué debía estar viendo?

Tuvo la sensación de estar haciendo algo prohibido solo por pensar en ello. Aunque se llevaban bien, siempre había tenido la sensación de que una parte de su madre estaba fuera de su alcance. Trataba a Marlow como una compañera, una confidente, una compinche, pero solo cuando le interesaba. Cassandra era todo un misterio incluso para Marlow.

Marlow recordaba haber contemplado el espejo de la verdad sabiendo que por muy mágico que fuera nunca podría enseñarle quién era realmente su madre. Pero en aquel momento, estando allí las dos juntas contemplando sus reflejos, Marlow se preguntó por primera vez si Cassandra sabía quién era ella misma.

Siempre había creído que cuando su madre le examinaba el rostro en realidad buscaba los rasgos que había heredado de su padre. Pero tal vez se trataba de algo completamente diferente.

Tal vez Cassandra observaba el rostro de su hija para intentar encontrarse a sí misma.

A la mañana siguiente, después de dar de comer a Rana y vestirse, Marlow le explicó a Swift todo lo que había ocurrido con pelos y señales mientras se bebía una taza de té calentita a sorbitos (Swift le dio la última galleta rellena de chocolate que le quedaba y por poco rompió a llorar de nuevo).

—Creo que la he cagado pero bien —concluyó Marlow al terminar de explicarle todo lo que había ocurrido durante aquellas últimas cuarenta y ocho horas.

—¿En serio? ¿Por qué lo dices? —resopló Swift—. ¿Por haber intentado colarte en el despacho del hombre más poderoso de toda Caraza? ¿Por haber acusado de traición al chico que era más que evidente que estaba colado de ti? ¿Por haber utilizado su maldición contra él después de prometerle que no lo harías? ¿Por haber hecho todo esto sin mi ayuda?

—Me dejaste bien claro que no tenías ningún interés por seguir ayudándome.

—Yo nunca dije eso y no lo diré nunca —respondió Swift con firmeza—. Siempre te cubriré las espaldas, Marlow. Por mucho que me enfade. Y lo sabes.

Sí que lo sabía. Por eso la noche anterior, cuando no tenía ningún otro sitio al que ir, había venido a su casa. Pero eso era parte del problema, ¿verdad? Porque, cuanto más se hundía Marlow en el barro de esa ciudad y en las garras de las personas que la controlaban, más al fondo arrastraba a Swift con ella.

No pudo evitar pensar en su madre. A pesar de que tal vez nunca sabría por qué Cassandra había hecho todo lo que había hecho, creía estar empezando a entender por qué había mantenido tantas cosas en secreto: para evitar meter a Marlow en sus problemas. Pero tal vez si Cassandra hubiera conocido mejor a su hija habría sabido que era imposible evitar que Marlow se lanzara de cabeza ante cualquier situación.

—Si te sirve de consuelo, lo siento —dijo Marlow—. Siento haberte metido en mis problemas. Siento que todavía estés metido en ellos. Eres demasiado buena persona como para dejarme colgada, pero tal vez deberías hacerlo. Por lo menos así estarías a salvo.

—Ambos sabemos que en esta ciudad no hay manera de mantenerse a salvo —dijo Swift—. No importa en qué peligros te metas, siempre estaré a tu lado, ¿vale? No quería que me mantuvieras al margen de tus problemas. Solo quería que me escucharas.

—Eso sí que puedo hacerlo —replicó Marlow. Pero al ver las cejas levantadas de Swift se corrigió—: O por lo menos puedo intentarlo. —Soltó un suspiro y se hundió todavía más en la silla—. Adrius nunca me perdonará por lo que hice. Pero ¿qué me pasa?

—¿Quieres una lista detallada o prefieres una respuesta breve?

Marlow lo fulminó con la mirada.

—Mira —dijo Swift—. Te conozco muy bien y sé que no es precisamente fácil acercarse a ti. Solo dejas acercarse a los demás bajo tus condiciones y eres muy protectora con tus secretos. Sin embargo, te comportas como si tuvieras derecho a saber los secretos de los demás. Cuanto más vulnerable te sientes con una persona, menos te fías de ella. Y entonces empiezas a buscar motivos para desconfiar.

Marlow apartó la mirada y agarró la taza de té con más fuerza. Al fin y al cabo le había pedido a Swift que le diera su opinión, así que no podía quejarse de que lo hubiera hecho.

—No estoy diciendo que te culpe por ser así. Sé mejor que la mayoría lo que esta ciudad puede llegar a hacer a las personas —continuó Swift con un tono de voz más amable—. Eres capaz de meterte en un montón de situaciones peligrosas en busca de la verdad, pero cuando se trata de tu corazón haces todo lo posible para no correr ningún riesgo. ¿Y enamorarte de uno de los vástagos de la familia más poderosa de Caraza, cuyo padre probablemente quiera verte muerta? Tal vez sea lo más arriesgado que podrías hacer.

—La he cagado pero bien —dijo Marlow.

—Sí —coincidió Swift—. ¿De verdad creías que Adrius te había traicionado?

Marlow parpadeó.

—¿Qué quieres...?

—¿O era más bien lo que querías creer?

Marlow abrió la boca para soltar una respuesta refleja, pero enseguida volvió a cerrarla para reflexionar sobre lo que Swift acababa de preguntarle. Por supuesto que no quería creer que Adrius la había traicionado. Pero había sido fácil llegar a esa conclusión porque había una parte de ella que esperaba que Adrius volviera a hacerle daño. Una parte de ella que lo tenía asumido. Una parte de ella que incluso se había sentido aliviada.

—La cagaste —repitió Swift—. Creo que para ti aquella era la única posibilidad. Porque ¿y si tus sentimientos fueran reales? Entonces hubieras tenido que correr riesgos.

Marlow soltó una carcajada cortante. ¿No era justamente por eso por lo que Adrius había roto su amistad un año atrás? ¿Porque estaba demasiado asustado como para admitir que Marlow le importaba y asumir el riesgo que aquello comportaba?

—Metiste la pata con Adrius porque era la única manera que tenías de poder seguir controlando la situación.

Vaya, por lo visto Adrius tenía razón.

—¿Y no es por eso por lo que tú nunca sales con nadie durante más de dos semanas? —preguntó Marlow golpeándole ligeramente el brazo.

—Ahora no estamos hablando de mi vida amorosa —señaló ensombreciendo su expresión—. De hecho, deberíamos estar hablando de qué demonios vas a hacer ahora que la familia más poderosa de Caraza va a por ti.

Marlow llevaba toda la mañana intentando no pensar en ello.

—Puedes esconderte en mi piso por ahora —le aseguró Swift—. Pero en algún momento tendrás que trazar un plan. Eres capaz de muchas cosas, Marlow, pero creo que ni siquiera tú eres capaz de detener a la familia Falcrest.

Marlow lo miró a los ojos y supo que ambos estaban pensando lo mismo: nadie podía detenerlos.

De repente oyeron unos golpes en la puerta principal que resonaron por toda la habitación.

Se miraron alarmados. Solo podía ser una persona, bueno, más bien dos, ya que la casa de Swift estaba salvaguardada por un montón de hechizos protectores.

Swift se acercó a la puerta con sigilo.

Quienquiera que fuera volvió a llamar con más insistencia.

—¡Abre la puerta, Swift!

—¿Orsella? —exclamó Swift intercambiando una mirada atónita con Marlow.

—¿Quién si no? —contestó con voz ronca—. Abre la maldita puerta antes de que alguien me vea.

Swift lanzó una mirada interrogativa a Marlow con las cejas alzadas y ella asintió afirmativamente: podían confiar en Orsella. Swift se apresuró a abrir la puerta y Orsella entró como Pedro por su casa. Enseguida posó la mirada sobre Marlow.

—Oh, genial, esperaba encontrarte aquí.

—¿En serio? —dijo Marlow, más confundida que nunca—. ¿Por qué?

—Para comprobar que estás a salvo de los Cabezacobre —contestó Orsella como si fuera evidente.

Swift y Marlow volvieron a intercambiar una mirada.

—Eres consciente de que van a por ti, ¿no?

—Dime algo que no sepa —dijo Marlow soltando un suspiro.

—No, no lo entiendes —replicó Orsella con brusquedad—. No es como antes. Leonidas ha dado la orden de exterminarte. Ya no le importa una mierda de rata de pantano el territorio en el que estés ni la protección que puedas tener. Quiere verte muerta y si los Segadores deciden armar jaleo está dispuesto a declararles la guerra.

—¿Qué? —exclamó Swift—. No puede...

—Y eso también va por ti —dijo Orsella ladeando la cabeza hacia él—. Pensaba que a estas alturas ya lo sabías.

—He estado un poco ocupada —gruñó Marlow.

Pero no consiguió ocultar del todo el miedo que las palabras de Orsella le habían provocado. Hasta entonces los Cabezacobre solo habían supuesto un peligro en su propio territorio, pero si lo que decía Orsella era cierto ya no estaban a salvo en ningún rincón de Las Ciénagas. Los Cabezacobre estaban dispuestos a darle caza, así que a los Segadores solo les quedaban dos opciones: contraatacar y arriesgarse a provocar una guerra entre bandas o despojar a Marlow de su protección y permitir a los Cabezacobre hacer lo que quisieran con ella. Ninguna de las dos opciones tenía un final feliz, por lo menos para Marlow.

—Tienes que marcharte de Las Ciénagas enseguida —dijo Orsella—. Puede que incluso tengas que abandonar la ciudad.

—¿Quieres que me marche de Caraza? —repitió Marlow—. No lo dirás en serio.

—Marlow —la interrumpió Swift con voz queda—. Puede que tenga razón. ¿Acaso hay alguien en esta ciudad que no quiera verte muerta?

—Escuchad, conozco a un tipo —dijo Orsella mirándolos a ambos—. Un contrabandista que trabaja con rapidez y de manera impecable. Sus servicios no son baratos, pero te garantizo que podría sacarte de la ciudad sin que nadie te viera.

—¿Y adónde iría? —quiso saber Marlow.

—¿A Vescovi? —sugirió Orsella—. ¿A las colonias cortesianas? A cualquier sitio que esté lejos de esta ciudad.

Marlow cerró los ojos para intentar visualizarlo. Cuando de pequeña vivía en Las Ciénagas imaginaba que se iba a vivir aventuras y que dejaba atrás aquella ciudad apestosa y embarrada. Que viajaba hasta las montañas cubiertas de nieve al norte de Vescovi, las selvas tropicales exuberantes del Imperio cortesiano y las praderas infinitas de algas marinas en la frontera de Aristan.

¿Qué la retenía en Caraza? Adrius ya no quería saber nada de ella. Y estaba segura de que Swift la acompañaría, no hacía falta ni que se lo preguntara. Podrían marcharse juntos y buscar un rinconcito de mundo que pudieran convertir en el hogar que Caraza nunca sería para ellos. Algún lugar donde construir una vida sobre un terreno que no intentara hundirlos en el barro a cada paso.

—Asúmelo, Briggs —dijo Orsella. Marlow notó un deje inusual de simpatía en su voz áspera—. La ciudad ha acabado contigo. Será mejor que te vayas mientras puedas.

Marlow se acercó a la ventana y contempló las nubes espesas y cálidas que flotaban por encima de las vías navegables aletargadas. Ahora sabía lo que le había ocurrido a su madre: por fin le había sonsacado la verdad a aquel lodazal. Pero todavía no había terminado con el caso. Todavía quedaban muchos interrogantes y muchos secretos por descubrir.

—¿Qué crees que debería hacer? —preguntó girándose hacia Swift.

—Creo que deberías salir por patas de esta ciudad e irte tan lejos como puedas —respondió sin un atisbo de duda.

Era lo que habría hecho su madre. «Toma lo que puedas y vete mientras puedas». Siempre había seguido aquella regla.

—Pero te conozco —continuó Swift—. Y sé que nunca te perdonarás a ti misma si te vas. Por muy molesto que sea, es lo que más me gusta de ti, Marlow, que no te rindes nunca.

Marlow no era su madre. Vivía la vida según sus propias reglas. Y estas decían que si tenía la más mínima oportunidad de doblar a su voluntad una pequeña parte de aquel mundo irredimible tenía que intentarlo. Incluso aunque le costara la vida.

Porque si no lo hacía, si se rendía ante la despiadada apatía de la ciudad, si aceptaba el egoísmo como única manera de sobrevivir, sería como si estuviera muerta.

Miró a Orsella.

—Puede que la ciudad haya acabado conmigo, pero yo todavía no he acabado con ella. Mi madre murió por descubrir un secreto de Aurelius Falcrest. Tal vez ese secreto tenga el poder de derrocarlo o tal vez no. Pero, sea como sea, pienso descubrirlo.

—Todavía no has aprendido que no debes meter las narices donde no te corresponde, ¿no? —comentó Orsella negando con la cabeza.

—Supongo que no.

—Ejem… —dijo Swift aclarándose la garganta—. ¿Y qué piensas hacer exactamente?

—Todavía no he llegado a esa parte —admitió Marlow—. Justo antes de que mi madre muriera dijo que sabía lo que Falcrest escondía en el barrio de la Arboleda de las Glicinas. Algo es algo.

—¿Y qué piensas hacer, interrogar a todo el vecindario? —preguntó Swift—. «Hola, buenos días, ¿sois vosotros los que escondéis el oscuro secreto que podría arruinar a Aurelius Falcrest?». Incluso aunque consiguieras averiguar alguna cosa, sabes que en cuanto Falcrest se entere de que andas por ahí husmeando en sus asuntos mandará a Caito de nuevo a por ti.

—Swift tiene razón —dijo Orsella—. Da igual lo que hagas o el cuidado que tengas, Aurelius Falcrest siempre irá un paso por delante de ti.

Marlow ya lo había aprendido por las malas la noche anterior. Abrió la boca para darles la razón, pero de repente se detuvo: su mente había empezado a darle vueltas a una idea. A un plan.

—Tenéis razón —dijo por fin—. Pero es exactamente donde quiero que esté.

VEINTICUATRO

arlow tamborileó los dedos con impaciencia sobre la barandilla del barco mientras esperaba que Swift reapareciera entre las verjas de la mansión Falcrest.

En circunstancias normales, Swift no habría podido entrar sin más, pero dado que todo el personal de la mansión estaba ajetreado preparando las festividades de las tres noches que duraría la boda de Amara le había resultado relativamente sencillo colarse entre la multitud de floristas, proveedores de comida, artistas y personal de refuerzo.

Marlow sintió una oleada de alivio cuando por fin avistó a Swift avanzando por el camino de piedra cargado con un montón de flores entre los brazos. Pasó junto al cobertizo para barcos y se dirigió al muelle donde Marlow lo esperaba con el barco anclado.

Le tendió las flores y embarcó de un salto. Marlow lo miró interrogativamente con las cejas alzadas. Swift sonrió y alzó los pulgares, señal de que había podido confirmar que en esos momentos Caito se encontraba en el interior de la mansión Falcrest.

Ahora le tocaba a Marlow.

—No dejo de preguntarme qué secreto pudo descubrir mi madre sobre Falcrest —dijo jugueteando con la pulsera que llevaba en la muñeca.

—Acabarás por volverte loca —contestó Swift.

—Lo sé, pero… mamá mencionó que el secreto se escondía en el barrio de la Arboleda de las Glicinas.

—¿Y eso qué más da?

—He estado repasando todas las notas que tengo sobre la desaparición de mi madre —respondió Marlow—. Y ayer por la noche encontré algo. Un papelito con una dirección del barrio de la Arboleda de las Glicinas escrita con letra de mi madre. No ponía nada más, pero…

—¿Crees que podría ser la dirección donde Falcrest tiene escondido su secreto?

—Sí —contestó Marlow—. Podría estar equivocada. Pero ¿y si tuviera razón…? Tengo que saberlo. Creo que será mejor que vaya ahora mismo a averiguar qué esconde Falcrest en esa dirección.

—De acuerdo —dijo Swift—. Pero ve con cuidado.

Marlow sonrió y se quitó la pulsera de la luna creciente plateada de la muñeca, que brilló al reflejar uno de los últimos rayos de sol del atardecer.

Caito y Aurelius no sabían que Marlow había descubierto que la pulsera estaba encantada con un hechizo para escuchar a escondidas. Y eso significaba que, mientras Marlow siguiera llevando la pulsera, Caito seguiría espiándola. Los Cabezacobre habían montado guardia junto a su piso, así que había tenido que pedirle a Orsella que por favor fuera a buscar la pulsera a su casa bajo el pretexto de ir a la Alcobita por negocios.

Le debía una buena a Orsella por aquello. Y por cuidar de Rana mientras Marlow planeaba cómo librarse de los Cabezacobre.

Y también por la carta de hechizo que llevaba escondida en el bolsillo.

—Espero que salgas con vida de esta, porque me debes muchos favores —dijo Orsella.

Marlow lanzó la pulsera al canal.

—¿Creéis que Caito se lo habrá tragado? —preguntó Swift mientras observaban cómo se hundía—. ¿Que creerá que has encontrado la dirección por casualidad entre las cosas de tu madre?

En realidad no había descubierto ninguna dirección, por supuesto. Marlow había examinado todos los papeles de Cassandra una infinidad de veces y nunca había encontrado ninguna mención al barrio de la Arboleda de las Glicinas, ni antes ni ahora.

Pero eso Caito no lo sabía.

Antes de que Cassandra aprendiera a estafar a los hombres para quitarles el dinero, lo hacía de manera mucho más directa: les robaba la cartera.

Una vez, cuando Marlow era pequeña, le había preguntado a Cassandra cómo sabía en qué bolsillo llevaban la cartera.

—Es muy sencillo —contestó Cassandra con una sonrisa—. Tienes que conseguir que te lo digan ellos mismos.

Llevó a Marlow a la estación de teleférico del Pabellón, una zona conocida por la cantidad de carteristas que pululaban por ahí. Señaló a un hombre entre la multitud y le dijo a Marlow que chocara contra él tan aparatosamente como pudiera.

—Y, cuando se aleje de ti, obsérvalo.

Marlow hizo lo que le pidió su madre y, en efecto, cuando el hombre terminó de gritarle que tuviera más cuidado, se palpó el bolsillo de la chaqueta para comprobar que su bolsa de perlas siguiera en su sitio, revelando así donde la guardaba. Así que cuando Cassandra se le acercó dos minutos después bajo el pretexto de preguntarle por una dirección no le costó mucho meterle la mano en el bolsillo de la chaqueta mientras lo distraía con una sonrisa coqueta.

Siguiendo esa lógica, ¿cómo puedes averiguar el secreto mejor guardado del hombre más poderoso de la ciudad?

Muy sencillo: tienes que conseguir que te lo diga él mismo.

Marlow observó las verjas de la mansión Falcrest al otro lado del canal.

—Supongo que ahora lo veremos.

Poco después Marlow divisó el pelo de Caito con sus distintivas mechas de color verde intenso cuando la mujer salió por la verja de la mansión Falcrest y se escabulló entre las sombras.

—Vamos allá —dijo Marlow sacándose del bolsillo la carta de hechizo que le había costado más de la mitad de los honorarios que había cobrado por adelantado a Adrius—. Nos encontraremos en el muelle de las Latas. Si no he vuelto en dos horas...

—Vendré a buscarte —respondió Swift con firmeza.

—Swift... —empezó negando con la cabeza.

—Marlow.

—De acuerdo —dijo finalmente Marlow, tragándose sus objeciones. Alzó la carta de hechizo—. ¡*Diventare ombra*!

Los glifos dibujados en los bordes de la carta de hechizo se iluminaron por arte de magia. Marlow notó que chisporroteaban por encima de su piel. De repente, una brusca sacudida sacó a Marlow de su cuerpo y la lanzó contra una de las esquinas del barco.

O por lo menos esa fue la sensación que tuvo. Lo que ocurrió en realidad fue que el hechizo de las sombras convirtió a Marlow en su propia sombra. Su cuerpo seguía inerte exactamente donde lo había dejado y Swift lo protegería hasta que regresara.

Dado que se había transformado en una sombra, Marlow no podía hablar ni tocar nada. No era un hechizo de invisibilidad, que costaba mucho más de lo que Marlow podía permitirse, pero si iba con cuidado podría seguir a Caito sin que se diera cuenta. Avanzó por el muelle hasta la pared exterior del cobertizo para barcos donde Caito acababa de entrar con sigilo. El sol del atardecer ya estaba muy bajo, por lo que había un montón de sombras para que Marlow pudiera esconderse.

Caito desamarró uno de los barcos de canal de los Falcrest. Marlow se apresuró a entrar al cobertizo para barcos y a subir a bordo deslizándose por las sombras que se extendían por el suelo. Tal y como esperaba que ocurriera tras la conversación falsa con Swift, Caito se dirigió hacia el canal del Cristal, el único de los cinco canales que salían radialmente de Jardinperenne en dirección al noroeste. La Arboleda de las Glicinas era uno de los pocos barrios residenciales del distrito del Jardín Exterior y estaba habitado por las personas que pertenecían a las clases sociales más altas pero que todavía no habían alcanzado el estatus de *noblesse nouveau*.

Lo primero que Marlow pensó que Falcrest podía estar ocultando ahí era una amante, pero enseguida desestimó aquella teoría. Muchos hombres poderosos tenían amantes, no era la clase de secreto que pudiera destruir a nadie. Ni siquiera aunque tuviera un hijo ilegítimo.

Tenía que ser algo peor: peor que un hijo bastardo, peor que tener libros prohibidos en su poder, peor que la miríada de fechorías que los hombres poderosos como Aurelius Falcrest cometían cada día en Caraza sin sufrir ninguna consecuencia.

Finalmente Caito amarró el barco junto a una casa anodina casi idéntica a todas las que había a lo largo del canal. Era grande, aunque ni se acercaba a la grandiosidad de las casas de Jardinperenne; tenía un porche amplio y una galería superior decoradas con columnas blancas y barandillas resplandecientes.

Caito desembarcó en el muelle, abrió la verja principal de hierro forjado de par en par y pasó por delante de la hilera de setos que flanqueaban los escalones de la entrada.

Marlow se escabulló entre los barrotes de la verja y se quedó escondida entre los setos mientras Caito se dirigía apresuradamente hacia la puerta principal y la abría con una simple carta de hechizo. Marlow esperó hasta que Caito entrara y cerrara la puerta de un portazo antes de escurrirse a través del huequecito que quedaba debajo de la puerta.

Una vez dentro, se encontró una escena totalmente inesperada. Caito estaba de pie bajo el umbral de una elegante sala de estar situada justo al lado de la entrada principal. Y no estaba sola. Había una mujer mayor que ella sentada en un sofá de felpa sirviéndose una taza de té. Llevaba un batín de seda vaporosa y la cabellera negra cubierta de canas recogida hacia atrás con una peineta adornada con gemas.

De repente, Marlow cayó en la cuenta de que reconocía a aquella mujer. Había un retrato suyo colgado en el vestíbulo de la mansión Falcrest.

Era Isme Falcrest. La madre de Adrius.

—¿A qué debo el placer de esta visita, Caito? —preguntó Isme llevándose la delicada taza de té a los labios.

—No tengo tiempo para juegos —le espetó Caito—. ¿Quién ha venido a verte, Isme? ¿Con quién has hablado?

—¿Cómo que con quién he hablado? —preguntó Isme. Soltó una carcajada arisca—. Debes estar de broma.

—¿Tengo pinta de estar de broma? Dime quién ha venido a verte.

—Solo tú, querida Allegaza —contestó con una sonrisa afectada—. Eres mi única visitante. ¿Por qué no te quedas a tomar el té?

—¿No ha venido una chica? —preguntó Caito—. ¿Muy entrometida, rubia y sumamente irritante?

—No, nadie —reiteró Isme con voz cortante—. Hace años que ya nadie viene por aquí.

¿Años? Adrius le había dicho que su madre se había marchado de Caraza hacía más de una década. ¿Podría ser que hubiera estado allí durante todo este tiempo? ¿Y por qué?

—Amara se casará esta noche —dijo Isme cambiando bruscamente de tema —. Lo he leído en los periódicos.

—Isme…

—No hablaré con nadie. No haré nada. Pero, por favor, por favor, me gustaría verla. Una madre no puede perderse la boda de su hija. —A Isme empezaron a brillarle los ojos debido a las lágrimas. La taza de té le tembló entre las manos—. Pregúntaselo, Caito.

—Aurelius ya ha tomado su decisión —replicó Caito con un tono de voz desprovisto de emoción—. Es demasiado arriesgado, sobre todo ahora que el procurador municipal lo está vigilando tan de cerca.

—¿Demasiado arriesgado? —Isme soltó una carcajada demente—. ¿De verdad os parece demasiado arriesgado que venga una mujer que es incapaz de desobedecer cualquier orden que le den? Aurelius debe estar perdiendo facultades.

En aquel momento Marlow se alegró de no poder hablar, porque no habría sido capaz de contener un grito ahogado.

Isme se puso en pie y el brillo feroz de sus ojos oscuros le recordó a Adrius.

—El hombre a quien sirves tan alegremente me lo quitó todo. Me arrancó de mi familia, me obligó a casarme sin que estuviera de acuerdo, me utilizó para saquear la fortuna de mi familia y luego, cuando le di dos hijos, también me los arrebató. Quiero pedirle, no, rogarle que haga esta única concesión. Solo quiero ver a mi hija el día de su boda.

Marlow se quedó paralizada, incapaz de apartar la mirada de Isme.

Estaba maldita. Aurelius le había lanzado la maldición de coacción muchos años atrás, por lo visto, para hacerse con la fortuna de su familia.

Aquel era el secreto que podía arruinarlo.

Marlow contempló la mirada desconsolada de Isme y la expresión que le contraía las facciones. Era la misma expresión que había puesto Adrius al contarle que su madre los había abandonado. Marlow no pensaba que pudiera odiar todavía más a Aurelius, pero lo que le había hecho a Isme era de una crueldad inimaginable.

Sin embargo, Caito no parecía conmovida.

—Si alguien llama a tu puerta no le abras, no le digas nada, contacta conmigo de inmediato y yo me encargaré de todo.

Se dio la vuelta antes de que Isme pudiera contestar y se detuvo en seco con la mirada clavada en la pared donde estaba la sombra de Marlow.

Marlow se dirigió hacia la puerta, pero ya era demasiado tarde.

—¡Briggs! —exclamó Caito.

Marlow hizo lo único que podía hacer: salir corriendo de aquella casa.

VEINTICINCO

—**A**urelius Falcrest maldijo a su propia mujer —fue lo primero que dijo Marlow en cuanto Swift rompió el hechizo de las sombras.

—¿Qué?

—Ese es el secreto que ha estado ocultando durante todo este tiempo —afirmó Marlow andando en círculos por el muelle—. El secreto que descubrió mi madre. El secreto que... —De repente se detuvo. Caito había mencionado al procurador municipal. Y Amara también había dicho algo sobre él la noche del banquete de vísperas de boda.

Si lo que estaba investigando el procurador municipal era aquel secreto, tal vez Amara tuviera razón. Tal vez Aurelius tuviera miedo de que la investigación acabara con él.

Pero entonces recordó las palabras llenas de desprecio que Aurelius había dirigido a su hija: «El futuro de nuestra familia está asegurado, ya me he encargado de ello».

Marlow se cubrió la boca con las manos y se le cayó el alma a los pies.

—Swift —dijo con voz temblorosa—. Creo que ya sé quién maldijo a Adrius.

—¿Crees que Falcrest...? —Swift dejó la frase a medias—. ¿Por qué iba a hacer algo así?

—Porque necesita un plan de contingencia. El procurador municipal lo está investigando y si encuentra alguna prueba de lo que le hizo a Isme perderá el control sobre la familia Falcrest. Por muchas cosas buenas que haya podido hacer, las demás familias nunca le perdonarán que lanzara una maldición contra uno de los suyos.

—Así que decidió maldecir a Adrius para asegurarse de seguir teniendo el control de todo incluso aunque lo obliguen a cederle el puesto —dedujo Swift.

—Por eso tiene tanta prisa para que Amara se case —dijo Marlow—. Tiene que asegurarse de formalizar el matrimonio antes de que las demás cinco familias se den cuenta de lo que hizo. Utilizará a Adrius para tener la fortuna de los Falcrest bajo control y a Amara para apoderarse de la de la familia Vale, igual que hizo con la familia Delvigne. Entonces sí que será realmente intocable.

La boda. Seguramente sería la única oportunidad que tendría para intentar advertir a Adrius. Caito había visto su sombra, así que sabía que había descubierto a Isme. En cuanto informara a Aurelius, las posibilidades de que Marlow consiguiera quedarse a solas con Adrius suficiente tiempo como para contarle la verdad pasarían de ser pocas a inexistentes.

La única opción que tenía era presentarse a la boda y hablar con Adrius antes de que su padre tomara medidas drásticas para mantenerlo alejado de ella.

Quedaban menos de dos semanas para que pasaran dos lunas y la maldición de Adrius se volviera permanente.

—Tengo que irme —le dijo a Swift—. Tengo que avisar a Adrius.

—¿Me estás diciendo que tienes intención de ir a la boda de Amara Falcrest? —preguntó Swift—. ¿Donde sin duda estará Aurelius?

—Será mi última oportunidad para avisar a Adrius —dijo Marlow—. Seguro que Aurelius le ordenará que no vuelva a hablar conmigo. O lo encerrará, igual que a Isme.

Swift negó con la cabeza.

—Me parece una idea terrible, pero de acuerdo. Iremos a la mansión Falcrest.

—¿Cómo que «iremos»? —preguntó Marlow—. No voy a dejar que te metas en esto. —Swift enseguida intentó interrumpirla, pero Marlow siguió hablando—: Swift, ahora mismo ni siquiera puedes volver a casa por culpa mía. Los Cabezacobre nos están buscando a los dos y necesito saber que estás a salvo.

—¿Y a dónde podría ir exactamente para estar a salvo? —preguntó Swift. Pero Marlow ya tenía un plan.

—Al salón de té Capitán Barro. Viatriz me dijo que fuera allí si alguna vez necesitaba ponerme en contacto con la Orquídea Negra. Supongo que es uno de sus negocios tapadera. Ve, cuéntales lo que le ocurrió a mi madre y pídeles protección contra los Cabezacobre.

—¿Son de fiar?

—Si te soy sincera, todavía no estoy muy segura —admitió Marlow—. Pero sé que los Cabezacobre les tienen miedo y que disponen de magia más que suficiente para protegerte. Además, no veo otra opción.

¿Estaba volviendo a enviar a Swift a un lugar peligroso? Viatriz había conseguido que creyera que la Orquídea Negra no quería hacerle ningún daño, pero ¿qué harían cuando alguien a quien no conocían de nada se presentara en su escondite secreto pidiéndoles ayuda?

—Diles que vas de mi parte —le aconsejó Marlow—. Diles que estoy dispuesta a proporcionarles información que podría derribar a la familia Falcrest a cambio de protección. En cuanto consiga advertir a Adrius sobre las intenciones de su padre iré al salón de té y les contaré lo de Isme.

Swift la miró preocupado y soltó un suspiro.

—De acuerdo. Pero que sepas que solo estoy aceptando porque si te metes en problemas con Aurelius Falcrest tal vez los de la Orquídea Negra sean los únicos que puedan ayudarte. Y, ya que te estoy poniendo las cosas tan fáciles, estaría bien que me hicieras el favor de no acabar muerta.

—Trato hecho —dijo Marlow alargando la mano.

Swift ignoró su mano y la rodeó con sus brazos en un fuerte abrazo.

—Te lo digo en serio, Marlow. Eres mi mejor amiga. Si te ocurriera algo no sé lo que haría.

—Tú también eres mi mejor amigo —dijo Marlow devolviéndole el abrazo—. Buena suerte.

—No sabes lo mucho que te agradezco que hayas decidido acompañarme —dijo Gemma mientras Marlow y ella se acercaban a la entrada de la mansión Falcrest—. No sé si hubiera sido capaz de enfrentarme al día de hoy por mi cuenta.

—¿Para qué están las amigas? —replicó Marlow examinando la muchedumbre que tenían delante.

Al parecer la mitad de la ciudad de Caraza había recibido una invitación para asistir a la boda de Amara. Había una hilera de fotógrafos en la entrada de la mansión Falcrest listos para capturar la llegada de la *noblesse nouveau* con sus mejores galas.

Gemma alargó la mano y alisó la manga del vestido que le había prestado a Marlow. Era de un color turquesa intenso con detalles dorados brillantes, igual de ostentoso que el resto de los vestidos del armario de Gemma. En aquella ocasión, Gemma se había decantado por un vestido con un degradado de colores que iba desde el ciruela oscuro al rosa pálido y se había recogido los rizos lustrosos y resplandecientes de color canela, dejando el cuello al descubierto.

—Adrius no va a poder quitarte los ojos de encima —dijo Gemma.

Marlow rio con pesimismo. La verdad es que no le había explicado con mucho detalle cómo estaban las cosas entre ellos.

—Si es que es capaz de mirarme.

—Pensaba que… —empezó Gemma con una mirada triste—. Bueno… parecía que lo vuestro era…

—¿Qué? —preguntó Marlow.

—Real —respondió Gemma mirándola a los ojos.

Marlow no pudo evitar volver a reírse con pesimismo. Con una punzada de culpabilidad recordó lo que le había dicho Adrius:

«Nunca he mentido sobre lo que siento por ti».

Intentó quitarse aquellas palabras de la cabeza; no eran el motivo por el que había venido.

Gemma deslumbró a los fotógrafos y a los espectadores mientras subían por las escaleras. Marlow se concentró en no evidenciar lo mucho que la asustaba estar en la misma habitación que Aurelius Falcrest. En un visto y no visto cruzaron la enorme puerta doble principal que daba al atrio.

Los invitados a la boda estaban en el gran espacio abierto del atrio bebiendo vino e intercambiando cotilleos con los demás asistentes en el enorme espacio abierto del atrio. Marlow fue consciente de todos los ojos que se posaron sobre ella y de los susurros que recorrieron la habitación al verla aparecer del brazo de otro vástago. Sin duda aquello no haría más que inflamar las acusaciones de que era una trepa sin escrúpulos.

—Mira, ahí está Silvan —dijo Gemma conduciendo a Marlow hacia el fondo de la habitación.

Silvan estaba cerca de la entrada de la sala de baile donde tendría lugar la ceremonia con su traje plateado. A todas luces parecía estar solo.

—¿Qué hace esta aquí? —preguntó Silvan frunciendo la boca con desdén cuando se le acercaron.

—Es mi acompañante —contestó Gemma.

—No sabía que tuvieras el mismo mal gusto con las chicas que Adrius —dijo fulminándola con la mirada.

—¿Dónde está? —preguntó Marlow con el corazón latiéndole con fuerza.

—No va a venir —respondió encogiéndose de hombros.

—¿Qué? —exclamó Marlow sintiendo que le faltaba el aire—. ¿Por qué? ¡Pero si es la boda de su hermana!

—¿No te has enterado? —dijo Silvan con arrogancia—. Anoche se marchó de la mansión Falcrest. Ha dormido en uno de los cuartos para invitados de la torre Vale. Básicamente ha renunciado al apellido Falcrest y se niega a hablar con su padre.

Gemma parecía tan sorprendida como Marlow.

—Pero ¿por qué lo ha hecho?

—No ha querido dar explicaciones —respondió Silvan encogiéndose de hombros y fijando la mirada en Marlow—. Pero me imagino que tiene algo que ver contigo.

—Pero ¿no me habías dicho que ya no estabais juntos? —dijo Gemma.

—Y no lo estamos. —Fuera cual fuera el motivo por el que Adrius se hubiera marchado de la mansión Falcrest, sin duda era una buena noticia, porque quería decir que estaba lejos del alcance de su padre, al menos por ahora—. ¿Sabes si todavía está en la torre Vale?

—Es bastante probable —contestó Silvan—. Mi padre ha estado intentando convencerle para que venga a la boda, no ha dejado de insistir en la importancia de la familia, pero no estoy seguro de si… —Dejó la frase a medias y desvió la mirada hacia la puerta principal—. Vaya. Parece ser que las palabras de mi padre han surtido efecto.

Marlow siguió su mirada y sintió una presión en el pecho al ver a Adrius en el umbral de la puerta enmarcado por un cielo rojizo de fondo. Llevaba un traje negro ónice y un chaleco con adornos dorados. Iba completamente inmaculado, desde sus rizos castaños hasta el cuello impoluto de la camisa y la máscara rígida con la que ocultaba su expresión. Tenía un aspecto completamente perfecto e intachable salvo por las ojeras negras bajo los ojos.

Antes de ser consciente de sus acciones, Marlow empezó a abrirse camino hacia él.

—¡Marlow! —exclamó una voz jovial. Era Cormorant Vale, que había emergido radiante de entre la muchedumbre.

Varias cabezas se giraron hacia ella, incluyendo la de Adrius. No consiguió interpretar la expresión de su rostro, aunque le pareció más bien de pánico que de alegría.

Marlow centró su atención en Vale, le hizo una pequeña reverencia rígida y le dedicó una sonrisa.

—Enhorabuena por la boda.

Vale esbozó una expresión todavía más radiante y Marlow sintió una punzada de culpabilidad. Vale solo quería que su hijo fuera feliz. No tenía ni idea de lo que Falcrest estaba maquinando, de lo que aquel matrimonio significaría para la familia Vale. A menos que Marlow encontrara la manera de detener a Aurelius.

—Me alegra mucho que hayas podido venir a celebrarlo con nosotros —dijo Vale.

—Yo también —afirmó Marlow mientras seguía avanzando en dirección a Adrius—. Pero ahora mismo necesito hablar con…

Vale echó un vistazo a Adrius y luego miró con ojos brillantes a Marlow y le dio una palmadita en la espalda.

—Ah, no hace falta que digas nada más.

Adrius no apartó la mirada de Marlow hasta que llegó a su lado.

—¿Qué demonios estás haciendo aquí? —exigió saber.

Marlow se dio cuenta de que más de un par de ojos se giraban hacia ellos.

—Tengo que hablar contigo. A solas. Ahora mismo.

—No deberías estar aquí —dijo Adrius con un tono cortante.

—Adrius...

—Perdone —dijo una voz a la izquierda de Marlow en un tono helado—. ¿Es usted Marlow Briggs?

Marlow se giró y sintió que el alma se le caía a los pies. Que alguien preguntara por ella por nombre y apellido nunca era una buena señal. Al girarse vio a una mujer alta vestida con la librea de los sirvientes de la familia Falcrest parpadeando expectante.

—¿Por qué la estás buscando? —preguntó Adrius con brusquedad.

—La novia quiere hablar con usted —dijo la sirvienta—. La acompañaré hasta la habitación nupcial.

A Marlow no se le ocurría ningún motivo por el que Amara quisiera hablar con ella. A menos que supiera todos los tejemanejes de su padre y quisiera terminar con el asunto ella misma.

Marlow se puso la mano en el bolsillo y palpó la empuñadura del cuchillo que llevaba atado a la pierna. Si se trataba de una emboscada, estaría preparada.

—Será mejor que no la haga esperar —dijo la sirvienta con impaciencia—. Y que no monte ninguna escena.

Marlow se giró hacia Adrius.

—Por favor, Adrius. Sabes que no hubiera venido si no fuera importante.

—Marlow...

Antes de que Adrius pudiera decir nada más, la sirvienta agarró a Marlow por el codo y la guio entre la multitud en dirección a la sala de baile. Una vez allí salieron por una puerta lateral que daba a un pasillo larguísimo con las paredes repletas de espejos y luego cruzaron unas puertas dobles muy ornamentadas. Entraron en una lujosa sala de estar amueblada con tonos crema y oro rosado. Al fondo de la habitación, delante de un enorme espejo dorado, se encontraba Amara. Llevaba un precioso vestido de novia de color rubí con pedrería de oro. En lo alto de la cabeza llevaba un tocado ornamentado y tenía el pelo oscuro como el plumaje de un cuervo recogido en un peinado intricado formado por tirabuzones brillantes. Un pequeño ejército de sirvientes revoloteaba a su alrededor asegurándose de que el vestido y todos los accesorios estuvieran impolutos.

Miró a Marlow con los ojos maquillados en tonos dorados a través del reflejo del espejo.

—Dejadnos a solas —ordenó a los sirvientes, que enseguida retrocedieron y salieron de la habitación, incluyendo la sirvienta que había traído a Marlow hasta ahí. Se quedaron las dos solas.

—Enhorabuena por la boda —dijo Marlow.

Amara se giró en redondo y la falda del vestido se le onduló como si fuera una ola. Le lanzó una mirada iracunda.

—Seguro que sabes por qué te he hecho llamar. —Marlow notó que un escalofrío le recorría la columna vertebral—. ¿Qué diantres haces en mi boda después de todo lo que le has hecho a mi familia? —preguntó Amara con un tono de voz gélido y cortante.

—¿Cómo que después de todo lo que le he hecho a tu familia? —repitió Marlow—. Pero si no he hecho nada salvo intentar...

—Ahórrate el numerito, por favor —la interrumpió Amara en tono despectivo—. Por tu culpa mi hermano ha renunciado al apellido Falcrest. Y se ha marchado de la mansión Falcrest. Incluso ha dejado de hablar con papá.

—No entiendo qué tiene que ver conmigo nada de todo esto.

—Por suerte hemos conseguido evitar que circulen los rumores, al menos por ahora, pero es solo cuestión de tiempo que todos los habitantes de Jardinperenne se enteren de lo que ha ocurrido —continuó Amara como si no la hubiera oído—. No voy a permitir que el ridículo berrinche de mi hermano ensombrezca la boda.

—¿Te refieres a la boda que ni siquiera quieres que se celebre? —preguntó Marlow—. Tal vez deberías tomar ejemplo de tu hermano.

—¿A qué te refieres con eso? —exigió saber Amara.

—Me refiero a que no estás enamorada de Darian, a que solo has accedido a casarte con él porque tu padre quiere utilizarte para tomar el control de la familia Vale.

—No tienes ni idea de lo que estás diciendo —afirmó Amara, estremeciéndose.

—¿Ah, no? —preguntó Marlow—. Estás a punto de romper el corazón de tu mejor amiga porque eres demasiado cobarde como para plantar cara a tu padre a pesar de que te trata más bien como un peón que como a una hija. Llevas toda la vida siguiéndole el juego y sin embargo no tienes ni idea de lo que es capaz de hacer.

Amara endureció el rostro. Cuando volvió a hablar, lo hizo con un tono gélido.

—Solo quería decirte a la cara que no eres bienvenida a mi boda. Y si alguna vez vuelves a acercarte a mi hermano te arruinaré la vida. —Y alzando el tono de voz añadió—: Leland, Terra, escoltad por favor a la señorita Briggs hasta fuera de la mansión y aseguraos de que no vuelva a entrar.

De repente aparecieron dos sirvientes por las puertas que flanqueaban la habitación y agarraron a Marlow con brusquedad por ambos brazos.

Inmovilizada por sus captores, Marlow sintió que las pocas esperanzas que tenía se desvanecían. Aurelius Falcrest acabaría saliéndose con su plan deleznable. Arruinaría a la familia Vale y condenaría a Adrius a un futuro tan horrible como el de su madre.

Buscó desesperadamente en su mente alguna cosa que pudiera decir para impedir que Amara la echara antes de que pudiera advertir a Adrius.

—¿Quieres saber el verdadero motivo por el que tu madre no ha podido asistir a tu boda? —dijo mientras la arrastraban hacia la puerta—. Porque tu padre se lo ha impedido. La ha estado manteniendo alejada de vosotros durante toda vuestra vida...

—¡Quitadla de mi vista! —rugió Amara.

Los sirvientes sacaron a rastras a Marlow de la habitación y se la llevaron por el pasillo. Irrumpieron por la puerta que llevaba a la sala de baile. A esas alturas, muchos de los invitados ya habían tomado asiento a la espera de que empezara la ceremonia. Marlow sintió que la observaban docenas de pares de ojos mientras los sirvientes la llevaban por el lateral de la sala de baile. Los murmullos estallaron a su paso y sabía que todos debían estar especulando sobre qué debía haber hecho para que la expulsaran de la boda.

Entre los invitados que ya estaban sentados, Marlow divisó a Adrius. Intercambiaron una mirada. A primera vista Adrius parecía afligido y enfadado, pero Marlow percibió además su confusión. Giró la cabeza justo cuando los sirvientes la arrastraban por las puertas que conducían al atrio ahora vacío.

O, más bien, al atrio ahora casi vacío.

—Leland, Terra —dijo una voz grave y familiar cuando llegaron a la antecámara—. Soltad a la señorita Briggs. Podéis retiraros.

Marlow se giró y quedó frente a frente con Aurelius mientras los dos sirvientes hacían una reverencia rápida y se marchaban sin titubear.

Detrás de las puertas cerradas de la sala de baile, la orquesta arrancó con la música.

—¿Te acuerdas de la pequeña charla que mantuvimos hace un par de noches? —dijo Aurelius por fin—. ¿Sobre la delgada línea que separa la valentía de la estupidez?

—¿Se refiere a cuando intentó engañarme para que bebiera vino maldito? —preguntó Marlow dando un paso atrás.

—Por si acaso tienes dudas —continuó Aurelius como si no la hubiera oído—, aquella noche cuando te fuiste cruzaste esa delgada línea. Si no hubieras salido corriendo tan de repente te habrías dado cuenta de que estabas completamente a salvo. Siempre y cuando estuvieras dispuesta a colaborar.

—¿A colaborar con su plan de quitarme los recuerdos a la fuerza? —Mientras hablaba, Marlow fue acercando la mano a la raja de su falda y agarró la empuñadura del cuchillo que llevaba atado a la pierna con la liga. Lo sacó poco a poco, pero lo mantuvo escondido detrás de su falda—. No, gracias.

—Escúchame con atención —dijo Aurelius acercándose a ella—. Te estás pasando de la raya. Esto solo puede acabar de una manera: con mi victoria. Porque yo siempre gano. El único interrogante es si estarás viva para verlo. Solo depende de ti.

El corazón le latía con fuerza. No le cabía la menor duda de que Aurelius tenía razón. Había conseguido burlarlo una vez, pero estaba claro que no permitiría que ocurriera una segunda.

—¡Aléjate de ella!

Aquel grito resonó por todo el atrio vacío. Tanto Marlow como Aurelius giraron la cabeza y vieron a Adrius acercándose a toda velocidad hacia ellos con una especie de furia frenética en la mirada. Se detuvo frente a Marlow, interponiéndose entre ella y su padre, y alargó un brazo hacia atrás para mantenerla alejada.

—Te dije que si volvías a acercarte a ella… —empezó a decir con un gruñido grave.

—Cálmate, Adrius —dijo Aurelius con voz tranquila—. Solo estábamos aclarando un par de cosas. ¿Verdad, Marlow?

—Adrius, deberías… deberías irte —dijo Marlow con voz dubitativa.

—No pienso dejarte a solas con él.

Incluso después de lo que le había hecho, Adrius seguía protegiéndola.

—Tu hermana y tú sois unos dramáticos —dijo Aurelius en tono burlón—. Aquí nadie está en peligro.

Lo dijo tan tranquilamente, como si no acabara de amenazar a Marlow medio minuto antes.

—Entonces, ¿qué está ocurriendo? —exigió saber Adrius.

En aquel momento, Marlow se dio cuenta de que tal vez aquella fuera su última oportunidad para avisarlo. Miró a Aurelius.

—¿Quiere contárselo usted o prefiere que lo haga yo?

—¿Contarme el qué? —exigió saber Adrius.

—Tu padre le lanzó la maldición de coacción de Ilario a tu madre —dijo sin apartar la mirada de Aurelius—. Y ha estado manteniéndola alejada de Jardinperenne y de ti durante todo este tiempo para que nadie lo supiera. Pero al final alguien acabó descubriendo su secreto, ¿verdad?

Aurelius mantuvo su expresión fría y serena de siempre.

—Mi madre —dijo Marlow apretando con más fuerza la empuñadura de su cuchillo—. Y lo pagó con su vida. Pero ahora... ahora corre el riesgo de que su secreto salga a la luz. No hay duda de que puede librarse de las consecuencias de muchas de sus fechorías, pero no va a poder librarse de las de esta. Sabe que este secreto acabará siendo su ruina, pero se ha asegurado de que cuando llegue el momento no perderá el control sobre la Biblioteca Falcrest. De que todavía estará al mando de todo, aunque sea de manera indirecta. Por eso decidió nombrar a Adrius como su heredero y lo maldijo para obligarlo a obedecerle.

Adrius contempló a su padre con un terror irrefrenable.

—¡Esto es completamente ridículo! —exclamó Aurelius.

—¿Y cómo explica entonces que designara a Adrius como su heredero? —preguntó Marlow—. Nunca le confiaría el imperio de la familia Falcrest a menos que estuviera seguro de poder controlarlo.

—Nombré a Adrius como mi heredero porque a diferencia de su hermana sabía que su ambición no lo metería en problemas —le espetó Aurelius—. Básicamente porque no tiene ni un ápice. No sería más que un testaferro; así el legado de la familia Falcrest se mantendría a salvo. Y que conste que no le he lanzado ninguna maldición a mi hijo.

—No, se la ha lanzado a su mujer y también a su hijo —puntualizó Marlow—. No va a salirse con la suya.

—Eres una chica muy alborotadora con una imaginación bastante fantasiosa —dijo Aurelius entrecerrando los ojos.

—Adrius, tienes que creerme —le rogó Marlow.

Adrius la miró con los ojos abiertos de par en par.

—Yo…

En el interior de la sala de baile repiquetearon unas campanas que indicaron el fin de la ceremonia.

Poco a poco, Adrius se acercó a Marlow y le arrebató el cuchillo que llevaba en la mano. Tenía la expresión extrañamente en blanco, no había ni rastro de la inquietud y el miedo de unos segundos antes. Parecía tranquilo. Casi dócil.

Sin previo aviso, Adrius dio un paso al frente y hundió el cuchillo en el pecho de su padre.

VEINTISÉIS

Marlow contempló la hoja del cuchillo clavándose en el pecho de Aurelius, que cayó de rodillas mientras la sangre empapaba su traje gris inmaculado.

Estaba tan atónita que se quedó paralizada. Se sentía incapaz de procesar lo que acababa de presenciar. Unos segundos antes estaba intentando convencer a Adrius de que era su padre quien le había lanzado la maldición y acto seguido lo había apuñalado.

Pero no lo había hecho por venganza o preso de una rabia incontrolada. Marlow había visto la expresión de su rostro. Adrius no le había arrebatado el cuchillo y lo había hundido en el pecho de su padre por voluntad propia.

Lo había hecho obligado por la maldición.

Aurelius tosió a sus pies: se estaba ahogando en su propia sangre, que le salía a borbotones.

«Mi madre murió por su culpa», pensó Marlow.

Adrius volvió a levantar el cuchillo.

«Mi madre murió por su culpa». Tal vez Aurelius no le había lanzado ninguna maldición a Adrius, pero desde luego no tenía ni un pelo de inocente. Se merecía pagar por lo que le había hecho a Cassandra, a Isme y por lo que había intentado hacerle a Marlow.

Lo único que tenía que hacer era no intervenir. Tan solo tenía que quedarse allí inmóvil y Aurelius no volvería a hacer daño a nadie nunca más.

Pero entonces Adrius tendría que vivir el resto de su vida sabiendo que había matado a su propio padre.

«No». A pesar de todo lo que Aurelius le había hecho, Marlow no estaba dispuesta a dejarlo morir. No estaba dispuesta a permitir que Adrius matara a su padre.

Adrius volvió a bajar el cuchillo, pero Marlow lo embistió para apartarlo. La hoja le atravesó el vestido y le hizo un corte en un costado. Marlow sintió una punzada de dolor en las costillas.

—¡Minnow! —exclamó Adrius. Aquella mirada de trance había desaparecido y una expresión de horror y miedo se había apoderado de su rostro. Seguía aferrando el cuchillo con fuerza en el puño. Marlow lo agarró por las muñecas e intentó contenerlo cuando hizo ademán de volver a clavárselo.

—Detente —le ordenó Marlow—. Te ordeno que te detengas.

Adrius forcejeó con ella.

—No puedo —dijo con desesperación—. No…

Marlow notó que una oleada de miedo le recorría el cuerpo entero. Quienquiera que hubiera lanzado la maldición sobre Adrius era quien le había dado aquella orden. Y nada podía anular las órdenes de esa persona.

—Tienes que irte, Minnow —imploró—. Por favor, antes de que…

Marlow contuvo un suspiro tembloroso y fijó la mirada en el cuchillo que Adrius estaba intentando clavarle. Seguramente le había ordenado que matara a su padre y a cualquiera que intentara detenerlo.

—No me voy a ir a ninguna parte —dijo Marlow tan calmadamente como pudo. Nunca había visto a Adrius tan aterrado.

—Tienes que marcharte —repitió una y otra vez—. Por favor. Por favor, no me obligues a hacer esto.

—Puedes luchar contra la orden, Adrius —dijo Marlow. Las manos se le empezaron a resbalar. Sabía perfectamente que Adrius no podía luchar contra la orden que había recibido. Ambos lo sabían. Pero aun así no podía abandonarlo—. ¿Recuerdas... lo que me dijiste el otro día? Me aseguraste que nunca podrías hacerme daño, Adrius. Dímelo otra vez.

—Nunca... —Adrius se interrumpió a sí mismo y respiró entrecortadamente—. Nunca podría hacerte daño.

Adrius tenía demasiada fuerza. La hoja del cuchillo estaba peligrosamente cerca de su garganta. Marlow empujaba contra él. Adrius luchaba contra él mismo.

Marlow buscó la mirada aterrorizada de Adrius.

—Lo siento.

Su disculpa se dividió como las raíces de un mangle y cada una de esas raíces representaba uno de los muchos errores que Marlow había cometido: traicionar su confianza, no conseguir romper la maldición antes de que lo destruyera, ser demasiado cabezona como para admitir lo que Adrius significaba para ella.

El filo de la hoja se hundió ligeramente en su garganta. Se había quedado sin tiempo para disculpas, promesas o palabras.

Marlow se puso de puntillas y besó a Adrius, que jadeó al entrar en contacto con sus labios.

Tal vez fuera porque lo había sorprendido. O tal vez fuera porque Adrius había conseguido imponer su voluntad durante unos segundos. Pero en cualquier caso, mientras Adrius le devolvía el beso, dejó de agarrar el cuchillo con tanta fuerza.

Marlow no titubeó. Le arrebató el cuchillo de la mano y lo empujó hacia atrás con todas sus fuerzas. Adrius cayó al suelo.

Se quedaron mirándose atónitos. Lo único que oía Marlow era el latido de su propio corazón.

Justo en aquel momento se abrieron las puertas de la sala de baile de par en par y la cacofonía de la boda se extendió por el atrio.

Marlow apartó la mirada de Adrius y vio a los invitados atravesando las puertas con Amara y Darian con los brazos entrelazados al frente de la muchedumbre.

Tenían dos segundos, tres a lo sumo, antes de que la muchedumbre reparara en su presencia. Se giró hacia Adrius, que seguía tirado en el suelo, inmóvil debido a la conmoción.

—Adrius —dijo Marlow en voz baja—. No le cuentes a nadie lo que acaba de ocurrir.

Amara fue la primera en verlos. Se detuvo en seco en mitad del atrio y recorrió con la mirada la escena que tenía delante. Su padre sangrando sobre el suelo de mármol. Su hermano tirado a los pies de Marlow.

Y Marlow manchada de sangre con un cuchillo en la mano.

Los tacones de Amara repiquetearon contra el suelo cuando se acercó corriendo a su padre y la falda y la cola de su vestido formaron una nube escarlata detrás de ella.

—¡Que alguien lo ayude! —gritó rompiendo el silencio que se había formado en el atrio—. ¡No os quedéis ahí parados! ¡Que alguien lo ayude!

Varias personas pasaron a la acción y rodearon a Aurelius. Enseguida quedó bañado por la luz azulada de los hechizos de sanación.

Darian se arrodilló vacilante para ayudar a su flamante esposa a ponerse en pie. Pero Amara se zafó de él y se giró hacia Marlow.

—Has sido tú —rugió con lágrimas de rabia brillando en sus ojos oscuros—. Se la tenías jurada a mi familia desde el principio. ¡Guardias!

Varios miembros del equipo de seguridad de la boda se pusieron en alerta de golpe. Iban vestidos con una librea que combinaba los colores de la familia Falcrest y los de la Vale.

—Desarmadla y detenedla —les ordenó Amara.

Marlow no ofreció resistencia cuando los guardas la rodearon. Dejó que le quitaran el cuchillo de las manos y que le inmovilizaran las manos detrás de la espalda poniéndole unas esposas en las muñecas.

—Pero ¿qué...? ¡Eh! —protestó Adrius poniéndose en pie—. No la toquéis, no la... ¡Marlow no ha hecho nada! Amara, no...

Marlow lo miró, pero se centró en pequeños detalles: el sudor húmedo que se le acumulaba encima del ceño fruncido, el rizo desaliñado que tenía detrás de la oreja, la forma de su boca mientras suplicaba por la vida de Marlow.

Si alguien descubría lo que realmente había ocurrido, todo el mundo se enteraría de la maldición de Adrius. Así que Marlow solo podía hacer una cosa para protegerlo.

Alzó la barbilla y miró a Amara a los ojos.

—Tienes razón. He sido yo.

Marlow paseó la mirada entre la multitud silenciosa. Gemma estaba de pie junto a las puertas de la sala de baile con cara de aturdida y descompuesta. Silvan se había acercado apresuradamente a Adrius entrecerrando los ojos con suspicacia. Detrás de él se encontraba su padre, cuya expresión normalmente jovial se había vuelto sobria. Sus ojos grises contemplaron a Marlow y se ablandaron por pena o simpatía.

—Amara tiene razón —anunció Marlow—. Acabo de matar a Aurelius Falcrest.

VEINTISIETE

Marlow todavía tenía sangre en el vestido cuando los guardas de la familia Falcrest la metieron en el calabozo de la comisaría de policía.

No estaba segura de por qué, pero aquello le pareció la peor parte, tener que estar sentada en un banco frío de metal cubierta de sangre de otra persona.

Sin embargo, no se permitió pensar en nada más que no fuera la sangre, porque entonces se pondría a pensar en todo lo que podría ocurrirle. En los ojos de todos los agentes de policía de comisaría que notaba clavados en ella. En que aquellos policías prácticamente estaban al servicio del hombre cuya sangre seca cubría la tela de su falda.

Se pondría a pensar en que cuando la trasladaran de la comisaría de policía a la cárcel de la ciudad la encerrarían con cientos de criminales. En que algunos de esos criminales llevaban una serpiente de bronce tatuada en la garganta. En lo fácil que sería para cualquiera de ellos destriparla en un pasillo, asfixiarla durante la noche o echarle algo en la comida.

Se pondría a pensar en la mirada de desolación silenciosa que le había lanzado Adrius cuando los guardas de la familia Falcrest se la habían llevado. En que lo más probable era que no volviera a verlo nunca más ni a Swift tampoco.

En cambio, se puso a pensar en el momento en que Adrius le había arrebatado el cuchillo de las manos. Lo analizó en su mente en busca de alguna pista. En el atrio no había nadie más. Quienquiera que le hubiera dado la orden debía haberlo hecho de antemano, pero formulándola de tal manera que no se activara hasta… ¿hasta que ocurriera qué? ¿Hasta que Aurelius dijera algo en concreto? Rememoró toda la conversación, las acusaciones que había hecho.

Estaba tan convencida de que Aurelius había lanzado la maldición a su hijo. Pero ahora ya no estaba segura de nada salvo de que Adrius seguía estando maldito y que en aquel momento no tenía ni idea de quién era el responsable.

Una voz interrumpió el torbellino turbulento de sus pensamientos.

—¿Dónde está?

Marlow alzó la cabeza, se agarró al borde del banco e intentó reprimir el miedo que sentía.

Un hombre vestido con un traje elegante y una sonrisa agradable se le acercó con la confianza relajada que otorga la autoridad. Le resultaba familiar, pero su mente asustada tardó un momento en identificarlo.

—Señor —dijo sorprendido el agente de policía apostado junto a Marlow—. No esperábamos…

—Marlow Briggs, ¿verdad? —preguntó el hombre sonriente, ignorando por completo al agente de policía—. Encantado de conocerla. Soy Emery Grantaire, el procurador municipal de Caraza.

—Ya sé quién es —dijo Marlow con la garganta seca. Lo que no sabía era qué estaba haciendo allí.

—¿Qué le parece si le quitamos las esposas? —dijo dirigiéndose al agente de policía que estaba junto a Marlow, que se mostró dubitativo—. Venga, no tenemos todo el día.

—Señor, esta chica ha confesado un asesinato… —dijo titubeante.

—Vamos a dar por sentado que como soy el procurador municipal soy perfectamente consciente de quién es esta chica y de lo que presuntamente ha hecho —lo interrumpió Grantaire—. Y vamos a dar también por sentado que tengo autoridad suficiente como para que la dejéis en libertad bajo mi tutela sin poner ninguna pega. ¿Qué te parece? ¿O prefieres que vayamos a mi oficina y tengamos una pequeña charla?

El agente de policía tragó saliva y paseó la mirada entre Grantaire y Marlow, que no envidiaba para nada la posición en la que se encontraba aquel agente de policía.

—De acuerdo —refunfuñó finalmente—. Ahora es su responsabilidad.

—Muchas gracias —replicó Grantaire

—No es que no le esté agradecida —dijo Marlow mientras el agente de policía le quitaba las esposas—, pero ¿podría explicarme qué demonios está ocurriendo?

—Al parecer tiene amigos poderosos, señorita Briggs —contestó Grantaire con una sonrisa.

—Primera noticia. —Enemigos poderosos sí que tenía, desde luego. Sin embargo, el corazón le dio un salto al pensar en Adrius. ¿Podría ser que se las hubiera arreglado para orquestar su liberación? Marlow le había ordenado que no contara a nadie lo que le había ocurrido realmente a su padre, pero ¿y si había encontrado la manera de sortear su orden? ¿Y si simplemente había utilizado su poder y su posición para liberarla?

Era lo único que tenía sentido.

—¿Necesita alguna cosa? ¿Un vaso de agua tal vez? —preguntó Grantaire, divertido.

—¿No tendrá por casualidad una muda de ropa? —preguntó Marlow bajando la mirada hacia las manchas de sangre de su vestido.

—Traiga una muda de ropa limpia para la señorita Briggs —ordenó Grantaire al agente de policía.

Al cabo de diez minutos Grantaire la condujo fuera de la comisaría de policía y la hizo embarcarse en su barco de canal privado.

—No puedo regresar a Las Ciénagas —dijo Marlow en cuanto Grantaire se dejó caer en el asiento que había frente a ella.

—No nos dirigimos a Las Ciénagas —replicó con una sonrisa.

El barco atracó en el cobertizo para barcos privado de la torre Vale.

Marlow siguió a Grantaire, desconcertada, mientras cruzaban el gran vestíbulo en dirección a los ascensores. Guardó silencio mientras Grantaire llamaba uno y le indicaba que subiera.

—Al último piso —dijo Grantaire, y salieron disparados. Iban tan deprisa que a Marlow se le destaparon las orejas de golpe.

Cuando llegaron al último piso las puertas se abrieron con un agradable tintineo de campanas y se encontraron en una sala de estar iluminada por una luz cálida. Grantaire la condujo a paso ligero en dirección a las puertas dobles que había en la otra punta de la estancia. Las golpeó una sola vez y se abrieron de par en par, invitándolos a entrar en un despacho majestuosamente decorado con sillones de felpa y una pesada mesa de escritorio de madera oscura.

Detrás del escritorio se encontraba Cormorant Vale, que sonrió en cuanto los vio aparecer.

—Emery. Gracias por sacarla de comisaría sana y salva. Te estoy profundamente agradecido por toda tu ayuda en este asunto.

—Cualquier cosa para un amigo leal —contestó Grantaire, pero su voz delataba un deje de nerviosismo—. En realidad esperaba poder hablar un momento contigo.

Lanzó una mirada significativa a Vale que Marlow no pudo evitar analizar. Vale se limitó a sonreír ligeramente.

—Por supuesto. ¿Por qué no tomas asiento en la sala de estar mientras hablo un momento con la señorita Briggs? Tómate una taza de té, enseguida vuelvo.

Por la cara que puso Grantaire era evidente que quería insistir un poco más, pero se lo pensó mejor y se limitó a esbozar una sonrisa radiante.

—Por supuesto.

Se apresuró a salir por las puertas dobles y dejó a Marlow y a Vale a solas en el despacho. Vale llevaba el mismo traje que en la boda, una americana azul como la noche sobre un chaleco de color crema. Pero su expresión habitual de alegría se había vuelto demacrada y seria.

Rodeó el escritorio y se dirigió con decisión hacia ella.

Marlow se tensó. Los brazos fornidos de Vale la rodearon y la envolvieron en un abrazo cariñoso.

No sabía muy bien qué esperaba que hiciera, pero sin duda aquello no. Se quedó allí, inmóvil y estupefacta, hasta que finalmente Vale se apartó de ella con las manos todavía posadas sobre sus brazos.

—Marlow —dijo con un tono franco—. Siento todo lo que ha ocurrido. Pero ahora estás bien. Estás a salvo.

—¿Me… has liberado tú? —preguntó Marlow lentamente.

—Por supuesto —respondió—. Tenía que asegurarme de que no pudieras caer en las garras de Amara. Mi nuera quiere venganza por lo que le ha ocurrido a su padre.

—Pero ¿por qué me estás protegiendo?

—¿Te contó alguna vez tu madre cómo nos conocimos? —preguntó—. Fue hace dieciocho años, aunque todavía lo recuerdo como si fuera ayer.

«¿Hace dieciocho años?». Cassandra nunca le había comentado que ya conocía a Vale antes de convertirse en su *chevalier*.

—Por aquel entonces todavía no me había convertido en el cabeza de familia de los Vale; solo era un hombre joven que pensaba que podía cambiar el mundo. Estaba convencido de que podía hacer que esta ciudad fuera más ecuánime y justa. Pero vivía en una burbuja, era muy inocente. En cambio tu madre era todo lo contrario: había vivido una vida completamente distinta a la mía, pero para mí aquello solo la hacía más interesante. Me abrió los ojos a un montón de cosas. Quería protegerla de la crueldad de este mundo y de esta ciudad.

—¿Así que estás intentando protegerme... porque no pudiste protegerla a ella? —preguntó Marlow con la garganta tensa.

—No exactamente —respondió Vale con voz amable—. La verdad, Marlow, es que aunque me esforcé por ser un hombre fiel nunca fui lo bastante fuerte para poder resistir la atracción que sentía por tu madre. Pero cuando te miro no encuentro ningún motivo para arrepentirme de haberme enamorado de ella.

Marlow se lo quedó mirando mientras rememoraba la conversación que habían mantenido en la fiesta de compromiso de Amara sobre los matrimonios políticos carentes de amor. Sobre lo mucho que Vale hubiera deseado ser lo bastante valiente como para escuchar su corazón.

Se estaba refiriendo a su madre.

—Si hay algo que debes saber sobre mí es que considero que la familia es lo más importante. Y que estoy dispuesto a hacer lo que sea para proteger a la mía. —Posó una mano cálida sobre su hombro—. Y esto te incluye a ti, hija mía.

Marlow se quedó sin palabras. Aquello no podía ser verdad. No podía ser su hija. Una Vale.

—No, eso es... —tartamudeó mientras negaba con la cabeza.

—¿Por qué iba a mentir? —señaló Vale con voz amable.

A Marlow no se le ocurrió ninguna respuesta lógica. Y, sin embargo, no podía ser verdad. Su madre siempre le había dicho que eran ellas dos. Que eran un equipo. Que eran ellas frente al mundo.

—Entonces seguro que mi madre te mintió —dijo Marlow con voz temblorosa.

—Cassandra ni siquiera quería que lo supiera —explicó Vale con voz queda—. Pero en cuanto empezó a trabajar para mí en calidad de *chevalier* tuve mis sospechas. Tu edad, por supuesto, fue una gran pista. Pero no me lo confesó todo hasta poco antes de desaparecer. Aunque a decir verdad creo que una parte de mí en el fondo siempre lo supo. O por lo menos tuvo esa esperanza. Fue uno de los motivos por los que insistí en que recibieras la misma educación que mis hijos.

Marlow no necesitaba que nadie le explicara por qué Cassandra había querido mantenerlo en secreto. Ser hija de un Vale, sobre todo una hija ilegítima, era peligroso. Implicaba formar parte de la *noblesse nouveau* sin tener escapatoria. Y sabía que su madre no quería que cargara con ese peso. La vida ya era lo bastante peligrosa sin tener una diana en la espalda.

Vale se acercó a su escritorio, abrió uno de los cajones y sacó una carta doblada y arrugada, como si la hubiera leído muchas veces.

—Me dio una carta en la que lo explicaba todo, pero insistió en que no quería que tú supieras nada. Yo… quise respetar sus deseos. Pero ahora me arrepiento de haberlo hecho. Ojalá te lo hubiera contado enseguida. Ojalá hubiera hecho más por protegerte después de su desaparición. Pero hoy… hoy he sabido lo que tenía que hacer sin ningún ápice de duda.

Marlow tragó saliva con los ojos clavados en la carta. Todavía estaba desesperada y sedienta por cualquier cosa relacionada con su madre.

—¿Puedo leerla?

Vale sonrió con tristeza y volvió a guardar la carta en el cajón.

—Preferiría que no lo hicieras. Al menos por ahora. Hay ciertos… aspectos de nuestra relación de los que no estoy muy orgulloso. Y, además, tu madre escribió otras cosas en esta carta que no estoy seguro que quisiera que supieras.

Marlow sintió el ardor de las lágrimas en los ojos. Parpadeó enfadada para secarlas.

—Sé que es mucha información que asimilar —añadió Vale amablemente—. Si necesitas un poco de tiempo para procesarla puedo acompañarte a tus aposentos.

—¿A mis aposentos?

—Por supuesto —contestó Vale—. En la torre Vale siempre habrá un sitio para ti, si es que lo quieres.

Marlow pensó en el miedo apremiante que le había atenazado el cuerpo desde el momento en que Aurelius le había ofrecido aquella copa de vino maldita. Desde que Caito le había tendido una emboscada en mitad de la noche. Desde que los Cabezacobre habían decidido ir a por ella.

El peligro acechaba en cada esquina, pero ahora, por primera vez en su vida, alguien le estaba ofreciendo protección. Un lugar donde nadie podría ponerle la mano encima, una fortaleza entre ella y todos los que querían hacerle daño.

No sabía si sería capaz de confiar en lo que le estaba ofreciendo.

—¿No tienes curiosidad? —preguntó Marlow—. Antes de ofrecerme un… un sitio en tu casa, ¿no tienes curiosidad por saber por qué maté a Aurelius?

Los ojos grises de Vale estudiaron su cara. Nunca se había dado cuenta de que los tenían de un color muy parecido.

—¿No te lo han dicho? —preguntó Vale tras una pequeña pausa.

—¿Si me han dicho el qué?

—Aurelius no está muerto —dijo Vale—. Está gravemente herido. No sé cómo acabará la cosa, pero… por ahora no está muerto.

—Aun así lo apuñalé —señaló Marlow—. ¿No quieres saber por qué?

—Supongo que más bien me gustaría saber por qué mentiste para cargar con la culpa.

—No mentí —afirmó Marlow tensando todo el cuerpo, sorprendida.

—Sé que tu madre y tú teníais… una relación particular —dijo Vale con expresión afable—. A Cassandra le gustaba tener sus secretos. No me extraña que hayas aprendido esa actitud de ella. Pero me gustaría que tú y yo procurásemos ser sinceros. Me parece que ya ha habido suficientes secretos entre nosotros.

—¿Por qué estás tan convencido de que mentí?

—Sé que Adrius y su padre discutieron la noche antes de la boda —dijo con delicadeza—. Que Adrius amenazó a su padre y que en consecuencia Aurelius lo desheredó.

Según la versión que le había contado Amara era Adrius quien había renegado de su familia, pero no quiso corregirlo.

—¿Y supongo que estás cargando con la culpa por amor? —insinuó negando con la cabeza—. No puedo culparte por ello. El amor es la causa más noble que existe. Pero Marlow… te ruego que lo reconsideres. No eches a perder tu vida por un chico capaz de dejarte de lado cuando le conviene.

—No sabes de lo que estás hablando —dijo Marlow con un tono demasiado cortante al hombre que acababa de ofrecerle un lugar donde refugiarse. Pero Vale la miró con compasión.

—Sé que crees que Adrius te quiere. Y puede que él también lo crea. Pero cuando la realidad se imponga te dejará colgada y hará todo lo que sea necesario para protegerse a sí mismo y su reputación. Es lo que hacen los Falcrest. Está en su naturaleza.

—Te equivocas con él —dijo Marlow, pero le tembló la voz.

—Puede que sí —contestó con una sonrisa—. Pero estamos hablando de tu vida, Marlow. Haré todo lo que pueda por protegerte, pero no tendré mucho margen de movimiento si insistes en interponerte en el camino de la verdad.

La verdad. Ojalá Marlow supiera cuál era la verdad.

—Debes estar agotada —dijo Vale—. Dame un momento para agradecer a Grantaire lo mucho que me ha ayudado y te acompañaré a tus aposentos.

Vale le rozó el brazo al dirigirse hacia las puertas del despacho. Marlow se apartó. Cuando las puertas empezaron a cerrarse detrás de Vale, los instintos de Marlow tomaron el control de su cuerpo y se abalanzó sobre ellas para impedir que una de las dos se cerrara del todo.

Oyó la voz de Vale procedente de la sala de estar.

—Perdona por la espera.

—Supongo que sabes que el favor que acabo de hacerte no es precisamente pequeño —replicó Grantaire. Lo dijo con un tono de voz desenfadado que paradójicamente provocaba que sus palabras sonaran más amenazantes.

—Soy perfectamente consciente de lo que te he pedido —contestó Vale sin alterarse—. Aunque no estoy seguro de que podamos considerarlo un favor teniendo en cuenta que me debías una.

—¿Que te debía una? ¿Por qué lo dices? —preguntó Grantaire—. ¿Por haberme soplado lo de la mujer de Falcrest? Estoy bastante seguro de que lo hiciste por tus propios intereses.

A Marlow se le cayó el alma a los pies. Así que efectivamente Grantaire sabía lo de Isme. Eso ya lo había deducido, pero no se esperaba que Vale también estuviera al tanto. ¿Podría habérselo contado Cassandra?

—Si te refieres a mi interés por limpiar esta ciudad, entonces supongo que tienes razón —contestó Vale.

—Tu interés por limpiar la ciudad. Sí, claro —replicó Grantaire en tono burlón—. O puede que solo quieras despojar a Falcrest de su poder.

—Y no soy el único.

—Bueno, supongo que ahora eso ya no importa —dijo Grantaire en tono serio—. Eres consciente de lo que parece todo esto, ¿no? Tu hijo se casó con la hija de Aurelius unos segundos antes de que le clavasen un cuchillo en el corazón. Y, además, vas por ahí pidiendo favores para proteger a la chica que lo hizo.

—Como bien sabes, a veces la verdad no es lo que parece —dijo Vale—. Marlow es inocente.

—Un centenar de invitados a la boda escucharon su confesión.

—¿Se te ha ocurrido pensar que tal vez esa jovencita tuviera un buen motivo para mentir? ¿Que tal vez quiera proteger al verdadero culpable?

—¿Crees que fue el hijo de Falcrest quien empuñó el cuchillo? —dedujo Grantaire. Sin duda era muy listo.

—Eso no me corresponde a mí decirlo —respondió Vale—. Pero lo que sí puedo decirte es que Adrius Falcrest saldría mucho más beneficiado por la muerte de su padre que la señorita Briggs.

—¿Por qué lo dices?

—Porque Falcrest lo nombró su heredero.

Grantaire se quedó un momento en silencio. Al cabo de unos segundos retomó la palabra.

—Bueno, supongo que tarde o temprano la verdad acabará saliendo a la luz.

Sin embargo, Marlow sabía por experiencia que la verdad solo salía a la luz si la desenterrabas con tus propias manos.

—Si eso es todo —concluyó Vale—, permíteme por favor que te acompañe hacia la salida.

—Soy perfectamente capaz de bajar solo por un ascensor.

—Insisto.

Marlow oyó la campanilla del ascensor y el estrépito de las puertas al cerrarse. Enseguida se apartó de la puerta del despacho y se acercó al escritorio de Vale, observando con detalle los objetos que tenía alineados justo al borde: una bandeja de porcelana donde acumulaba su alijo de bolígrafos, un pequeño lobo tallado en madera que aullaba al techo, un reloj de oro con un calendario integrado, un reloj de arena negra sobre un soporte circular. Marlow agarró el soporte, le dio la vuelta al reloj de arena y se quedó observando cómo caía.

Pero sabía por qué se había acercado al escritorio de Vale y no era precisamente para examinar los objetos que tenía por ahí encima. Era porque había una carta de su madre metida en un cajón y sentía que la estaba llamando como si fuera un corazón palpitante.

Vale le había dicho que no quería que leyera la carta. Pero Marlow se moría de ganas de hacerlo.

Oyó la voz de Swift dentro de su cabeza diciéndole: «Te comportas como si tuvieras derecho a saber los secretos de los demás».

Tal vez tuviera razón. Pero aquel secreto no era de una persona cualquiera, era de su madre.

Abrió el cajón de un tirón.

No había muchas cosas dentro. Un pequeño joyero con un par de gemelos de zafiro. Una carta de hechizo ilusorio. Y la hoja de papel doblada y escondida al fondo del todo.

La carta tenía un tacto rígido y arrugado que indicaba que le había caído algo por encima. Cuando Marlow la desdobló, comprobó que en efecto parte de la tinta se había corrido. Sin embargo, eso no impedía que pudiera leerse bien, aunque era mucho más corta de lo que Marlow esperaba. Pero de nuevo aquello era muy propio de su madre; nunca revelaba más de lo necesario.

Marlow empezó a leer la carta.

Cormorant,

Puede que pienses que te debo la verdad, pero te equivocas. No te debo nada de nada. Sin embargo, te la contaré igualmente.

Hace dieciocho años te enamoraste de una mujer que no existía. Ella, es decir, yo, no era quien dijo ser. Tú querías salvarme. Y yo quería que pensaras que podías conseguirlo. Formaba parte de la estafa. Pero entonces me ofreciste una vida con la que nunca podría haber soñado, una vida en la que podrías haberme amado.

Para mí, la decisión estaba muy clara: o tu amor o mi libertad. Y ambos sabemos lo que elegí.

Ojalá pudiera decirte que me arrepentí de mi decisión desde el momento en que la tomé, pero te estaría mintiendo. Y, como he dicho al principio, en esta carta quiero contarte la verdad.

Y la verdad es, Cor, que Marlow es hija tuya. Sé que siempre lo has sospechado. No tenía pensado contártelo nunca, pero me estoy quedando sin opciones.

Cuando hace dos años te pedí que me contrataras como chevalier sabía que no te negarías. De la misma manera que sé que ahora tampoco te negarás a hacer lo que te pido. Esta carta es mi último recurso para asegurarme de que en caso de que no pueda protegerme a mí misma por lo menos podré proteger a nuestra hija.

A pesar de todo lo que ha pasado entre nosotros, sé que te asegurarás de que Marlow esté a salvo. Tal vez seas el único que pueda hacerlo.

La carta estaba firmada con un simple «Cass».

Marlow observó la carta y la leyó un par de veces. Tuvo la sensación de estar leyendo las últimas palabras de su madre. Se acercó la carta a la cara y al inhalar profundamente pudo incluso oler su perfume: bergamota y vetiver. Cerró los ojos y casi pudo sentir la presencia de su madre en la habitación. Burlándose de ella. Contestándole mal. Poniendo los ojos en blanco y esbozando aquella sonrisa traviesa que le resultaba tan familiar.

Los dioses sabían que no era una madre perfecta, pero al fin y al cabo era su madre.

El sonido de campanillas del ascensor devolvió a Marlow al presente. Dobló la carta y volvió a dejarla donde la había encontrado, cerró el cajón y se apresuró a colocarse junto a las puertas del despacho justo cuando Vale las abrió.

Marlow se giró y le sonrió como si hubiera estado esperando ociosamente a que regresara.

—Perdona por la espera —dijo Vale—. Voy a acompañarte para que te instales, ¿de acuerdo?

Hasta que se encontró caminando por un pasillo que le resultó familiar, Marlow no se dio cuenta de que cuando Vale le había dicho que la llevaría a sus aposentos se refería al apartamento donde había vivido con Cassandra.

Las piernas le flaquearon al acercarse a la puerta.

—¿Estás bien? —preguntó Vale—. Pensé que estarías más cómoda en un lugar que te resultara familiar. Pero si prefieres que te preparen otros aposentos…

—No será necesario —contestó Marlow.

—De acuerdo, en este caso dejaré que te instales tranquilamente —dijo Vale dándole un golpecito en el hombro—. Te invocaré por arte de magia algo de cena y un par de mudas limpias. Ya seguiremos hablando mañana por la mañana.

Marlow le dio las gracias y esperó a que desapareciera pasillo abajo antes de abrir la puerta.

Fue como viajar al pasado. Todo seguía exactamente igual que como lo había dejado la mañana en que se había marchado de Jardinperenne: los cuadros favoritos de su madre, que representaban manglares y pantanos repletos de una vegetación espesa; la lujosa cocina con los utensilios encantados y todas las comodidades; las sillas del comedor ricamente decoradas, que la hacían sentirse como una princesa cuando se sentaba.

Marlow había inspeccionado todas las habitaciones la mañana en que su madre había desaparecido en busca de cualquier pista que pudiera indicar su paradero. Todavía recordaba el miedo angustioso que se había apoderado de su corazón cuando se había dado cuenta de que Cassandra no iba a volver.

Era confuso estar allí de nuevo sabiendo todo lo que sabía ahora. En aquel momento, rodeada de sus pertenencias y las de su madre, se dio cuenta de que lo único que había cambiado en aquel apartamento era ella misma.

En un rincón de la sala de estar estaba el escritorio de su madre, tan desordenado como siempre: había bolígrafos esparcidos entre unas cuantas velas y libros. Y justo encima colgaba el espejo de la verdad cubierto por una fina capa de polvo. Marlow fue a la cocina a por un trapo y se sentó en el escritorio de su madre. Lo alzó para limpiar el polvo y de repente se detuvo al ver por el rabillo del ojo un inofensivo frasco de cristal en una de las esquinas del escritorio. Era el frasco de perfume de su madre.

A Marlow se le llenaron los ojos de lágrimas al abrir el tapón y llevarse el frasco a la nariz. Todavía se podía oler el aroma a bergamota y vetiver, pero el frasco estaba vacío.

Y estaba vacío porque la noche en que Cassandra desapareció Marlow la asustó y le hizo golpear el frasco sin querer, vertiendo el perfume encima de una pila de papeles.

Entonces Marlow recordó la carta de su madre escondida en el escritorio de Vale. La hoja de papel estaba rígida y arrugada y la letra estaba un poco emborronada. Y además olía ligeramente a bergamota y vetiver.

Le cayó el alma a los pies cuando aquella punzada familiar de instinto le recorrió la columna vertebral.

Su madre estaba escribiendo aquella carta cuando derramó sin querer el frasco de perfume. Eso quería decir que se la había dado a Vale justo la noche en que había desaparecido.

O, por lo menos, Cassandra le había dejado aquella carta antes de reunirse con Montagne. Pero… no. Marlow conocía bien a su madre. Seguro que había actuado con mucho cuidado. Sin duda le habría dado a Vale la carta en mano para evitar el riesgo de que otra persona la encontrara y descubriera quién era realmente el padre de Marlow. Además, Vale había afirmado que Cassandra le había dicho que no quería que Marlow supiera de la existencia de aquella carta, admitiendo indirectamente que había hablado con ella.

Y eso significaba que Vale había visto a Cassandra la noche de su muerte.

Puede que aquello no significara nada. Pero entonces ¿por qué Vale no se lo había contado? ¿Por qué había insistido en que aquella noche no había visto a Cassandra?

Según le había dicho a Marlow, aquella noche estuvo en la gala anual de filántropos de la ciudad recibiendo una distinción honorífica. Y no le había costado mucho comprobar que efectivamente había estado allí gracias a la información que había encontrado en los periódicos. Además, según el registro de seguridad del Contessa, Cassandra subió a bordo a las veinte campanadas y media, mientras tenía lugar la gala. Y se había marchado del apartamento a las veinte campanadas pasadas, por lo que no habría tenido tiempo suficiente como para interceptar a Vale en la gala antes de ir al puerto deportivo.

Así que el único momento en que Cassandra podría haber ido a hablar con Vale era después de que Montagne le entregara el grimorio.

Sin embargo, al cabo de unas horas, cuando Caito la localizó, Cassandra ya no llevaba el grimorio encima. Le aseguró a Caito que lo había destruido, pero ¿y si hubiera mentido?

¿Y si se lo hubiera dado a Vale junto con la carta?

Marlow reflexionó detenidamente sobre aquella idea.

Vale sabía que Isme estaba maldita. Era quien le había dado el chivatazo a Grantaire. Y había admitido que quería ver a Falcrest despojado de su poder a pesar de que su propio hijo acababa de casarse con la hija de Falcrest.

Y, además, sabía que Aurelius había nombrado a Adrius como su heredero.

«Adrius Falcrest saldría mucho más beneficiado por la muerte de su padre que la señorita Briggs», había dicho a Grantaire. Pero, si Adrius estuviera bajo el control de Vale, sin duda él también saldría beneficiado.

Quienquiera que le hubiera ordenado a Adrius que matara a Aurelius tenía intención de que lo hiciera durante la boda de Amara y Darian. Seguro que había tenido oportunidad de hacerlo antes, pero había esperado hasta entonces para atacar. ¿Por qué? Porque quienquiera que quisiera ver muerto a Falcrest quería asegurarse de que la ceremonia de matrimonio se celebrara antes de pasar a la acción.

Todos los habitantes de Jardinperenne pensaban que Vale era un idiota por dejar que su hijo se casara con Amara, que se estaba arriesgando a que le arrebataran el poder, pero Marlow sabía que Vale era más inteligente de lo que dejaba entrever. Con Aurelius fuera de juego, Vale podría beneficiarse enormemente de aquel enlace matrimonial. Tendría a uno de los vástagos de los Falcrest atado a su familia y al otro completamente bajo su control. Eso lo colocaría en una posición muy poderosa.

Adrius había estado a punto de no asistir a la boda de su hermana. Pero Silvan le había comentado que su padre había estado convenciéndolo para que fuese.

Pero tal vez no lo había convencido para que fuera. Tal vez simplemente se lo había ordenado.

Marlow dejó el trapo y se recostó sobre la silla. Aquello era una locura. No era más que una teoría descabellada y apenas tenía pruebas para respaldarla. Sin duda algunas de las piezas encajaban, pero no sería la primera vez que Marlow se equivocaba.

Además, Vale acababa de salvarle la vida. Y le había ofrecido un lugar en su casa sin condiciones ni expectativas.

«Cuanto más vulnerable te sientes con una persona, menos te fías de ella —le había dicho Swift—. Y entonces empiezas a buscar motivos para desconfiar».

¿Podría ser que estuviera ocurriendo eso? ¿Que estuviera buscando algún motivo para desconfiar de Vale y no correr el riesgo de dejar que alguien cuidara de ella?

No estaba segura. Pero en cualquier caso lo mejor sería que de momento dejara aquella teoría de lado. Que no pensara en ello.

Pero entonces recordó lo que le había dicho a Hyrum cuando le había preguntado por su madre y la Orquídea Negra: «Los secretos no pueden protegerme. Solo puede hacerlo la verdad».

Pero después de todo lo que había ocurrido ya no estaba tan segura. A veces era mejor no saber nada. A veces era lo más seguro.

Sin embargo, por mucho que la verdad doliera, por mucho que pudiera ponerla en peligro, Marlow siempre preferiría saberla.

VEINTIOCHO

Marlow durmió a trompicones y se despertó por el ruido de las gotas de lluvia golpeando contra la ventana. Se quedó mirando el techo tan familiar de aquella habitación y por un momento tuvo la sensación de haberse despertado en el pasado, de haber retrocedido un año en el tiempo y de que su madre todavía estaba viva.

El ruido de la lluvia que caía fuera contrastaba con la calma de la torre. Era como si se encontrara en el ojo de la tormenta.

Se dirigió en silencio hacia la sala de estar y se sentó en el escritorio de su madre. Sus sospechas sobre Vale no habían desaparecido. Pero no eran más que eso: sospechas.

Alzó el frasco de perfume vacío. En realidad lo único que aquello demostraba era que Vale le había mentido sobre haber visto a Cassandra la noche de su muerte. Pero aquello no significaba que tuviera el grimorio. Ni que hubiera lanzado la maldición a Adrius.

Se recostó en la silla y observó su propio reflejo en el espejo. No vio ninguna diferencia, por supuesto. El espejo de la verdad le devolvió su propia imagen. Puede que fuera celosa con sus cosas, pero nunca había mentido sobre quién era. Nunca había creado ninguna ilusión.

Un repentino golpe en la puerta interrumpió sus pensamientos.

Tan solo había una persona que supiera que Marlow estaba allí, así que cuando abrió la puerta y vio a Vale al otro lado no se sorprendió en absoluto.

—Traigo novedades —dijo—. ¿Puedo pasar?

Marlow dio un paso atrás y le indicó que entrara con un gesto.

Vale pasó junto a la mesa del comedor y entonces se giró hacia a ella.

—Vengo de la mansión Falcrest.

Marlow sintió una punzada de miedo. Adrius estaba en la mansión Falcrest. Adrius, que todavía seguía estando maldito, seguramente por culpa de Vale.

Pero antes de que pudiera recrearse en sus preocupaciones, Vale retomó la palabra:

—He ido hasta ahí para pedirle a mi nuera que considere la posibilidad de concederte un indulto total.

—¿Qué?

Ni de broma. Amara ya odiaba a Marlow incluso antes de que creyera que había intentado matar a su padre.

—Al ser hija de Aurelius, su opinión tendrá mucho peso para el resto de las cinco familias —continuó Vale—. Si decidiera apoyar nuestra causa, seguro que las demás familias no tendrían inconveniente en indultarte.

—Bien podrías haberle pedido que te entregara la Biblioteca Falcrest —replicó Marlow—. Seguro que Amara no aceptará. Nunca ha sido mi mayor admiradora.

—Bueno, sospecho que la propia Amara tiene sus propios motivos para querer poner fin al asunto del ataque a su padre lo más deprisa posible, antes de que puedan surgir más dudas o interrogantes sobre lo que ocurrió realmente. —Vale le lanzó una mirada suspicaz—. Como era de esperar, están circulando varios rumores.

Sin duda se refería a rumores sobre Adrius.

—¿Qué le has ofrecido? —preguntó Marlow cruzando los brazos por delante del pecho.

—Nada que valore más que tu seguridad —replicó Vale. Pero al ver la mirada escéptica de Marlow añadió—: No te preocupes por eso.

—¿No dijiste que querías que fuéramos sinceros entre nosotros? —le recordó Marlow.

—Es verdad —dijo lanzándole una mirada divertida—. De acuerdo. Sinceramente, le he contado la verdad. Que eres mi hija y que no me gustaría que la unión de nuestras dos familias se rompiera por esta situación tan desafortunada.

Marlow se quedó sin palabras.

—¿De verdad le has dicho que soy…?

—Por supuesto —la interrumpió Vale—. A diferencia de tu madre, yo nunca he querido mantenerlo en secreto. De hecho, era una de las cosas que quería comentarte. Me encantaría poder decirle a mi familia que eres mi hija cuanto antes mejor.

Marlow no hizo ningún esfuerzo por ocultar su sorpresa. Vale hablaba en serio cuando le había dicho que ahora eran familia. Estaba dispuesto a contárselo a su mujer. A sus hijos.

A sus hermanos, pensó Marlow cayendo de repente en la cuenta. Ayer por la noche no lo había pensado, pero si era hija de Vale entonces significaba que Silvan y Darian eran sus hermanos, o por lo menos sus medio hermanos. La idea de ser pariente de Silvan la aterraba un poco. Decidió no pensar en ello por ahora.

—Si lo prefieres, podemos seguir hablando sobre este tema más adelante —le aseguró Vale—. En cuanto hayamos resuelto lo del indulto.

—Te agradezco tu ayuda —dijo Marlow—. Pero estás perdiendo el tiempo.

—Bueno —dijo Vale con una sonrisa—. Aun así no pienso darme por vencido. Mi familia, tú incluida, es demasiado importante.

Marlow le dio la espalda y se puso a dar vueltas por la sala de estar. Agarró el respaldo de la silla del escritorio. Le pareció oír la voz Cassandra en su cabeza: «En esta ciudad tienes que mirar siempre primero por ti».

—Ya te he dicho que estoy dispuesto a hacer lo que haga falta para protegerte —dijo Vale acercándose a ella.

Marlow alzó la mirada. Y cuando vio sus amables ojos gris azulados, casi del mismo color que los suyos, se dio cuenta de que lo creía.

—No sé cómo darte las gracias —dijo Marlow sacudiendo la cabeza—. Es que no...

Vale salvó la distancia que los separaba y posó las manos sobre sus hombros.

—No hace falta que me des las gracias, Marlow. Somos familia.

Marlow asintió y notó que se le llenaban los ojos de lágrimas al acercarse hacia él. Vale la rodeó con sus brazos cálidos y Marlow ladeó la cabeza para poder apoyarla sobre el hombro de su padre, quedando de cara al espejo de la verdad, que colgaba sobre el escritorio. Observó el reflejo del reencuentro entre un padre y una hija fundidos en un cariñoso abrazo.

Era una imagen que durante mucho tiempo pensaba que sería imposible que se hiciera realidad. Durante toda su vida solo había tenido a su madre, Cassandra, que a su imperfecta manera le había enseñado a tomar todo lo que pudiera de un mundo que continuamente se lo arrebataba todo.

Pero aquella vez le había dado algo. Un padre. Alguien que quería protegerla como nunca nadie lo había hecho. Marlow se sorprendió al darse cuenta de lo mucho que quería lo que estaba viendo reflejado en el espejo. Un lugar al que pertenecer. Alguien que cuidara de ella a cualquier precio.

Se quedó atónita al comprender lo mucho que lo deseaba.

Observó el reflejo de los fuertes brazos de Vale rodeándola, escudándola. Como si fuera un bastión dispuesto a protegerla de cualquiera que quisiera hacerle daño.